历代蟋蟀诗词曲赋品读

李莫森 著

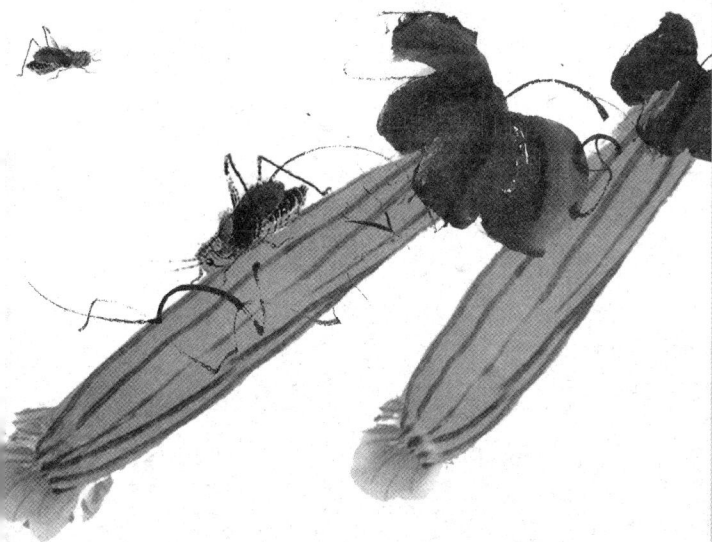

河北出版传媒集团

河北教育出版社

图书在版编目（ＣＩＰ）数据

历代蟋蟀诗词曲赋品读 / 李莫森著. -- 2版. -- 石
家庄：河北教育出版社, 2021.8
ISBN 978-7-5545-5851-5

Ⅰ. ①历… Ⅱ. ①李… Ⅲ. ①诗集 - 中国 Ⅳ.
①I22

中国版本图书馆CIP数据核字(2020)第104325号

历代蟋蟀诗词曲赋品读
LIDAI XISHUAI SHICI QUFU PINDU

作　　者　李莫森

策　　划　王艳荣
责任编辑　王　磊　姬璐璐　崔　丽
装帧设计　优盛文化
出版发行　河北出版传媒集团
　　　　　河北教育出版社 http://www.hbep.com
　　　　　（石家庄市联盟路705号，050061）
印　　制　定州启航印刷有限公司
开　　本　787mm×1092mm　　　1/16
印　　张　24.75
字　　数　415千字
版　　次　2021年8月第1版
印　　次　2021年8月第1次印刷
书　　号　ISBN 978-7-5545-5851-5
定　　价　98.00元

蟋蟀漫谈（代序）

我喜爱蟋蟀，它是自然界的精灵、吟唱秋天的天才歌手。

在寂静的秋夜里，它们拨弦而歌，彼此唱和，时高时低，犹如扣人心扉的交响乐，让人感受到生命的活力，又如优美动听的小夜曲，忽悲忽喜，洗尽尘世的烦恼，给人以无限的慰藉。在骤雨初歇的秋夜，独坐窗前，一个人，一盏灯，一壶茶，一支香，谛听这秋虫的唧唧呢喃，清音幽幽，任由玄妙音律萦绕在每一个角落；和着风吹竹叶的沙沙声，宛若天籁，净化人的心灵，轻轻地闭上双眼，斜倚窗台，让思绪停泊在花开的娉婷里；沉沉地陶醉在蟋蟀合唱的音乐海洋中，痴迷在茶茗的香远益清里；微风轻卷，花香弥漫，在秋的深处、夜的深处、梦的深处……真是一种精神的愉悦和享受。说起蟋蟀，由来话长。

蟋蟀属于节肢动物门昆虫纲直翅目的蟋蟀科，是一种富有情趣的鸣虫。蟋蟀因其形似蝗而小，原与蝗同名，都称为"蚤"。《淮南子·本经训》中的"飞蚤满野"就是指蝗虫。陆玑的《毛诗草木虫鱼疏》上说："蟋蟀似蝗而小，正黑，目有光泽如漆，有角翅，善斗。"蟋蟀在古代有很多别名，据各种资料记载，不下二十个，比如，蛐蛐、夜鸣虫（因为它在夜晚鸣叫）、将军虫、秋虫、斗鸡、地喇叭、灶鸡子、孙旺、蟙、促织、趣织、赚绩、吟蛩、晴蜊、络纬等，"和尚"则是对蟋蟀生出双翅前的叫法。由此可见，蟋蟀虽小，却与人类感情联系颇深。我国人民对蟋蟀的观察和欣赏已有数千年的历史，这可以从出土的新石器时代的甲骨文中得到证明。新石器时代，甲骨文中的"秋"字形似蟋蟀，蟋蟀声声，表明秋天已到。先秦时代的《诗经》中就有《蟋蟀》篇，人们已观察到秋季转凉，蟋蟀入堂的规律，留下了"蟋蟀在堂""十月蟋蟀入我床下"的诗句。《楚辞·九辩》："澹容与而独倚兮，蟋蟀鸣此西堂。"汉代公孙乘的《月赋》有："鹍鸡舞于兰渚，蟋蟀鸣于西堂。"这小虫悦耳的音乐般的鸣声在不同境遇的古人心中往往会引发不同的感受。古谚云："蟋蟀鸣，懒妇惊。"这是说古代妇女一听到蟋蟀的叫声，便知道秋天已到，离冬天不远了，于是抓紧时间纺织，缝制寒衣。异乡游子听到它，则不禁会感到其声幽然，如泣如诉，犹如孤雁哀鸣，怅惘而生思乡之情；深宫佳丽听到它，则借以排遣宫禁的寂寞和苦闷。

人们何时开始畜养蟋蟀以欣赏其鸣声已难以稽考。今日可见之著述、可资考证者，最早的是五代王仁裕著的《开元天宝遗事》。书中记载："每至秋时，宫中妃妾辈，皆以小金笼捉蟋蟀，闭于笼中，置之枕函畔，夜听其声。庶民之家皆效之。"在玩赏的过程中，人们发现雄性蟋蟀好斗的习性，于是兴起斗蟋蟀之游戏。尔后，又发展成赌博。《帝京景物略》："七月始斗促织，壮夫士人亦为之，斗有场，场有主者，其养之又有师。"《五杂俎》："三吴有斗促织（蟋蟀）之戏，斗之有场，盛之有器，必大小相配，两家审视数回，然后登场决赌。"《蠡海集》："蛬近阴，依于土，以阳而为声，故背翅鸣，然其性阴妒，故相遇必争斗。"宋时，盛行斗蟋蟀之戏。《西湖老人繁胜录》："促织盛出，都民好养，或用银丝为笼，或作楼台为笼，或黑退光笼，或瓦盆竹笼，或金漆笼，板笼甚多。每日早晨，多于官巷南北作市，常有三五十火斗者。乡民争捉入城货卖，斗赢三两个，便望卖一两贯钱。若生得大，更会斗，便有一两银卖。每日如此。九月尽，天寒方休。"至南宋，斗蟋蟀已不限于京师，也不限于贵族。市民乃至僧尼也雅好此戏。相传道济（喜嗜酒肉的有名和尚济颠僧）也曾为被称为"铁枪"的蟋蟀之死而伤悼，为之安葬，并作悼词、祭文，以为纪念。甚至，嗜蟋者死后，亦将蓄蟋用具随葬。话本小说《济公传》中有一回说到济公同秦相爷的儿子斗蟋蟀，小施法术，赢了不少钱财，又将蟋蟀卖给秦公子，然后散财济贫。又施法术让蟋蟀跑掉，秦公子为捉虫，把相府厅堂拆得乱七八糟。这虽仍是济公惩恶扬善一类故事，但也反映出了南宋都城临安斗蟋之风的盛行。南宋宰相贾似道更是沉湎于斗蟋蟀到误国的程度，此人曾以右丞相之职领兵救鄂州（今湖北武昌），但他畏敌如虎，踌躇不前，私向蒙古军统帅忽必烈求和，答应称臣纳币，而后诈称败敌凯旋。从此专权多年，封太师，平章军国重事。他"日坐葛岭，起楼台亭榭"，在西子湖畔建造了一座豪华的别墅"半闲堂"。襄樊被蒙古军围攻数年，告急文书连连报到相府，他却隐匿不报，又不派兵驰援，把军国大事抛诸脑后，成天在"半闲堂"中"日肆淫乐，拥姬妾据地斗蟋蟀"，以至"累月不朝"。其间狎客入戏之曰："此军国重事耶？"他听到竟然一点儿不脸红。明清两代历时五百四十三年，斗蟋蟀之风经久不衰，尤以明代宣德年间为甚。明宣宗朱瞻基酷嗜促织之戏，甚至下诏书到各州县征索，岁岁有征，民不堪扰。百官中，凡献一头优等蟋蟀，便可早获升擢，一时成为仕进捷径。据《王弇州史料》记载，明宣德九年（1434）七月，皇帝下诏书给苏州知府况钟采办促织："比者内官安儿吉祥采取促织，今所进促织数少，又多有细小不堪的。已敕他每于末后进运，自要一千个。敕至，而可协同他干办，不要误了。"收觅千头上好蟋蟀，谈何容易。一敕至府，健夫小儿常"群聚草间，侧耳往来，面貌兀兀，若有所失""至于溷厕之中，一闻其声，踊身疾趋如馋猫"（明袁宏道《畜促织》）。当时，捕斗蟋蟀之风席卷苏城，成为众人趋之若鹜的一大时尚。民谣云："促织瞿瞿叫，宣德皇帝要。"这句民谣含蓄地表达了人民群众的怨愤。有一个姓朱的征抚献上了一头苏州上方山出的"黄大头"，在宫中大出风头，而官升两级。但对平民百姓来说，为进贡一头蟋蟀而倾家荡产、家破人亡者不在少数。吕毖《明朝小史·宣德记》记载："宣宗酷好促织之戏，遣使取之江南，价贵至数十金。枫桥一粮长，以郡督遣觅得一最良者，用所乘骏马易之。妻谓骏马所易，必有异，窃视之，跃出为鸡啄食，惧，自缢死。夫归，伤其妻，亦自经焉。"蒲松龄《聊斋志异》中的名篇《促织》十分真实生动地写出了皇帝玩蟋蟀给人民群众带来的深重苦难，控诉皇帝和各级官僚对人民的野蛮残害。曲折动人的故事说明，封建官场上没有什么是非标准，一切以能否讨好上司为目的。明末奸相马士英为人酷似贾似道，从声色货利，直至好斗蟋蟀。局势严峻，清兵临江，他犹以蟋蟀为戏，一时被称为"蟋蟀相公"。最后蹈贾似道覆辙，加速了明朝覆亡。清朝的王公贵族，是在入关后才开始嗜斗蟋蟀的。每年秋季，京师就架设起宽大的棚场，开局赌博。牵头的是织造府，因蟋蟀有促织之名，也就隶属于织造府的管辖范围了。织造府为此发表告示规条，兴师动众，一时北京城成了一座蟋蟀角逐的赌城。

行笔至此，似乎蟋蟀被视为"不祥之物""亡国之音"；凡养蟋蟀之人必被视为"不务正业"，必会"玩物丧志"。其实，也不尽然，古往今来，把养蟋蟀作为一种业余雅趣的人也不胜枚举，关键在于养斗蟋蟀者本身的志趣所在以及情之所钟。中国蟋蟀文化历史悠久，源远流长，历代文人雅士将斗、养蟋蟀作为一种精神寄托和消遣。不少人对此进行研究，编撰了各种《促织经》及《虫谱》，形成了系统理论。自宋以来，苏轼、黄庭坚、袁宏道、倪云林、齐白石等都雅好此物，由此而产生的诗文和书画作品更是不胜枚举。可见，畜养鸣虫和斗蟋蟀不但是一项普及的娱乐活动，而且正在成为一种时尚，能让人享受到大自然的无穷乐趣，获得独特的艺术感悟。近年来，随着人们生活水平的提高、文化娱乐活动的多样化，民间斗蟋之风复起，上海出现近万人参与的蟋蟀市场，天津等一些城市已建立起蟋蟀协会，组织斗蟋蟀大赛，大有盛况空前之势。斗蟋蟀已不是少数人的赌博手段，它已经和钓鱼、养马、种花一样，成为广大人民彼此交往、陶冶性情的文化生活的一部分，或可称之为"蟋蟀文化"。这一文化传统能流传千年而不衰，其魅力在于人们能从捕捉选购、家中喂养、聆听鸣声、观赏相斗等一系列活动中享受到无穷乐趣，感受到人和自然的融合、天人合一的意境，还可以从种类繁多、精巧绝伦的许多虫具笼器中获得独特的艺术享受。北宋著名诗人黄庭坚认为，蟋蟀虽小，却具"五德"。何谓"五德"？曰："鸣不失时，信也；遇敌必斗，勇也；伤重不降，忠也；败则不鸣，知耻也；寒则归宁，识时务也。"此"五德"对人有借鉴、对照和激励作用，能给人以有益的启示。特别值得一提的是，蟋蟀一声，牵动了海峡两岸诗人的心。台湾诗人余光中有四首写蟋蟀的诗，依次是《雨后寄夏菁》《纱田之秋》《蟋蟀与机关枪》《蟋蟀吟》。他说："在海外，夜间听到蟋蟀叫，还会以为那是四川乡下听到的那一只。"四川诗人流沙河（余勋坦）由此感发，写有《就是那一只蟋蟀》一诗。两岸蟋蟀和鸣，两岸诗人也合唱。其后，一个高秋时节，那一声蟋蟀弹响了台湾诗人洛夫的心弦，他也不禁唱出了一首其声清凉而哀苦的《蟋蟀之歌》。想不到小小的蟋蟀也为两岸人民对同宗同祖的文化认同，贡献了一段动人的佳话。真是令人称奇。

目前，市场上介绍蟋蟀的各类书籍数量不少，但大多局限于介绍蟋蟀一般的养护常识，鲜有诗词类书籍，难免失之流俗。鉴于此，著者不揣谫陋，编选了《历代蟋蟀诗词曲赋品读》这本小册子，作为引玉之砖，以期获得更多同好的指正。

目　录

1

13

诗经·唐风

蟋　蟀①

蟋蟀在堂②，岁聿其莫③。

今我不乐④，日月其除⑤。

无已大康⑥，职思其居⑦。

好乐无荒⑧，良士瞿瞿⑨。

蟋蟀在堂，岁聿其逝⑩。

今我不乐，日月其迈⑪。

无已大康，职思其外⑫。

好乐无荒，良士蹶蹶⑬。

蟋蟀在堂，役车其休⑭。

今我不乐，日月其慆⑮。

无已大康，职思其忧⑯。

好乐无荒，良士休休⑰。

【注释】

①蟋蟀：虫名，又名促织，也叫蛩蜥。雄者能两翅摩擦发声，好斗，长于跳跃，人常饲养，使其互斗，以供玩赏。《周书·时训解》："小暑之日，温风至。又五日，蟋蟀居辟。"《诗序》以为本诗旨在讽刺晋僖公"俭不中礼"，后人认为此说法牵强无理，不可信。②堂：前厅，正室。《论语·先进》："由也升堂矣，未入于室也。"③聿：语气词。莫：暮。以上两句是说，蟋蟀在厅堂，一年行将结束。④今我不乐：今时不行乐。⑤除：流逝，过去。此句是说，光阴流逝不复返。⑥已：甚，太。大：通"泰"，安定。《荀子·富国》："故儒术诚行，则天下大而富。"此句是说，不可太安乐。⑦职：助动词，当。《尚书·秦誓》："人之彦圣，其心好之，不啻若自其口出；是能容之，以保我子孙黎民，亦职有利哉！"此句是说，当想工作。⑧好乐无荒：好乐业，不荒废。⑨良士：贤士。瞿瞿：谨慎、勤勉的样子。⑩岁聿其逝：今年已不长。⑪日月其迈：光阴去不返。⑫职思其外：职外得兼管。⑬蹶蹶：动作勤敏的样子。⑭役车：安上方箱的运输车。⑮慆：过去，消失。⑯忧：担心、忧虑。《吕氏春秋·知分》："禹仰视天而叹曰：'吾受命于天，竭力以养人。生，性也；死，命也。余何忧于龙焉？'"⑰休休：安闲、乐善的样子。《孔传》："休休，乐善之貌。"

【品读】

这是一首劝人勤勉奋发的诗。诗人以候虫对气候变化的反应来表示季节，时维岁暮，时

1

光流逝，感物伤时，提醒人们不要好乐而荒废事业，要像贤士那样常怀忧患之心，做到勤奋向上。本诗多用"兴"的手法，欲进故退，直吐心曲，重章反复抒发，语言真挚自然，不加修饰，却充满诗人的人生体悟和智慧，极具现实意义。

无名氏

明月皎夜光

明月皎夜光，促织鸣东壁①。

玉衡指孟冬②，众星何历历③。

白露沾野草，时节忽复易④。

秋蝉鸣树间，玄鸟逝安适⑤？

昔我同门友⑥，高举振六翮⑦。

不念携手好，弃我如遗迹⑧。

南箕北有斗⑨，牵牛不负轭⑩。

良无磐石固⑪，虚名复何益？

【注释】

①促织：蟋蟀。②玉衡：既指北斗星七星中的第五星，又可以指北斗的斗柄三星。北斗七星形状像个舀酒的斗，第一星至第四星成勺形，叫斗魁，第五星至第七星为斗柄。指孟冬：由于地球绕日公转，若每天在一固定时刻看北斗某一星，则每年旋转一周，每月变一方位（30度），所以古人以固定时间的斗星所指的方位来辨节令的推移。本篇第一句说明时间是半夜，这时看玉衡所指的方位（西北）知道节令已到孟冬（夏历十月）。③历历：分明貌。④时节复易：由秋到冬。⑤玄鸟：燕子。以上所描写的是季秋之月初立冬时的景物。⑥同门友：同学。⑦六翮：鸟的翅膀。"振六翮"：以鸟的高飞比人的腾达。⑧如遗迹：如行人遗弃脚迹一样。⑨南箕：星名，即箕宿。箕宿四星，连起来成梯形，也就是簸箕形。"斗"指南斗星。"北有斗"，南斗六星，聚成斗形，当它和箕星同在南方的时候，箕在南，斗在北。《诗经·大东》："维南有箕，不可以簸扬；维北有斗，不可以挹酒浆。"言箕星和斗星徒然有箕斗的名称，而没有簸米去糠和舀酒的实用。本篇只引用了《诗经》中诗句的上半句，让读者自己去联想下半句的意思，这是歇后的手法。⑩牵牛：星名，河鼓三星之一。它是天鹰座主星，在银河南，民间通称为扁担星。"轭"，车前加在牛颈上的部分。牛拉车必须负起轭来；"不负轭"就是不拉车。《诗经·大东》："睆彼牵牛，不以服箱。"这句是说牵牛星名叫牵牛而不能用来拉车，本篇用此意思而略改说法。以上两句是用星宿的有虚名无实用来比喻朋友的有名无实。⑪磐石：大石。这句是说朋友交情不能像磐石那样坚固而不可移。

【品读】

这首诗写的是悲秋和对世态凉薄的怨愤。前半首写景物和景物所引起的"时节复易"之感，后半首写朋友结新贵而弃旧交和因此而引起的"虚名何益"之感。

东城高且长

东城高且长，逶迤自相属①。
回风动地起②，秋草萋已绿③。
四时更变化，岁暮一何速。
晨风怀苦心④，蟋蟀伤局促⑤。
荡涤放情志，何为自结束⑥？
燕赵多佳人⑦，美者颜如玉。
被服罗裳衣，当户理清曲。
音响一何悲⑧！弦急知柱促。
驰情整中带，沉吟聊踯躅⑨。
思为双飞燕，衔泥巢君屋。

【注释】

① 逶迤：长貌。相属：连续不断。② 回风：旋风。③ 萋：盛也。"萋已绿"，犹言"萋且绿"。以上四句写景物，这时正是秋风初起，草木未衰，但变化即将到来的时候。④ 晨风：《诗经·秦风》篇名。《晨风》是女子怀人的诗，诗中说"未见君子，忧心钦钦"，情调是哀苦的。⑤ 蟋蟀：《诗经·唐风》篇名。《蟋蟀》是感时之作，大意是因岁暮而感到时光易逝，因而生出及时行乐的想法，又因乐字而想到"好乐无荒"，而以"思忧"和效法"良士"自勉。局促，言所见不大。⑥ 结束：犹拘束。以上四句是说《晨风》的作者徒然自苦，《蟋蟀》的作者徒然自缚，不如扫除烦恼，摆脱羁绊，放情自娱。⑦ 燕赵：多指今河北省。古时属冀州之地。春秋时为燕、晋诸国，战国时为燕、赵、中山以及魏、齐等国。燕赵大地北控长城，南界黄河，西倚太行，东临渤海，地形、地貌千姿万态，自然、人文景观丰富多彩。⑧ 一何：何其、多么。⑨ 踯躅：且前且退貌。

【品读】

这首诗感叹年华容易消逝，主张荡涤忧愁，摆脱束缚，采取放任情志的生活态度。结构是从外写到内，从景写到情，从古人的情写到今人的情。诗人在"东城高且长"的风物触发下，鸟苦虫悲的苍凉之境中，做了一个"白日梦"。他处在苦闷时代，无法摆脱苦闷，而由这种苦闷触发滔荡之思。当诗人从"白日梦"中醒来时，倍觉凄怆和痛苦。

旧题李陵赠苏武诗①

烁烁三星列②，拳拳月初生③。
寒凉应节至，蟋蟀夜悲鸣。

晨风动乔木④，枝叶日夜零。

游子暮思归，塞耳不能听。

远望正萧条，百里无人声。

豺狼鸣后园，虎豹步前庭。

远处天一隅，苦困独零丁。

亲人随风散，历历如流星。

三萍离不结⑤，思心独屏营⑥。

愿得萱草枝⑦，以解饥渴情⑧。

【注释】

①《文选》卷三七李密《陈情事表》李善注引此诗"远处天一隅，苦困独零丁"两句，谓出李陵《赠苏武诗》，与《古文苑》以"李陵录别诗"收录此篇同，是唐人根据流传于晋、齐时李陵众作得出的看法，并不可信。这里仅当作汉末一般的游子思归之作。李陵：字少卿，西汉陇西成纪（今甘肃秦安）人，名将李广的孙子，善骑射。武帝时，为骑都尉。汉天汉二年（前99年），李陵率领步卒五千出击匈奴，在士卒死伤殆尽的情况下，败降匈奴。在匈奴二十余年，汉元平元年（前74）病死。苏武：字子卿，杜陵（今陕西西安）人，代郡太守苏建之子，西汉大臣，武帝时为郎。汉天汉元年（前100）奉命以中郎将持节出使匈奴，被扣留。留居匈奴十九年持节不屈。汉始元六年（前81）方获释归汉，告别李陵。苏武归汉后，曾写信给李陵，招他归汉。李陵回书《答苏武书》。苏武去世后，汉宣帝将其列为麒麟阁十一功臣之一，彰显其节操。②烁烁：闪光貌；三星：参宿三星。③拳拳：弯曲貌。④乔木：高大的树木。⑤三萍：逯钦立《先秦汉魏晋南北朝诗》谓"萍当为'荆'之讹字"，果如此，则"三荆"当为游子的故乡所在之地。但三荆又与"山荆"同音，也可看作游子自称自己的妻子。离不结：分别后再无音信，断了联系。⑥屏营：彷徨，来回走动。⑦萱草："谖草"，相传能令人忘掉忧愁。⑧饥渴：如饥食渴。语本《诗经·小雅·采薇》："忧心烈烈，载饥载渴。"

【品读】

时当深秋之夜，独处天一隅，远离亲人，因时伤感，睹物思乡，入目皆愁，闻声俱哀，叹孤嗟悲，情不能已。游子内心之痛苦无法言传和排解。此诗情、景、物融和，于自然中见朴直蕴藉，情感抒发尤为真切感人。

王 粲

【作者简介】

王粲（177—217），字仲宣，东汉山阳高平（今山东邹城西南）人，"建安七子"之一。汉末，因避乱往依荆州刺史刘表，未被重视。后归曹操，辟丞相掾，迁军师祭酒。魏国立，拜侍中。后随曹操南征孙权，病卒于途中。事迹具《三国志》卷二十本传。王粲才思横溢，其诗赋被称为"七子之冠冕"（刘勰《文心雕龙》）。有集十一卷，已佚，明人辑有《王侍中集》，今又有《王粲集》。

从军诗五首（其三）

从军征遐路①，讨彼东南夷②。
方舟顺广川③，薄暮未安坻④。
白日半西山，桑梓有余晖。
蟋蟀夹岸鸣，孤鸟翩翩飞。
征夫心多怀，恻怆令吾悲⑤。
下船登高防⑥，草露沾我衣。
回身付床寝，此愁当告谁？
身服干戈事，岂得念所思。
即戎有授命，兹理不可违。

【注释】

① 遐路：远路，长途。② 东南夷：此指三国吴统治者孙权，曹操实现统一大业的主要对手之一。③ 方舟：此指战船。广川：宽阔的大河。④ 薄暮：傍晚。未安坻：还没有靠岸宿营。⑤ 恻怆：哀伤。⑥ 高防：高高的河堤。

【品读】

诗人通过景物描写，将暮色中的行军、夕阳下的桑梓及蟋蟀、孤鸟等富有特征的景物有机地编织在一起，构成一幅典型的"悲秋图"，以景写情，情景融合，有力地烘托了诗人孤寂、凄凉、悲愁的心情。诗人紧接着笔锋一转，犹如狂飙突起，急转直上，"身服干戈事，岂得念所思。即戎有授命，兹理不可违"，感情的波涛喷泻而出，一位有远大抱负、为了事业成功而不惜抛弃个人一切的志士形象凸显在读者眼前，慷慨悲凉，令人击节三叹。

阮　籍

【作者简介】

阮籍（210—263），字嗣宗，陈留尉氏（今属河南）人，好学博览，尤慕老、庄，反对名教，向往自然，旷达不拘礼俗。他不愿与司马氏政权合作，采取虚与委蛇的态度，纵酒谈玄，不问世事，做消极的反抗。《咏怀》诗八十二首，格调高浑，感慨至深，使他成为正始时代最重要的诗人。

咏　怀

其十四

开秋兆凉气①，蟋蟀鸣床帏②。
感物怀殷忧③，悄悄令心悲。
多言焉所告④，繁辞将诉谁。
微风吹罗袂⑤，明月耀清辉。
晨鸡鸣高树，命驾起旋归⑥。

【注释】

①兆：征兆，预兆。②床帏：床帐。③殷忧：深深的忧愁。骆宾王《萤火赋》："感秋夕之殷忧，叹宵行以熠熠。"④焉：安，何。犹今谓"哪里"。⑤罗袂：丝织物的衣袖。⑥命驾：命人驾车。《左传·哀公十一年》："退，命驾而行。"

【品读】

这是一首借时序的变换、候虫的鸣叫抒写"忧生嗟乱"情怀的诗。诗人外表放达，内心却十分寂寞、痛苦和愤懑。秋凉夜深，蟋蟀悲鸣，独坐无人，倾诉无人，长夜凄惶，壮志难酬之情溢于纸上。

其七十一

木槿荣丘墓①，煌煌有光色②。
白日颓林中③，翩翩零路侧④。
蟋蟀吟户牖⑤，蟪蛄鸣荆棘⑥。
蜉蝣玩三朝⑦，采采修羽翼⑧。
衣裳为谁施，俯仰自收拭⑨。
生命几何时，慷慨各努力。

【注释】

①木槿：木名。落叶灌木，夏秋开红、白或紫色花，朝开暮敛。唐钱起《避暑纳凉》："木槿花开畏日长，时摇轻扇倚绳床。"丘墓：坟墓。②煌煌：光辉的样子。《诗经·陈风·东门之杨》："昏以为期，明星煌煌。"③颓：坠落，落下。陶弘景《答谢中书书》："夕日欲颓，沉鳞竞跃。"④翩翩：动作轻盈的样子。唐李白《高句骊》："翩翩舞广袖，似鸟海东来。"零：凋谢、零落。《论衡·异虚》："睹秋之零实，知冬之枯萃。"⑤户牖：门窗。⑥螗蛄：寒蝉。体呈黄绿色，翅有黑白条纹，寿命只有四五周。雄虫腹部有发音器，夏末自早至暮长鸣不已。《楚辞·招隐士》："岁暮兮不自聊，螗蛄鸣兮啾啾。"⑦蜉蝣：一种生存期限很短的昆虫。《荀子·大略》："饮而不食者，蝉也；不饮不食者，蜉蝣也。"⑧采采：茂盛的样子。《诗经·秦风·蒹葭》："蒹葭采采，白露未已。"⑨俯仰：俯仰。俛通"俯"。拭：揩，擦。

【品读】

这首诗抒写阮籍感物伤时、嗟叹人生苦短的情怀。然而诗人不说破，用木槿零落来暗示，用蟋蟀、螗蛄的鸣叫来烘染，用蜉蝣修羽翼来启迪，将忧时之思表达得深藏不露，真所谓"言在耳目之内，情寄八荒之表"（钟嵘《诗品》）。但诗人不甘沉沦，仍忍不住要大声疾呼："生命几何时，慷慨各努力。"振聋发聩，催人奋进。

夏侯湛

【作者简介】

夏侯湛，字孝若，沛国谯县（今安徽亳州）人，西晋文学家，代表作有《抵疑》《昆弟诰》等。

秋夕哀

秋夕兮遥长，哀心兮永伤。

结帷兮中宇^①，屣履兮闲房。

听蟋蟀之潜鸣，睹游雁之云翔。

寻修庑之飞檐^②，览明月之流光。

木萧萧以被风，阶缟缟以受霜^③。

玉机兮环转^④，四运兮骤迁^⑤。

衔恤兮迄今^⑥，忽将兮涉年。

日往兮哀深，岁暮兮思繁。

【注释】

① 中宇：天空。② 修庑：长廊。③ 缟缟：洁白。④ 玉机：北斗星。⑤ 四运：四季运行。⑥ 衔恤：心怀忧伤。语本《诗经·小雅·蓼莪》："出则衔恤，入则靡至。"

【品读】

这是一首抒写秋夕凄景与哀情的诗。诗人调动视觉、听觉，由内及外，多角度地描绘秋夕的凄清景象。诗人夜不能寐、踯躅空房，"听蟋蟀之潜鸣，睹游雁之云翔"，揽衣出户，沿着筑有飞檐的长廊徘徊于月光之下，但见秋风紧，木叶摇落，秋霜降，台阶尽白。笔触所至，突出了秋气侵袭万物之凌厉，状声绘色，形象颇鲜明生动。然后诗人笔锋一转，从玉机环转、四运骤迁感慨人生之忧，曲折地表现了人生的觉醒和对生命的依恋。

张　载

【作者简介】

张载，字孟阳，安平（今河北安平）人，生卒年不详，性格娴雅，博学善属文。《濛汜赋》是其成名之作，傅玄见而奇之。以车相迎，言谈尽日，为之延誉。张载由此知名。起家著作郎，累官太子中舍人，迁乐安相、弘农太守。长沙王乂请为记室督，拜中书侍郎，复领著作。他看到世乱方亟，打消仕进意念，托病告归，终于家里。文以《剑阁铭》较著名。其诗今存十余首，以《七哀诗》两首较可诵，萧统《文选》收之。《隋书·经籍志》著录有文集十卷，已佚。明人张溥把他与张协的作品辑为一编《张孟阳景阳集》，收在《汉魏六朝百三家集》中。

七哀诗（其二）

秋风吐商气①，萧瑟扫前林。
阳鸟收和响②，寒蝉无余音③。
白露中夜结④，木落柯条森⑤。
朱光驰北陆⑥，浮景忽西沉⑦。
顾望无所见，惟睹松柏阴。
肃肃高桐枝，翩翩栖孤禽。
仰听离鸿鸣，俯闻蜻蛚吟⑧。
哀人易感伤，触物增悲心。
丘陇日已远⑨，缠绵弥思深。
忧来令发白，谁云愁可任。
徘徊向长风，泪下沾衣襟。

【注释】

①商气：秋气，亦即萧瑟之气。②阳鸟：鸿雁之类候鸟。《书·禹贡》："彭蠡既猪，阳鸟攸居。"孔传："随阳之鸟，鸿雁之属。"孔颖达疏："此鸟南北与日进退，随阳之鸟，故称阳鸟。"唐梁献《王昭君》："一闻阳鸟至，思绝汉宫春。"③寒蝉：秋蝉。④中夜：半夜。⑤柯条：枝条。三国魏曹丕《感离赋》："柯条憯兮无色，绿草变兮萎黄。"⑥朱光：赤光，红色光亮。南朝宋谢庄《怀园引》："汉水初绿柳叶青，朱光蔼蔼云英英。"北陆：北方之地。⑦浮景：流动的霞光。西沉：太阳西沉，黑夜即将降临。⑧蜻蛚：蟋蟀。汉王充《论衡·变动》："是故夏末，蜻蛚鸣，寒螀啼，感阴气也。"⑨丘陇：垄亩、田园。

【品读】

这首诗通过景物描绘，寓情于景，感悟哀伤，表现了诗人在黑暗现实中的失意、孤独和苦闷的心情，读来凄怆感人。

诗的前十二句，诗人用极简练的笔触勾勒起一幅苍凉的秋景图：但见秋风萧瑟；木叶尽扫；阳鸟、寒蝉悄无余音；白露中夜凝结成霜，森罗的枝条衰败凄凉；夕阳西沉，黑夜即将降临；回顾重望，唯见松柏及栖居于桐枝上的孤禽。这荒败清冷而岑寂的秋景怎不令人感伤！更令人心悸的是中间的仰听离鸿的悲鸣，俯闻蟋蟀的低吟，使哀伤、多感的诗人触物生景，增添无穷的伤悲。最后六句是诗的第三层，诗人抒发缠绵忧思，人生短促，又无法排解心中的苦闷之情，如此，诗人只能面对秋风，任泪沾长襟了。

张 协

【作者简介】

张协，字景阳，安平（今河北安平）人。张载弟，少有俊才，与张载齐名。与兄张载、弟张亢都是西晋有名的文人，时称"三张"。清简寡欲，晚年屏居草泽，以吟咏自娱。协诗描写生动，造语清警。

杂 诗

其 一

秋夜凉风起，清气荡暄浊①。

蜻蛚吟阶下②，飞蛾拂明烛。

君子从远役，佳人守茕独③。

离居几何时？钻燧忽改木④。

房栊无行迹⑤，庭草萋以绿。

青苔依空墙，蜘蛛网四屋。

感物多所怀，沉忧结心曲⑥。

【注释】

① 荡暄浊：扫除热蒸混浊之气，给人清爽之感。暄：温暖。② 蜻蛚：蟋蟀。③ 茕独：孤独无依的人。《诗经·小雅·正月》："哿矣富人，哀此茕独。"④ 钻燧：钻木取火。⑤ 栊：有格子的窗户。⑥ 心曲：心中深隐之处。

【品读】

这是一首佳人感时怀远的诗。诗中的女主人怀念她久役不归的丈夫，感情起伏回荡，细致曲折，心中郁结着一种说不出的辛酸与悲楚，读来十分感人。诗人对环境、气氛做了有力的渲染，为读者勾画出了一个清晰的画面：秋夜凉风嗖嗖，蟋蟀悲鸣，飞蛾拂火，佳人独守空房，踟蹰彷徨，唯有庭草萋萋，青苔依墙，却不见远役的亲人归来。一种孤寂之感涌上她的心头，她独自默默地呼唤着丈夫，不得不咽下痛苦的泪水。诗人以情绘景，以景托情，使诗歌富于生活气息，表现出一种强烈的感染力。

王　瓒

【作者简介】

王瓒（？—311），字正长，西晋义阳（今河南新野）人，历官太子舍人、侍中、陈留内史。西晋末为石勒所俘，未几，被杀。有集五卷，已佚。《先秦汉魏晋南北朝诗》辑得其诗五首。

杂　诗

朔风动秋草①，边马有归心。

胡宁久分析，靡靡忽至今②？

王事离我志③，殊隔过商参④。

昔往仓庚鸣⑤，今来蟋蟀吟。

人情怀旧乡，客鸟思故林。

师涓久不奏⑥，谁能宣我心！

【注释】

① 朔风：北风。② "胡宁久分析，靡靡忽至今"意谓：我这游子啊为何久出不归，离亲别故？胡、宁都是"何"的意思。析与"分"同义。③ 王事：王命差遣的公事。语本《诗经·小雅·北山》："王事靡盬，忧我父母。"④ 商参：二十八宿的商星与参星，商在东，参在西，此出彼没，永不相见。后以"商参"比喻人分离不能相见。⑤ 仓庚：亦作"鸧鹒"，黄莺的别名。语本《诗经·豳风·东山》："仓庚于飞，熠耀其羽。"⑥ 师涓：春秋时期卫国的著名音乐家，以擅弹琴著称。

【品读】

这是一首行役者自抒其忧思的歌。北风萧萧，来自北方边地的马儿也起了归心。诗人王命在身，远离亲人久别不归，触景生情，惹动了乡愁，回忆往日离家时的情景，黄莺啼啭，春风骀荡，而此刻已届岁暮，仍不能还家，耳闻蟋蟀悲鸣，更觉孤寂凄凉，哀怨酸楚。人总是怀念家乡，鸟儿无不思念故林。啊，高明的乐师早已不在，谁能弹奏出我满怀的愁绪？

谢 混

【作者简介】

谢混（？—412），字叔源，小字益寿，东晋陈郡阳夏（今河南太康）人，名臣谢安之孙、谢琰之子。袭爵望蔡公，历官中书令、中领军、尚书左仆射。东晋末，因党附荆州刺史刘毅，反对刘裕（宋武帝），为刘裕所杀。事迹附见《晋书》卷七九《谢安传》后。有集五卷，已佚，《先秦汉魏晋南北朝诗》辑得其诗及断句五首。

游西池 ①

悟彼蟋蟀唱 ②，信此劳者歌 ③。

有来岂不疾，良游常蹉跎。

逍遥越城肆 ④，愿言屡经过。

回阡被陵阙 ⑤，高台眺飞霞。

惠风荡繁囿 ⑥，白云屯曾阿 ⑦。

景昃鸣禽集 ⑧，水木湛清华 ⑨。

褰裳顺兰沚 ⑩，徙倚引芳柯 ⑪。

美人愍岁月，迟暮独如何 ⑫！

无为牵所思，南荣戒其多 ⑬。

【注释】

① 游西池：《文选》李善注说本篇为谢混游丹阳（今江苏南京市江宁区）西池，与友朋相与为乐之作。② 悟彼蟋蟀唱：指《诗经·唐风·蟋蟀》所写的人生道理，既要及时行乐，又要自誓不要太过分，以免自取灭亡。③ 信此劳者歌：指《诗经·小雅·伐木》所写的交友之道，劳者相与"伐木丁丁"，鸟儿相与"求其发声"，鸟儿尚知求友，人不可无友。④ 城肆：城中市场。《文选》李善注："郑玄《礼记》注曰：'肆，市中陈物处也。'"⑤ 陵阙：山陵，城阙。张铣注："陵，山陵；阙，城阙。"⑥ 惠风：和风。繁囿：草木繁茂的园囿。⑦ 曾阿：重叠的山陵。吕向注："曾，重也；阿，大陵也。"⑧ 景昃：太阳偏西。南朝梁江淹《倡妇自悲赋》："霜绕衣而葭冷，风飘轮而景昃。"⑨ "水木"句：水含清光，树显秀色。⑩ 褰裳：提起下裳。语本《诗经·郑风·褰裳》："褰裳涉溱。"兰沚：水中兰草生长的小块陆地。语本晋代潘岳《河阳作诗二首》："归雁映兰涘，游鱼动圆波。"涘与沚同，指水中的小块陆地。⑪ 芳柯：芳林的枝条。⑫ "美人愍岁月，迟暮独如何"两句：岁月不居，青春难驻，错过多少良游机缘。语本战国楚屈原《离骚》："惟草木之零落兮，恐美人之迟暮。"⑬ "南荣戒其多"语本《庄子·庚桑楚》："今（老子门徒庚桑楚）谓越（庚桑楚门徒南荣趎）曰：'全汝形，抱汝生，勿使汝思虑营营。'"

意谓要澄心悟道，摒弃俗念，不为功名所累，而投入大自然的怀抱，尽情享受山水之乐。

【品读】

诗人撮取《诗经·唐风·蟋蟀》及《诗经·小雅·伐木》两诗大意，抒写结交良友、畅游山水的乐趣。可是岁月倏忽，良辰美景往往不得其时而错过，因此须十分珍惜。但见迂回的西池路上，高陵城阙在望，和风吹拂，草木繁茂，白云如絮，水含清光，树显秀色，夕阳晚照，鸣禽欢聚，沿着香草丛生的小洲，诗人与朋友不禁陶醉于自然美景之中，搴衣涉水，手攀芳林枝条，怡然自得。醉人的景色也触发了诗人的迟暮之感，诗人终于从《庄子》中寻到了答案："无为牵所思，南荣戒其多。"这是诗人的自我诫勉之辞，至今仍不失现实意义。

鲍　照

【作者简介】

鲍照（约 415—470），字明远，刘宋东海（今山东郯城一带）人，家世贫贱。临川王刘义庆任命他为国侍郎，宋文帝迁他为中书舍人。后临海王刘子琐镇荆州，鲍照为前军参军。子琐作乱，照为乱兵所杀。鲍照诗气骨劲健，语言精练，词采华丽，常常表现慷慨不平的思想情感。在刘宋一代的诗人中最为突出，尤其是七言诗对唐代作家颇有影响。

拟古（其七）

河畔草未黄①，胡雁已矫翼②。

秋蛩扶户吟③，寒妇成夜织④。

去岁征人还⑤，流传旧相识⑥。

闻君上陇时⑦，东望久叹息。

宿昔改衣带，朝旦异容色。

念此忧如何，夜长愁更多。

明镜尘匣中，宝瑟生网罗⑧。

【注释】

① 河畔：黄河畔。② "胡雁"句：北方的大雁已准备南飞。③ "秋蛩"句：蟋蟀靠近家门鸣唱。扶：靠近。④ 寒妇：贫寒人家的妇女。⑤ 去岁：去年。⑥ 流传：传布，传播。⑦ 上陇：此指上西北战场。陇：地区名，泛指今甘肃一带。⑧ 宝瑟：装饰华美的瑟。

【品读】

战争频繁，连年不断，征妇独守空闺，唯有拼命织布维持生计。每闻征夫消息，更添无限哀愁。征战给人民带来深重灾难，百姓苦不堪言。

江 淹

【作者简介】

江淹（444—505），字文通，梁济阳考城县（今河南兰考）人，出身孤寒，沉静好学，慕司马相如、梁鸿的为人。仕宋历齐入梁为散骑常侍，迁金紫光禄大夫，封醴陵侯。江淹所作诗歌古奥遒劲，稍近鲍照，世称"江鲍"。江淹曾奉命修史，撰《齐书》十志，今散佚。原有集，《隋书·经籍志》著录为九卷，已散佚。后人辑为《江文通集》，明人胡之骥有《江文通集汇注》。

效阮公诗十五首①（其十四）

夕云映西山②，蟋蟀吟桑梓③。

零露被百草，秋风吹桃李。

君子怀苦心，感慨不能止。

驾言远行游④，驱马清河涘⑤。

寒暑更进退，金石有终始。

光色俯仰间，英艳难久恃⑥。

【注释】

①阮公：指西晋诗人阮籍。②夕云：傍晚、黄昏的云。③桑梓：桑树和梓树是古代宅边常种的树，比喻家乡。④驾言：乘车。言，语助词。《诗经·邶风·泉水》："驾言出游，以写我忧。"⑤涘：水边。《诗经·秦风·蒹葭》："所谓伊人，在水之涘。"⑥英艳：花色的艳丽。

【品读】

这是一首应时感怀诗。作者借秋天的景物抒发自己内心的愁苦，表现身仕乱朝的矛盾痛苦，也寄托了自己的身世之痛。造语清新传神，情调哀怨，风格近似阮籍。

杜审言

【作者简介】

　　杜审言（约645—708），字必简，祖籍襄阳（今属湖北），迁居河南巩县。杜甫祖父，咸亨进士。唐中宗时，因与张易之兄弟交往，被流放峰州（今越南越池东南）。后官修文馆直学士。少与李峤、崔融、苏味道齐名，称"文章四友"。其五言律诗格律谨严，原有集已散佚，明人辑有《杜审言集》。

重九日宴江阴 ①

蟋蟀期归晚，茱萸节候新 ②。
降霜青女月 ③，送酒白衣人 ④。
高兴要长寿，卑栖隔近臣。
龙沙即此地 ⑤，旧俗坐为邻。

【注释】

　　① 重九日：农历九月九日为重阳节，旧俗有插茱萸、登高等活动。江阴：江的南边。古以水的南面为阴，亦指长江南岸地区。南朝宋鲍照《日落望江赠荀丞》："日落岭云归，延颈望江阴。"② 茱萸：植物名，香味浓烈，可入药。古代风俗，农历九月九日佩茱萸可避灾去邪。③ 青女月：阴历九月。青女：神话中霜雪之神。《淮南子·天文》："至秋三月……青女乃出，以降霜雪。"④ "送酒白衣人"：南朝宋檀道鸾《续晋阳秋》："陶潜尝九月九日无酒，出宅边菊丛中，摘菊盈把，坐其侧，望见白衣人至，乃王弘送酒也，即便就酌，醉而后归。"后用来形容赠酒、饮酒，或咏重阳节风物。⑤ 龙沙：沙洲名。在江西新建县北。《水经注·赣水》："又北经龙沙西，沙甚洁白，高峻而阤，有龙形，连亘五里中，旧俗九月九日升高处也。"

【品读】

　　这是一首节日缘景抒怀诗。诗人在重阳节与友人饮酒欢宴的同时，感慨岁月流逝，时光不再，表示要达观做人，养生益寿。与此同时，诗人认为要保持高尚的人格，不与得宠的"近臣"同流合污。

郭 震

【作者简介】

郭震（656—713），字元振，魏州贵乡（今河北大名东南）人，唐高宗李治咸亨四年（673）进士，任通泉县尉。武则天时，抵御吐蕃有功，被任命为凉州都督、陇右诸军州大使。神龙中，迁安西大都护。先天元年任朔方大总管。次年因军容不整，流配新州，不久起用为饶州司马，病死于赴任途中。《全唐诗》存其诗二十三首。

蛩

愁杀离家未达人①，一声声到枕前闻。
苦吟莫向朱门里②，满耳笙歌不听君。

【注释】

①未达：未至显达，未至显贵。②朱门：贵族官宦的门第。

【品读】

远离家乡，宦海沉浮，仕途蹭蹬，心中愁苦有谁知？唯有这秋天的蟋蟀怜悯，一声声到枕前抚慰。蟋蟀啊，苦吟莫向朱门里；对于沉浸在满耳笙歌里的显贵，岂不是对牛弹琴？诗人以蟋蟀自喻，用心不可谓不苦。

王 维

【作者简介】

王维（？—761），字摩诘，河东蒲州（今山西运城）人。唐开元九年（721）进士及第，曾任右拾遗、幕府判官、中书舍人，尚书右丞。王维以诗名盛于开元、天宝年间，善书画，通音律，晚年奉佛，为唐代山水田园诗派代表诗人，有《王右丞集》。

早秋山中作①

无才不敢累明时②，思向东溪守故篱。

岂厌尚平婚嫁早③，却嫌陶令去官迟④。

草间蛩响临秋急⑤，山里蝉声薄暮悲。

寂寞柴门人不到⑥，空林独与白云期。

【注释】

① 山中：一作"山居"。② 明时：政治清明的时代。③ 尚平婚嫁：东汉人向子平，一作尚长字子平，隐居不仕，料理完子女婚嫁后，离家出游，不知所终。后世用作咏出世隐遁的典故。《后汉书》卷八十三《逸民传·向长传》："向长字子平，河内朝歌人也。隐居不仕，性尚中和，好通《老》《易》……男女婚嫁既毕，敕断家事勿相关，当如我死也。于是遂肆意，与同好北海禽庆俱游五岳名山，竟不知所终。"《文选》卷二十六南朝宋谢灵运《初去郡》："毕娶类尚子。"唐李善注："嵇康《高士传》曰：'尚长，字子平，河内人，隐避不仕，为子嫁娶毕，敕家事断之，勿复相关，当如我死矣。'"④ 陶令去官：晋陶潜不为五斗米折腰，辞去彭泽令，归隐田园。见《晋书》本传。⑤ 蛩：蟋蟀，俗名促织。⑥ 柴门：用荆条、树枝编织的简陋之门，喻隐居清寒的生活状况。

【品读】

此诗貌似平淡，实则隐含有骚人之意。前半反写，微露忧愤；后半正写，表现悲寂。悲寂寓于秋声，忧愤则隐于虚词。"不敢""思向""岂厌"和"却嫌"皆有深层底蕴，不苟合于世道而出以反语，读者需要识破诗人的"伪装"。古来隐逸之人皆非一味恬淡，忘怀世事也。多数不满于世道而归隐山林，陶潜如此，王维亦然，于此可见证也。

杜 甫

【作者简介】

杜甫（712—770），字子美，自号少陵野老、杜陵布衣，世称杜工部。原籍襄阳，自曾祖迁居巩县（今河南巩义）。两度应进士试，皆不第。唐玄宗时授右卫率府兵曹参军，唐肃宗时拜左拾遗，迁华州司功参军，唐代宗时任检校工部员外郎。他的诗融合众长，兼备诸体，内容博大精深，语言凝练传神，风格多样而以沉郁顿挫为主，对后世影响巨大，被誉为"诗史"。有《杜工部集》。

促 织 ①

促织甚微细，哀音何动人。
草根吟不稳，床下夜相亲。
久客得无泪，放妻难及晨。
悲丝与急管 ②，感激异天真。

【注释】

① 促织：蟋蟀。② 悲丝与急管：形容蟋蟀之鸣叫声犹如丝竹管乐，悲鸣动人。

【品读】

诗人羁旅在外，终岁仆仆，不能与妻儿厮守，悲从中来，欲哭无泪，其生存状况与蟋蟀何异？明写蟋蟀，为之悲哀，实为夫子自道也。

戎 昱

【作者简介】

戎昱（生卒年不详，约生于 740 年前后，卒于 800 年后），荆南（今湖北江陵）人，少试进士不第，漫游荆南、湘、黔间，又曾客居陇西、剑南。唐大历初卫伯玉镇荆南，辟为从事，唐建中时谪为辰州刺史，后任虔州刺史。诗多吟咏客中山水景色和忧念时事之作。原有集已散佚，明人辑有《戎昱诗集》。

客堂秋夕

隔窗萤影灭复流①，北风微雨虚堂秋②。

虫声竟夜引乡泪③，蟋蟀何自知人愁④。

四时不得一日乐，以此方悲客游恶。

寂寂江城无所闻，梧桐叶上偏萧索⑤。

【注释】

① 萤影：萤火虫飞动的影子。唐白居易《长恨歌》："夕殿萤飞思悄然，孤灯挑尽未成眠。" ② 虚堂：空空的客堂。③ 竟夜：整夜。乡泪：思乡之泪。④ 何自：从哪里。⑤ 萧索：凄凉，萧条。唐杜甫《西园》："行过涠碧柳，萧索倚朱楼。"

【品读】

这是一首秋夜抒发怀乡思归之情的诗。秋天的雨夜，流萤飞闪，虚堂独坐，虫声悲鸣，引起诗人无限乡愁，竟夜未能入睡。江城寂寂，梧桐萧索，羁旅异乡，"四时不得一日乐"，游子之悲，蟋蟀何自能知？诗人通过对环境气氛的渲染，流露出滞留他乡的凄凉心情，含蓄隽永，深情绵邈，兼言情、景两面，正是其艺术的高妙之处。

钱 起

【作者简介】

钱起（710？—780？），字仲文，吴兴（今属浙江）人，唐天宝进士，曾任蓝田尉，官终考功郎中，"大历十才子"之一。诗以五言为主，多送别酬赠之作，有关山林诸篇，常流露追慕隐逸之意。有《钱考功集》。

秋馆言怀 ①

蟋蟀已秋思，蕙兰仍碧滋 ②。
蹉跎献赋客 ③，叹息此良时。
日夕云台下 ④，商歌空自悲 ⑤。

【注释】

① 秋馆：秋天寓居的馆舍。② 蕙兰：兰的一种，也称蕙。碧滋：形容草木翠绿而润泽。江淹《杂体诗·效张华〈离情〉》："庭树发红彩，闺草含碧滋。"③ 蹉跎：比喻失意，经历坎坷。④ 云台：东汉南宫中之高台，东汉明帝曾图画功臣名将于云台，后世用作表彰功臣的典故。《东观汉记》卷二《显宗孝明皇帝纪》："（永平）三年，春二月，图二十八将于云台。"《后汉书》卷二十二《朱景王杜马刘傅坚马列传第十二》："永平中，显宗追感前世功臣，乃图画二十八将于南宫云台，其外又有王常、李通、窦融、卓茂，合三十二人。"⑤ 商歌：悲凉之歌。春秋时宁戚因商歌得见齐桓公，并被授官。后世用作自伤不遇或自荐谋官的典故。《淮南子·氾论训》："夫百里奚之饭牛，伊尹之负鼎，太公之鼓刀，宁戚之商歌，其美有存焉者矣。"东汉高诱注："宁戚卫人也，商旅于齐，宿郭门外，疾世商歌以干桓公。"

【品读】

诗人感慨岁月蹉跎，辜负良时，渴望建功立业，但又无能为力，只能对着秋景，以商歌自抒失意寥落之情。

新丰主人 ①

明代少知己 ②，夜光频暗投 ③。
迍邅终薄命 ④，动息尽穷愁 ⑤。
自欲归飞鹢 ⑥，当为不系舟。
双垂素丝泪 ⑦，几弊皂貂裘 ⑧。
暮鸟栖幽树，孤云出旧丘。

蛩悲衣褐夕^⑨，雨暗转蓬秋。

客里冯谖剑^⑩，歌中宁戚牛^⑪。

主人能纵酒，一醉且忘忧。

【注释】

① 新丰主人：新丰客，作者自诩。《旧唐书·马周传》载，马周早年穷困不得志，初游长安，路过新丰，住于旅店中，受到店主的冷遇。后到京城，住在大将军常何家里，替常何向唐太宗写条陈，为唐太宗赏识，得到破格任用。所以，后来以"新丰客"指怀才不遇，行旅在外遭冷落的人。唐李贺《致酒行》："吾闻马周昔作新丰客，天荒地老无人识。"② 明代：政治清明的朝代。此为反语。③ 夜光频暗投：谓明珠暗投之意。夜光：夜明珠。④ 迍邅：处境艰难的样子。唐韩愈《与汝州卢郎中论荐侯喜状》："适遇其人自有家事，迍邅坎坷。"⑤ 穷愁：困顿、忧愁。⑥ 飞鹢：水鸟名，像鹭，善飞。南朝江淹《杂体诗·王侍中粲怀德》："鹢鹢在幽草，客子泪已零。"此处解释为船。古人画鹢首于船头，故称船为鹢，又称为鹢首。南齐谢朓《泛水曲》诗："罢游平乐苑，泛鹢昆明池。"⑦ 素丝泪：形容泪水如洁白的丝下垂。⑧ 皂貂裘：黑貂裘。⑨ 衣褐：粗布衣服。唐白居易《东墟晚歇》："褐衣半故白发新，人逢知我是何人。"⑩ 冯谖剑：战国时，孟尝君门客冯谖弹铗（剑把）作歌，表示对待遇不满。后世用作自伤穷困不遇，希求他人救助的典故。这里用冯谖事，自叹羁旅失意。⑪ 宁戚牛：春秋时卫人宁戚失意为商，夜宿齐国东门外，喂牛时叩角作歌。齐桓公经此，闻声知其贤，用为客卿。后世用作失意求仕的典故。

【品读】

诗人羁旅在外，郁郁不得志，生活困厄，自诩为"新丰主人"，并以冯谖、宁戚自居，希冀有机会施展抱负。但无情的现实击碎了他的梦想，他只能醉酒当歌，寻求解脱。

皇甫冉

【作者简介】

皇甫冉（718—771），字茂政，润州丹阳（今江苏省丹阳市）人。十岁能属文，张九龄一见叹为清才。唐天宝十五年（756）进士，授无锡尉。避难居阳羡山中。唐大历初，王缙为河南节度使，辟皇甫冉为掌书记。不久，即入朝任左拾遗、右补阙，奉使江表，卒于家。其诗发调新奇，远出情外。有诗集三卷行世，独孤及为之序。

使往寿州淮路寄刘长卿 ①

榛草荒凉村落空 ②，驱驰卒岁亦何功 ③。

蒹葭曙色苍苍远 ④，蟋蟀秋声处处同。

乡路遥知淮浦外 ⑤，故人多在楚云东 ⑥。

日夕烟霜那可道，寿阳西去水无穷 ⑦。

【注释】

① 寿州：今安徽寿县。刘长卿：唐朝诗人。② 榛草：丛生的草木。③ 驱驰卒岁：长年奔波在外。④ 蒹葭：芦苇。《诗经·秦风·蒹葭》："蒹葭萋萋，白露未晞。"苍苍：深青色。宋范仲淹《严先生祠堂记》："云山苍苍，江水泱泱。"此指远山苍苍。⑤ 淮浦：淮河。⑥ 楚云东：诗人的故乡位于古楚地之东。⑦ 寿阳：今安徽寿县。

【品读】

这是诗人赴任途中遥寄友人的一首诗。时维深秋，途中满目荒芜苍凉，曙光中蒹葭萋萋，远山苍苍，一声声蟋蟀悲鸣，引起诗人无限乡思。想到终岁仆仆，宦海浮沉，仕途蹭蹬，此一去，不知何时才能见到家乡的亲朋、故友，真可谓去国怀乡，无限悲哀啊！诗人的忧愤之情，孤寂之感，真切动人。此诗意象组合紧密，风格沉郁顿挫，使人深深感到诗人跳动着的感情脉搏。

孟 郊

【作者简介】

孟郊（751—814），字东野，排行十二，湖州武康（今浙江德清）人。少隐嵩山，称处士。唐贞元十二年（796）登进士第。历任溧阳县尉、河南水陆转运从事。诗与韩愈齐名，有《孟东野诗集》传世。

西斋养病夜怀多感因呈上从叔子云

远客夜衣薄，厌眠待鸡鸣。

一床空月色，四壁秋蛩声。

守淡遗众俗①，养疴念余生②。

方全君子拙③，耻学小人明。

蚊蚋亦有时④，羽毛各有成。

如何骐骥迹⑤，蜷跼未能行⑥。

西北有平路，运来无相轻。

【注释】

① 守淡：保持淡泊的情操。② 养疴：养病。唐韦应物《闲居赠友》："闲居养疴瘵，守素甘葵藿。"③ 方全君子拙：即君子守拙之意。安于笨拙而不投机取巧。④ 蚊蚋：蚊子。⑤ 骐骥：骏马。⑥ 蜷跼：拳曲不伸，局促。

【品读】

孟郊不仅爱写秋虫，还以秋虫自喻。韩愈《送孟东野序》中阐释"不平则鸣"说，用了"以鸟鸣春，以雷鸣夏，以虫鸣秋，以风鸣冬"。其中，"以虫鸣秋"暗指孟郊。本诗中，孟郊羁旅异乡，夜深衣薄，沉疴在身，孤寂无友，自当困苦不堪。但诗人并未因此而改变自己抱朴守拙、淡泊明志的高尚品质。诗人相信运来各有时，不必自轻自贱。

王 建

【作者简介】

王建（约766—约830），字仲初，颍川（今河南许昌）人，唐大历进士，晚年为陕州司马，又从军塞上。擅长乐府诗，与张籍齐名，世称"张王"。其以田家、蚕妇、织女、水夫等为题材的诗篇对当时社会现实有所反映。所作《宫词一百首》颇有名。有《王司马集》。

当窗织 ①

叹息复叹息，园中有枣行人食。

贫家女为富家织，翁母隔墙不得力 ②。

水寒手涩丝脆断，续来续去心肠烂。

草虫促促机下啼，两日催成一匹半。

输官上顶有零落 ③，姑未得衣身不著 ④。

当窗却羡青楼倡 ⑤，十指不动衣盈箱。

【注释】

① 梁横吹曲《折杨柳》："门前一株枣，岁岁不知老。阿婆不嫁女，那得孙儿抱。唧唧复唧唧，女子临窗织。不闻机杼声，只闻女叹息。"《当窗织》其取诸此。② 翁母：翁姑。女子称夫之父母。③ 输官：缴纳官府。④ 姑：丈夫的母亲。著：穿着。⑤ 青楼：妓馆的通称。唐王建《宫词》："青楼小妇砑裙长，总被抄名入教坊。"倡：娼妓。

【品读】

开首以"叹息复叹息，园中有枣行人食"为起句，为下文做了很好的铺垫。诗中的贫家女织布时"水寒手涩丝脆断，续来续去心肠烂"，到头来却要先交纳官府，剩下的也要供婆婆，而自己一无所有。她虽心有不甘，仍不得不为之。此诗以平直朴素的语言叙述，对封建统治者的残酷剥削做了有力的揭露。尤为精彩的是结尾两句看似平常，却深化了全诗的意境。试想，一个贫贱、受尽剥削压迫的女子却要羡慕同样沦于不幸的娼女，这是何等的悲愤！

韩 愈

【作者简介】

　　韩愈（768—824）字退之，河南河阳（今河南孟州市）人。自谓郡望昌黎，世称韩昌黎。贞元进士，曾任国子监博士、刑部侍郎等职，因谏阻宪宗迎佛骨，贬为潮州刺史，后官至吏部侍郎。卒谥文。倡导古文运动，其被列为"唐宋八大家"之首，与柳宗元并称"韩柳"。其诗力求新奇，有时流于险怪，对宋诗影响颇大。有《昌黎先生集》。

奉使常山早次太原呈副使吴郎中①

朗朗闻街鼓②，晨起似朝时。
翻翻走驿马③，春尽是归期。
地失嘉禾处④，风存蟋蟀辞。
暮齿良多感⑤，无事涕垂颐⑥。

【注释】

　　① 奉使：奉命出使。常山：河北正定，古称"常山"。郎中：官名。唐代郎中为所谓"清望"之官，前期负责诸部门的具体政务，中期以后常兼任重要使职，也常被选充翰林学士。② 朗朗：声音响亮清晰。唐鲍溶《悲哉行》："朗朗哭前歌，绛旌引幽魂。"街鼓：城坊警夜之鼓。③ 翻翻：翩翩，飘飘然。唐李贺《仙人》："弹琴石壁上，翻翻一仙人。"驿马：驿站传递文书的马。④ 嘉禾：生长得特别苗壮的禾稻，古时认为是吉瑞的象征。《汉书·公孙弘传》："甘露降，风雨时，嘉禾兴。"⑤ 暮齿：晚年。北周庾信《哀江南赋序》："信年始二毛，即逢丧乱，藐是流离，至于暮齿。"⑥ 涕垂颐：指泪水流到下巴。

【品读】

　　唐穆宗长庆元年（821）七月，镇州（今河北正定）发生叛乱，朝廷让韩愈做宣抚使。长庆二年（822）二月，韩愈出发，在去镇州的途中，韩愈第三次到达山西，此诗当作于此时。本诗前半段韩愈写自己早晨到达太原时所见的情景，后半段则是希望吴副使在太原这块有悠久历史和醇厚民风的土地上做个好官。诗人将事语、景语、情语抟成一片，复将怀古、慨今、垂戒融为一体。此诗胜意迭出，余味曲包，堪称佳作。

秋怀诗十一首（其二）

白露下百草①，萧兰共雕悴②。

青青四墙下，已复生满地。

寒蝉暂寂寞，蟋蟀鸣自恣③。

运行无穷期④，禀受气苦异⑤。

适时各得所，松柏不必贵。

【注释】

① 白露：秋天的露水。《诗经·国风·蒹葭》："蒹葭苍苍，白露为霜。"《礼记·月令》孟秋之月"凉风至，白露降，寒蝉鸣"。② 萧兰：萧艾和芝兰，泛指恶草和香草。雕悴：凋悴。雕通"凋"，衰败之意。③ 鸣自恣：放纵地、随意地鸣叫。④ 运行：自然的运化推移。⑤ 禀受：先天禀赋。苦：极、甚。

【品读】

战国楚宋玉《九辩》"悲哉，秋之为气也，萧瑟兮草木摇落而变衰。"万物运行各有其规律，适时各得所，是故松柏不必贵，草木又何悲之有？诗人穷究物理，发为心声，意在阐明穷通各有命，贵在顺时而已。

张 籍

【作者简介】

张籍（约766—约830），字文昌，祖籍吴郡（今江苏苏州），生长在和州乌江（今安徽和县），唐贞元十五年（799）进士。历官太常寺太祝、国子监助教、国子博士，水部员外郎、主客郎中。官终国子司业，世称张水部或张司业。张籍乐府诗继承了汉魏乐府民歌的现实主义传统，在中唐诗坛影响较大，和王建齐名，号称"张王乐府"。诗歌最大的特点是语言凝练、平易流畅而又通俗自然，描写生动具体，很少抽象议论。正如王安石《题张司业诗》："看似寻常最奇崛，成如容易却艰辛。"有《张司业集》。

冬 夕

寒蛩独罢织①，湘雁犹能鸣②。
月色当窗入，乡心半夜生。
不成高枕梦，复作绕阶行。
回首嗟淹泊③，城头北斗横④。

【注释】

① 寒蛩：深秋初冬的蟋蟀。② 湘雁：南飞到湘越冬的雁。古时有"雁不过衡山"之说。③ 淹泊：漂泊。唐皇甫冉《江草歌送卢判官》："问君行迈将何之，淹泊沿洄风日迟。"④ 北斗：指北斗星。

【品读】

初冬之夜，蟋蟀已息声，南飞到湘的大雁犹能鸣叫。临窗望明月，游子思故乡。他辗转不能成眠，步入庭院饶阶而行。回首往事，感慨羁旅异乡，乡梦难圆，此时城头已是北斗高悬。

刘禹锡

【作者简介】

刘禹锡（772—842），字梦得，洛阳（今属河南）人，自言系出中山（今河北境内）。贞元间擢进士第，登博学鸿词科。授监察御史，因参加王叔文集团，被贬朗州司马，迁连州刺史。后以裴度力荐，任太子宾客，加检校礼部尚书。世称刘宾客，其诗通俗清新。《竹枝词》《杨柳枝词》和《插田歌》等组诗富有民族特色，为唐诗中别开生面之作。有《刘梦得文集》。

秋夕不寐寄乐天①

洞户夜帘卷②，华堂秋簟清③。
萤飞过池影，蛩思绕阶声。
老枕知将雨，高窗报欲明。
何人谙此景④，远问白先生⑤。

【注释】

① 乐天：白居易，字乐天。② 洞户：门户。南朝梁刘邈《见人织聊为之咏》："檐花照初月，洞户未垂帷。"③ 华堂：华丽的厅堂。秋簟：秋天所用之竹席。④ 谙：熟悉。⑤ 白先生：白居易。

【品读】

入秋之夜，使人夜不成寐，只见萤火虫在池塘上掠飞的身影在眼前闪过，耳旁不时传来蟋蟀的鸣叫声。天将雨，竹簟上的旧枕已返潮。黎明悄悄临窗而至。此时此景，不禁使诗人想起与友人白居易吟诗作赋、互相酬唱的日子。

新秋对月寄乐天

月露发光彩，此时方见秋。
夜凉金气应①，天静火星流②。
蛩响偏依井，萤飞直过楼。
相知尽白首，清景复追游。

【注释】

① 金气：秋气。南朝梁简文帝《倡妇怨情》："玉关驱夜雪，金气落严霜。"② 火星：古人以金木水火土为五星名，火星又名荧惑。《论衡·变虚》："是夕也，火星果徙三舍。"

【品读】

凉秋之夜，寒露泛光，秋气袭来，火星西流，井栏蟋蟀吟唱，流萤飞过小楼。秋夜是多么美好，白首相知的诗人啊，能否让我们重温往昔月下吟诗的清景呢?

白居易

【作者简介】

白居易（772—846），字乐天，晚号香山居士。祖籍太原（今属山西），后迁居下邽（今陕西渭南东北），生于河南新郑。唐贞元进士，授秘书省校书郎。因得罪权贵，被贬为江州司马。长庆初年任杭州刺史，宝历初年任苏州刺史，后官至刑部尚书。白居易是新乐府运动的倡导者，其诗语言通俗，与元稹常唱和，世称"元白"。有《白氏长庆集》。

禁中闻蛩①

悄悄禁门闭，夜深无月明。

西窗独暗坐，满耳新蛩声。

【注释】

① 禁中：皇帝宫中称禁中，言门户有禁，非侍卫及通籍之臣，不得入内。蛩：蟋蟀。

【品读】

禁门幽闭，夜深无月，静寂愁人，诗人西窗独坐，唯闻满耳新蛩声，此诗能不孤苦黯然？以蟋蟀的繁杂鸣叫声反衬诗人寂寞的心情，不露痕迹，尤为精妙。

夜 坐

斜月入前楹①，迢迢夜坐情②。

梧桐上阶影③，蟋蟀近床声。

曙傍窗间至，秋从簟上生④。

感时因忆事，不寝到鸡鸣。

【注释】

① 楹：厅堂的前柱。② 迢迢：遥远的样子。晋谢灵运《初发石首城》："迢迢万里帆，茫茫终何之。"③ 阶：厅堂的台阶。④ 簟：竹编的凉席。

【品读】

此诗约作于唐元和八年（813）、九年（814）。当时，白居易因母丧丁忧守制三年已满，服除，仍居下邽渭村。弟行简游东川节度使卢坦幕。首、颔两联从景起。"斜月""夜坐"已紧扣题目，"迢迢"两字更兼融情、事，抚今溯昔，有多少人生感慨。追想半生碌碌，少年抱负、凌云壮志尽成虚话，而今退居渭村，柴米资财尚匮缺无着，不觉悲从中来。静观月光穿过梧桐树叶洒落庭阶，耳闻床前蟋蟀鸣叫，更添几分凄凉。后四句笔墨着意在夜坐有所思。当天际已

33

微露曙色，秋凉从簟上侵袭心头，寒意森然，诗人以眼前景曲传心头事，然后化心事为回想，不觉已到鸡鸣之时，谁又敢说不是孤独苦吟的结果？

夜 雨

早蛩啼复歇，残灯灭又明。

隔窗知夜雨，芭蕉先有声。

【品读】

秋夜，蟋蟀的鸣叫声时隐时现，灯火忽明忽暗，隔着窗户却知道下雨，乃是听到雨滴芭蕉声音的缘故。

凉夜有怀

念别感时节，早蛩闻一声。

风帘夜凉入，露簟秋意生。

灯尽梦初罢，月斜天未明。

暗凝无限思，起傍药栏行①。

【注释】

① 药栏：芍药之栏，泛指花栏。南朝梁庾肩吾《和竹斋诗》："向岭分花径，随阶转药栏。"

【品读】

凉秋时节，风露袭人，一声声蟋蟀的鸣叫撩人情思。故人入梦，灯尽初罢，明月西斜天未明，起身依傍花栏而行，真有无限的感慨。

九日寄微之①

眼暗头风事事妨②，绕篱新菊为谁黄③。

闲游日久心慵倦，痛饮年深肺损伤。

吴郡两回逢九月④，越州四度见重阳⑤。

怕飞杯酒多分数⑥，厌听笙歌旧曲章⑦。

蟠蟀声寒初过雨⑧，茱萸色浅未经霜⑨。

去秋共数登高会，又被今年减一场。

【注释】

① 九日：农历九月九日重阳节。微之：诗人元稹，字微之。② 头风：头痛。中医学病症名。《三国志·魏志·陈琳传》："军国书檄，多琳瑀所作也。"裴松之注引三国魏鱼豢《典略》："太祖先苦头风，是日疾发，卧读琳所作，翕然而起曰：'此愈我病。'"③ 绕篱新菊：化

用晋陶渊明《饮酒二十首》之五"采菊东篱下，悠然见南山"诗意。④ 吴郡：今江苏苏州市。⑤ 越州：今浙江绍兴市。⑥ 分数：数量。⑦ 笙歌：吹笙唱歌。笙，一种管乐器。《诗经·小雅·鹿鸣》："我有嘉宾，鼓瑟吹笙。"⑧ 蟠蟀：鼠负与蟋蟀。蟠：虫名。《尔雅·释虫》："蟠，鼠负。"（注："瓮器底虫"）⑨ 茱萸：植物名，香味浓烈，可入药。古代风俗，农历九月九日佩茱萸可避灾去邪。

【品读】

这是一首于重阳节怀念友人抒怀的诗。诗的前两联，诗人感慨自己因头风病及常年饮酒过度造成身体损伤，以致心情慵懒，辜负了这良辰美景。三、四联，诗人不由得回忆起与友人多次重阳相聚的情景。五、六联写诗人目睹眼前蟋蟀声寒、茱萸色浅的秋景，想到今年未能如愿与友人相聚登高而感到深深的遗憾。诗人伤时的感慨及对友人的深情充溢在字里行间。

感秋咏意

炎凉迁次速如飞①，又脱生衣著熟衣②。
绕壁暗蛩无限思，恋巢寒燕未能归，
须知流辈年年失③，莫叹衰容日日非。
旧语相传聊自慰，世间七十老人稀④。

【注释】

① 迁次：变迁，变化。唐韩愈《赠族侄》："岁时易迁次，身命多厄穷。"② 生衣：夏衣。唐王建《秋日后》："立秋日后无多热，渐觉生衣不著身。"熟衣：煮炼过的丝织品制成的衣服。③ 流辈：同辈，同一流的人。南朝梁沈约《奏弹王源》："而托姻结好，唯利是求，玷辱流辈，莫斯为甚。"④"世间七十老人稀"：唐杜甫《曲江二首》："酒债寻常行处有，人生七十古来稀。"

【品读】

诗人感慨韶光易逝，相知日稀，人生苦短，唯冀以时珍摄，聊以自慰。

新秋夜雨

蟋蟀暮啾啾①，光阴不少留。
松檐半夜雨②，风幌满床秋③。
曙早灯犹在，凉初簟未收④。
新晴好天气，谁伴老人游。

【注释】

① 啾啾：象声词，蟋蟀鸣叫声。② 松檐：松林下的屋檐。③ 风幌：风吹帷幔。④ 簟：竹席。

【品读】

新秋之夜，蟋蟀感时而鸣，夜雨中松涛阵阵，风吹帷幔，秋气满床。未几，晨光熹微，残灯未熄，竹席未收，清凉好个秋，谁伴我老夫一游？

秋　晚

烟景澹蒙蒙①，池边微有风。
觉寒虫近壁，知暝鹤归笼②。
长貌随年改③，衰情与物同。
夜来霜厚薄④，梨叶半低红。

【注释】

① 蒙蒙：迷茫，昏暗不明的样子。宋欧阳修《采桑子》："狼藉残红，飞絮蒙蒙，垂柳阑干尽日风。"② 暝：日暮、黄昏。唐李白《自遣》："对酒不觉暝，落花盈我衣。"③ 长貌：容貌。④ 霜厚薄：谓霜或厚或薄。

【品读】

秋夜，诗人即景抒情，感叹年华流逝，物是人非。

张 祜

【作者简介】

张祜（？—849），祜或误作祐，字承吉，清河（今属河北）人。初寓姑苏，后至长安，为元稹排挤，遂至淮南。爱丹阳曲阿地，隐居以终。卒于唐大中年间。以宫词著名。有《张处士诗集》。

晚秋江上作

万里穷秋客①，萧条对落晖②。
烟霞山鸟散，风雨庙神归③。
地远蛩声切，天长雁影稀。
那堪正砧杵④，幽思想寒衣⑤。

【注释】

① 穷秋：深秋。② 落晖：落日之余晖。③ 庙神：乌鸦。因乌鸦常到庙中吃供物，故云。④ 砧杵：捣衣用的石砧及木棒。⑤ 幽思：深思。寒衣：御寒之衣，即冬衣。

【品读】

这是一首即景抒情诗。诗的前两联描写晚秋的景色，呈现一派萧瑟的景象。后两联抒情，诗人由眼前的秋景触发诗绪，想到万里之外的游子或征战的将士此刻在蟋蟀啾啾声及大雁远去的身影中正念及家乡的妻子，她们或许正忙着为他们准备寒衣吧。

贾 岛

【作者简介】

贾岛（779—843），字阆仙，范阳（今北京附近）人。曾当过和尚，法名无本。后以诗投韩愈，和孟郊、张籍、姚合往还酬唱，诗名大著，因还俗应进士考。由于出身卑微，不被录取，失意之余曾吟诗讥诮，被称为"举场十恶"。其诗大多写闲居情景，用典较少，诗风清淡朴素。五十九岁时坐罪贬长江（今四川蓬溪）主簿。后迁普州（今四川安岳）司仓参军。有《长江集》。

感 秋

商气飒已来①，岁华又虚掷②。

朝云藏奇峰，暮雨洒疏滴。

几蜩嘿凉叶，数蛩思阴壁③。

落日空馆中，归心远山碧。

昔人多秋感，今人何异昔。

四序驰百年④，玄发坐成白⑤。

喧喧徇声利⑥，扰扰同辙迹⑦。

傥无世上怀⑧，去偃松下石⑨。

【注释】

① 商气：秋气。宋张载《七哀诗》："秋风吐商气，萧瑟扫前林。"② 岁华：岁月。唐孟浩然《除夜》诗："那堪正飘泊，来日岁华新。"虚掷：空耗，浪费。唐韩愈《李花赠张十一署》："力携一尊独就醉，不忍虚掷委黄埃。"③ 阴壁：暗壁。④ 四序：四季。《魏书·律历志上》："然四序迁流，五行变易。"⑤ 玄发：黑发。⑥ 喧喧：形容扰攘纷杂。《晋书·张方传》："军人喧喧，无复留意。"徇声利：谋求声色名利。⑦ 扰扰：纷乱的样子。《列子·周穆王》："存亡得失，哀乐好恶，扰扰万绪起矣。"辙迹：车辙痕迹。《老子·二十七章》："善行无辙迹。"⑧ 傥：倘若，假使。⑨ 偃：仰卧。

【品读】

时光易逝，岁月不再，诗人感慨年华虚度，功业未就，萌生退意，鄙视利禄之徒，表示若没有济世之情怀，就该啸傲山林，隐居泉下。

夜 坐

蟋蟀渐多秋不浅，蟾蜍已没夜应深①。
三更两鬓几枝雪，一念双峰四祖心②。

【注释】

蟾蜍：借指月亮。古代神话月中有蟾蜍，故云。②四祖：指中国禅宗四祖，即初祖达摩、二祖慧可、三祖僧璨、四祖道信。

【品读】

深秋之夜，蟋蟀鸣叫声此起彼伏，月亮渐渐隐退。诗人枯坐念佛至三更，两鬓平添几丝白发，但仍摄心无寐，胁不至席，心系佛祖。

客 思

促织声尖尖似针①，更深刺著旅人心②。
独言独语月明里，惊觉眠童与宿禽。

【注释】

① 促织：蟋蟀。② 更深：夜深。

【品读】

诗人客居异乡，独自徜徉，对月思乡，耳畔传来阵阵蟋蟀的鸣叫声，更令人思念起家乡，忍不住自言自语，却惊起了林中沉睡的小鸟和屋子里熟睡的小童。这首诗反映了诗人客居异乡的孤独和寂寞之情。

姚 合

【作者简介】

姚合（约779—846），陕州硖石（今河南陕县南）人。元和进士，授武功主簿。官秘书少监。世称"姚武功"，其诗派也称"武功体"。所作诗篇多写个人日常生活和自然景色，喜为五律，刻意求工，颇类贾岛，故"姚贾"并称。其诗为宋代江湖派诗人所师法。有《姚少监诗集》，又编有《极玄集》。

郡中冬夜闻蛩

秋蛩声尚在，切切起苍苔 ①。
久是忘情者 ②，今还有事来。
微霜风稍静，圆月雾初开。
此思谁能遣，应须执酒杯。

【注释】

① 切切：象声词，形容声音凄切。唐皇甫冉《魏十六还苏州》："秋夜沉沉此送君，阴虫切切不堪闻。"苍苔：青黑色的苔藓。② 忘情：对于喜怒哀乐之事，不动感情，淡然若忘。唐杜甫《写怀》之一："全命甘留滞，忘情任荣辱。"

【品读】

姚合自称"野性多疏惰"，其诗亦多"静趣"，此诗就反映了这种倾向。景况也确是如此：初冬之夜"微霜风稍静，圆月雾初开"，蟋蟀切切之声传来，惹起本处寂寥之中、久已忘情的诗人一缕情思，这说明诗人的尘俗之念尚未屏除。如何排遣萦心的俗务呢？"应须执酒杯"，看来诗人也只能借助杜康了。本诗平淡中见文雅，畅晓自然，层层写来，一气贯注，不失为佳作。

周 贺

【作者简介】

周贺，字南卿，东洛（今四川广元西北）人。生卒年均不详，约唐穆宗长庆元年（820）前后在世。初为浮屠，法名清塞。杭州太守姚合爱其诗，加以冠巾，改名贺。留诗一卷。

送石协律归吴 ①

僧窗梦后忆归耕，水涉应多半月程。
幕府罢来无药价 ②，纱巾带去有山情 ③。
夜随净渚离蛩语 ④，早过寒潮背井行 ⑤。
已让辟书称抱疾 ⑥，沧洲便许白髭生 ⑦。

【注释】

① 石协律：其人不详。协律：协律都尉、协律校尉、协律郎等乐官的简称。唐司空图《成均讽》："名编协律之籍，妙轶总章之观。"吴：指吴地，今江苏南部及浙江北部一带，古属吴国。② 幕府：泛指官署。《魏书·崔休传》："幕府多事，辞讼盈几。"③ 纱巾：纱制头巾。唐刘长卿《赠秦系》："向风长啸戴纱巾，野鹤由来不可亲。"④ 净渚：洁净的水中或水边小洲。⑤ 背井：离开家乡。背，离开；井，古制八家为井，引申为乡里，家宅。⑥ 辟书：征召的文书。三国魏阮籍《辞蒋太尉辟命奏记》："开府之日，人人自以为掾属；辟书始下，而下走为首。"⑦ 沧洲：滨水的地方。古时常用以称隐士的居处。阮籍《为郑冲劝晋王笺》："然后临沧洲而谢支伯，登箕山以揖许由。"

【品读】

石协律称病辞官，诗人情有同感，以赞许的心情肯定他返乡隐居的做法。

郑 巢

【作者简介】

郑巢，与姚合同时人。《全唐诗》存诗二首。

秋 思

寒蛩鸣不定①，郭外水云幽②。
南浦雁来日③，北窗人卧秋④。
病身多在远，生计少于愁。
薄暮西风急⑤，清砧响未休。

【注释】

① 寒蛩：秋天的蟋蟀。② 郭：外城，在城外加筑的一道城墙。《管子·度地》："内为之城，城外为之郭。"此处泛指城。唐李白《送友人》："青山横北郭，白水绕东城。"郭外亦即城外。幽：幽静。南朝梁王籍《入若耶溪》诗："蝉噪林愈静，鸟鸣山更幽。"③ 南浦：送别之地。战国楚屈原《九歌·河伯》："子交手兮东行，送美人兮南浦。"④ 北窗：晋陶渊明《与子俨等疏》："常言：五六月中，北窗下卧，遇凉风暂止，自谓是羲皇上人。"抒写陶然自乐的隐逸情趣。此处用作隐逸生活的典故。⑤ 西风：秋风。

【品读】

这首诗表现了诗人隐逸生活中病愁交加、生计困难的窘厄。前两联重在写物，以物芳明志洁，绘自然景物，表隐居情景，并以鸣不定的蟋蟀及喻伤别的鸿雁暗示心情的烦忧。颈联偏重写内心独白，着"多""少"两词，把诗人多病伤别、生计窘迫的愁思宣泄无遗。结语又回到景物描写中，却仍是反衬人的愁苦剪不断、理还乱。

雍裕之

【作者简介】

雍裕之，贞元后诗人。《全唐诗》存其诗一卷。

秋 蛩

雨绝苍苔地①，月斜青草阶。

蛩鸣谁不怨②，况是正离怀③。

【注释】

① 雨绝：秋雨断绝。② 怨：悲伤，哀怨。③ 离怀：离别伤怀。

【品读】

秋雨初歇之夜，月光淡淡地映照长着青草的台阶，耳旁传来一阵阵蟋蟀悲鸣的声音，在这离别伤怀之际，又有谁不感到哀怨呢？诗人通过一首短短的五言绝句，将秋天的特定景物与人内心世界的感伤生动地描绘出来，真可谓如泣如诉，不绝如缕。

温庭筠

【作者简介】

温庭筠（约812—866），原名岐，字飞卿，太原（今属山西）人。每入试，押官韵，八叉手而成八韵，时号"温八叉"。仕途不得意，官止国子助教。其诗词藻华丽。原有集，已散佚，后人辑有《温庭筠诗集》《金奁集》。

秋日旅舍寄义山李侍御①

一水悠悠隔渭城②，渭城风物近柴荆③。

寒蛩乍响催机杼，旅雁初来忆弟兄。

自为林泉牵晓梦，不关砧杵报秋声。

子虚何处堪消渴④，试向文园问长卿⑤。

【注释】

① 义山李侍御：李商隐，字义山。侍御：官名，侍御史的简称。纠弹非法，督察郡县，治理刑狱；或奉使外出执行皇帝指定的任务。唐代侍御史所居之台院为御史台三院之首，其地位较殿中侍御史、监察御史为高。② 渭城：秦都咸阳故城，在长安西北，渭水北岸。③ 柴荆：指柴门。唐杜甫《羌村》之三："驱鸡上树木，始闻叩柴荆。"④ 子虚：西汉辞赋家司马相如曾作《子虚赋》，以云梦泽为描写中心，主旨在讽谏诸侯藩王。消渴：司马相如患有"消渴病"（糖尿病）。⑤ 文园：司马相如曾为孝文园令。长卿：司马相如，字长卿。

【品读】

秋来寒蛩乍响，旅雁初来之际，诗人啸傲林泉，晓梦中醒来，"不关砧杵报秋声"，乃思念友人李义山之故也。《子虚》何在，安能疗我思念诗友之渴？只能寄诗一首询问之。

杜 牧

【作者简介】

　　杜牧（803—852），字牧之，京兆万年（今陕西西安）人，杜佑孙，唐太和进士，曾为江西观察使、宣歙观察使沈传师和淮南节度使牛僧孺的幕僚，历任监察御史，黄、池、睦诸州刺史，后入为司勋员外郎，官终中书舍人。后人称为"小杜"。以济世之才自负。诗文中多指陈时政之作。写景抒情的小诗多清丽生动。有《樊川文集》。

寝 夜

蛩唱如波咽，更深似水寒。

露华惊弊褐，灯影挂尘冠。

故国初离梦①，前溪更下滩。

纷纷毫发事，多少宦游难②。

【注释】

　　① 故国：故乡。② 宦游：外出求官或做官。唐杜审言《和晋陵陆丞早春游望》："独有宦游人，偏惊物候新。"

【品读】

　　诗人感慨羁旅困顿、宦海险恶，聊发思乡之情。

许 浑

【作者简介】

许浑，字用晦，一作仲晦，祖籍安陆（今湖北安陆），后迁居润州丹阳（今江苏丹阳）。武后朝宰相许圉师后裔。少苦学多病。大和六年（832）登进士第。曾任当途、太平县令。大中三年（849），迁监察御史，因病去官，东归京口。后起任润州司马，历虞部员外郎，睦、郢二州刺史。性爱林泉，淡于名利。其诗长于律体，格调清丽，句法圆熟，尤工登临怀古、羁旅游宦之作。因其诗用"水"字特别多，后人讥为"许浑千首湿"。有《丁卯集》传世。

秋夕宴李侍御宅①

公子微词客②，秋堂递玉杯③。
月高罗幕卷④，风度锦屏开⑤。
凤管添簧品⑥，鹍弦促柱哀⑦。
转喉云旋合，垂手露徐来。
烛换三条烬，香销十炷灰。
蛩声闻鼓歇，萤焰触帘回。
广槛烟分柳⑧，空庭露积苔。
解酲须满酌⑨，应为拨新醅⑩。

【注释】

① 李侍御：诗人李商隐。② 词客：擅长文辞的人。唐王维《偶然作》之六："宿世谬词客，前身应画师。"③ 秋堂：秋日的厅堂，常指书生攻读课业之所。唐王建《送司空神童》："秋堂白发先生别，古巷青襟旧伴归。"玉杯：亦作"玉盃""玉栖"，玉制的杯或杯的美称。南齐谢朓《金谷聚》："渠碗送佳人，玉杯邀上客。"④ 罗幕：丝罗帐幕。唐岑参《白雪歌送武判官归京》："散入珠帘湿罗幕，狐裘不暖锦衾薄。"⑤ 锦屏：锦绣的屏风。唐李白《长干行》："鸳鸯绿浦上，翡翠锦屏中。"⑥ 凤管：笙箫或笙箫之乐的美称。南朝宋鲍照《登庐山望石门》："倾听凤管宾，缅望钓龙子。"⑦ 鹍弦：用鹍鸡筋做的琵琶弦。南朝梁刘孝绰《夜听妓赋得乌夜啼》又作《乌夜啼》诗："鹍弦且辍弄，鹤操暂停徽。"⑧ 广槛：高大的栏杆。⑨ 解酲：解酒醉。⑩ 新醅：新酿造的酒。唐白居易《问刘十九》："绿蚁新醅酒，红泥小火炉。"

【品读】

这是描述诗人于秋日在友人李商隐宅所与词客欢宴的一首诗。秋夜月明，高堂锦屏，笙箫齐奏，鹍弦促柱，觥筹交错，尽显奢华。诗人词客欢宴雅集，酒醒仍不尽兴，直呼再拨新醅。此诗意境浅狭，气格卑弱，诗人在写景中叙事人托寓情思，婉丽可讽。不经意间流露了苍凉悲慨之致。

薛 能

【作者简介】

薛能，字太拙，汾州（今山西汾阳）人，登唐会昌六年（846）进士第。《全唐诗》编诗四卷。

秋日将离滑台酬所知二首①（其二）

灯涩秋光静不眠②，叶声身影客窗前。
闲园露湿鸣蛩夜，急雨风吹落木天③。
城见远山应北岳④，野多空地本南燕。
明朝欲别忘形处⑤，愁把离杯听管弦。

【注释】

① 滑台：古地名，即今河南省滑县。相传古有滑氏于此筑垒，后人筑以为城，高峻坚固。汉末以来为军事要冲。② 灯涩：谓灯光不亮。③ 落木天：秋天。落木，即落叶。唐杜甫《登高》："无边落木萧萧下，不尽长江滚滚来。"④ 北岳：恒山。此处泛指太行山。⑤ 忘形：失去常态。语本《晋书·阮籍传》："当其得意，忽忘形骸。"

【品读】

秋日的雨夜，蛩鸣啾啾，落叶萧萧，灯涩秋光，诗人伫立窗前难以入眠。想到明朝将要与知己惜别，往日与友人相聚忘形之情景浮现眼前，不禁黯然神伤。离愁难忍，此时此刻竟将酒杯之击打声误认作管弦奏鸣。

刘 驾

【作者简介】

刘驾,字司南,江东人。唐大中进士,官国子博士。诗多用比兴手法,不尚辞藻。与曹邺为诗友,时称"曹刘"。《全唐诗》编其诗为一卷。

秋 夕

促织灯下吟,灯光冷于水。
乡魂坐中去①,倚壁身如死。
求名为骨肉,骨肉万余里。
富贵在何时,离别今如此。
出门长叹息,月白西风起。

【注释】

① 乡魂:思乡之魂。

【品读】

秋夜,冷寂的灯光下,诗人倚壁而坐,乡思绵绵,心如死灰。为求功名富贵而远离家乡及亲人骨肉,是何等痛苦。富贵遥不可及,却要在离别的痛苦中时时煎熬,人何以堪。诗人无奈之下,只能推门而出,在"月白西风起"时,发出深深的叹息。此诗语言明白如话,行云流水,而诗人不尽的乡思及悔恨却蕴含其中。

李 郢

【作者简介】

李郢（832—？），字楚望，长安（今陕西西安）人。唐大中十年（856）登进士第，历湖州、信州等州从事，入朝为侍御史，卒于越州从事任所。李郢曾与贾岛、杜牧、李商隐等诗人交游，工于诗，尤长于七律，极能写景壮怀，格调清丽。

宿杭州虚白堂 ①

秋月斜明虚白堂，寒蛩唧唧树苍苍。
江风彻晓不得睡，二十五声秋点长 ②。

【注释】

① 虚白堂：可使人心中纯净无欲的堂舍。② 二十五声：《淮南子·泰族训》中有"琴不鸣，而二十五弦各以其声应"。

【品读】

宿虚白之堂，而有虚净之心，惟江上之清风与明月，"耳得之而为声，目遇之而成色"，使人难以入眠，伴随着二十五声，深感秋夜漫长，人世不可琢磨。

李昌符

【作者简介】

李昌符，字岩梦，唐咸通四年（863）登进士第。《全唐诗》存诗一卷。

秋夜作

数亩池塘近杜陵①，秋天寂寞夜云凝。

芙蓉叶上三更雨，蟋蟀声中一点灯。

迹避险巇翻失路②，心归闲淡不因僧。

既逢上国陈诗日③，长守林泉亦未能。

【注释】

① 杜陵：西安市长安区的东伍村北，是西汉宣帝刘询的陵墓。原为秦代设置的杜县。汉元康元年（前65）春，在杜原上营建陵墓，遂改杜县为杜陵。唐代诗人杜甫祖籍杜陵，常以"杜陵布衣"自称。② 险巇：险峻的山峰。③ 上国：京城。唐刘长卿《客舍赠别韦九建赴任河南韦十七造赴任郑县就便觐省》："顷者游上国，独能光选曹。"陈诗：采集并进献民间诗歌。《礼记·王制》："命大师陈诗，以观民风。"郑玄注："陈诗，谓采其诗而视之。"孔颖达疏："此谓王巡守见诸侯毕，乃命其方诸侯大师是掌乐之官，各陈其国风之诗，以观其政令之善恶。"

【品读】

秋之雨夜，池塘里荷叶上雨声淅沥，蟋蟀啾啾，灯火闪烁。诗人想到宦海沉浮，尽管处处小心翼翼，却仍难免失路。此心淡然忘机，非因僧缘之故，乃情势所致。然今既逢上国陈诗日，仍当积极为民请命，想长期隐居林泉，已身不由己了。

皮日休

【作者简介】

皮日休（约834—902后），字逸少，后改袭美，襄阳（今属湖北）人。早年住鹿门山，自号鹿门子、间气布衣等。咸通进士，曾任太常博士。后参加黄巢起义军，任翰林学士。旧史说他因故被黄巢所杀。一说黄巢兵败后为唐室所害。或谓黄巢兵败后流落江南病死。诗文与陆龟蒙齐名，人称"皮陆"。其部分诗篇暴露统治阶级的腐朽，反映人民所受的压迫和剥削，继承了白居易新乐府的传统。有《皮子文薮》。

秋晚留题鲁望郊居二首①（其一）

竹树冷濩落②，入门神已清。
寒蛩傍枕响，秋菜上墙生③。
黄犬病仍吠，白驴饥不鸣。
唯将一杯酒，尽日慰刘桢④。

【注释】

① 鲁望：陆龟蒙，字鲁望。② 濩落：空荡荡的样子。唐韩愈《赠徐州族侄》："萧条资用尽，濩落门巷空。"③ 秋菜：指秋天的草本植物。④ 刘桢：刘桢为"建安七子"之一，真骨凌霜，高风跨俗，曾在司空曹操属下任军谋祭酒掾。有诗自述卧病漳滨之苦。这里以刘桢比喻陆龟蒙，谓访陆龟蒙郊居使自己释然。

【品读】

诗人于秋晚造访陆龟蒙郊居，只见竹树环抱，空寂冷落，但入门顿感神清气爽。蟋蟀傍枕吟唱，秋草爬墙而生，黄犬虽病仍吠吠不止，白驴虽饥却不鸣叫。在这清贫脱俗的环境中幽居，唯有向诗友敬一杯酒，方可慰藉。

陆龟蒙

【作者简介】

陆龟蒙（？—约881），字鲁望，姑苏（今江苏苏州）人。曾任苏、湖二郡从事，后隐居松江甫里，自号江湖散人、甫里先生，又号天随子。与皮日休齐名，人称"皮陆"。诗以写景咏物为多，颇具神韵。有《甫里集》。

早秋吴体寄袭美 ①

荒庭古树只独倚，败蝉残蛩苦相仍。
虽然诗胆大如斗，争奈愁肠牵似绳 ②。
短烛初添蕙幌影 ③，微风渐折蕉衣棱 ④。
安得弯弓似明月，快箭拂下西飞鹏。

【注释】

① 吴体：诗体的一种，语言通俗，取譬浅俚，有江南民歌风味，故称。袭美：诗人皮日休，字袭美。② 争奈：怎奈。③ 蕙幌：即蕙帐，幌的美称。④ 蕉衣：麻布制的衣服。贾岛《送陈判官赴绥德》诗："身暖蕉衣窄，天寒碛日斜。"

【品读】

诗人于秋夜独倚古树荒庭，蝉与蟋蟀的鸣叫声嘈杂纷扰，此时此刻愁思不绝，纵然诗胆如斗大，又有何用？烛影在蕙幌上闪动，微风吹皱麻衣，但豪情依旧，唯愿能弯弓搭箭，实现射雕之志。

和袭美新秋即事次韵三首（其三）①

声利从来解破除 ②，秋滩唯忆下桐庐 ③。
鸬鹚阵合残阳少 ④，蜻蛚吟高冷雨疏 ⑤。
辩伏南华论指指 ⑥，才非玄晏借书书 ⑦。
当时任使真堪笑 ⑧，波上三年学炙鱼 ⑨。

【注释】

① 袭美：唐朝诗人皮日休字。② 声利：犹名利。南朝宋鲍照《咏史》："五都矜财雄，三川养声利。"③ 桐庐：县名，今属杭州，位于钱塘江中游，富春江斜贯县境，为著名游览胜地。④ 鸬鹚：水鸟名。⑤ 蜻蛚：蟋蟀名。⑥ 南华：指《南华经》。本名《庄子》，道家经文，是战国早期庄子及其门徒所著，唐天宝元年（724）尊之为《南华经》，且封庄子为南华真人。指

指：语本《楞严经》："如人以手，指月示人。彼人因指，当应看月。若复观指以为月体，此人岂唯亡失月轮，亦亡其指。"这里的月轮，指的是使我们清净的佛心佛经。手指，则是比喻指引我们自认佛心、识佛心的手指。⑦ 玄晏借书：指西晋时期皇甫谧曾向晋武帝借书著述，晋武帝赐书一车。皇甫谧，自号玄晏先生，一生以著述为业，是西晋时期著名学者、医学家、史学家，他的《针灸甲乙经》是中国第一部针灸学专著。⑧ 任使：指差事、使命。⑨ 炙鱼：指专诸炙鱼。春秋时期吴国刺客专诸"从太湖学炙鱼，三月得其味"（汉代赵晔《吴越春秋·王僚使公子光传》）。吴公子光（阖闾）欲杀王僚自立，伍子胥将专诸推荐给公子光。公元前515年，公子光乘吴内部空虚，与专诸密谋，以宴请吴王僚为名，藏匕首于鱼腹之中进献（鱼肠剑），当场刺杀吴王僚，专诸也被吴王僚侍卫杀死。公子光自立为王，是为吴王阖闾，乃以专诸之子为卿。

【品读】

诗人厌恶名利，寄情山水，嘲笑所谓的志士刺客，皈依学佛，得其所哉。

韦 庄

【作者简介】

　　韦庄（约836—910），字端己，长安杜陵（今陕西西安）人。唐乾宁进士，后仕蜀，官至吏部侍郎兼平章事。有《浣花集》。

早秋夜作

　　翠簟初清暑半销①，撒帘松韵送轻飙②。

　　莎庭露永琴书润③，山郭月明砧杵遥。

　　傍砌绿苔鸣蟋蟀，绕檐红树织蟏蛸④。

　　不须更作悲秋赋⑤，王粲辞家鬓已凋⑥。

【注释】

　　①翠簟：翠绿的竹席。②撒帘：卷起帘子。松韵：松风。轻飙：微风。③莎庭：长有莎草的庭院。露永：露水下的时间长。④红树：指经霜叶红之树，如枫树等。唐韦应物《登楼》诗：“坐厌淮南守，秋山红树多。”蟏蛸：长脚蜘蛛，通称蟢子。《诗经·豳风·东山》：“伊威在室，蟏蛸在户。”⑤悲秋赋：战国楚宋玉《九辩》：“悲哉秋之为气也！萧瑟兮草木摇落而变衰。憭栗兮若在远行，登山临水兮送将归。”宋玉《九辩》以悲秋为发端，自伤生不逢时，怀才不遇。后世用作感伤秋景寄托悲怀的典故，也借以表示伤别之情。⑥王粲：王粲字仲宣，东汉末山阳高平（今山东微山两城镇）人，建安七子之一。十七岁时，遭逢战乱，避难至荆州，依附刘表凡十五年。在《七哀诗》《登楼赋》中均抒写了思乡之情。后世用作滞留异乡的典故。这里诗人以王粲自居。

【品读】

　　这是一首游子思乡、悲秋感怀的诗。诗人以秋天特有的景物做意象组合，倾注了自己的主观情思，为我们描绘了一派早秋月夜景象，并以宋玉、王粲自居，吐露了悲秋感伤、思乡怀远的情怀。

张 乔

【作者简介】

张乔，字伯迁，池州（今安徽贵池）人。尝居九华山苦学，唐咸通十一年（870）赴京兆府试《月中桂》，乔诗擅场。与诗人许棠、郑谷等被誉为"咸通十哲"。僖宗广明后复归九华山。其诗"吟价颇高"，清雅幽奇，当时少有其伦。

促 织①

念尔无机自有情，迎寒辛苦弄梭声。
椒房金屋何曾识②，偏向贫家壁下鸣。

【注释】

① 促织：即蟋蟀。② 椒房：后妃居住的宫室，多以花椒和泥涂壁，取其温馨多子之意。金屋：华美之屋。

【品读】

借咏蟋蟀，反映贫家之苦，讥刺富贵之家不劳而获，用心良苦。

秋 夕

春恨复秋悲，秋悲难到时。
每逢明月夜，长起故山思①。
巷僻行吟远，蜇多独卧迟。
溪僧与樵客②，动别十年期。

【注释】

① 故山：故乡。唐司空图《漫书》之一："逢人渐觉乡音异，却恨莺声似故山。"② 溪僧：指居住溪边寄情山水的僧侣。唐张乔《吊前水部贾员外》："李白坟前路，溪僧送入林。"樵客：出门采薪的人。唐刘威《游东湖黄处士园林》："樵客出来山带雨，渔舟过去水生风。"

【品读】

秋夕，聊发思乡之苦，令人动容。

李咸用

【作者简介】

李咸用，与来鹏同时，工诗，不第，尝应辟为推官。有《披沙集》六卷，今编为三卷。

秋 夕

寥廓秋云薄①，空庭月影微。

树寒栖鸟密，砌冷夜蛩稀。

晓鼓军容肃，疏钟客梦归。

吟余何所忆②，圣主尚宵衣③。

【注释】

①寥廓：天空。②何所：何处。③圣主：对当时皇帝的尊称。唐李白《峨眉山月歌送蜀僧晏入中京》："我似浮云殢吴越，君逢圣主游丹阙。"宵衣：天未亮即起床穿衣。古人多用以称帝王勤于政事。唐许浑《秋日早朝》："宵衣应待绝更筹，环佩锵锵月下楼。"

【品读】

秋夜孤寂寥落，吟诗之余犹思君。

贯 休

【作者简介】

贯休，诗僧，本姓姜，字德隐，婺州兰溪（今属浙江）人。天复间入蜀（今四川），蜀主王建赐号"禅月大师"。有《禅月集》。《全唐诗》编诗十二卷。

早秋夜坐

微凉砧满城，林下石床平①。

发岂无端白，诗须出世清。

邻僧同树影，砌月浸蛩声。

独自更深坐，无人知此情。

【注释】

① 石床：供人坐卧的石制用具。唐许浑《寄题南山王隐居》："更忆前年醉，松花满石床。"

【品读】

秋夜月白风清，砧声满城，蛩声啾啾，诗僧枯坐林下石床，邻僧犹如树影毫不知觉。在这深夜独坐苦吟，鬓发早已染霜，但又有谁知我"诗须出世清"之情呢？

崔 涂

【作者简介】

崔涂,字礼山,江南人。唐光启四年(888),登进士第。诗一卷。

秋夜兴上人别 ①

常时岂不别,此别异常情。
南国初闻雁,中原未息兵。
暗蛩侵语歇,疏磬入吟清 ②。
曾听无生说 ③,辞师话此行。

【注释】

① 上人:对僧侣的尊称。② 疏磬:稀疏的磬声。磬,佛寺中的一种铜制打击乐器。唐卢纶《宿定陵寺》:"古塔荒台出禁墙,磬声初尽漏声长。"③ 无生:佛教语。谓没有生灭,不生不灭。晋王该《日烛》:"咸淡泊于无生,俱脱骸而不死。"唐王维《登辨觉寺》:"空居法云外,观世得无生。"

【品读】

国事蜩螗,中原兵革连绵,诗人秋夜与上人惜别,当非异常情。蟋蟀啾啾,不时打断话别声,稀疏的铜磬声传来,更觉冷清。既听无生说,淡然已忘机。

齐 己

【作者简介】

齐己（约863—约937），僧人，本姓胡，名得生，益阳（今属湖南）人。出家后栖衡岳东林，自号衡岳沙门。有《白莲集》十卷，外编一卷。《全唐诗》存其诗十卷。

新秋雨后

夜雨洗河汉①，诗怀觉有灵。

篱声新蟋蟀，草影老蜻蜓。

静引闲机发，凉吹远思醒。

逍遥向谁说②，时注漆园经③。

【注释】

① 河汉：银河。《古诗十九首》中《迢迢牵牛星》："河汉清且浅，相去复几许。"② 逍遥：从容漫步，悠闲自在的样子。庄子著有《逍遥游》篇。庄子认为，一个人应当突破功、名、利、禄、权、势、尊、位的束缚，使精神活动达到悠游自在、无记挂、无阻碍的境地。③ 漆园经：指《庄子》。庄子，蒙（今安徽蒙城，又说河南商丘、山东东明）人，尝为蒙漆园吏，故云。

【品读】

新秋雨后，长空一碧如洗。蛩鸣竹篱，蜻蜓掠草而飞，诗人灵感勃发。凉风吹来，从逍遥中醒悟，在逍遥中遨游，才是立身之本。

蟋 蟀

声异蟪蛄声①，听须是正听。

无风来竹院，有月在莎庭②。

虽不妨调瑟，多堪伴诵经。

谁人向秋夕，为尔欲忘形③。

【注释】

① 蟪蛄：一名寒蝉，体呈黄绿色，翅有黑白条纹，寿命只有四五周。雄虫腹部有发音器，夏末自早至暮长鸣不已。《庄子·逍遥游》："朝菌不知晦朔，蟪蛄不知春秋。"② 莎庭：长满莎草的庭院。莎草，又名香附子。唐郑谷《咏怀》："香锄抛药圃，烟艇忆莎陂。"③ 忘形：失去常态。

【品读】

蟋蟀之鸣声异于螽蚣，必须仔细辨别地听。无风时它常出现在竹院，月夜则潜伏在长满莎草的庭院。虽然不妨碍调瑟，但它的声音可以伴随诵经。在这秋夜，谁人为之而忘形？

病起见庭莎①

病起见庭莎①，绿阶傍竹多。

绕行犹未得，静听复如何。

蟋蟀幽中响，螽蚣深处歌。

不缘田地窄，剩种任婆娑②。

【注释】

① 庭莎：长在庭院的莎草。② 婆娑：枝叶扶疏，纷披。《世说新语·黜免》："槐树婆娑，无复生意。"

【品读】

新秋，庭院里的莎草傍竹而生，绿满台阶。蟋蟀在幽暗中鸣叫，螽蚣在草深处唱歌，绕庭而行犹未得，只有仔细静听。莎草不囿于庭院狭窄，照样长得枝叶扶疏、纷披。此诗反映了诗人顺势而为，适者生存的思想。

秋夕书怀

凉多夜永拥山袍①，片石闲欹不觉劳②。

蟋蟀绕床无梦寐，梧桐满地有萧骚③。

平生乐道心常切，五字逢人价合高④。

破落西窗向残月，露声如雨滴蓬蒿⑤。

【注释】

① 夜永：夜长。山袍：山表。② 片石闲欹：悠闲地斜倚着片片山石。③ 萧骚：象声词，形容雨声或风吹动树木的声音。唐薛能《寄河南郑侍郎》："寒窗不可寐，风地叶萧骚。"④ 五字：指五言诗。明王鏊《震泽长语·文章》："唐人用一生心于五字，故能巧夺天工。"⑤ 蓬蒿：飞蓬与蒿草，泛指杂草、荒草。

【品读】

夜永凉多，片石闲欹，蟋蟀绕床，梧桐萧骚，西窗残月，露滴蓬蒿……诗人在这样的环境中仍处之泰然，安贫乐道，潜心诗艺，其襟怀如秋风明月，令人钦敬。

荆州新秋寺居写怀诗五首上南平王①（其五）

石龛闲锁旧居峰②，何事膺门岁月重③。
五七诗中叨见遇④，三千客外许疏慵⑤。
迎凉蟋蟀喧闲思，积雨莓苔没屐踪⑥。
会待英雄启金口⑦，却教担锡入云松⑧。

【注释】

① 南平王：高季兴。南平，五代时十国之一，也叫荆南。唐朝末年，高季兴为荆南留守，后唐封为南平王，占有今湖北荆州一带地方。至高继冲，归降宋朝。《新五代史》有《南平世家》。② 石龛：供奉神像或神主的小石阁。唐戴叔伦《游少林寺》："石龛苔藓积，香径白云深。"③ 膺门：《后汉书·党锢传·李膺传》："是时朝廷日乱，纲纪颓阤，膺独持风裁，以声名自高。士有被其容接者，名为登龙门。"后以"膺门"借指名高望重者的门下。前蜀贯休《别卢使君》诗："幸到膺门下，频蒙俸粟分。"④ 五七诗：近体诗由五言句（五绝、五律）、七言句（七绝、七律）组成。⑤ 三千客：战国时齐国的孟尝君（田文）家中养食客三千。疏慵：懒散。唐白居易《闲夜咏怀因招周协律刘薛二秀才》："世名检束为朝士，心性疏慵是野夫。"⑥ 屐踪：鞋的踪迹。⑦ 金口：对他人之口或言语的敬称。前蜀贯休《拟齐梁体寄冯使君》诗："伟哉桐江守，雌黄出金口。"⑧ 担锡：锡杖横担在肩上。锡，锡杖，僧人的法器。此处借指僧人出行。唐李山甫《迁居清溪和刘书记见示》："担锡归来竹绕溪，过津曾笑鲁儒迷。"

【品读】

诗人感谢南平王的知遇之恩，但又表示要继续持斋师佛、行吟化缘。

永夜感怀寄郑谷郎中①

展转复展转②，所思安可论。
夜凉难就枕，月好重开门。
霜杀百草尽，蛩归四壁根。
生来苦章句，早遇至公言③。

【注释】

① 永夜：长夜。郑谷：字守愚，宜春（今属江西）人。光启进士，官都官郎中，人称郑都官。又以《鹧鸪》诗得名，人称郑鹧鸪。其诗多写景咏物之作，风格清新通俗。② 展转：即辗转，翻来覆去。《诗经·周南·关雎》："悠哉悠哉，辗转反侧。"③ 至公：极为公正。《吕氏春秋·去私》："舜有子九人，不与其子而授禹，至公也。"

【品读】

诗人感慨所遇非时，并感谢友人郑谷的"至公"之言。

罗邺

【作者简介】

罗邺，余杭（今属浙江）人，累举进士不第。唐光化中，以韦庄奏，追赐进士及第，赠官补阙。诗一卷。

秋夕旅怀

阶前月色与蛩声，阶上愁人坐复行。
秦谷入霜空有梦①，越山无计可归耕②。
穷途若遣长堪恸③，华发无因肯晚生④。
不似扁舟钓鱼者⑤，免将心事算浮荣。

【注释】

① 秦谷：秦地的山谷，泛指秦地。秦，今陕西一带，古属秦国。② 越山：越国的山川。越，今浙江杭州、绍兴一带，古属越国。③ 恸：悲哀过度，大哭。《论语·先进》："颜渊死，子哭之恸。"④ 华发：白发。⑤ 扁舟：春秋时越国大夫范蠡佐越王勾践灭吴复国，然后辞官远走，变名易姓，乘扁舟入五湖，避免了被越王猜忌获罪的下场。唐李泌《长歌行》："请君看取百年事，业就扁舟泛五湖。"后因以扁舟比喻功成身退或弃官归隐。钓鱼者：指东汉严光。《后汉书·逸民列传》："严光字子陵，一名遵，会稽余姚人也。少有高名，同光武游学。及光武即位，乃变名姓，隐身不见。帝思其贤，乃令以物色访之。后齐国上言：'有一男子，披羊裘钓泽中。'帝疑其光，乃备安车玄纁，遣使聘之，三反而后至。""除为谏议大夫，不屈，乃耕于富春山。后人名其钓处为严陵濑焉。"后用来形容人不图富贵，隐居山泽。唐李白《独酌清溪江石上寄权昭夷》："永愿坐此石，长垂严陵钓。"

【品读】

诗人于秋夜的旅途中，愁绪满怀，感到穷途失路，进退无据，表示欲退隐江湖，"免将心事算浮荣"。

杜荀鹤

【作者简介】

杜荀鹤（846—904），字彦之，号九华山人，池州石埭（今安徽石台）人。46岁才中进士。入梁为翰林学士，仅五日而卒。其部分诗篇反映唐末军阀混战局面下的社会矛盾和人民的惨痛境遇，在当时较突出。有《唐风集》。

秋日怀九华旧居 ①

吾道在五字 ②，吾身宁陆沈 ③。

凉生中夜雨，病起故山心 ④。

独共寒酸影，蛩添苦楚吟 ⑤。

何当遂归去，一径入松林。

【注释】

① 九华：指今安徽九华。② 五字：指五言诗。③ 陆沈：也作"陆沉"。陆地自行下沉，比喻隐居。《庄子·则阳》："方且与世违，而心不屑与之俱，是陆沉者也。"④ 故山：故乡。⑤ 楚吟：指《楚辞》哀怨的歌吟。晋谢灵运《登池上楼》："祁祁伤豳歌，萋萋感楚吟。"张铣注："《楚辞》曰：'王孙游兮不归，春草生兮萋萋。'言感伤此歌吟也。"亦泛指歌吟。

【品读】

秋夕，夜雨清凉，诗人思乡苦病，形影相吊，茕茕子立，蟋蟀啾啾，更增添了几分感伤。愿从此归隐，将平生述怀付之五言诗句。

沈 彬

【作者简介】

沈彬，字子文，高安（今属江西）人。唐末应进士，不第。浪迹湖湘，尝与僧虚中、齐己为诗友。事吴为秘书郎，以吏部郎中致仕。年八十余。李璟以旧恩召见，赐粟帛，官其子。诗十九首。

秋 日

秋含砧杵捣斜阳①，笛引西风颢气凉②。

薜荔惹烟笼蟋蟀③，芰荷翻雨泼鸳鸯④。

当年酒贱何妨醉，今日时难不易狂。

肠断旧游从一别，潘安惆怅满头霜⑤。

【注释】

① 砧杵：洗衣的石板及捣衣的木棒。② 颢气：弥漫于天地之间的大气。唐柳宗元《始得西山宴游记》："悠悠乎与颢气俱，而莫得其涯；洋洋乎与造物者游，而不知其所穷。"③ 薜荔：一种蔓生的木本植物，又名木莲、木馒头。《楚辞·九歌·山鬼》："若有人兮山之阿，被薜荔兮带女萝。"④ 芰荷：指菱叶与荷叶。《楚辞·离骚》："制芰荷以为衣兮，集芙蓉以为裳。"⑤ 潘安：晋潘岳。岳字安仁，故省称"潘安"。潘安貌美，故诗文中常用作美男子的代称。

【品读】

这是一首伤时之作。诗的前两联写景，诗人为我们描绘了一幅秋凉的景象：秋日的斜阳下，传来一阵阵砧杵捣衣声；秋风中颢气弥漫，笛声苍凉；薜荔蔓生，雾气蒸腾，蟋蟀潜伏地下不时地吟唱；突然一阵急雨，芰荷上雨珠飞溅，泼湿了嬉游的鸳鸯。后两联诗人缘景抒慨：当年与旧友相聚，酒醉一场，何等痛快。今日时难之际，清狂何易？想到与友人一别至今，不禁黯然肠断，霜花染白了两鬓。

敦煌词

菩萨蛮

香销罗幌堪魂断①，唯闻蟋蟀吟相伴。每岁送寒衣，到头归不归。

千行欹枕泪②，恨别添憔悴。罗带旧同心③，不曾看至今。

【注释】

① 罗幌：丝罗织成的帷帐。② 欹枕：斜靠着枕头。③ 罗带：丝织的衣带。

【品读】

这是一首描写思妇的词，反映一个征人的妻子对丈夫的思念和幽怨，体现了反对不义战争的普遍意义。上阕，夜深人静之际，女主人公独居罗幌，唯闻四壁蟋蟀的阵阵吟叫，更增添了几分孤独，禁不住神魂飞越，思念远方的亲人。可年年送寒衣，而年年无归期。女主人用疑问的口吻，委婉地谴责唐统治者。下阕，思妇就寝后孤枕难眠，无人语，泪如雨，哀伤已极，枕上长叹：离别后，容颜在长期的愁思中憔悴了许多，以致不敢看罗带上的同心结，怕触发自己的愁思苦绪。本词质朴清新，流畅自然，环环相扣，手法独特，形象生动地描绘了思妇的哀怨和情思。

洞仙歌

悲雁随阳①。解引秋光②。寒蛩响，夜夜堪伤。泪珠串滴，旋流枕上③。无计恨征人④，争向金风飘荡⑤，捣衣嘹亮⑥。

懒寄回文先往⑦，战袍待稳，絮重更熏香⑧。殷勤凭驿使追访⑨。愿四塞来朝明帝⑩，令戍客休施流浪⑪。

【注释】

① 悲雁随阳：鸿雁南飞（随阳）。② 解引：招引。③ 旋：顷刻，随即。④ 无计：无可奈何。⑤ 金风：秋风。⑥ 捣衣：洗衣的一种方式，用木棒的一端撞击衣物。⑦ 回文：一种诗体。诗句中的字词，回旋往复读之都能成义可诵。南朝梁刘勰《文心雕龙·明诗》说回文为道原所创，已失传。今所传者以南朝宋苏伯玉妻《盘中诗》为最古。⑧ 熏香：用香薰衣服。⑨ 凭驿使追访：凭驿使捎信。⑩ 四塞：指四方屏藩之国。明帝：英明的皇帝。⑪ 戍客：守边战士。流浪：流转各地，行踪不定。

【品读】

这是一首闺怨词。南飞的鸿雁招引寒冷的秋光，偏偏蟋蟀又夜夜长鸣，挠人意乱，真令人感伤！泪珠串串滴落枕上，征人远在边夷，无由而怨，只能出户捣衣。音信难通，懒得再费心思作回文诗，战袍待稳，絮重更熏香，殷勤凭驿使追访。唯愿四方屏藩之国都来朝见圣上，使戍边征人不再流转四方边陲。此词语言含蓄、婉转，刚柔相济，且能将个人意愿与国家利益统一起来，诗词的境界得到升华。

魏承班

【作者简介】

　　魏承班，父魏宏夫，为前蜀王建养子，赐姓名王宗弼，封齐王，承班为驸马都尉，累迁太尉。承班工词，多言情之作，词风艳丽柔靡，为花间派词人之一。

诉衷情

　　银汉云晴玉漏长 ①，蛩声悄画堂 ②。筠簟冷 ③，碧窗凉，红蜡泪飘香。

　　皓月泻寒光，割人肠。那堪独自步池塘，对鸳鸯。

【注释】

　　① 银汉：银河。玉漏：玉制的计时器。② 画堂：华丽的厅堂。③ 筠簟：竹席。

【品读】

　　这是一首描写女子闺思之情的词作。词的上阕描绘了秋夜，夜深人静，时间在悄悄地流逝，华丽的厅堂里除了蟋蟀鸣叫，悄无人声。女主人公独处画堂，竹席上分明感到凉意，凉风吹窗，红蜡似流泪飘香。这种凄凉的环境体现了女主人公内心的凄凉。那流淌的红蜡分明是女主人公因思念而流的眼泪。下阕写女主人公的内心感受，皎洁的月亮泻下寒光，因思念而苦，似刀割人肠。她愁思绵绵，无法排遣，独自步向池塘，但面对池塘里成双成对的鸳鸯，触景生情，物犹如此，人何以堪！

毛熙震

【作者简介】

毛熙震（生卒年字不详）仕后蜀，官至秘书监。《花间集》把他列于尹鹗、李珣之间。词多写女人仪容服饰与相思，风骨柔弱。为花间派词人之一。

更漏子

秋色清，河影淡，深户烛寒光暗。绡幌碧[①]，锦衾红[②]，博山香炷融[③]。

更漏咽[④]，蛩鸣切，满院霜华如雪[⑤]。新月上，薄云收，映帘悬玉钩[⑥]。

【注释】

① 绡幌：生丝织成的帷帐。② 锦衾：锦缎织成的睡被。③ 博山：古代香炉名。唐李白《杨叛儿》："博山炉中沉香火，双烟一气凌紫霞。"香炷：烛芯。④ 更漏咽：计更的滴水器声音渐弱。⑤ 霜华：月光。⑥ 钩：玉制的帐钩。此处指月亮如钩。

【品读】

这是一首闺怨词。上阕写女主人公失眠中的所见所闻：秋色冷清，银河黯淡，深宅里烛光冷清昏暗。绡幌碧，锦衾红，博山炉里香炷融。夜静，室空，表面上有物而无人，实则恰恰反映了女主人公独处闺房的幽寂和苦闷。下阕写女主人公寂寞难耐，走出户外所见的景物：漏声咽，蛩鸣切，表明夜已深。月光照在庭院里，犹如铺上一层霜雪，明月高悬，映照帷帐。此时此刻，更增添了她几多愁绪。

李 珣

【作者简介】

李珣，字德润，其祖先为波斯人，居梓州（今四川三台）。李珣少小苦学，有诗名，以秀才预宾贡，事蜀主王衍，国亡不仕。所著《琼瑶集》（已佚），又著《海药本草》六卷，多记岭南药物，为明李时珍《本草纲目》所引用。《花间集》录李珣词三十七首，《尊前集》十八首（内一首与《花间集》相复），王国维《唐五代二十一家词辑》辑为《琼瑶集》一卷。

酒泉子（其四）

秋月婵娟①，皎洁碧纱窗外，照花穿竹冷沉沉，印池心。

凝露滴，砌蛩吟②。惊觉谢娘残梦③，夜深斜傍枕前来，影徘徊。

【注释】

① 婵娟：美好貌。② 砌：台阶。蛩：蟋蟀。③ 谢娘：指才情女子。《晋书·列女传·王凝之妻谢氏传》："王凝之妻谢氏，字道韫，安西将军奕之女也。聪识有才辩……道韫所著诗赋诔颂并传于世。"

【品读】

这首词描写一位美貌的女子，表现词人对她的眷恋。上阕写秋月美好的姿态，皎洁的月光洒落在碧纱窗外，映照着秋花，穿过翠竹，冷冷的月色，深沉的思绪，把倩影落在池塘的中心。写月实则在写人，暗示女主人公有秋月之貌，婀娜动人。下阕写"谢娘梦残"，秋月的依恋，词人的思慕。露珠从屋檐上滴落下来，石阶边上，蟋蟀在吟唱，惊醒了美人的好梦。她要寻求梦中的他，于是在宁静的深夜，悄悄来到他的身边，与他幽会。这里以月写人，表现了词人对佳人的思念和渴望。本词写景传情，语浅情深，典雅清丽，宋人惟吴梦窗能有此等丽句，盖李珣已开其先也。

定风波

又见辞巢燕子归，阮郎何事绝音徽①。帘外西风黄叶落，池阁，隐莎蛩叫雨霏霏②。

愁坐算程千万里，频跂③，等闲经岁两心违④。听鹊凭龟无定处⑤，不知，泪痕留在画罗衣⑥。

【注释】

① 阮郎：传说东汉时刘晨、阮肇入天台山采药，遇仙女，留居半年，归来世上已过七世。仙女对二人以"刘郎""阮郎"相呼。后世用作咏游仙艳遇的典故。（参阅《太平御览》卷四十一引）音徽，音信；书信。晋陆机《拟庭中有奇树》："欢友兰时往，迢迢匿音徽。"李周

翰注："音徽，言文章、书信。"前蜀魏承班《谒金门》词："雁去音徽断绝，有恨欲凭谁说。"② 隐莎：生长在暗处的莎草。霏霏：雨飘落的样子。③ 频跂：频频踮起脚后跟遥望。《荀子·劝学》："吾尝跂而望矣，不如登高之博见也。"④ 等闲：无端、平白地。宋毛熙震《菩萨蛮》词："光影暗相催，等闲秋又来。"经岁：犹经年。整年，长年。唐居易《慈乌夜啼》："昼夜不飞去，经年守故林。"心违：心愿没有达到。唐杜甫《忆昔行》："秋山眼冷魂未归，仙赏心违泪交堕。"⑤ 听鹊：谓听喜鹊的叫声以为吉兆。凭龟：依靠龟甲占卦、卜吉凶。⑥ 画罗衣：华丽的丝织衣。

【品读】

这是一首描写女子思念情郎的词。上阕写女子又见燕子归来垒新巢，可情郎不知何故，至今音书断绝。帘外，秋风吹，黄叶落，雨霏霏，临池的楼阁暗处莎草丛中蟋蟀啾啾，更添几分愁苦、凄凉。下阕写女子愁绪万端，坐着算计情郎远离千万里，不时踮脚而望，两心相违，时光无端地虚度。听鹊凭龟也无法揣测到情郎的确切消息，只能泪滴画罗衣。本词选择生活中突出的景物，以景物之佳反衬女子内心苦闷，清丽委婉；写空闺之愁，曲折，含蓄，富有跳跃感，层层递进，有助于表现女主人公盼郎不归的复杂心情。

望远行

露滴幽庭落叶时 ①，愁聚萧娘柳眉 ②。玉郎一去负佳期 ③，水云迢递雁书迟 ④。
屏半掩 ⑤，枕斜欹 ⑥，蜡泪无言对垂。吟蛩断续漏频移 ⑦，入窗明月鉴空帏 ⑧。

【注释】

① 幽庭：幽静的庭院。② 萧娘：南北朝时曾以萧娘泛指女子，唐代诗词中沿用为典。《南史》卷五一《梁宗室传上·临川靖惠王宏传》："宏不敢便违群议，停军不前。魏人知其不武，遗以巾帼。北军歌曰：'不畏萧娘与吕姥，但畏合肥有韦武。'武谓韦睿也。"③ 玉郎：对青年男子的美称，也作女子对丈夫或情人的爱称。后蜀鹿虔扆《临江仙》："一自玉郎游冶去，莲凋月惨仪形。"④ 迢递：遥远的样子。唐王勃《春思赋》："帝乡迢递关河里，神皋欲暮风烟起。"⑤ 屏：屏风。⑥ 欹：斜靠。⑦ 漏：古代计时器。⑧ 鉴：照。

【品读】

这是一首女子思念情郎的词。幽静的庭院中，落叶萧萧，露珠滴落，闺阁中女子柳眉愁聚：想到意中人一去违背相约的佳期，杳无音信，不禁悲从中来。在半掩的屏风里，她孤栖独处斜靠枕，与蜡烛相对无言流泪。只听到蟋蟀时断时续地鸣叫，丁丁玉漏咽铜壶，明月窥窗照空帏。此时无声胜有声，一腔愁思向谁诉？

顾 夐

【作者简介】

顾夐，五代十国后蜀词人，前蜀王建时给事内廷，迁茂州刺史。后蜀孟知祥时，累官至太尉。为花间派词人之一，尤工小词。作品多写艳情，香软颓靡，缺乏思想性。但艺术技巧较高。存词载《花间集》。

浣溪沙

庭菊飘黄玉露浓，冷莎偎砌隐鸣蛩，何期良夜得相逢①。
背帐风摇红蜡滴，惹香暖梦绣衾重②，觉来枕上怯晨钟。

【注释】

① 何期：犹言岂料。表示没有想到。② 绣衾：刺绣的被面。

【品读】

这是一首闺怨词。上阕写秋景和少妇梦中与夫君相逢之事。时令已届深秋，满地飘黄，莎草紧紧地依偎在台阶旁，蟋蟀在暗处吟唱，少妇意想不到在梦中与夫君相逢，内心是何等喜悦。下阕写梦境及醒来后少妇的惆怅心情。夜晚帐前，微风轻拂，烛光摇晃，红色的烛泪在下滴。少妇在梦中与夫君相拥同衾，犹闻夫君的体香，感到十分温暖。哪知晨钟惊醒了少妇的暖梦，使她感到异常孤独凄怆。本词对少妇梦境的描绘及心理刻画非常生动传神。

冯延巳

【作者简介】

冯延巳（903—960），又名延嗣，字正中，广陵（今江苏扬州）人。南唐中主李璟时，以藩邸旧臣致显，官至中书侍郎、左仆射、同平章事。延巳有辞学，多才艺，工诗。有《阳春集》一卷。

鹊踏枝（其六）

秋入蛮蕉风半裂①，狼藉池塘，雨打疏荷折。绕砌蛩声芳草歇②。愁肠学尽丁香结③。

回首西南看晚月。孤雁来时，塞管声呜咽④。历历前欢无处说⑤。关山何日休离别⑥。

【注释】

① 蛮蕉：南方的芭蕉。蛮，指南方。② 砌：台阶。蛩声：蟋蟀的鸣叫声。歇：尽，消失。③ "愁肠学尽丁香结"：意谓愁肠百结。丁香结，以丁香花蕾喻愁思固结不解。唐李商隐《代赠》："芭蕉不展丁香结，同向春风各自愁。"④ 塞管：指羌笛。⑤ 历历：一一分明。唐卢照邻《病梨树赋》："共语周齐间事，历历如眼见。"⑥ 关山：泛指关隘山川。

【品读】

冯延巳以描写闺情见长，在本词中词人避免对妇女的容貌、服饰的描绘，而是通过对特定季节景物的描写，着力刻画女主人公内心无可排遣的哀愁。语言清新流转，缠绵悱恻，有凭吊凄怆之慨。

李 中

【作者简介】

李中，字有中，陇西人。仕南唐为淦阳宰。有《碧云集》三卷，今编诗四卷。

秋 雨

竟日散如丝①，吟看半掩扉②。

秋声在梧叶，润气逼书帏③。

曲涧泉承去，危檐燕带归。

寒蛩悲旅壁，乱藓滑渔矶④。

爽欲除幽簟⑤，凉须换熟衣⑥。

疏篷谁梦断⑦，荒径独游稀。

偏称江湖景，不妨鸥鹭飞。

最怜为瑞处⑧，南亩稻苗肥⑨。

【注释】

① 竟日：终日，整天。《列子·说符》："不笑者竟日。"② 扉：门，门扇。③ 润气：水汽。北魏贾思勰《齐民要术·养羊》："不烧者，有润气，则酪断不成。"书帏：犹书斋。唐杜甫《雨》诗之二："高轩当滟滪，润色静书帏。"④ 渔矶：可供垂钓的水边岩石。唐戴叔伦《过故人陈羽山居》："峰攒仙境丹霞上，水绕渔矶绿玉湾。"⑤ 幽簟：颜色暗绿的竹席。⑥ 熟衣：煮炼过的丝织品制成的衣服。唐白居易《感秋咏意》："炎凉迁次速如飞，又脱生衣著熟衣。"⑦ 疏篷：稀疏的船帆，代指船。⑧ 为瑞：祥瑞。⑨ 南亩：农田。唐皇甫冉《寄刘方平》诗："坐忆山中人，穷栖事南亩。"

【品读】

秋雨如丝，竟日连绵，梧叶沙沙，水汽逼人。诗人吟坐书斋中，半掩门扇，只见山涧泉水蜿蜒而去，燕子归来，寄居屋檐下，蟋蟀鸣叫，渔矶苔藓丛生，已到了除幽簟、换熟衣的秋凉时节。想到人在江湖，不如学鸥鹭那样自由自在地生活，以稼穑为瑞。

旅馆秋夕

寥寥山馆里①，独坐酒初醒。
旧业多年别②，秋霖一夜听③。
砌蛩声渐息，窗烛影犹停。
早晚无他事，休如泛水萍。

【注释】

①山馆：山中馆舍。②旧业：旧时的园宅。唐孟浩然《寻白鹤岩张子容隐居》："睹兹怀旧业，回策返吾庐。"③秋霖：秋雨。

【品读】

凉秋雨夜，诗人酒醒独坐山馆。雨声淅沥不停，蟋蟀声渐稀，蜡烛消熔，他感到非常寂寥。想起离别故园已久，无所事事，暗暗告诫自己：千万不要学浮萍，随流漂荡。

蛩

月冷莎庭夜已深①，百虫声外有清音。
诗情正苦无眠处，愧尔阶前相伴吟。

【注释】

①莎庭：长满莎草的庭院。

【品读】

夜已深，秋月冷照莎庭，虫声嘈杂中唯有蟋蟀的鸣叫声清越动人。诗人因苦吟不成而无法入眠，阶前伴唱的蟋蟀使他感到羞愧。

怀 古

【作者简介】

释怀古，北宋初年四川诗僧，生卒年及生平履历不详，峨嵋（今四川峨眉山市）人。北宋九诗僧之一，与希昼等八位诗僧结社唱和，又与当时名士田锡等交游。宋本《九僧诗》中存其诗九首，全为五言律诗。其诗清新流丽，委婉深沉，颇享盛名。

闻 蛩

幽虫侵暮急①，断续苦相亲②。

夜魄沈荒垒③，寒声出壤邻④。

霜清空思切⑤，秋永几愁新⑥。

徒感流年鬓⑦，茎茎暗结银⑧

【注释】

① 幽虫：此处指躲藏在幽秘之处的蛩，即蟋蟀。侵暮急：暮夜中鸣叫得很急迫，不停地鸣叫。② 相亲：指鸣叫声不停地传入耳来，似乎蛩与人很亲近。③ 夜魄：月光。荒垒：荒凉的围墙边。④ 寒声：指蟋蟀幽怨凄凉的鸣叫声。壤邻：即邻居。因土地相接，故名。⑤ 霜清：言霜很重，显得冷清。切：贴近，密合。⑥ 永：长。⑦ 流年：光阴、年华。因为易逝如水，故称。⑧结银：凝结成银色，指鬓发成斑白也。

【品读】

这首夜坐闻蛩诗摹写寒蛩之鸣、长夜之寂，曲尽其妙，意思是蛩声催去了岁月，催白了鬓发。诗写得很细腻，很深沉，很有感染力。

张 咏

【作者简介】

张咏（946—1015），字复之，自号乖崖，濮州鄄城（今属山东）人。宋太平兴国五年（980）进士。历官枢密直学士，出知益州。宋真宗初，入为御史中丞，出知杭州，再知益州，进礼部尚书，因遭排挤，出知陈州。卒谥忠定。有《张乖崖集》。

县斋秋夕①

才薄难胜任，空销懒惰情。
公堂群吏散，苔地乱蛩声②。
隔岁乡书绝③，新寒酒病生。
方今圣明代④，不敢话辞荣⑤。

【注释】

① 县斋：县衙。② 苔地：生长苔藓的地方。乱蛩声：此起彼伏的蟋蟀鸣叫声。③ 乡书：家乡来信。④ 圣明代：政治清明的时代。⑤ 辞荣：隐退。

【品读】

"明时不敢自归山"（《县斋感怀》句），"方今圣明代，不敢话辞荣"，诗人庆幸自己遇到政治清明的时代，认为应该有所作为，不应轻言隐退，所谓"心怀高山隐士，身恋明时致君"，此之谓也。无怪乎北宋名臣韩琦有如此评价："张公以魁奇豪杰之材，逢时自奋，智略神出，勋业赫赫，震暴当世，诚一代之伟人也。"

梅尧臣

【作者简介】

梅尧臣（1002—1060），字圣俞，宣州宣城（今属安徽）人。宣城古名宛陵，世称梅宛陵。少时应进士不第。历任州县官属。宋皇祐初赐进士出身，授国子监直讲，官至尚书都官员外郎。曾预修《唐书》。诗风古淡，对宋代诗风的转变影响很大，与欧阳修同为北宋前期诗文革新运动领袖。有《宛陵先生文集》，又曾注释《孙子》。

舟中闻蛩

秋月满行舟，秋虫响孤岸①。
岂独居者愁，当令客心乱。
展转重兴嗟②，所嗟时节换③。
时节不苦留，川涂行已半④。
霜落草根枯，清音从此断。
谁复过江南，哀鸿为我伴。

【注释】

① 秋虫：指蟋蟀。② 展转：即辗转，翻来覆去。《诗经·周南·关雎》："悠哉悠哉，展转反侧。"兴嗟：兴起慨叹。③ 时节：四季的顺序。④ 川涂：河流道路。

【品读】

秋夜，皓月当空，诗人乘舟远行。岸边蟋蟀唧唧，更使游子心烦意乱，辗转反侧，不能安眠，兴起慨叹，慨叹时节变换，无法挽留。这时行程已过半，经霜侵袭的草根已开始枯黄，蟋蟀清脆的鸣声已不复听见，天空上雁群哀鸣，伴随我（诗人）又过江南。

柳 永

【作者简介】

柳永，原名三变，字景庄，后改名为永，字耆卿，世称柳屯田。崇安（今属福建）人。出身官宦之家，为人放荡不羁，往返于秦楼楚馆，终身潦倒。宋景祐元年（1034）中进士，授睦州团练使推官。官至屯田员外郎。仕途坎坷，一生不得志。其词多写歌妓愁苦和城市风光，尤长于抒写羁旅行役之情，表现封建社会文人怀才失意的情绪。创作慢词独多，音律谐婉。擅长白描手法，铺叙刻画，情景交融。以俚语入词，使词的语言通俗化、口语化。其词当时广为流传，影响颇大，在词史上占有重要地位。有词集《乐章集》。

黄钟羽·倾杯

水乡天气，洒蒹葭①、露结寒生早。客馆更堪秋杪②。空阶下、木叶飘零，飒飒声干③，狂风乱扫。当无绪、人静酒初醒，天外征鸿④，知送谁家归信，穿云悲叫。

蛩响幽窗⑤，鼠窥寒砚，一点银釭闲照⑥。梦枕频惊，愁衾半拥，万里归心悄悄⑦。往事追思多少。赢得空使方寸挠⑧。断不成眠，此夜厌厌⑨，就中难晓⑩。

【注释】

①蒹葭：芦苇。语本《诗经·秦风·蒹葭》："蒹葭苍苍，白露为霜。"②秋杪：秋暮。③飒飒：象声词，形容风雨声。声干：枯叶落地时干涩的声音。④征鸿：远飞的大雁。⑤幽窗：此指幽静的住室。⑥银釭：银灯。⑦悄悄：忧愁的样子。语本《诗经·邶风·柏舟》："忧心悄悄。"⑧方寸：心中。挠：扰挠，这里有纷乱的意思。⑨厌厌：精神不振的样子。《世说新语·品藻》："曹蜍、李志虽见在，厌厌如九泉下人。"⑩就中：内里，此指寂静无眠的长夜。

【品读】

这是一首抒发羁旅愁怀的词。上阕写水乡秋色与伊人杳远、思而不得之情。秋杪的水乡，寒露早结，木叶飘零，狂风乱扫，人静酒醒的此夜，词人身居客馆，闻见征鸿穿云，发出阵阵悲叫，不知为谁家传送归信。词人自戳痛处，亢直凄厉，情景相融，含不尽之意于言外。下阕移写室内，蛩响幽窗，鼠窥寒砚，银灯幽冷昏暗，词人半拥愁衾而断不成眠，追忆往事，怀人抒志，只徒增苦痛而已。此词笔力劲拔简练，开合自如，绘景生动感人，抒情深沉含蓄，隽永耐读。

散水调·倾杯

鹜落霜洲①，雁横烟渚②，分明画出秋色。暮雨乍歇，小楫夜泊，宿苇村山驿。何人月下临风处，起一声羌笛。离愁万绪，闻岸草、切切蛩吟如织③。

为忆芳容别后，水遥山远，何计凭鳞翼④。想绣阁深沉，争知憔悴损⑤，天涯行客。楚峡云归，高阳人散⑥，寂寞狂踪迹。望京国⑦。空目断、远峰凝碧。

【注释】

①鹜：水鸟名，俗称水鸭。②烟渚：雾气笼罩的水中小洲。③切切：形容声音凄厉或细急。如织：喻声音细切而密集。④鳞翼：指鱼雁。古人以为鱼雁能为人传递书信。⑤争知：怎知。损：表程度，意为极。⑥楚峡：巫峡。高阳：高唐阳台。此二句化用巫山云雨的典故。（参阅战国楚宋玉《高唐赋序》）⑦京国：京城。

【品读】

这是一首咏羁旅怀人之情的词作。上阕绘景，景中含情，情景交融。词人勾画出一幅山驿野景：鹜落霜洲，雁横烟渚，水面迷蒙，迷离惝恍，秋色中隐含愁情。暮雨乍歇，小楫夜泊，宿苇村山驿，雨后秋月夜以其凄清寥廓，显示出人的孤寂冷落。月下临风，可见词人带着一种遗世独立的孤傲与悲凉；一声羌笛，离愁万绪，则悲客思远之情油然而出。岸草丛中蛩吟切切如织，更可见愁情的难解与无奈。下阕遥想闺阁情怀。与佳人别后，水遥山远，音书断绝，我忆她愁，两处相思，以心相度，则悲愁中愈显深重。结尾"空目断，远峰凝碧"，以景结情，使全词气格提升，意境高远而情弥隽永。

尾 犯

夜雨滴空阶，孤馆梦回①，情绪萧索②。一片闲愁，想丹青难貌③。秋渐老、蛩声正苦，夜将阑、灯花旋落④。最无端处⑤，总把良宵，祗恁孤眠却⑥。

佳人应怪我，别后寡信轻诺⑦。记得当初，翦香云为约⑧。甚时向⑨、幽闺深处，按新词、流霞共酌⑩。再同欢笑，肯把金玉珍珠博⑪。

【注释】

①梦回：梦醒。②萧索：凄凉，萧条。晋陶渊明《自祭文》："天寒夜长，风气萧索。"③丹青难貌：难以用图画描绘。丹青，古代绘画中常用的颜色，也泛指绘画艺术。貌，描绘。④阑：尽，残。旋：随后；不久。⑤无端：无聊，没有情绪。⑥祗：只。恁：这样。却：语气词，相当于"了"。⑦寡信轻诺：即轻诺寡信。轻易允诺，很少守信。《老子》："夫轻诺必寡信，多易必多难。"⑧翦香云：古代情人离别，女方常剪发相赠。翦，削割。香云，指女子的鬓发。⑨甚时向：什么时候。向，语助词。⑩按新词：创作新词。填词须倚声按律，故称。流霞：美酒名。汉王充《论衡·道虚》："（项）曼都曰：'……有仙人数人，将我上天，离月数里而止。……口饥欲食，仙人辄饮我以流霞一杯，每饮一杯，数月不饥。'"后遂以之称美酒。北周庾信《卫王赠桑落酒奉答》："愁人坐狭邪，喜得送流霞。"⑪博：换取。

【品读】

这首词写词人独居异乡孤馆，耿耿难眠，思念天涯一方的佳人，流露出深深的悲苦与无奈。词的上阕以多种意象渲染了词人内心的孤寂落寞：试看，夜雨透着寒凉，孤馆透着寂寞，梦回之际，雨打空阶，使人凄凉难耐。闲愁太重，丹青难貌，深秋时节蟋蟀悲鸣，夜将阑，灯花旋落，抱影孤眠，辜负良宵，极富感染力。下阕写对佳人的思念。词人设想别后对方的情景，产生深深的自责，留恋和向往与佳人在一起的美好时光。昔日翦香云为约的情景还历历在目，而再相偎相伴、填词酌酒的愿望何时才能实现呢？词人的表白中透着悲哀、无奈与无力。本词景中有情，情景交融，融进了词人太多的人生况味，又显得很苦涩、很沉重。

女冠子

断云残雨①，洒微凉、生轩户②，动清籁、萧萧庭树③。银河浓淡，华星明灭④，轻云时度。莎阶寂静无睹⑤，幽蛩切切秋吟苦。疏篁一径⑥，流萤几点，飞来又去。

对月临风，空恁无眠耿耿⑦，暗想旧日牵情处。绮罗丛里⑧，有人人、那回饮散⑨，略曾谐鸳侣⑩。因循忍便睽阻⑪。相思不得长相聚。好天良夜、无端惹起，千愁万绪。

【注释】

①断云：雨后天空飘浮的残云。残雨：大雨过后的零星小雨。②轩户：门廊或居室的窗户。③"动清籁"句：意谓庭中树在秋风中发出萧萧的声响。清籁，自然界清晰的声响，指风吹庭树声。萧萧：树木摇动貌。《楚辞·九歌·山鬼》："风飒飒兮木萧萧。"也用以状风声。④华星明灭：灿烂的群星闪闪烁烁。⑤莎阶：长着莎草的台阶。无睹：意谓莎草和台阶在夜色中分辨不清。⑥疏篁：稀疏的竹丛。一径：一条小路。⑦耿耿：形容心中不得安宁。《诗经·邶风·柏舟》："耿耿不寐，如有隐忧。"⑧绮罗：代指妓女。⑨人人：对所爱者的昵称。⑩略曾：时间短暂。谐鸳侣：此指男女幽会。⑪"因循"句：意谓怎忍如此长久地分离下去。因循，本为照旧不改的意思，此为长期如此。忍，岂忍。睽阻，分离阻隔。

【品读】

这首词写秋夜怀人。上阕写景。雨后的天空中飘浮着朵朵残云，零星的小雨把秋的微凉布撒到人间，在门窗旁已能感觉到习习的凉意；庭院中，秋风吹动树木，发出萧萧的声响；仰望夜空，轻轻的浮云不时地掠过，银河时浓时淡，灿烂的群星忽明忽暗，时隐时现；星光闪烁，静寂的台阶和阶上的莎草浑然一色，分辨不清，只有幽暗处的蟋蟀在凄厉细急地悲鸣；稀疏的竹林中有条小径，点点流萤飞来飞去。景起景结，景中含情，余韵无穷。下阕写一次短暂的情事和永久的思念。过片"对月临风，空恁无眠耿耿，暗想旧日牵情处"，词人忆及往事，与佳人在酒席上邂逅相识，春风一度后，便是长久的分离。行笔至此，不禁发出"因循忍便睽阻"和"相思不得长相聚"的感慨。无奈之余，只能以"好天良夜"与"千愁万绪"对比，与上阕呼应作结。本词充分表现出词人之多情与对佳人留恋之深，实有刻骨铭心之思，痴念而不得之沉痛。

戚 氏

晚秋天，一霎微雨洒庭轩①。槛菊萧疏②，井梧零乱惹残烟③，凄然，望江关④，飞云黯淡夕阳间⑤。当时宋玉悲感⑥，向此临水与登山⑦。远道迢递⑧，行人凄楚，倦听陇水潺湲⑨。正蝉吟败叶，蛩响衰草，相应喧喧⑩。

孤馆度日如年。风露渐变，悄悄至更阑⑪。长天净，绛河清浅⑫，皓月婵娟⑬。思绵绵⑭。夜永对景⑮，那堪屈指⑯，暗想从前。未名未禄，绮陌红楼⑰，往往经岁迁延⑱。

帝里风光好⑲，当年少日，暮宴朝欢。况有狂朋怪侣，遇当歌对酒竞留连⑳。别来迅景如梭㉑，旧游似梦，烟水程何限㉒。念利名，憔悴长萦绊。追往事、空惨愁颜。漏箭移、稍觉轻寒㉓。渐呜咽、画角数声残㉔。对闲窗畔，停灯向晓，抱影无眠。

【注释】

① 一霎：一会儿。庭轩：厅堂前屋檐下的平台。② 槛菊：栏杆边的菊花。萧疏：稀稀落落的样子。③ 井梧：庭院中的梧桐。惹：沾染。残烟：淡雾。④ 江关：河山。⑤ 黯淡：阴沉。⑥ 宋玉悲感：语本战国楚宋玉《九辩》："悲哉，秋之为气也。"⑦ "向此"句：化用宋玉《九辩》中的"憭慄兮若在远行，登山临水兮送将归。"⑧ 迢递：遥远。⑨ 陇水潺湲：高丘上的水缓缓地流着。《乐府诗集》有《陇头流水歌》三首，写征人行经曲折高峻的陇坂，叹征途辛苦，发为悲歌。陇，同垄。⑩ 喧喧：形容混杂的声音。⑪ 悄悄：忧愁貌。《诗经·邶风·柏舟》："忧心悄悄，愠于群小。"更阑：夜深。⑫ 绛河：银河的别称。⑬ 婵娟：形态美好貌。⑭ 绵绵：连绵不断貌。⑮ 夜永：夜长。⑯ 屈指：弯曲手指计算数量。⑰ 绮陌红楼：烟花柳巷。绮陌，纵横交错的道路。红楼，泛指华丽的楼房。⑱ 经岁：经年，年复一年。迁延：拖延。⑲ 帝里：京城。⑳ 对酒：意谓对酒当歌。留连：舍不得离开。㉑ 迅景如梭：光阴飞驰如梭。景，日光。㉒ "烟水"句：烟水茫茫，何处为旅途的尽头。㉓ 漏箭移：时间推移。漏箭，计时漏壶上用以标指时刻的装置。㉔ 画角：古代乐器名，出自西羌。因其发音哀厉高亢，古代军中多用之，以警昏晓，振士气。

【品读】

这是一首羁旅行役词。全词共分三阕。上阕写景，写词人白天的所见所闻；中阕写情，写词人更阑的所见所感；下阕写忆，写词人对往事的追忆，抒发了自己的感慨。首先看上阕，写景由近及远：晚秋时节，细雨蒙蒙，梧桐叶落，烟雾弥漫。词人登高望远，云朵黯淡飘移，夕阳闲照，秋光盈野。此时此景，难怪当年宋玉要发出"悲哉秋之为气也。……憭慄兮若在远行，登山临水兮送将归"的浩叹。那远递道上的行人是凄楚的；陇头道旁的潺潺流水声也无心去听；蝉在树上鸣叫，蟋蟀在衰草丛中吟唱，发出的都是悲戚的声音。至此，悲秋之意由远及近、由古及今，渐次迫及词人自身，悲意更其深远绵长了，也更现实可感了。再看中阕，词人孤处客馆，度日如年，风露结霜，一直愁闷地挨到夜静更深，苦闷至极。踱步而出，长天净如水洗，天河清澈见底，一轮皓月美丽动人，引人思绪绵绵。忆往昔经年沉溺在"绮陌红楼"中不能自拔，未名未禄，一切酸甜苦辣尽在不言中，往事不堪回首，是怀恋抑或是怨悔？下阕，词人进一步回忆在帝京的时候，风光美好，狂朋怪侣，饮酒作乐；别后时光流逝，旧游似梦，但毕竟是遥远的过去了。"念利名，憔悴长萦绊。"词人将其仕途失意、漂泊无着、旅况离愁以及受名利羁绊的内心苦闷赤裸裸地展示在读者面前。"追往事、空惨愁颜。"对往日欢乐的追忆只能是徒劳的，前路烟水迷茫，哪里才是尽头？而眼前的现实之境：近处，漏壶的指示箭已经前移，拂晓的轻寒也渐侵肌肤，使人微觉寒意；远处，呜咽的报晓角声又断续传入耳鼓；词人则是"对闲窗畔，停灯向晓，抱影无眠"。词人化虚为实，运用奔放铺叙的点染手法，思绪绵绵，一步步进行渲染，无拘无束，状难状之景，达难达之情，写来旖旎人情，真切动人。

张 先

【作者简介】

张先（990—1078），字子野，湖州乌程（今浙江湖州）人。宋天圣八年（1030）进士。曾知吴江县。晏殊为开封府尹时，召为通判。官至都官郎中。晚年游憩乡里而卒。为人疏放不羁，与晏殊、欧阳修、苏轼等人交游。能诗，尤工于乐府。因善用"影"字，世称"张三影"。其词多写男女恋情和花月景色，喜用铺叙手法，雕辞琢句。与长调相比，小令较为隽永。与柳永齐名，但造诣不及柳永。有《安陆集》，词集《张子野词》。

菩萨蛮·七夕①

牛星织女年年别②，分明不及人间物③。匹鸟少孤飞④，断沙犹并栖。

洗车昏雨过⑤，缺月云中堕⑥。斜汉晓依依⑦，暗蛩还促机⑧。

【注释】

① 七夕：农历七月七日夜，俗称七夕。相传为牛郎织女双星相会之日。《荆楚岁时记》载："七月七日为牵牛织女聚会之夜。是夕，人家妇女结彩缕，穿七孔针，或以金银鍮石为针，陈瓜果于庭中以乞巧，有喜子（蜘蛛）网于瓜上，则以为得。"故妇女以此节为大节日，谓可向织女乞得巧智。② "牛星"句：三国魏曹植《洛神赋》："叹匏瓜之无匹兮，咏牵牛之独处。"注引曹植《九咏》注曰："牵牛为夫，织女为妇，织女牵牛之星，各处河鼓之旁，七月七日乃得一会。"唐韩鄂《岁华纪丽》卷三引《风俗通》云："织女七夕当渡河，使鹊为桥。"后以此典形容分隔两地的夫妇或爱侣相思、相聚等情感。③ 分明：明明，显然。④ 匹鸟，成对的鸟。特指鸳鸯。《诗经·小雅·鸳鸯》："鸳鸯于飞。"毛传："鸳鸯，匹鸟。"郑玄笺："匹鸟，言其止则相耦，飞则为双，性驯耦也。"五代马缟《中华古今注·鸳鸯》："鸳鸯：水鸟，凫类也。雌雄未尝相离；人得其一，则其一思而死。故谓之匹鸟也。"⑤ "洗车"句：农历七月初六下雨，谓之洗车雨。唐杜牧《七夕》："最恨明朝洗车雨，不教回脚渡天河。"后因用为咏七夕的内容。⑥ 缺月：不圆之月。唐杜甫《宿凿石浦》："缺月殊未生，青灯死分翳。"王洙注："缺，残也。"⑦ 斜汉：指秋天向西南方向偏斜的银河。南朝宋谢庄《月赋》："斜汉左界，北陆南躔。"李善注："汉，天汉也。"李周翰注："秋时又汉西南斜，远于左界。"依依：隐约。晋陶渊明《归田园居》诗之一："暖暖远人村，依依墟里烟。"⑧ 暗蛩：暗处的蟋蟀。

【品读】

　　这是一首咏七夕的词。上阕，词人感叹天上的牛郎及织女年年分别，只是到七夕才有机会相聚。他们尚不如人间的鸳鸯，生生死死在一起。下阕，词人宕开一笔，描述七夕的景色：洗车昏雨过，缺月堕入云中；拂晓时银河西斜，隐隐约约，蟋蟀鸣叫催促懒妇赶快织衣，准备过冬。天上人间的叙述表明了词人的现实主义生活态度。

晏 殊

【作者简介】

晏殊（991—1055），字同叔，抚州临川（今江西临川）人。七岁能写文章，十五岁时，赐同进士出身，任秘书省正字。屡擢知制造、翰林学士。庆历初，拜集贤殿大学士、同中书门下平章事兼枢密使。后出知永兴军，徙河南，以疾回京师。卒，赠司空兼侍中，谥元献，世称晏元献。范仲淹、欧阳修等皆出其门下。其词多描写四季景物、男女恋情、诗酒优游、离愁别恨，反映富贵闲适的生活，风格与南唐冯延巳相近，语言婉丽，音韵和谐，工巧凝练，意境清新，善于捕捉事物特征，熔铸佳句，脍炙人口。也能诗，诗意活泼轻快，但多已散佚。原有文集二百四十二卷，今仅存《珠玉词》一卷及清人所辑《晏元献遗文》。

蝶恋花（其五）

梨叶疏红蝉韵歇，银汉风高①，玉管声凄切②。枕簟乍凉铜漏咽③，谁教社燕轻离别④。

草际蛩吟珠露结，宿酒醒来⑤，不记归时节。多少衷肠犹未说，珠帘一夜朦胧月。

【注释】

① 银汉：银河。② 玉管：亦作"玉琯"。玉制的古乐器。用以定律。后亦泛指管乐器。北周庾信《赋得鸾台》："九成吹玉琯，百尺上瑶台。"③ 枕簟：枕函及竹席。铜漏：铜制的计时器。④ 社燕：唐韩偓《玩水禽》："依倚雕梁轻社燕，抑扬金距笑晨鸡。"《格物总论》："燕，玄鸟也，齐曰燕，梁曰乙。大如雀而长，布翅歧尾。巢于屋梁间。春来来，秋社去，故谓之社燕。"（据清陈元龙《格致镜原》卷七八引）社日为古代祭祀社神（土地神）之日。北方的燕子春社来，秋社去，因称"社燕"。宋词中常以其习性借咏悲秋伤别或辗转迁徙的动荡生活。⑤ 宿酒：隔夜的酒。

【品读】

晏殊一生仕宦得意，过着"未尝一日不宴饮""亦必以歌乐相佐"（叶梦得《避暑录话》）的生活。这首词抒写他离愁别恨的伤感。上阕描写"梨叶疏红蝉韵歇"的夏秋之夜，凄切的玉管声，枕簟乍凉，铜漏声咽，却要与佳人（词中未点破）离别，是多么令人感伤。下阕写草丛上结满了露珠，蟋蟀在鸣叫，词人隔夜酒醒后，记不得何时归来，在珠帘中一夜睡意蒙胧，多少贴心的话还未来得及说。使人感到所言情事恍若隔世，寓无限伤今之意。

欧阳修

【作者简介】

欧阳修（1007—1072）字永叔，自号醉翁，晚号六一居士，吉州庐陵（今江西吉安）人。幼年丧父，由母亲教养成人。宋天圣八年（1030）进士。历官知制诰、翰林学士、枢密副使、参知政事等。早年支持范仲淹，要求政治改良，屡遭贬损。晚年思想趋于保守，反对王安石变法。宋熙宁四年（1071），以太子少师致仕，谥文忠。北宋诗文革新运动的领袖，"唐宋八大家"之一。苏洵父子、曾巩、王安石皆出其门下。在散文、诗、词方面都卓有成就。其词多写男女恋情、伤春怨别，也有写景抒情、表现个人抱负和身世之感的词作，题材较广，以小令见长，形象鲜明生动，语言清新婉丽，与晏殊齐名，成就在晏殊之上。有《新五代史》《欧阳文忠公集》《六一词》等。

品 令

渐素景①，金风劲②，早是凄凉孤冷。那堪闻、蛩吟穿金井③。唤愁绪难整。

懊恼人人薄幸④，负云期雨信⑤，终日望伊来，无凭准⑥。闷损我⑦、也不定。

【注释】

① 素景：秋天的景色。宋柳永《木兰花慢》："渐素景衰残，风砧韵响，霜树红疏。"② 金风：秋风。③ 金井：井栏雕饰华美的井。④ 薄幸：薄情。又借指薄情的人。⑤ 云期雨信：指男女约定幽会的日期。⑥ 凭准：定准，准则。⑦ 闷损：犹烦闷。

【品读】

这是一首女子思念意中人的词。秋色渐浓，秋风劲吹，蟋蟀的鸣叫声从井旁传来，只能使人增添烦愁，实在不忍卒听，更觉凄凉孤冷；烦恼人恰遇薄情人，屡负云期雨信，终日盼他归来，望眼欲穿，但始终得不到确切的消息，使我烦闷至极。这次第，怎一个愁字了得。

杜安世

【作者简介】

杜安世，京兆（今陕西西安）人，名寿域，慢词作家，亦能自度新曲。有《寿域词》一卷。

浪淘沙

后约无凭，往事堪惊，秋蛩永夜绕床鸣。展转寻思求好梦，还又难成。

愁思若浮云，消尽重生，佳人何处独盈盈①。可惜一天无用月，照空为谁明。

【注释】

① 盈盈：含情的样子。宋辛弃疾《青玉案》："蛾儿雪柳黄金缕，笑语盈盈暗香去。"

【品读】

秋夜相思难眠，佳人何在？明月空照，好梦难成。

采明珠

雨乍收①，小院尘消，云淡天高露冷。坐看月华生②，射玉楼清莹③。蟋蟀鸣金井④。下帘帏、悄悄空阶，败叶坠风，惹动闲愁，千端万绪难整。

秋夜永⑤，凉天迥⑥，可不念光景。嗟薄命，倏忽少年⑦，忍教孤令⑧。灯闪红窗影⑨。步回廊、懒入香闺⑩，暗落泪珠满面，谁人知我，为伊成病。

【注释】

① 雨乍收：雨刚停。② 月华：月亮。北周庾信《舟中望月》："舟子夜离家，开舲望月华。"③ 玉楼：华丽的楼。④ 金井：井栏雕饰华丽的井。⑤ 秋夜永：秋夜长。⑥ 凉天迥：秋凉天远。⑦ 倏忽：变化很快。⑧ 孤令：孤冷。⑨ 红窗：华美的窗户，代指女子的住处。唐杜牧《八六子》："听夜雨冷滴芭蕉，惊断红窗好梦，龙烟细飘绣衾。"⑩ 香闺：青年女子的内室。唐陶翰《柳陌听早莺》："乍使香闺静，偏伤远客情。"

【品读】

这是一首闺怨词。上阕写景：秋夜的雨后，天高云淡露冷，小院显得格外洁净。月亮悄悄升起，向玉楼洒下一片清辉。蟋蟀在井畔吟唱，庭阶寥落，败叶随风飘荡。此时此景，惹动女主人公心中闲愁，她拉下帘帏，思绪万千，辗转不能成眠。下阕抒情：秋凉天远，长夜漫漫，光景难熬。女主人公感叹命薄，意中人薄情，使她孤冷难忍。红窗烛光闪烁，她踱步回廊，懒入香闺，泪流满面。此刻，她感叹：谁人知我为薄情人相思成病？

凤栖梧（其五）

新月羞光影庭树①，窗外芭蕉，数点黄昏雨。何事秋来无意绪②，玉容寂寞双眉聚③。

一点银钉扃绣户④，莎砌寒蛩⑤，历历啼声苦。孤枕夜长君信否，披衣颙坐魂飞去⑥。

【注释】

①庭树：庭院中的梧桐树。②意绪：心意，情绪。③玉容：女子的容貌。④银钉：银饰的灯。扃：关闭。绣户：华丽的居室，多指女子的住所。唐沈佺期《古歌》："璇闺窈窕秋夜长，绣户徘徊明月光。"⑤莎砌：生长莎草的庭阶。寒蛩：蟋蟀。⑥颙坐：端坐。

【品读】

这是一首闺怨词。秋夜，新月初上，羞涩地映照庭院里的梧桐树。窗外雨打芭蕉，发出沙沙的响声。秋来何事无情绪？佳人孤寂，双眉紧聚，愁上心头。淡淡的灯光从紧闭的绣户中透出，庭阶旁莎草中蟋蟀唧唧，声音哀怨凄苦。长夜孤枕君知否，被衣颙坐，思君魂飞去。

文 同

【作者简介】

文同（1018—1079），字与可，自号笑笑先生，人称石室先生，梓州永泰（今四川盐亭东）人。宋皇祐进士。历官邛州、洋州等知州。宋元丰初，以尚书司封员外郎充秘阁校理知湖州，未到任而卒，人称"文湖州"。善诗文书画。擅画墨竹，有"湖州竹派"之称。与苏轼为表兄弟，交谊深厚，常相唱和。有《丹渊集》。

夜 声

秋风动衰草，摵摵响夜月①。

其下有鸣蛩，到晓啼不歇。

乃知摇落时，众籁自感发②。

安得苦吟人③，不能为一映④。

【注释】

① 摵摵：象声词，形容落叶声或风声。魏晋卢谌《时兴》："摵摵芳叶零，蕊蕊芬华落。"② 众籁：万籁。自然界发出的声音。唐常建《题破山寺后禅院》："万籁此都寂，但余钟磬音。"③ 安得：哪得，哪有。④ 映：以口吹物发出的细小声音。《庄子·则阳》："夫吹管也，犹有嗃也；吹剑首者，映而已矣。"

【品读】

这是一首悲秋诗。秋夜，月光下，秋风劲吹，风吹草动发出摵摵的响声，草丛里蟋蟀鸣叫至天明仍不停。那是秋令时节，自然界自然而然发出的天籁之音。哪得苦吟诗人，不能为之一映。

宿山寺

高峰浮云际，古寺高峰上。

秋来已潇洒①，雨后益清旷②。

坐随明月转，吟伴寒蛩响。

待晓出松关③，幽襟谢嘉贶④。

【注释】

① 潇洒：凄清、寂寞貌。宋苏舜钦《湘公院冬夕有怀》："禅房潇洒皆依旧，世路崎岖有万殊。"② 清旷：清朗开阔。《后汉书·仲长统传》："欲卜居清旷，以乐其志。"③ 松关：犹柴门。唐孟郊《退居》："日暮静归时，幽幽扣松关。"④ 幽襟：犹幽怀，隐藏在内心的情感。唐杜甫《奉观严郑公厅事岷山沱江画图十韵》："绘事功殊绝，幽襟兴激昂。"嘉贶：厚赐。《汉书·石奋传》："乃者封泰山，皇天嘉贶，神物并见。"

【品读】

秋夜雨后，伴月宿山寺，聆听蟋蟀鸣音，自是潇洒清旷。拂晓出松关，寄兴丘壑，洗尽尘心，怎不谢嘉贶？

苏舜钦

【作者简介】

　　苏舜钦（1008—1049），字子美，汴梁（今河南开封）人，曾祖父由梓州铜山（今四川中江）迁至开封。少以父荫补官。宋景祐元年（1034）进士。曾任大理评事，范仲淹荐为集贤校理，监进奏院。被劾除名，寓居苏州沧浪亭。后复为湖州长史。工诗文。诗与梅尧臣齐名，风格豪键，甚为欧阳修所重。有《苏学士文集》。

秋　夜

新秋积雨后，夜闻蚯蚓声。
似争络纬繁①，不让蟋蟀清。
嗟尔微陋物②，身与土壤并。
藐然本无心③，天时使之鸣。
空庭杂槁叶，亦能感人情。
老蛟蛰污泥④，寂寞不自惊。
一旦走霹雳，飞雨洗八纮⑤。
幽蟠孰可闻⑥，自有济物诚⑦。
岁若弗大旱，此志岂忘行。

【注释】

　　①络纬：虫名，即莎鸡，俗称络丝娘、纺织娘。夏秋夜间振羽作声，声如纺线，故名。唐李白《长相思》："络纬秋啼金井阑，微霜凄凄簟色寒。"②"嗟尔"句：感叹如此卑微丑陋之生物。③藐然：弱小。④"老蛟"句：蛟龙潜伏于污泥。⑤八纮：八方极远的地方。《后汉书·冯衍传》："上陇阪，陟高冈，游精宇宙，流目八纮。"⑥幽蟠：幽居的蟠龙。⑦济物诚：周济世间万物之诚意。

【品读】

　　卑微的蚯蚓，寄身土壤。尽管"藐然本无心，天时使之鸣"，但在雨后的秋夜"亦能感人情"。而幽居之蛟龙"自有济物诚"，即使"岁若弗大旱"，仍矢志不渝。诗人用对比、递进的手法，抒发自己心忧天下苍生的济世之志。

赵 抃

【作者简介】

赵抃（1008—1084），字阅道，号知非子，衢州西安（今浙江衢州）人。宋景祐元年（1034）进士，历知杭州、青州、成都。神宗时，擢参知政事，与王安石议政不合，再出知成都，卒谥清献。有《清献集》。

和戴天使重阳前一夕宿长沙驿 ①

楚馆夜衾凉 ②，离人念故乡。

远吟只觉苦，归梦不成长。

壁有寒蛩怨，邻闻绿蚁香 ③。

登高在何处 ④，明日宴山阳 ⑤。

【注释】

① 重阳：农历九月九日为重阳节。长沙驿：长沙驿馆。② 楚馆：长沙古属楚国地域，故云。③ 绿蚁：酒面漂浮的绿色泡沫，因以指代酒。唐白居易《问刘十九》："绿蚁新醅酒，红泥小火炉。"④ "登高"句：古人有重阳登高习俗。⑤ 山阳：山之南。

【品读】

重阳前夕凉秋寒夜，诗人羁旅异乡，归梦无计，只有蟋蟀的吟唱相伴，更觉凄苦。邻人的酒香飘来，撩拨思乡之心弦，明日在何处登高望乡呢？只能宴居山之南而已。诗人思乡之苦，令人潸然。

王安石

【作者简介】

王安石（1021—1086），字介甫，晚号半山，抚州临川（今江西抚州）人。宋庆历二年（1042）进士。宋嘉祐三年（1058）上万言书，提出变法主张。宋熙宁二年（1069）任参知政事，行新法。次年拜同中书门下平章事。宋熙宁七年（1074）罢相，次年再相。宋熙宁九年（1076）再罢相，退居江宁（今江苏南京）半山园，封舒国公，旋改封荆，世称荆公。卒谥文。执政期间，曾与子雱及吕惠卿等注释《诗经》《尚书》《周官》，时称《三经新义》。其文雄健峭拔，为"唐宋八大家"之一。诗遒劲清新。所著《字说》《钟山日录》等多已散佚。今存《王临川集》《临川集拾遗》，后人辑有《周官新义》《诗义钩沉》等。

西 风

少年不知秋，喜闻西风生①。

老大多感伤，畏此蟋蟀鸣。

况乃舍亲友，抱病独远行。

中夜卧不周②，恻恻感我情③。

起视天正黑，弱云乱纵横④。

似有霰雪飘⑤，不复星斗明。

时节忽如此，重令壮心惊。

谅无同忧人，樽酒安可倾。

【注释】

① 西风：秋风。② 中夜：半夜。不周：不完备、不齐全。③ 恻恻：伤痛的样子。晋陶渊明《悲从弟仲德》："迟迟将回步，恻恻悲襟盈。"④ 弱云：柔弱之云。⑤ 霰雪：冰雪。霰，天空中降落的白色不透明小冰粒。多在下雪前或下雪时出现。《吕氏春秋·仲夏》："仲夏行冬令，则雹霰伤谷。"

【品读】

这是一首借咏西风抒写人生感悟的诗。诗人少年不知愁滋味，及老犹畏蟋蟀鸣。况乃离亲别友，抱病远游，感触尤深，以致羁旅途中常常夜不成寐，抚今思昔，伤痛不已。"天正昏"暗喻皇帝昏昧；"弱云乱纵横"暗喻小人当道。况且朝廷霰雪飘飘、星斗不明，如此时节，怎不令人心惊呢？想到无人与我同忧，杯酒岂能解愁。联系诗人政坛的跌宕起伏，可进一步理解此诗。

五 更

青灯隔幔映悠悠①，小雨含烟凝不流。
只听蛩声已无梦，五更桐叶强知秋②。

【注释】

① 幔：帷幔。悠悠：长久的样子。《楚辞·九辩》："去白日之昭昭兮，袭长夜之悠悠。"② 五更：古代一夜分甲、乙、丙、丁、戊五段，称为五更，也叫"五鼓"。《颜氏家训·书证》："或问：'一夜何故五更？更何所训？'答曰：'汉魏以来，谓为甲夜、乙夜、丙夜、丁夜、戊夜；又云鼓……亦云一更、二更、三更、四更、五更。皆以五为节。'"此指第五更，五更天。

【品读】

雨夜五更，青灯闪烁，微雨蒙蒙，唯有蟋蟀啾啾，桐叶沙沙，诗人惊醒无梦，有感于秋天的寂寞，更感于人生秋天的苍凉。

促 织

金屏翠幔与秋宜①，得此年年醉不知。
只向贫家促机杼②，几家能有一绚丝③？

【注释】

① 金屏翠幔：金色的屏风与翠绿的帷幕。极言统治者的奢侈。② 机杼：织机。③ 绚：重量单位，丝五两。

【品读】

统治者沉湎于斗蟋蟀，与百姓的一丝不存形成鲜明对比，表达了诗人对贫家的同情、对富家的愤慨，令人黯然神伤，感慨万分。

王 令

【作者简介】

王令（1032—1059），字逢原，广陵（今江苏扬州）人，以教书为生，擅诗文。其诗风格奇崛豪放。王安石对其文章和为人皆甚推崇。有《广陵先生文集》《十七史蒙求》。

和人促织

秋虫何尔亦匆匆，何处人心与尔同。

梦枕几年悬客泪①，晓窗残月破西风。

人思绝漠冰霜早，妇叹穷阎杼柚空②。

更有孤砧共岑寂③，平明华发满青铜④。

【注释】

① 悬客：羁旅异乡的游子。② 穷阎：穷困的里巷。③ 岑寂：冷清寂寞。宋周邦彦《兰陵王》："渐别浦萦回，津堠岑寂。"④ 平明：天刚亮。华发：白发。青铜：谓华发点点，有如青铜斑驳。

【品读】

诗人从蟋蟀的鸣叫声、织妇的叹息声及捣衣声中，感悟到思妇想念远在异乡的游子之苦。在寂寞的等待中，不觉白发悄悄地爬上了两鬓。

闻促织

衰草风来响不知，破窗灯灭月藏辉。

白头老妇无机织，卧听邻儿懒捣衣。

【品读】

秋风衰草，灯灭月隐，"白头老妇无机织"，唯有卧听邻儿捣衣之声以慰寂寞。

苏　轼

【作者简介】

苏轼（1037—1101），字子瞻，一字和仲，号东坡居士，眉州眉山（今属四川）人，苏洵子，宋嘉祐进士。曾上书力言王安石新法之弊，后因作诗刺新法下御史狱，贬黄州。哲宗时任翰林学士，曾出知杭州、颖州，官至礼部尚书。后又贬谪惠州、儋州。历州郡多惠政。卒后追谥文忠。学识渊博，喜奖励后进。与父苏洵、弟苏辙合称"三苏"。其文纵横恣肆，为"唐宋八大家"之一。其诗题材广阔，清新豪健，善用夸张、比喻，独具风格。与黄庭坚并称"苏黄"。词开豪放一派，与辛弃疾并称"苏辛"。又工书画。有《东坡七集》《东坡易传》《东坡书传》《东坡乐府》等。

秋　怀

苦热念西风①，常恐来无时。
及兹遂凄凛②，又作徂年悲③。
蟋蟀鸣我床，黄叶投我帷。
窗前有栖鵩④，夜啸如狐狸。
露冷梧叶脱，孤眠无安枝。
熠耀亦求偶⑤，高屋飞相追。
定知无几见，迫此清霜期。
物化逝不留，我兴为嗟咨⑥。
便当勤秉烛⑦，行乐戒暮迟。

【注释】

①西风：秋风。②凄凛：凄切凛冽。③徂年：流年，光阴。晋陶渊明《荣木》："徂年既流，业不增旧。"④鵩：鸟名，又名山鸮，俗称猫头鹰，因夜鸣声恶，古称不祥之鸟。《汉书·贾谊传》："谊为长沙傅三年，有鵩飞入谊舍，止于坐隅。鵩似鸮，不祥鸟也。"⑤熠耀：鲜明的样子。⑥嗟咨：慨叹。⑦秉烛：持烛。持烛夜游，及时行乐的意思。唐李白《春夜宴从弟桃李园序》："古人秉烛夜游，良有以也。"

【品读】

这是一首缘景感怀诗。诗人有感于时序的变迁、光阴的流逝，人生无常，穷达莫测，抒写内心的苦闷。借用鵩鸟求偶不成，洞察万物变化无穷、反复不定的道理，在千变万化的人生比较中，选择达人大观的处世哲学，寻找解脱，聊以自慰。表现出诗人在人生逆境中，欲进不可，欲退不能，无法从政治上寻找出路，只能顺从命运安排。

促 织

月丛号耿耿①，露叶泣沄沄②。

夜长不自暖，那忧公子寒。

【注释】

① 耿耿：忧虑不安的样子。《诗经·邶风·柏舟》："耿耿不寐，如有隐忧。"② 沄沄：露水多的样子。《诗经·郑风·野有蔓草》："野有蔓草，零露溥兮。"

【品读】

本诗用调侃的手法，形象逼真地描绘了秋夜蟋蟀的生存状态，用反问作结，曲折地反映了诗人在现实生活中的无奈。

木兰花令·宿造口闻夜雨寄子由、才叔①

梧桐叶上三更雨②，惊破梦魂无觅处。夜凉枕簟已知秋，更听寒蛩促机杼。

梦中历历来时路，犹在江亭醉歌舞。尊前必有问君人，为道别来心与绪。

【注释】

① 此词作于宋绍圣元年（1094）南迁时。造口：地名。在江西省万安县西南，滨赣江。子由：苏轼弟苏辙，字子由。才叔：王广渊，字才叔，大名成安（今河北成安）人，宋英宗时任龙图阁直学士，著名书法家。有《书史会要》等。② 梧桐句：唐温庭筠《更漏子》："梧桐树，三更雨，不道离情正苦。"

【品读】

睡在竹席上，感受到夜的微凉，知道秋天已经来到，更听到寒蛩不停地鸣唱，似乎在催促妇人快纺布。

李之仪

李之仪，字端叔，自号姑溪居士，沧州无棣（今属山东）人。宋元丰进士。苏轼任定州知州时，为幕僚。历任枢密院编修官、原州通判等。徽宗初，提举河东常平。后以文章获罪。编管太平州（今安徽当涂）。久之，徙唐州，终朝请大夫。能文。词亦工，以小令见长，毛晋《姑溪词跋》称其"小令更长于淡语、景语、情语"，风格清婉峭茜，近似秦观。有《姑溪居士文集》《姑溪词》。

千秋岁·咏畴昔胜会和人韵，后篇喜其归①（其二）

柔肠寸折，解袂留清血②。蓝桥动是经年别③。掩门春絮乱，欹枕秋蛩咽④。檀篆灭⑤，鸳衾半拥空床月⑥。

妆镜分来缺，尘污菱花洁⑦。嘶骑远，鸣机歇。密封书锦字⑧，巧绾香囊结⑨，芳信绝⑩。东风半落梅梢雪。

【注释】

① 畴昔：往日，过去。宋欧阳修《祭石曼卿文》："感念畴昔，悲凉凄怆，不觉临风而陨涕者，有愧乎太上之忘情。"胜会：盛会。② 解袂：解开衣袖。③ 蓝桥：桥名。在陕西省东南兰溪之上。相传其地有仙窟，为唐裴航遇仙女云英处。唐裴铏《传奇·裴航》："一饮琼浆百感生，玄霜捣尽见云英。蓝桥便是神仙窟，何必崎岖上玉清。"后常用作男女约会处。经年：往年，去年。④ 欹枕：斜靠着枕头。⑤ 檀篆：檀香型的篆字形薰香。⑥ 鸳衾：绣着鸳鸯的被面。⑦ 妆镜：女子梳妆用的镜子。菱花：菱花镜。⑧ 锦字：妻子寄给丈夫的信。⑨ 香囊：盛香料的袋子。古代男子有佩系香囊的习俗。东汉繁钦《定情诗》："何以致叩叩，香囊系肘后。"是以古代男子又常以之作信物赠情人。⑩ 芳信：闺中人的书信。宋史达祖《双双燕·咏燕》："应自栖香正稳，便忘了天涯芳信。"

【品读】

这是一首闺怨词。上阕写女子与意中人蓝桥一别经年，从"春絮乱"到"秋蛩咽"，独守空房，柔肠寸折，相思甚苦，辗转不能成眠，"鸳衾半拥空床月"。下阕写分袂以来的情景：妆镜分缺，菱花尘污，当嘶骑远时，鸣机停歇。尽管女子"密封书锦字""巧绾香囊结"，但到"东风半落梅梢雪"的来年春天，依旧音书断绝。如此，怎不叫人相思欲绝。

李 婴

【作者简介】

李婴，宋元丰中任蕲水令，余不详。存词一首。

满江红

荆楚风烟①，寂寞近、中秋时候。露下冷、兰英将谢，苇花初秀②。归燕殷勤辞巷陌，鸣蛩凄楚来窗牖③。又谁念、江边有神仙④，飘零久。

横琴膝，携筇手⑤。旷望眼，闲吟口。任纷纷万事，到头何有。君不见凌烟冠剑客⑥，何人气貌长依旧。归去来、一曲为君吟，为君寿⑦。

【注释】

① 荆楚：古楚国地，楚又称荆，今长江中下游一带。② 兰英：兰花。苇花：芦花。初秀：指初开。③ 凄楚：形容蟋蟀鸣声凄厉。窗牖：窗户。④ 神仙：此自指闲散。⑤ 筇：竹杖。⑥ 凌烟阁：封建王朝为表彰功臣而建筑的高阁。唐贞观十七年（643）曾绘画长孙无忌等二十四位功臣像于凌烟阁，以示褒扬。后因用为咏功臣勋业的典故。事见唐刘肃《大唐新语·褒锡》。冠剑：帽子、佩剑，此分别代指文臣、武将。⑦ 寿：祝寿。

【品读】

据宋胡仔《苕溪渔隐丛话》记载："元丰间，都人李婴调蕲水县令，作《满江红》一曲，往黄州，上东坡，东坡甚喜之。"可见本词是词人赴任途中往访苏轼，并为他祝寿而作。词的上阕写景，展现在读者眼前的是秋露冷峭、兰花萎谢、芦花初放、归燕辞别及蟋蟀悲鸣的萧瑟寒秋。词人独自行吟江边，有无限感慨。下阕抒情，词人抚琴吟啸，抬望眼，滚滚长江东流水，回首往事，真有浪花淘尽千古英雄之感。既如此，何不趁早退隐？此是自慰，亦借为谪居黄州的苏轼祝寿劝慰。词人下笔如行云流水，一气贯注，缘景抒情，荡气回肠，值得一读。

秦 观

【作者简介】

秦观（1049—1100），字少游，一字太虚，号淮海居士，高邮（今属江苏）人。宋元丰八年（1085）进士。宋元祐间，历官太常博士、秘书省正字兼国史院编修。后新党掌权，因与苏轼关系密切，迭遭贬逐。徽宗即位，卒于赦还途中。与黄庭坚、晁补之、张耒齐名，号称"苏门四学士"。能诗文，尤长于词。其词多写男女恋情和放逐后的愁苦，笔法致密，长于运思，蕴藉含蓄，音律和美，语言清丽自然，艺术技巧很高。为婉约派正宗。著有《淮海集》《淮海居士长短句》。

菩萨蛮

虫声泣露惊秋枕，罗帏泪湿鸳鸯锦①。独卧玉肌凉②，残更与恨长。

阴风翻翠幔③，雨涩灯花暗⑤。毕竟不成眠⑤，鸦啼金井寒⑥。

【注释】

① 鸳鸯锦：绣有鸳鸯图案的锦被。唐牛峤《菩萨蛮》："玉炉冰簟鸳鸯锦。"② 玉肌：指女性莹洁温润如玉的肌肤。③ 阴风：冬风，此指寒风、冷风。④ 雨涩：细雨缠绵不爽，有滞涩之感。⑤ 毕竟不成眠：宋柳永《忆帝京》其三："毕竟不曾眠，一夜长于岁。"⑥ 金井：施有雕栏的井。唐李贺《河南府试十二月乐词·九月》："鸡人罢唱晓珑璁，鸦啼金井下疏桐。"

【品读】

这是一首描写闺中孤寂情怀的词。上阕写寒蛩低吟似诉，寒露晶莹如泪珠，已是清冷凄凉之境。闺中人从秋枕上惊醒，心上人离她远去，她只能独守闺房；那罗帏、那绣着象征爱情双栖双宿的鸳鸯锦被里，没有一丝暖意，只有她一个彻夜难眠的苦心人；置身于锦被中，却反而感觉玉肌生凉，长夜难熬。下阕写闺房外之夜景：阴风时时袭来，翻动她闺房的翠帏，孤灯残照之时，室外雨声又时时袭来，灯光显得更加昏暗。阴寒的井畔又传来乌鸦的啼叫，闺中人一夜转辗难眠。本词从室内写到室外，又从室外写到室内，循环往复，曲尽其妙，将闺中人难以名状的"恨"写得动人心旌。

木兰花慢

过秦淮旷望①，迥潇洒、绝纤尘②。爱清景风蛩③，吟鞭醉帽④，时度疏林。秋来政情味淡，更一重烟水一重云。千古行人旧恨，尽应分付今人⑤。

渔村，望断衡门⑥。芦荻浦、雁先闻。对触目凄凉，红凋岸蓼⑦，翠减汀蘋⑧。凭高正千嶂黯⑨。便无情到此也销魂⑩。江月知人念远，上楼来照黄昏。

【注释】

① 秦淮：河名，流经南京，是南京市名胜之一。相传秦始皇南巡至龙藏浦，发现有王气，于是凿方山，断长垄为渎入于江，以泄王气，故名秦淮。唐杜牧《泊秦淮》："烟笼寒水月笼沙，夜泊秦淮近酒家。"旷望：远望。② 迥：特别。潇洒：超逸脱俗。③ 风蛩：风中的蟋蟀。④ 吟鞭：诗人的马鞭。醉帽：醉汉的帽子。⑤ 分付：交付。⑥ 衡门：横木为门，房屋简陋。后指隐者所居。《诗经·陈风·衡门》："衡门之下，可以栖迟。"毛传："衡门，横木为门，言浅陋也。栖迟，游息也。"⑦ 红凋岸蓼：岸边蓼花凋谢。⑧ 翠减汀蘋：水渚上的蘋草枯萎。⑨ 千嶂黯：千山昏暗。⑩ 销魂：为情所感，仿佛魂魄离体，形容极度悲愁或快乐。

【品读】

这是一首行旅抒怀词。上阕写词人途经秦淮，望远处天水相连，纤尘不染。欹帽醉酒吟诗，策马而行，行经稀疏的树林，耳闻风中传来蟋蟀的鸣叫声，真是天凉好个秋，令人流连。然后词人宕开一笔，话题转到政坛：与凉爽的秋景相比，政坛纷争，实在是寡味。那政情犹如弯弯曲曲水、重重叠叠云，烟水迷蒙，难以廓清。悠悠千古，多少遗恨，只能托付今人去处理了。下阕，词人目尽渔村那简陋的屋舍，水边芦荻萧萧，大雁鸣叫；岸边蓼花凋谢；水渚蘋草枯萎，触目一片凄凉景象。登楼远眺，千山昏暗。此情此景，怎不叫人销魂。唯江上明月，知我心迹，在黄昏的楼阁上洒下一片清辉。词人善于缘景抒情，景中有情，情中有景，走笔如行云流水，将自己厌恶政治、向往归隐的意愿巧妙地融合在景物描写中。

何满子

天际江流东注，云中塞雁南翔①。衰草寒烟无意思②，向人只会凄凉③。吟断炉香袅袅④，望穷海月茫茫⑤。

莺梦春风锦幄⑥，蛩声夜雨蓬窗⑦。谙尽悲欢多少味⑧，酒杯付与疏狂⑨。无奈供愁秋色，时时递入柔肠。

【注释】

① 塞雁：塞北的大雁。② 意思：情意，心意。宋晏几道《两同心》："对景且醉芳尊，莫话消魂。好意思、曾同明月，恶滋味、最是黄昏。"③ 向人：与人。④ 袅袅：烟气冉冉上升的样子。⑤ 望穷：望穿。⑥ 莺梦：萦怀心爱的女子之梦。锦幄：锦缎织的帷帐。⑦ 蓬窗：编蓬

为窗，比喻贫陋之室。⑧ 谙尽：经受、经历。宋范仲淹《御街行·秋日怀旧》词："残灯明灭枕头欹，谙尽孤眠滋味。"⑨ 疏狂：狂放不羁。唐白居易《代书诗一百韵寄微之》："疏狂属年少，闲散为官卑。"

【品读】

这是一首秋怀词。上阕写景：水天相连，大江滚滚东流；塞北的大雁穿云南飞；水雾迷蒙，一丛丛衰草与人只是凄凉景象罢了；炉香袅袅而歇，负我诗成；望穿海月，一片茫茫。下阕抒情：从春风锦幄中的莺梦到蓬窗夜雨中的蛩声，词人谙尽多少人间悲欢况味。如今，这一切只能付之疏狂，在秋愁中任其柔肠百结。

兰陵王

雨初歇，帘卷一钩淡月。望河汉、几点疏星①，冉冉纤云度林樾②。此景清更绝。谁念温柔蕴结③。孤灯暗，独步华堂④，蟋蟀莎阶弄时节⑤。

沉思恨难说。忆花底相逢，亲赠罗缬⑥。春鸿秋雁轻离别。拟寻个锦鳞⑦，寄将尺素⑧，又恐烟波路隔越。歌残唾壶缺⑨。

凄咽，意空切。但醉损琼卮⑩，望断瑶阙⑪。御沟曾解流红叶⑫。待何日重见，霓裳听彻⑬。彩楼天远，夜夜襟袖染啼血。

【注释】

① 河汉：银河。② 冉冉：形容缓慢移动或飘忽迷离。范成大《秋日杂兴》之二："西山在何许？冉冉紫翠间。"林樾：林木；林间隙地。唐皮日休《桃花坞》："夤缘度南岭，尽日穿林樾。"③ 蕴结：郁结，郁闷。《诗经·桧风·素冠》："我心蕴结兮，聊与子如一兮。"④ 华堂：华丽的厅堂。⑤ 莎阶：长有莎草的庭阶。⑥ 罗缬：有花纹的丝罗衣料。⑦ 锦鳞：本指鱼身上漂亮的鳞片，古人以之代指鱼；又，古代有鲤鱼传书之说，因以锦鳞作为书信的美称。此处以锦鳞代指鲤鱼，又以鲤鱼代指书信。⑧ 尺素：古人用长约一尺长的绢帛写信，《古乐府》有"尺素书"语，后世诗词因用尺素代指书信。《古乐府·饮马长城窟行》："客从远方来，遗我双鲤鱼。呼童烹鲤鱼，中有尺素书。"⑨ 唾壶缺：《世说新语·豪爽》："王处仲每酒后辄咏'老骥伏枥，志在千里。烈士暮年，壮心不已'。以如意打唾壶，壶口尽缺。"后因以"唾壶敲缺"为咏志士慷慨的典故，亦用为歌咏的典故。这里用以表现别中强烈的愁恨。⑩ 琼卮：玉制的酒杯。⑪ 瑶阙：皇宫、朝廷。唐刘禹锡《武陵书怀》："独立当瑶阙，传诃步紫垣。"⑫ "御沟"句：唐宋笔记小说载，有宫女题诗于红叶，红叶从御沟流出禁苑，被卢渥、于祐得到。日后，二人均与题诗宫女结为夫妇。后世常用作咏男女思恋的典故。这里表现伤别相思愁怀。⑬ 霓裳：《霓裳羽衣曲》。《霓裳羽衣曲》为唐代舞曲，起于开元，盛于天宝。后世泛称美妙的乐曲为霓裳曲。这里是说，何日才能重相见，听你唱霓裳妙曲。

【品读】

这是一首写离别相思之情的词。上阕写景：秋夜雨后，一钩淡月、几颗稀疏的星星高悬夜空，微云在树林上飘忽而过。在这清寂的夜晚，词中主人却感到心情郁结。孤灯黯淡，只能独自在华丽的厅堂里踱步，蟋蟀的鸣叫声不时从莎草萋萋的庭阶上传来，更增添了几分凄苦。中阕叙说别后的愁苦：别后愁思绵绵，不禁回忆当初花下相逢，罗缬亲赠，是多么甜蜜。谁知有如春鸿秋雁般离别，再无消息。鱼传尺素，又恐山重水复，不知何时到达。愁思恨绝，歌吟一曲唾壶缺。下阕，凄咽空切之中，遥望帝京，醉损琼卮。御沟红叶为谁愁，供不尽、相思句。不知何日才能重逢，到那时听你唱霓裳妙曲。可惜彩楼天远，唯有夜夜襟袖染啼血。本词抒情、写景融为一体，婉约蕴藉，余味盎然，凄婉动人。可反复吟咏，一唱三叹。

米 芾

米芾（1051—1107），字元章，号襄阳漫士、海岳外史等。祖籍太原（今属山西），后迁襄阳（今属湖北），曾定居润州（今江苏镇江）。以母侍宣仁后藩邸恩，补校书郎、太常博士。宋徽宗时召为书画博士，擢礼部员外郎，知淮阳军。因举止"颠狂"，人称"米颠"。擅书画，自成一派。书法与蔡襄、苏轼、黄庭坚并称"北宋四大家"。工诗词，有词集《宝晋长短句》。

水调歌头·中秋

砧声送风急①，蟋蟀思高秋②。我来对景，不学宋玉解悲愁③。收拾凄凉兴况④，分付尊中醽醁⑤，倍觉不胜幽。自有多情处，明月挂高楼。

怅襟怀，横玉笛，韵悠悠。清时良夜，借我此地倒金瓯⑥。可爱一天风物⑦，遍倚阑干十二，宇宙若浮萍。醉困不知醒，欹枕卧江流⑧。

【注释】

①砧声：捣衣声。砧：捣衣石。南朝宋谢惠连《捣衣》："檐高砧响发，楹长杵声哀。"②高秋：高爽之秋。③宋玉：战国楚鄢人。或说是屈原弟子，曾为楚顷襄王大夫。宋玉曾作《九辩》以悲愁兴怀，抒发生不逢时、处境困穷、时日蹉跎、有志无成的哀苦之情。后因咏作感伤秋景萧索、身世悲凉的典故。④兴况：犹言兴致。⑤分付：付与。醽醁：指美酒。⑥金瓯：指酒杯。⑦一天风物：指满天风景物象。⑧欹枕：倚枕。欹通"倚"。唐胡曾《妾薄命》："欹枕夜悲金屋雨，卷帘朝泣玉楼云。"

【品读】

这是一首中秋感怀词。上阕，作者描述秋景，不蹈袭前人悲秋之轨辙，旷达自放，极富情致；下阕，作者赏月之余，直抒胸臆，向往远离尘俗、寄迹江湖的隐居生活。这也表明他为人高洁，并流露了对"从仕数困"的幽恨。

贺 铸

【作者简介】

贺铸（1052—1125），字方回，自号庆湖遗老。长身耸目，面色铁青，人称"贺鬼头"。祖籍山阴（今浙江绍兴），出生于卫州（今河南省卫辉市）。宋太祖贺皇后族孙，授右班殿直。宋元祐中曾任泗州、太平州通判。晚年退居苏州，杜门校书。不附权贵，喜论天下事。能诗文，尤长于词。其词内容风格多样，或浓丽婉约，近乎秦观、晏几道；或慷慨悲壮，又尽苏轼。有《东山词》《庆湖遗老集》。

减字浣溪沙

莲烛啼痕怨漏长①，吟蛩随月到回廊②，一屏烟景画潇湘③。

连夜断无行雨梦④，隔年犹有著人香⑤，此情须信是难忘⑥。

【注释】

① 莲烛：饰有莲花纹的蜡烛。啼痕：形容蜡烛烧熔似流泪。怨漏长：怨恨长夜难尽。漏：古代计时之器。② 吟蛩：吟唱的蟋蟀。③ 一屏烟景画潇湘：画有潇湘风景的一架屏风。潇湘：湘江和潇水的并称，此指楚地风景。④ 行雨梦：云雨梦。宋玉《高唐赋》虚构了楚王与巫山神女梦中欢会的故事，神女自称："且为朝云，暮为行雨。"后用"云雨"作为咏男女欢爱的典故。这里作者用此典故感叹近来孤寂无欢。⑤ 著：附着。⑥ 信是：的确是，确实是。

【品读】

本词上阕描写悲秋之景物，已见孤苦情状，为全词定下了凄怨的基调；下阕抒发怀人之感，写出了词人对所怀之人的眷恋。本词章法井然，针线绵密，语言华美，情景融合，于言情中布景，一切景物描写都围绕着对往日的追思，对目前的哀怨。可谓"雍容妙丽，极幽闲思怨之情"（程俱《贺方回诗集序》）。

天香·伴云来

烟络横林，山沉远照，逶迤黄昏钟鼓①。烛映帘栊②，蛩催机杼，共苦清秋风露。不眠思归，齐应和、几声砧杵。惊动天涯倦宦，骎骎岁华行暮③。

当年酒狂自负。谓东君、以春相付④。流浪征骖北道⑤，客樯南浦⑥。幽恨无人晤语。赖明月、曾知旧游处。好伴云来，还将梦去。

【注释】

① 逶迤：也作逦迤，连绵不断。唐杜牧《阿房宫赋》："鼎铛玉石，金块珠砾，弃掷逦迤。"

②帘栊：窗帘和窗牖。③骎骎：疾速、急迫。梁简文帝《如影》："朝光照皎皎，夕漏转骎骎。"④东君：春神。周末宋初成彦雄《柳枝词九首》："东君爱惜与先春，草泽无人处也新。"⑤征骖：驾车远行的马，亦指旅人远行的车。唐王勃《饯韦兵曹》："征骖临野次，别袂惨江垂。"⑥南浦：战国楚屈原《九歌·河伯》中有"子交手兮东行，送美人兮南浦"。

【品读】

这是一首羁旅怀归词。上阕写景，秋日的黄昏，云雾缭绕，山林远照，一阵阵钟鼓声传来。烛光透出窗牖，蟋蟀声声鸣叫，仿佛催促妇人纺织，清秋风露堪苦。几声砧杵，惊动天涯倦游，难以成眠，时光不知不觉中流逝，怎不思归？下阕回想当年青春年少，酒狂自负，南北奔波。书生老去，功业未就，遗恨无穷。托明月和梦，不如归去。词人伤时感怀，满腹忧伤，令人读之不禁三叹。

菩萨蛮

炉烟微度流苏帐①，孤衾冷叠芙蓉浪②。蟋蟀不离床，伴人愁夜长。

玉人飞阁上③，见月还相望。相望莫相忘，应无未断肠。

【注释】

①炉烟：薰香炉飘出的烟。流苏：以羽毛、丝等制成的穗子。唐王建《七夕曲》："流苏翠帐星渚间，环佩无声灯寂寂。"②芙蓉浪：芙蓉被吹得波动起伏。③玉人：女子的美称。

【品读】

这是一首闺怨词。秋夜，女子孤拥冷衾，蟋蟀鸣叫相伴，难以入睡，觉夜长而愁思满怀；她独自一人步入楼阁，举头望明月，思念远在他乡的意中人。此刻，他亦应同她一样相望而莫相忘吧。

陈师道

【作者简介】

陈师道（1053—1102），字履常，一字无己，号后山居士，彭城（今江苏徐州）人。家境困窘。少学文于曾巩，绝意仕进。宋元祐初，因苏轼等荐，为徐州教授。后任太学博士、秘书省正字等职。黄庭坚甚爱重之。为江西诗派代表性作家，常与苏轼、黄庭坚等唱和。有《后山先生集》《后山谈丛》。

秋　怀

昨日山中云，今朝山下雨。

牛羊没禾黍，蟋蟀促机杼。

磨刀洗盆瓮①，社腊不胜数②。

岂无聚敛吏③，触手丞相怒④。

【注释】

① 盆：盛物器皿。汉司马迁《报任少卿书》："仆以为戴盆何以望天。"瓮：陶制的容器。《史记·田敬仲完世家》："且救赵之务，宜若奉漏瓮沃焦釜也。"② 社腊：社日祭祀神之腌制牲肉。③ 聚敛：搜刮。《荀子·王制》："故修礼者王，为政者强，取民者安，聚敛者亡。"④ 丞相：官名。

【品读】

农夫一年到头辛苦劳作，即便收成再好，恐怕也难免落入聚敛吏之手，安能犒劳自己？

张 耒

【作者简介】

张耒（1054—1114），字文潜，号柯山，亳州谯县（今安徽亳州）人。宋熙宁进士。曾任太常少卿等职。与黄庭坚、秦观、晁补之并称"苏门四学士"。亦能词。有《张右史文集》。

闻蛩二首

其 一

晚风庭竹已秋声，初听空阶蛩夜鸣。
流落天涯聊自得，今宵为尔感平生。

【品读】

秋分萧飒，庭竹萧萧，寒蛩夜鸣不已，诗人联想到仕途坎坷，今晚的蛩鸣似乎是为自己感慨平生。本诗语境萧疏，情感寂寥，寓警奇于平淡，读来有苍凉之感。

其 二

二年江海转萍踪①，白发苍颜换旧容②。
新月窥帘风动竹③，宣城今夜又闻蛩④。

【注释】

① 萍踪：比喻漂泊无定的行踪。明汤显祖《牡丹亭·闹殇》："恨匆匆，萍踪浪影，风剪了玉芙蓉。"② 白发苍颜：形容鬓发斑白，容貌衰老。③ 新月窥帘：月光映在帘上。④ 宣城：今安徽省宣城市。

【品读】

身世浮萍，书生老去，夜坐静听秋声，真有萧瑟清寒、物是人非之感。诗人闻声兴感，情发于衷，虽意绪惆怅，却不失清爽俊逸。

闻蛩有感

遥夜飞萤动秋思，独卧空山惊晚岁。
可堪六月已闻蛩，日暮唧唧响庭际①。
关河多风气萧索②，碧树先秋早摇落。
鸣机夜织常怨寒，白纻吴衫苦轻薄③。

年年促织谁最悲，堂上美人愁翠眉。

清砧捣练对残月，玉筋啼红裁远衣④。

唐风诗人劝其主⑤，行迈苦迟嗟岁暮。

山城听汝已三年，三年白发多于故。

飘飘秋梦到江湖，我欲东归鲙碧鲈⑥。

安能为尔将双泪，岁岁风前沾客裾⑦。

【注释】

① 咿咿：象声词，形容蟋蟀的鸣叫声。② 关河：本指函谷关和黄河，此泛指关山河川。宋陈师道《送内》："关河万里道，子去何当归。"③ 白纻吴衫：白色苎麻制的吴地款式的衣衫。吴，指江南一带地域。④ 玉筋：眼泪。⑤ 唐风诗人：指《诗经·唐风·蟋蟀》篇。⑥ 我欲东归鲙碧鲈：引用晋张翰秋风思鲈的典故。⑦ 裾：衣襟。

【品读】

这是一首感怀诗。早秋之际，诗人独卧空山，闻蚕鸣而触发诗绪，想到远在家乡的亲人，愁思绵绵，陡增不少白发。诗人由此萌发学东晋张翰秋风思鲈的念头，愿及早归隐安享天伦之乐。

八月十一日晨兴

老人秋少睡，禅诵每晨兴①。

邻碓舂残月②，床蚕语暗灯。

高林鸟声起，幽草露华凝③。

筇杖兼禅榻④，生涯一野僧。

【注释】

① 禅诵：佛教语，意为坐禅诵经。唐王维《山中寄诸弟妹》："山中多法侣，禅诵自为群。"② 邻碓：邻家的舂米碓。碓，舂米谷的器具。宋陆游《六月十四日宿东林寺》："虚窗熟睡谁惊觉，野碓无人夜自舂。"③ 幽草：幽静深暗的草丛。露华凝：露水在花上凝结成珠。华，通"花"。④ 筇杖：竹杖。禅榻：坐禅的床。唐杜牧《题禅院》："今日鬓丝禅榻畔，茶烟轻飏落花风。"

【品读】

诗人隐居，晨起禅诵，夜伴残月、蚕鸣，寄情花鸟，淡定自如，犹如一山寺野僧。

不 寐

荒庭雨多秋草侵①，秋蚕相语秋夜深。

草虫暗飞羽格磔②，星河影高天淡白。

骚人多怀夜不眠③，老松微吟风飒然④。

山川浩荡何日还，晚空漫漫白露寒。

【注释】

① 荒庭：荒芜的庭院。② 格磔：鸟鸣声。宋辛弃疾《行香子·云岩道中》："听小绵蛮，新格磔，旧呢喃。"③ 骚人：诗人。④ 飒然：象声词，风声。宋苏辙《黄州快哉亭记》："有风飒然至者，王披襟当之，曰'快哉此风'。"

【品读】

秋夜，雨多草深，诗人独立荒庭仰望星河，耳闻蛩鸣、松涛，想到山河阻隔，乡梦难圆，久久不能入睡。

晨 起

晓色淡朦胧，园林白露浓。

寒丛蛩响畔，秋屋叶声中。

更老心犹壮，虽贫尊不空①。

浮生仗天理②，不拟哭途穷③。

【注释】

① 尊：同"樽"，酒杯。② 浮生：人生，古代老庄学派认为人生在世虚浮无定，故称人生为浮生。唐骆宾王《与博昌父老书》："追维逝者，浮生几何？"③ 哭途穷：三国魏名士阮籍感时郁闷，喜驾车独游，逢绝路则痛哭而返。

【品读】

诗人在露浓、蛩响、落叶萧萧、晨曦朦胧中感悟人生：有酒当醉，立身处世，凭天理而行，何必效阮籍穷途哭返？

寒 蛩

寒蛩振翼声骚骚①，夜深月影在蓬蒿②。

老人虽眠睫不交，愁窗人寂灯无膏。

荒城鸣金晡睌高③，北斗下挹江南涛④。

悲笳三奏老鸡号⑤，晨光出山开沆寥⑥。

【注释】

① 骚骚：象声词，风声。唐吴融《风雨吟》："风骚骚，雨涔涔，长洲苑外荒居深。"② 蓬蒿：草野，僻野。唐李白《南陵别儿童入京》："仰天大笑出门去，我辈岂是蓬蒿人。"③ 晡睌：

城上女墙。《水经注·谷水》："城上西面列观，五十步一睥睨，屋台置一钟，以和漏鼓。"④ 挹：舀。《战国策·齐策三》："王求士于髡，譬若挹水于河，而取火于燧也。"⑤ 篴：汉代流行于塞北和西域的一种类似笛子的管乐器。汉李陵《答苏武书》："胡篴互动，牧马悲鸣。"⑥ 沇寥：清朗空旷貌。《楚辞·九辩》："沇寥兮天高而气清。"

【品读】

此诗描叙秋天景象，抒发达观旷逸情怀，用语苍凉而悲慨。

二十二日立秋夜行泊林皇港二首①（其一）

> 萧萧晚风起②，孤舟愁思生。
> 蓬窗一萤过，苇岸数蛩鸣。
> 老大畏为客，风波难计程。
> 家人夜深语，应念客犹征。

【注释】

① 立秋：二十四节气之一，在阳历 8 月 7 日至 9 日之间。② 萧萧：象声词，风声。

【品读】

诗人羁旅异乡，感秋发思乡之幽情。

赴官咸平蔡河阻水泊舟宛丘皇华亭下三首①（其二）

> 袅袅悲蝉古柳风②，水边幽草已鸣蛩③。
> 长河未放羲和宿④，却放斜阳更向东。

【注释】

① 咸平：古地名，今河南通许县。蔡河：流经通许、扶沟、宛丘（今河南淮阳县）的南北水运要道。② 袅袅：声音回旋不绝。唐杜甫《猿》："袅袅啼虚壁，萧萧挂冷枝。"③ 幽草：草木茂密，幽深。《诗经·何草不黄》："有芃者狐，率彼幽草。"④ 长河：银河。羲和：神话中驾驭日车的神。《楚辞·天问》："羲和之未扬，若华何光。"

【品读】

悲蝉、古柳、幽草、鸣蛩、长河、斜阳，阻水泊舟，断肠人在天涯。

秋感二首

其 一

秋日无远晖①，秋草无美姿。

残蛰吊白日，寒鸟悲空枝。

时节一如此，余出怅安归。

强歌不成音，还坐空涕垂。

感动百虑游，触心遂纷披②。

弃捐勿复道，日暮眠吾帷。

【注释】

① 晖：阳光。唐孟郊《游子吟》："谁言寸草心，报得三春晖。" ② 纷披：散乱。北周庾信《枯树赋》："纷披草树，散乱烟霞。"

【品读】

秋日羁旅异乡，思归不能，岂不怅然？只能"日暮眠吾帷"而已。

其 二

秋山多远声，日暮尤百态。

百风落高树，清涧泻寒濑①。

鸣蜩默谁怜②，瘖死不偿罪③。

蛩啼独不已，有愬未逢解④。

天时激汝曹⑤，宁自知进退⑥。

吹嘘成踊跃⑦，刍狗忌彻祭⑧。

庭空月宵挂，园冷露晨沛。

嗟哉心虽忘，俯事还感慨。

【注释】

① 寒濑：清冽的急流。② 鸣蜩：鸣叫的蝉。蜩，蝉的一种。《诗经·豳风·七月》："四月秀葽，五月鸣蜩。"③ 瘖死：默默地死去。④ 愬：诉说，告诉。《诗经·邶风·柏舟》："薄言往愬，逢彼之怒。"⑤ 汝曹：你们。唐杜甫《渡江》："戏问垂纶客，悠悠见汝曹。"⑥ 宁自：竟自，乃自。⑦ 吹嘘：比喻奖掖、汲引。唐杜甫《赠献纳使起居田舍人澄》："扬雄更有河东赋，唯待吹嘘送上天。"⑧ 刍狗：古代束草为狗，供祭祀之用，祭后弃之。

【品读】

人生在世，当顺时而知进退。正所谓"用舍由时，行藏在我"。

周邦彦

【作者简介】

周邦彦（1056—1121），字美成，号清真居士，钱塘（今浙江杭州）人。宋元丰七年（1084），献《汴都赋》，受到宋神宗赏识，擢为太学正。晚年官徽猷阁待制，提举大晟府。诗、文俱有时名，尤长于词。有《清真集》。

南乡子·秋怀

夜阑梦难收，宋玉多情我结俦①。千点漏声万点泪②，悠悠。霜月鸡声几段愁。

难展皱眉头，怨句哀吟送客秋③。蟋蟀床前调夜曲，啾啾。又听惊人雁过楼。

【注释】

① 宋玉多情我结俦：指词人愿与宋玉结为悲秋的同辈、伴侣。俦：同辈、伴侣。② 漏声：古代计时器滴漏之声。③ 怨句哀吟送客秋：战国楚宋玉《九辩》中有"独申旦而不寐兮，哀蟋蟀之宵征"，此取其意。

【品读】

此词以秋天的萧索景象起兴，通过对秋天物候变化的细致描写，联系古人的悲秋情怀，把自己的悲愁曲折地表达出来。有对羁旅生活的厌倦，有对年华流逝的痛惜，有对家乡的思念，千转万折，感情曲折微妙、深细入微而又意味深长，给全词奠定了悲哀的基调，抹上了暗淡的底色。

刘 焘

【作者简介】

刘焘,宋元祐三年(1088)进士。历秘书省正字、提点淮南东路刑狱。宋宣和七年(1125),除秘阁修撰。存词十一首。

菩萨蛮·秋

露盘金冷初阑暑①,暑阑初冷金盘露。风细引鸣蛩,蛩鸣引细风。

雨零愁远路②,路远愁零雨。空醉一尊同,同尊一醉空。

【注释】

① 露盘金:金盘露,指承露仙人掌。汉武帝时建造的承露仙人掌,用铜制成,故名。仙人掌上有金盘可以承露。古人认为此露和玉屑饮之可以成仙。后人常用此典故咏神仙事,亦用以咏京城秋景。阑暑:暑阑,指夏天即将过去。② 雨零:零雨,指雨徐徐而降。《诗经·豳风·东山》:"我来自东,零雨其濛。"

【品读】

此词用金盘露冷、细风、鸣蛩、零雨等一组意象组合,犹如电影中的"蒙太奇"手法,凸现悲秋景色及万物皆空的达观思想,连环回复,一唱三叹。

鉴 堂

【作者简介】

鉴堂，宋词人，姓氏及生平无考。

菩萨蛮·秋

砌风鸣叶繁霜坠①，坠霜繁叶鸣风砌。山外水潺潺②，潺潺水外山。

冷衾愁夜永③，永夜愁衾冷。砧响更蛩吟④，吟蛩更响砧。

【注释】

① 砌：台阶。② 潺潺：象声词，形容流水声。③ 衾：大被。《诗经·召南·小星》："肃肃宵征，抱衾与裯。"夜永：夜长。永：长。④ 砧：捣衣石。

【品读】

秋霜、冷衾、鸣蛩、水声、捣衣声汇合成秋的交响曲，连环往复，愁思绵绵，不绝如缕。

朱敦儒

【作者简介】

朱敦儒（1081—1159），字希真，号嘉禾，河南洛阳人。宋绍兴二年（1132），始应召入朝，赐进士出身，为秘书省正字，擢兵部郎中，迁两浙东路提点刑狱。秦桧为相时，任鸿胪少卿；桧死，遭罢免。早年生活放荡，词风尚婉丽。中年，逢北方沦陷于金，国破家亡，多感怀、忧愤之作，格调悲凉。晚年隐居山林，词多描写自然景色与自己现实的生活。其词语言流畅，句法灵活自由。但多数词作带有浓厚的虚无思想，内容消极。有词集《樵歌》。

相见欢（其五）

吟蛩作尽秋声，月西沉。凄断余香残梦、下层城①。

人不见，屏空掩，数残更。还自搴帷独坐、看青灯②。

【注释】

①层城：高城。《世说新语·言语》："遥望层城，丹楼如霞。"②搴帷：撩起帷帐。青灯：指油灯，其光青莹，故名青灯。唐李商隐《杨本胜说于长安见小男阿衮》："语罢休边角，青灯两鬓丝。"

【品读】

在一个秋日的夜晚，月亮西沉，薰香炉中香烟散尽，词人从梦中惊醒，倍觉孤寂凄惨。他不由自主地走下高城。幽会的意中人不见，屏风空掩，只能撩起帷帐枯坐，数残更，看青灯。上阕写景用字极精练，表面看词人只是客观叙写，但我们仍能隐隐感受到他孤寂的心声。下阕叙事与抒情相结合，寥寥数语，倍感词人失落的苦闷。

李清照

【作者简介】

李清照（1084—1155），自号易安居士，济南（今属山东济南）人。李格非女，赵明诚妻。婚后屏居青州十年，夫妇致力收藏金石。南渡后，明诚病卒，辗转流离于杭、越、婺诸州。诗、文、词俱工，原有文集十二卷，今佚。有辑本《李清照集》三卷，《漱玉词》一卷。

行香子·七夕 ①

草际鸣蛩，惊落梧桐。正人间、天上愁浓。云阶月地 ②，关锁千重。纵浮槎来 ③，浮槎去，不相逢。

星桥鹊驾 ④，经年才见 ⑤，想离情、别恨难穷。牵牛织女，莫是离中 ⑥。甚霎儿晴 ⑦，霎儿雨，霎儿风。

【注释】

① 七夕：农历七月初七的夜晚，俗称"七夕节"。相传，当夜天上织女与牛郎在鹊桥相会。织女是一个美丽聪明、心灵手巧的仙女，凡间的妇女便在这一天晚上向她乞求智慧和巧艺，也少不了向她求赐美满姻缘，所以七夕也被称为"乞巧节"。② 云阶月地：以云为阶，以月为地，指天上。③ 槎：木筏。张华《博物志》载有人于八月在海边乘浮槎至天河，遇牵牛、织女的故事。④ 星桥鹊驾：传说七月七日乌鹊搭成桥于天河上，牵牛、织女相会。桥名乌鹊桥，又名星桥。⑤ 经年才见：牛郎、织女经过一年才见一次。⑥ 莫是离中：莫不是正处于离别分手之时。⑦ 甚：犹言为什么。霎儿：一会儿。

【品读】

本词以托事言情的手法，通过对牛郎织女悲剧故事的描述，形象地表达了词人郁积于内的离愁别恨。首尾呼应，词人从现实处境出发，展开奇特联想，将夫妻离别的真情融于牛郎、织女未能相聚的离恨孤寂之中，并祈祝天帝成人之美，盼望牛郎、织女顺利实现一年一度的相会。全词用夸张的手法，注重口语锤炼，描绘了宇宙天体的瞬息万变，烘托了词的意境美、音乐美，堪称艺术佳作。

蔡 伸

【作者简介】

蔡伸（1088—1156），字伸道，自号友古居士，福建莆田人。宋宣和中太学辟雍博士、知潍州北海县、通判徐州，历知滁州、和州，浙东安抚司参议官，秩满，提举台州崇道观。能词，有《友古居士词》。

念奴娇（其三）

画堂宴阕①，望重帘不卷②，轻哑朱户③。悄悄回廊，惊渐闻、蟋蟀凌波微步④。酒力融春⑤，香风暗度，携手偎金缕⑥。低低笑问，睡得真个稳否？

因念隔阔经年⑦，除非魂梦里，有时相遇。天意怜人心在了，岂信关山遐阻⑧。晓色朦胧，柔情眷恋，后约叮咛语。休教肠断，楚台朝暮云雨⑨。

【注释】

① 画堂：华丽的厅堂。② 重帘：重叠帘幕。③ 轻哑朱户：朱门轻哑（没有声响）。④ 惊见闻、蟋蟀凌波微步：用拟人化的手法形容蟋蟀活动轻盈。凌波微步，形容女子步履轻盈。三国魏曹植《洛神赋》："凌波微步，罗袜生尘。"⑤ 融春：融暖。⑥ 金缕：金缕衣裙。用金丝线绣成的衣衫和裙子。唐宋时极流行。⑦ 经年：整年，长年。唐白居易《慈乌夜啼》："昼夜不飞去，经年守故林。"⑧ 关山遐阻：山河阻隔。⑨ 楚台朝暮云雨：战国楚宋玉《高唐赋序》中有"且为朝云，暮为行雨，朝朝暮暮，阳台之下"。后用"云雨"作为咏男女欢爱的典故。

【品读】

这是一首怀人词。上阕写与意中人幽会，画堂宴阕，重帘不卷，轻哑朱门。悄悄回廊，惊渐闻蟋蟀窸窣的声响，酒醒中袭来香风，携手相偎金丝衣裙。还轻声关切地问：睡得是否安稳？下阕写因长年离别而思念，但只能有时在梦里相见。天意怜人，只要两心相通，即使关山路遥也不能阻隔，晓色朦胧中柔情万种，后约叮咛，朝云暮雨，休教肠断。

点绛唇（其三）

背壁灯残，卧听檐雨难成寐①。井梧飘坠②，历历蛩声细③。

数尽更筹④，滴尽罗巾泪⑤。如何睡？甫能得睡⑥。梦到相思地。

【注释】

①檐雨：从屋檐上滴下的雨声。②井梧：庭院里的梧桐树。③历历：一一分明。④更筹：古代夜间报更用的计时竹签。宋欧阳澈《小重山》："无眠久，通夕数更筹。"⑤罗巾：用丝织的手巾。⑥甫：刚，才。

【品读】

这是一首闺怨词。秋夜灯残，檐雨淅沥，难以入睡。庭院里梧桐萧萧，落叶飘坠，蟋蟀的低低吟唱是如此分明清晰。长夜将尽，数尽更筹，泪湿罗巾。如何安睡？才能入睡，又梦到相思地。

李弥逊

【作者简介】

李弥逊（1085—1153），字似之，号筠溪居士，祖籍福建连江，生于吴县（今江苏苏州）。宋大观三年（1109）进士，历起居郎、试中书舍人、户部侍郎，以争和议事忤秦桧意，乞归，遂以徽猷阁直学士知漳州，落职，晚年居连江西山。能词，有《筠溪集》，不乏清奇意趣。

菩萨蛮·新秋

凉飙轻散余霞绮①，疏星冷浸明河水。欹枕画檐风②，秋生草际蛩。

雁门离塞晚，不道衡阳远③。归恨隔重山，楼高莫凭栏。

【注释】

① 凉飙：凉风。余霞：残霞。南齐谢朓《晚登三山还望京邑》："余霞散成绮，澄江静如练。"② 欹枕：斜卧。画檐：华丽的屋檐。③ "雁门"两句：宋祝穆《方舆胜览》卷二四《湖南路·衡州》："回雁峰，在衡阳之南，雁至此不过，遇春而回，故名。"这是说秋天雁群即使离开关塞再晚，也不嫌衡阳路远。词人于此表示强烈的思乡之意。

【品读】

这是一首新秋抒怀词。上阕写景：清凉的秋风吹散绮丽的晚霞，几颗稀疏的星星倒映在波光粼粼的河水中。斜卧在床，檐风习习，草丛里蟋蟀啾啾。下阕抒情：雁门离塞，莫道衡阳远。乡路远隔，乡思绵绵，莫要登楼眺望，徒增惆怅而已。

菩萨蛮（其四）

富季申见约观月，以病不能往。夜分独卧横山阁，作此寄之①。

余霞收尽寒烟绿②，江山一片团明玉③。欹枕画楼风④，愁生草际蛩。

金茎秋未老⑤，两鬓吴霜早⑥。忍负广寒期⑦。清尊对语谁⑧。

【注释】

① 富季申：富直柔（1084—1156），字季申，河南洛阳人，弼孙。宋钦宗靖康初赐进士出身，除秘书省正字。宋绍兴元年（1131）改同知枢密院事，为吕颐、秦桧所忌，数月即罢，提举临安洞霄宫。起知衢州。宋绍兴十二年（1142），坐事落职。宋绍兴二十六年（1156）卒，年七十三。② 余霞：残霞。寒烟：寒雾。③ 团明玉：圆月。月亮洁白如玉，故云。④ 欹枕：斜卧在床。画楼：华丽的楼阁。⑤ 金茎：汉班固《西都赋》中有"抗仙掌以承露，擢双立之金茎"。唐李善注："金茎，铜柱也。"承露仙人掌以铜为之，金茎是其铜柱。汉武帝造此

以承接秋天之露，并认为和玉屑而饮之可以长生。因秋季才有露，故后世多用"金茎露"以咏秋，也用"金茎"作为京城宫殿的标志。宋柳永《醉蓬莱》："玉宇无尘，金茎有露，碧天如水。"⑥ 吴霜：指两鬓如吴盐点霜。吴地的霜，比喻白发。吴，指江南一带。⑦ 忍负广寒期：古代传说，月中有广寒宫。东汉郭宪《洞冥记》："冬至后，月养魄于广寒宫。"此句是说，宁愿辜负广寒佳期，也不希望秋天衰老（人衰老）。⑧ 清尊：美酒。尊，通"樽"。

【品读】

这是一首咏秋抒怀词。词人起笔写景：秋夜，晚霞退去，寒雾染绿。一轮圆月朗照山河。词人因病不能赴约观月，斜卧床上，凉风习习从华丽的楼阁上吹来，草丛中蟋蟀的鸣叫声，催生词人心中的秋愁。金茎有露秋未老，而词人却已两鬓吴盐点霜。宁愿辜负广寒佳期，也不希望秋光老去。否则，举杯可向谁诉说呢？

陈与义

【作者简介】

陈与义（1090—1139），字去非，号简斋，河南洛阳人。宋政和三年（1113）登上舍甲科。官参知政事，其诗出于江西诗派，上祖杜甫，下宗苏轼、黄庭坚，自成一家。宋室南渡时，经历了战乱生活，诗风转为悲壮苍凉。元人方回立"一祖三宗"说，以杜甫为"一祖"，黄庭坚、陈师道及陈与义并列为"三宗"。有《简斋集》。

九日家中 ①

风雨吴江冷 ②，云天故国赊 ③。

扶头呼白酒，揩眼认黄花 ④。

客梦蛩声歇 ⑤，边心雁字斜。

明年又何处，高树莫啼鸦。

【注释】

①九日：指农历九月九日重阳节。②吴江：今江苏吴江区。③故国：故乡。赊：远，长。唐李白《送王屋山人还王屋》："春愁思永嘉，不惮道路赊。"④黄花：菊花。

【品读】

重阳节日，诗人羁旅异乡，遥望云天，故国沦陷金人铁蹄，感到无限悲凉，只能以酒消愁，对黄花落泪。蟋蟀鸣叫声中梦醒，大雁南飞；明年此日，尚不知身在何处，乌鸦休要在高树上鸣叫，那可不是吉祥的征兆。

张元幹

【作者简介】

张元幹（1091—约 1161），字仲宗，号芦川居士，芦州永福（今福建省永泰县嵩口镇月洲村）人。宋政和、宣和间，以词名。官至将作少监。宋绍兴中，作《贺新郎》送胡铨，触怒秦桧，除名。有《芦川归来集》十卷，《芦川词》二卷。

菩萨蛮·送友人还富沙 ①（其二）

微云红衬余霞绮，明星碧浸银河水。欹枕画檐风，② 愁生草际蛩。

雁行离塞晚，不道衡阳远。归恨隔重山，楼高莫凭栏。

【注释】

① 富沙：地名，今属福州市。② 欹枕：倚枕。欹，通"倚"。唐胡曾《妾薄命》："欹枕夜悲金屋雨，卷帘朝泣玉楼云。"

【品读】

词人借"悲秋"以抒发故国之思，寓别恨于清旷的境界之中，词境沉郁婉丽，意脉连贯，情致婉转曲折，感情跌宕，余韵不尽。

吕渭老

【作者简介】

吕渭老，一作吕滨老，字圣求，浙江嘉兴人。宋宣和、靖康年间（1119—1127）在朝做过小官。其早期词作多抒写个人情趣，语言精练，风格秀婉。后身逢国难，以写忧国词作出名，豪放悲壮，诚挚感人。有《圣求词》。

浪淘沙

凉露洗秋空，菊径鸣蛩，水晶帘外月玲珑①。烛蕊双悬人似玉②，簌簌啼红③。

宋玉在墙东④，醉袖摇风。心随月影入帘栊⑤，戏著锦茵天样远⑥，一段愁浓。

【注释】

① 水晶：唐李白《玉阶怨》中有"却下水晶帘，玲珑望秋月"。水晶帘：用水晶石穿制成的帘子。玲珑：透明貌。② 烛蕊双悬：一对红烛高悬。人似玉：形容闺房里的女子貌美似玉。③ 簌簌啼红：红烛燃烧滴泪。簌簌：象声词，纷纷坠落的样子。南唐李璟《摊破浣溪沙》："簌簌泪珠多少恨，倚栏杆。"④ 宋玉在墙东：宋玉在《登徒子好色赋》中，盛赞其东邻之女的美貌并有"此女登墙窥臣三年"语。宋词中常用此典故咏情侣相恋。⑤ 帘栊：窗外的帘子。宋欧阳修《采桑子》："垂下帘栊，双燕归来细雨中。"⑥ 锦茵：锦制的垫褥、地毯。唐杜甫《丽人行》："后来鞍马何逡巡，当轩下马入锦茵。"

【品读】

本词写女子闺房之怨，却无一字言怨，而隐然幽怨之意见于言外，此所谓"怨而不怨，可入风雅"也。怨深，夜深，不禁幽独之苦，引读者步入诗情之最幽微处，觉有漫天诗思飘然而至，余韵如缕。

王之道

【作者简介】

王之道（1093—1169），字彦猷，濡须（今属安徽）人。宋宣和六年（1124）进士。历知开州、通判安丰军。有《相山集》三十卷，《相山居士词》一卷。

长相思·恨别（其五）

风凄凄①，雨霏霏②，风雨夜寒人别离。梦回还自疑。

蛩声悲，漏声迟③，一点青灯明更微④。照人双泪垂。

【注释】

① 风凄凄：风寒凉的样子。《诗经·郑风·风雨》："风雨凄凄，鸡鸣喈喈。"② 雨霏霏：雨连绵不停。③ 漏声迟：刻漏声缓慢。漏：古代计时器具。④ 青灯：指油灯，其光青莹，故称青灯。宋陆游《雨夜》："幽人听尽芭蕉雨，独与青灯话此心。"

【品读】

凄风苦雨，寒夜别离，恨何以堪。更有蛩声悲鸣，袭上心头，长夜难尽，似觉漏声迟。青灯忽明忽暗，双泪不禁自流。读此词，真有"始信人间别离苦"之感。

岳 飞

【作者简介】

岳飞（1103—1142），字鹏举，相州汤阴（今属河南省安阳市汤阴县）人。南宋抗金名将，累立奇功。历少保、河南北路招讨使，进枢密副使。以反对和议为秦桧陷害致死。有《岳武穆遗文》一卷，存词三首。

小重山

昨夜寒蛩不住鸣。惊回千里梦，已三更。起来独自绕阶行。人悄悄，帘外月胧明。

白首为功名。旧山松竹老①，阻归程。欲将心事付瑶琴②。知音少，弦断有谁听③。

【注释】

① 旧山：指故乡，暗指中原故土。② 瑶琴：有玉饰的琴。南朝宋鲍照《拟古》之七："明镜尘匣中，瑶琴生网罗。"③ "知音"两句：暗用伯牙操琴之典故，伤叹当今有俞伯牙而无钟子期，雪耻报国之心又有谁知？

【品读】

本词多用比喻，委曲婉转地倾吐出岳飞积极主战、反对投降的一腔心事。含蓄委婉，抑扬顿挫，情景交融，耐人寻味。

朱淑真

【作者简介】

朱淑真（约1135—约1180），自号幽栖居士，钱塘（今浙江杭州）人，一说海宁（今属浙江）人。生活的时代一般定在南宋，也有人认为是北宋。出身仕宦之家，相传嫁商人为妇，一生落落寡欢，抑郁而终。能画，通音律，工诗词。其词多写幽怨感伤情绪，语淡情浓，形象鲜明，风格婉丽。有诗集《断肠集》，词集《断肠词》。

菩萨蛮·秋

秋声乍起梧桐落①，蛩吟唧唧添萧索②。欹枕背灯眠③，月和残梦圆。

起来钩翠箔④，何处寒砧作⑤。独倚小阑干，逼人风露寒。

【注释】

① 乍：初、刚。宋李清照《声声慢》："乍暖还寒时候，最难将息。"② 唧唧：象声词，蟋蟀鸣叫声。萧索：凄凉，萧条。③ 欹枕：倚枕。欹，通"倚"。④ 翠箔：绿色的帘幕。宋毛熙震《木兰花》："掩朱扉，钩翠箔，满院莺声春寂寞。"⑤ 寒砧：秋天的捣衣声。

【品读】

这是一首抒发悲秋闺怨的词。上阕通过自然界的景物描写，交代节令是暮秋。在这萧索的寒夜，词人倚枕背灯而眠，月光搅醒了她的残梦。下阕写词人的孤寂哀怨。夜深人静，远处传来一阵阵捣衣声，词人梦不成，掀开门帘，独倚阑干，只觉秋露寒气逼人，更增添了她无尽的愁思。全词通过叙事抒发感情，语言朴素流畅，突出了孤寂的意境，使悲绪愁情抒发得淋漓尽致。

萧德藻

【作者简介】

萧德藻，字东夫，号千岩老人，闽清（今属福建）人。宋绍兴二十一年（1151）进士。官乌程令。为姜夔之师。曾从曾几学诗，杨万里称其诗工致。

次韵傅惟肖①

竹根蟋蟀太多事②，唤得秋来篱落间。

又过暑天如许久，未偿诗债若为颜③。

肝肠与世苦相反④，岩壑嗔人不早还⑤。

八月放船飞样去，芦花丛外数青山。

【注释】

① 傅惟肖：作者友人，曾任清江（今属江西）县令。其诗不传。② 竹根蟋蟀：蟋蟀在地下活动，啮食植物根部，诗人房舍周围的篱笆是竹子编成的，故云"竹根蟋蟀"。③ 若为颜：难以为情。④ 肝肠与世：热衷仕进，看重名利。⑤ 嗔人：嗔怪作者。

【品读】

蟋蟀原本是随秋而生，诗人却怪它"多事"，将秋唤来，岂不冤哉。错怪至此，实因诗人落寞潦倒之心情使然。而秋既已来到，诗人不禁暗暗埋怨自己"未偿诗债"，真是难以为情啊！"肝肠与世"，又何伸雅怀？连那岩壑也嗔怪诗人何不早早归隐山林。若能如陶靖节那样解职而归，放船若箭一般飞去，终老在座座青山之中，那真是得其所哉。此诗笔致灵活，用拟人化的笔法，从反面写来，颇具幽默感。诗人"满心而发，肆口而成"，内心苦闷隐匿其中，却又不露斧凿痕迹，足见其艺术功力。

张 抡

【作者简介】

张抡，字才甫，自号莲社居士，开封人。宋淳熙五年（1178），为宁武军承宣使。有《莲社词》一卷。

醉落魄

虚窗透月 ①。寒莎败壁蛩吟切 ②。沈沈永漏灯明灭 ③。只为愁人，不为道人设 ④。

愁人对此成愁绝。道人终是心如铁。一般景趣情怀别。笛里西风，吹下满庭叶。

【注释】

① 虚窗：纱窗。清曹雪芹《红楼梦》第四十五回《代别离·秋窗风雨夕》："寒烟小院转萧条，疏竹虚窗时滴沥。"② 寒莎：秋天的莎草。莎：莎草，又名香附子。③ 永漏：长漏也，古以铜壶盛水滴漏以计时。④ 道人：有道之人。

【品读】

这是一首咏秋词。寒秋残夜，草木衰败，蟋蟀急促的鸣叫声，容易引起人的愁思，但道人心坚如铁，却不为之愁苦。何故？"一般景趣情怀别"是也。在道人的眼里，天地万象，四时运行皆有规律，故能任其自然，不以物喜，不以己悲，达观处之，如此而已。

曹　冠

【作者简介】

曹冠，字宗臣，号双溪居士，东阳（今属浙江）人。居秦桧门下，教其孙埙。后仕至郴州。有《燕喜词》一卷。

蓦山溪·九日

年年九日①，萸菊登高宴②。今岁旅新丰③，听征雁、吟蛩幽怨④。行行游赏，邂逅得诗人⑤，呼斗酒，发清吟⑥，豪气凌霄汉⑦。

穷通默定⑧，志士那兴叹。寓意醉乡游，且赢得、开怀萧散⑨。功名外物，何必累冲襟⑩，炼丹井⑪，叱羊山⑫，寻个修真伴⑬。

【注释】

① 九日：指农历九月九日重阳节。② 萸菊：指茱萸和菊花，古人于重阳节登高时有佩茱萸避邪，赏菊的习俗。唐王维《九月九日忆山东兄弟》："遥知兄弟登高处，遍插茱萸少一人。"③ 新丰：今陕西临潼东北的新丰镇。④ 听征雁、吟蛩幽怨：南飞的大雁及蟋蟀的鸣叫声深邃哀怨。⑤ 邂逅：不期而遇，偶然赶上。《诗经·郑风·野有蔓草》："邂逅相遇，适我愿兮。"⑥ 清吟：清雅吟唱。⑦ 霄汉：云霄和天河，指天空极高处。⑧ 穷通：困穷和显达。唐李白《笑歌行》："男儿穷通当有时，曲腰向君君不知。"⑨ 萧散：闲散、清闲。南齐谢朓《始出尚书省》："乘此终萧散，垂竿深涧底。"⑩ 冲襟：淡远的胸襟、抱负。唐韦应物《答崔主簿倬》："兰章不可答，冲襟徒自盈。"⑪ 炼丹井：晋葛洪炼丹之井。唐李白《炼丹井》："闻说神仙晋葛洪，炼丹曾此占云峰。庭前废井今犹在，不见长松见短松。"⑫ 叱羊山：在羊山上呼喝。羊山：在今陕西省境内，属秦岭山脉余脉。因山峰酷似羊得名。山顶大坪有天台，相传为魏晋方士所筑，用以炼丹。⑬ 修真伴：修真的道伴。修真，又称修仙。现在的道士即修真者。修真方法主要是炼外丹（服食），炼内丹（精气神），通过修炼求得真我。

【品读】

这是一首重阳登高抒怀的词。上阕借景抒情，饮酒吟诗，豪情喷薄而出；下阕放浪形骸，视功名为身外之物，达观自处，修身求真，不失为人生的一种明智归宿。

陆 游

【作者简介】

陆游（1125—1210），字务观，号放翁，山阴（今浙江绍兴）人。以荫入仕。历枢密院编修，幕游梁、益，居蜀九年乃归。晚知严州，诏同修国史兼秘书监，以宝文阁待诏致仕。诗篇逾万，为中兴之冠。有《渭南文集》五十卷，《剑南诗稿》八十七卷，《放翁词》二卷。

杂 兴 ①

万物各有时②，蟋蟀以秋鸣。
我老自少眠，那得憎此声③。

【注释】

① 杂兴：生活中的零星感受，偶然体会。② 万物各有时：指自然界天地万物各顺时而产生。③ 那得：哪能，犹言"不能"。

【品读】

这是一首诗人因秋夜听到蟋蟀的鸣叫声，而产生联想和思索的诗。诗人认为天地万物各因顺时而生，秋天即以蟋蟀的鸣叫开始。人到老境之时，睡眠自然减少，常常会失眠。这是自然规律使然，哪能去怨恨蟋蟀的鸣叫呢？这首绝句篇幅虽小，容量却不小，表现了诗人尊重自然、放达的人生态度。

感 秋

西风繁杵捣征衣①，客子关情正此时。
万事从初聊复尔，百年强半欲何之②？
画堂蟋蟀怨清夜，金井梧桐辞故枝③。
一枕凄凉眠不得，呼灯起作感秋诗。

【注释】

① 杵：捣衣的木棒。② "万事"两句：回想当初的一切，年过半百的我又能如何呢？③ 金井：井栏上有雕饰的井。

【品读】

这是一首因秋感应，抒发因秋而来悲情的诗。首联通过萧瑟西风中的捣衣声，想到了边关战士的思乡之情，由物及人，由声及情，自然而感人。颔联由边关战士进一步想到自己，流露出失望和无奈之情。颈联用工整的对仗，既写出秋天的景象，又写出诗人的哀叹和惆怅。全诗明白如话，将秋夜的悲凉清晰地传达出来。

饮罢夜归

老病畏多酌①，退闲愁夜行。
市灯疏欲尽②，楼月澹初生③。
露冷莎蛩咽④，天高塞雁征⑤。
归来差自喜⑥，拥被听疏更⑦。

【注释】

①多酌：多饮酒。②市灯：街市上的灯火。③澹：淡。④莎蛩：莎草中的蟋蟀。⑤塞雁：塞北的大雁。⑥差：略微，颇。⑦疏更：稀疏的打更声。

【品读】

这是一首酒后闲适自慰的诗。诗人感慨老来因病不能多饮酒，退闲后更愁夜行。街市上的灯火渐渐退去，初升的淡月悬挂楼上；秋露寒冷，莎草丛中蟋蟀鸣声凄切，北雁高高南飞。诗人饮酒归来颇自喜，那是因为又可以拥被静听稀疏的打更声了。本诗反映了诗人赋闲后，闲适苍凉的心态。

夜坐偶书

衰发萧疏雪满簪①，暮年光景易骎骎②。
已甘身作沟中断③，不愿人知爨下音④。
病鹤摧颓分薄俸⑤，悲蛩断续和微吟。
向来误有功名念，欲挽天河洗此心⑥。

【注释】

①衰发萧疏雪满簪：此句谓因年老体衰而发白稀疏。②骎骎：疾速，急迫。梁简文帝《如影》诗："朝光照皎皎，夕漏转骎骎。"③沟中断：指因贫穷而困厄或死于沟壑的人。《荀子·荣辱》："是其所以不免于冻饿，操瓢囊为沟壑中瘠者也。"④爨下音：灶下焚烧良木发出的火烈声。《后汉书·蔡邕列传》："吴人有烧桐以爨者，邕闻火烈之声，知其良木，因请而裁为琴，果有美音。"⑤薄俸：菲薄的俸禄。⑥天河：银河。唐韦应物《拟古》之六："天河横未落，斗柄当西南。"

【品读】

这是一首感怀诗。诗人感慨年老体衰，两鬓白发，光阴老去，但贫贱而守志，不改初衷。宁愿以菲薄的俸禄维持自己的老病之躯，默默地度过自己的一生。痛悔自己以前错误的功名观念，欲借天河洗净此心。

132

初秋梦故山觉而有作四首①（其二）

犬吠舍前后，月明村东西。
岸草蛩乱号，庭树鸟已栖。
我仆城中还②，担头有悬鸡③。
小儿劝我饮，村酒拆赤泥④。
我醉不自觉，颓然葛巾低⑤。
著书笑蒙庄⑥，茗艼物自齐⑦。

【注释】

①故山：故乡。②仆：仆人。③担头有悬鸡：仆人挑担的两头悬挂着鸡。④赤泥：封酒瓮用的红泥。⑤颓然葛巾低：形容因酒醉而垂首。葛巾：葛布制的头巾。⑥蒙庄：庄子，战国时宋国蒙（今河南商丘市东北）人。⑦茗艼：同"酩酊"，大醉的样子。物自齐：庄子《齐物论》认为，宇宙间一切事物，如生死寿夭，是非得失，物我有无，都应当同等看待。

【品读】

诗人因酒醉而梦，梦觉而思故乡，思故乡而感怀。他读《庄子》而自嘲，认为酩酊中物自齐。此诗反映了诗人迫于现实生活无奈而达观自适的思想。

秋怀二首（其二）

星斗阑干河汉流①，建州风物更禁秋②。
年来多病题诗懒，付与鸣蛩替说愁。

【注释】

①星斗：此指北斗星。唐高蟾《秋思》："天地太萧索，山川何渺茫。不堪星斗柄，犹把岁寒量。"鲁迅《亥年残秋偶作》："竦听荒鸡偏阒寂，起看星斗正阑干。"河汉：银河。②建州：今福建建瓯。风物：风光景物。禁秋：消受秋光，流连秋景。

【品读】

星斗高悬阑干，银河泻波，一片清辉。建州的秋夜，其风光景物，真叫人留恋。只是我连年患病，懒于吟诗，辜负了这美好的秋光。那权且请鸣叫吟唱的蟋蟀替我诉说心中的忧愁吧。

秋　夜

湖海秋初到，房栊夜转幽①。
露浓惊鹤梦，月冷伴蛩愁。
生计依微禄②，年光堕远游③。
严滩已在眼④，早晚放孤舟。

【注释】

① 房栊：窗棂。② 生计：谋生之计。唐白居易《首夏》："料钱随月用，生计逐日营。"微禄：菲薄的俸禄。③ 年光：年华，时光。唐骆宾王《赋得春云处处生》："千里年光静，四望春云生。"④ 严滩：严子陵钓台。东汉严光，字子陵，曾隐居富春山（今浙江桐庐县南），垂钓于此。

【品读】

这是一首秋夜感怀诗。诗人于幽静的秋夜，寒露中梦醒，冷冷的月光伴着蟋蟀充满哀愁的吟唱。想到仅仅依靠菲薄的俸禄维持生计，年华在浪游中消逝，不禁黯然。严滩犹在眼前，不如学子陵放飞孤舟，终老江湖。

秋日小雨有感

七月江边暑已微，虚窗卧看雨霏霏①。
凄凉蛩伴草根语，憔悴鹊从天上归。
志士酒酣看宝剑，美人泪尽倚鸳机②。
嗟予亦有新秋感③，遥忆苍苔满钓矶④。

【注释】

① 虚窗：空窗。霏霏：雨飘落的样子。宋范仲淹《岳阳楼记》："若夫淫雨霏霏，连月不开，阴风怒号，浊浪排空。"② 鸳机：织锦机。唐李商隐《即日》诗："几家缘锦字，含泪坐鸳机。"③ 嗟予：慨叹自己。④ 钓矶：垂钓者所坐的岩石。唐高适《渔父歌》："笋皮笠子荷叶衣，心无所营守钓矶。"

【品读】

这是一首新秋感怀诗。前四句写景：江边暑气已退，窗外秋雨霏霏，蟋蟀在草丛中的鸣叫声使人倍感凄凉。喜鹊从天上飞回，犹感憔悴。这肃杀的秋景为后面的抒情埋下了伏笔。诗人仿佛酒酣的仁人志士，看到长剑挂壁，光芒黯然，又像美人泪尽鸳机旁，一种怀才不遇、无法实现自己抱负的失落感油然而生。好在自己似乎还有新秋感，遥想那钓矶上应是缀满苍苔了吧。言外之意，应该及早归隐江湖，一蓑烟雨任平生。

新　秋

天河渐近鹊桥时①，一夜风吹斗柄移②。
金井梧桐元未觉③，画廊蟋蟀已先知④。
青灯耿耿还相伴⑤，白发萧萧只自悲⑥。
犹胜玉门关外客⑦，卧听沙雁数归期。

【注释】

① 天河：银河。鹊桥：民间传说天上的织女七夕渡银河与牛郎相会，喜鹊来搭成桥，称鹊桥，常用以比喻男女结合的途径。② 斗柄：斗杓。北斗七星，四星象斗，三星象杓。《鹖冠子·环流》："斗柄东指，天下皆春；斗柄南指，天下皆夏。"③ 金井：井栏有雕饰的井。④ 画廊：华丽的回廊。⑤ 青灯：油灯。因其灯焰为青色，故称青灯。耿耿：明亮的样子。唐韩愈《利剑》："利剑光耿耿，佩之使我无邪心。"⑥ 萧萧：头发稀疏枯少的样子。⑦ 玉门关：今甘肃玉门关，古代著名征战地。

【品读】

新秋到来，银河欲转鹊桥，秋风劲吹斗柄移。庭院中的梧桐树尚未感知，回廊中蟋蟀已鸣声啾啾，知悉秋天来到。夜晚，明亮的青灯下，诗人看到自己白发稀疏枯少，不禁悲从中来。但想到与玉门关外征战的将士相比，自己还是幸运的。他们正卧听大漠上的大雁起飞，盼望与亲人团聚，数着自己的归期呢。

夜闻蟋蟀

布谷布谷解劝耕①，蟋蟀蟋蟀能促织。

州符县帖无已时②，劝耕促织知何益？

安得生世当成周③，一家百亩长无愁；

绿桑郁郁暗微径④，黄犊叱叱行平畴⑤。

荆扉绩火明煜煜⑥，黍垄饁饭香浮浮⑦。

耕亦不须劝，织亦不须促；

机上有余布，盎中有余粟。

老翁白首如小儿，鼓腹击壤相从嬉⑧。

【注释】

① 布谷：指布谷鸟。以鸣声似"布谷"，又鸣于耕种时，故相传为劝耕之鸟。《后汉书·襄楷传》："臣闻布谷鸣于孟夏，蟋蟀吟于始秋。"唐杜甫《洗兵马》："田家望望惜雨干，布谷处处催春种。"解：懂得。② 无已时：没有停止的时候。③ 周：指西周时期。④ 郁郁：茂盛的样子。暗微径：指绿桑的浓荫覆盖着田间小路。⑤ 叱叱：象声词。平畴：平坦的田野。⑥ 荆扉：柴门，简陋的门。绩火：夜间纺织时照明用的灯火。煜煜：明亮的样子。⑦ 黍垄：种着黍子的田垄。黍，黍子，去皮后叫黏黄米。饁饭：给在田间劳动的农夫送的饭。浮浮：热气腾腾的样子。⑧ 鼓腹：坦腹，凸起肚子，形容饱食而闲暇无事。《庄子·马蹄》："夫赫胥氏之时，民居不知所为，行不知所之，含哺而熙，鼓腹而游。"击壤：古游戏名。壤，器物名，以木为之，形状像履。前广后锐，长一尺四寸（约47厘米），宽三寸（约10厘米）。游戏时，先将一壤置地，在三四十步以外，用手中的壤击之，中者为上。《论衡·感虚篇》："尧时，五十之

民击壤于涂。"相传帝尧在位时，天下太平，有老人击壤而歌。后世常用作歌颂太平盛世的典故，也借以表现百姓欢乐的情景。

【品读】

诗人不满朝廷的苛捐杂税及繁重赋徭，渴望回到帝尧、文王时代，让百姓能过上安居乐业的生活。这根本是不现实的。事实上，即使在帝尧及文王时代，百姓也不可能过上富足的生活。

雨夕焚香

芭蕉叶上雨催凉，蟋蟀声中夜渐长。

燔十二经真太漫①，与君共此一炉香。

【注释】

① 燔：翻动，翻卷。十二经：有多种说法，此处拟为儒家的十二部经书。唐文宗时在国子学立石，刻《易》《诗》《书》《周礼》《仪礼》《礼记》《左传》《公羊传》《穀梁传》《论语》《孝经》《尔雅》十二经。

【品读】

秋夜，雨打芭蕉催凉，诗人在蟋蟀的鸣叫声中度过长夜。翻阅十二经费时真多，只能焚香与经书相伴。

秋　晚

寒渚雁新下①，坏墙蛩夜吟。

庭莎欲无色②，园树不成阴③。

沾洒孤臣泪，驰驱壮士心。

明照镜中发，饱受雪霜侵④。

【注释】

① 寒渚：秋天水中的小洲。② 庭莎：庭院中的莎草。③ 园树：园林中的树木。④ 饱受雪霜侵：指鬓发变白。

【品读】

秋夜，大雁纷纷栖息寒渚，蟋蟀在断垣残壁下吟唱。夜色迷蒙，庭莎无色，园树不成阴。在这萧瑟的秋夜，诗人思绪万千，想到自己虽一腔忠愤无人理会，但报国杀敌、收复中原之志不变。明镜悲白发，壮士志不移。

新 秋

衰发成丝奈若何？更堪日月疾飞梭①。

梧桐败叶飘犹少，蟋蟀雕笼卖已多。

岁乐喧呼沽酒市②，夜凉凄断采菱歌。

老夫亦动秋风兴，欲倩邻翁买钓蓑。

【注释】

① 日月疾飞梭：光阴流逝比织机上的飞梭还快。② 岁乐：一年之乐。

【品读】

诗人感慨时令刚值新秋，却已呈现衰秋景象：衰发成丝，日月如梭；梧叶稀疏，蟋蟀雕笼卖剩无多。一年之乐只在喧呼沽酒之时。夜凉，那凄楚的采菱歌传来，人心更凉。如此秋景，人何以堪？还不如请邻翁买一袭钓蓑，归隐江湖。

闻蛩二首

其 一

蝉声未断已蛩鸣，徂岁峥嵘得我惊①。

八十光阴犹几许②，勉思忠敬尽余生③。

【注释】

① 徂岁：徂年，已徂的，过去的岁月。《后汉书·马援传》："徂年已流，壮情方勇。"峥嵘：形容岁月逝去。南朝宋鲍照《舞鹤赋》："岁峥嵘而愁暮。"② 几许：多少，若干。③ 忠敬：忠诚敬慎。

【品读】

夏末秋初，蝉声未断，蟋蟀已开始鸣叫，岁月流逝令人心惊。诗人已到八十垂暮之年，余年还有几许？唯一能做的是有生之年勉思忠敬。

其 二

稽首周公万世师①，小儒命薄不同时②。

秋虫却是生无憾③，名在豳人七月诗④。

【注释】

① 稽首：古代的一种跪拜礼。两膝跪地，两手拱至地，垂头至手，不触地。《尚书·舜典》："禹拜稽首。"周公：指周文王。万世师：万世师表。② 小儒：地位卑微的读书人。③ 秋虫：此指蟋蟀。④ 名在豳人七月诗：《诗经·豳风·七月》有"七月在野""十月蟋蟀入我床下"句，故云。

【品读】

周公堪为万世师表，我对他顶礼膜拜。只可惜我小儒命薄，与他生不同时。那蟋蟀却生而无憾，被记载在《诗经·豳风·七月》篇。此诗反映了诗人对现实不满、向往复古的思想。

秋分后顿凄冷有感①

今年秋气早，木落不待黄。

蟋蟀当在宇，遽已近我床②。

况我老当逝，且复小彷徉③。

岂无一樽酒，亦有书在傍。

饮酒读古书，慨然想黄唐④。

耄矣狂未除⑤，谁能药膏肓。

【注释】

① 秋分：二十四节气之一，每年在阳历 9 月 22 日或 24 日之间。这天南北半球昼夜等长。汉董仲舒《春秋繁露·阴阳出入上下》："至于中秋之月，阳在正西，阴在正东，谓之秋分。秋分者，阴阳相半也，故昼夜均而寒暑平。"② 遽：突然。③ 彷徉：游荡不定。《楚辞·远游》："聊彷徉而逍遥兮，永历年而无成。"④ 慨然：情绪激昂的样子。黄唐：黄帝与唐尧的并称。⑤ 耄：高龄，八九十岁。《礼记·曲礼上》："八十九十曰耄。"

【品读】

诗人感慨时光流逝，已到垂暮之年，生活尚未完全安定。值得庆幸的是，还有酒可饮、书可读，常常想返回到黄帝、唐尧时代。年届耄耋，狂气未除，谁能予我治疗这膏肓之病的药？

南堂杂兴八首（其三）

蛩声每续蝉声起，桐叶仍兼柳叶凋。

懒惰心情疏笔砚，久长生计属渔樵。

髯茅旋补东厢屋①，伐石新成北港桥。

物外高人来往熟②，等闲折简也能招③。

【注释】

① 髯茅：剪治茅草。② 物外：世外，指超脱于尘世之外。高人：超人，不同凡俗。③ 等闲：随便，轻易。折简：亦作"折柬"。折半之简，言其礼轻。古人以竹简作书。《三国志·魏志·王凌传》："凌至项，饮药死。"裴松之注引三国魏鱼豢《魏略》："卿直以折简召我，我当敢不至邪？"《资治通鉴·魏邵陵厉公嘉平三年》引此文，胡三省注曰："汉制，简长二尺（约 67 厘米），短者半之。盖单执一札谓之简。折简者，折半之简，言其礼轻也。"

【品读】

诗人退隐，身心懒散，疏于笔墨，修整屋舍，伐石铺桥。他与高人交往颇熟，即便礼轻，也能应招。

秋 感

瘦尽腰围白尽头，悲蛩声里落梧秋。
短檠且忍经年别①，竖褐犹懷卒岁忧②。
天地无私嗟独困，风霜有信又残秋。
顽躯安得常强健，更倚东吴寺寺楼③。

【注释】

①短檠：矮架的灯。经年：年年，这些年。②竖褐：贫民所穿的短窄粗衣。卒岁：度过年终。《诗经·豳风·七月》："无衣无褐，何以卒岁？"③东吴：泛指古吴地，今江苏、浙江东部地区。

【品读】

诗人悲叹已到人生之暮秋，常常处于困厄之中，唯愿身体常强健，可以常登东吴寺楼，安度余年。

秋 夜

岸帻萧然病体轻①，雨余郊馆已生凉②。
微风掠面酒无力，明月满窗眠不成。
叶底涓涓秋露滴，草根咽咽暗蛩鸣。
屏居未免伤孤寂③，赖有邻翁约耦耕④。

【注释】

①岸帻：把头巾掀起，露出前额。形容豪放洒脱，无拘束。《晋书·谢奕传》："岸帻笑咏，无异常日。"萧然：潇洒；悠闲。晋葛洪《抱朴子·刺骄》："高蹈独往，萧然自得。"②郊馆：郊外的馆舍。③屏居：退隐；屏客独居。④耦耕：两人并耕。《论语·微子》："长沮、桀溺耦而耕。"

【品读】

这首诗是诗人退隐生活的生动写照。秋夜雨后，诗人酒后屏居郊馆，微风掠面，岸帻萧然，感到浑身轻松，明月满窗照无眠。秋露从叶底涓涓而滴，草丛中蟋蟀鸣声啾啾。退隐的生活有时未免孤寂无聊，幸亏有邻居老翁常约耦耕，排除寂寞。

秋怀四首（其二）

苦雨无时止，幽人空复情①。

少眠知夜永②，久病喜秋清。

萤傍疏帘度，蛩依壤甓鸣。

流年那可挽，又见晓窗明。

【注释】

① 幽人：隐居之人。② 夜永：夜长。

【品读】

这是一首感怀诗。诗人感慨秋雨绵绵，夜长少眠，那闪烁的流萤、悲鸣的蟋蟀更添人几许惆怅。时光易逝，无可挽留，转眼天明，又一天过去了。

夜 坐

怀抱何萧爽①，凉风扫郁蒸②。

寒蛩喧败草，饥鼠啮枯藤。

【注释】

① 萧爽：清爽超逸。唐元稹《春余遣兴》："云叶遥卷舒，风裾动萧爽。"② 郁蒸：热气蒸腾。③ 蝶入谁家梦：化用"庄周梦蝶"的典故。《庄子》寓言说，庄周曾梦见自己变为蝴蝶，醒来后弄不清究竟是自己做梦变成蝴蝶，还是蝴蝶做梦变成自己。后用作咏梦、蝴蝶或表示人生虚幻的典故。

【品读】

秋夜，凉风习习，一扫郁闷之气，使人感到神情清爽超逸。衰草丛中蟋蟀鸣叫，饥鼠啃啮枯藤。

秋 兴

蓬蒿门巷绝经过①，清夜何人与晤歌。

蟋蟀独知秋令早，芭蕉正得雨声多。

传家产业遗书富，玩世神通醉脸酡。

如许痴顽君会否？一毫不遣损天和②。

【注释】

① 蓬蒿门巷：形容清贫人家。蓬蒿，飞蓬与蒿草，泛指杂草、荒草。② 天和：指自然和顺之理；天地之和气。《庄子·知北游》："若正汝形，一汝视，天和将至。"孟郊《蜘蛛讽》诗：

"万类皆有性，各各禀天和。"

【品读】

赏花玩虫过光阴，不违天和快活人。遣兴无非诗与酒，如许痴顽何忧贫。

蝶恋花（其二）

桐叶晨飘蛩夜语，旅思秋光，黯黯长安路①。忽记横戈盘马处②，散关清渭应如故③。

江海轻舟今已具④，一卷兵书⑤，叹息无人付。早信此生终不遇，当年悔草长杨赋⑥。

【注释】

① 长安：指行在临安。② 横戈盘马：《剑南诗稿》卷十一《忆山南》中有"貂裘宝马梁州日，盘槊横戈一世雄"。③ 散关句：宋陆游《书愤》中"楼船夜雪瓜洲渡，铁马秋风大散关"，散关故址在今陕西宝鸡西南大散岭上，为宋金交界处。渭水源出甘肃渭源，流经长安。④ 江海轻舟今已具：宋苏轼《临江仙》中有"小舟从此逝，江海寄余生。"⑤ 一卷兵书：汉张良曾于下邳（今江苏古邳镇）得一老父赠《太公兵法》一书，后佐刘邦成就帝业，见《史记·留侯世家》。⑥ 长杨赋：汉成帝游幸长杨宫，纵胡人大猎，扬雄作《长杨赋》以献。

【品读】

诗人于深秋时节从前线奉调回京，路上看到桐叶在晨光中飒飒飘落，又听到寒蛩不停地在夜里悲鸣。面对如此萧瑟的秋景，想到回京后再也难以受到重用的现实，心中十分沮丧。这不仅是写实，也有象征的意味。因为这时他在主和派排挤下被罢了官，从此远离朝廷，也就更难以实现他抗金报国的理想了。

郭 印

【作者简介】

　　郭印，约宋钦宗靖康初（1126）前后在世，年八十岁以外，字不详，号亦乐居士，成都双流人。宋徽宗政和年间进士，任仁寿、铜梁等地县令，左朝请大夫等。宋绍兴十八年（1148）以任永康军通判时避亲举人不当降一官。终刺史，年八十余卒。与秦桧虽曾同窗，然绝不与通，家居十八年。性嗜山水，工诗，与曾慥、计有功、蒲瀛（蒲大受）、冯时行、何耕道等交游甚密，诗存七百余首。《四库全书总目》称"其诗才地稍弱，未能自出机杼，而清词隽语，瓣香实在眉山"。佳作有《舟中遇雨》《归云溪》等，著有《云溪集》十二卷。

蟋 蟀

秋虫推尔杰，风韵太粗生①。

衰草年年恨，寒砧夜夜声。

轴闲催妇织，衣薄念夫征。

谁谓心如石，欹眠不挂情。

【注释】

　　① 太粗生：禅林语。禅林中每借此语斥责修行未臻圆熟而举止不慎重者。《临济录》中有"师，一日同普化赴施主家斋次，师问：'毛吞巨海，芥纳须弥，为是神通妙用，本体如然？'普化踏倒饭床。师云：'太粗生！'"。

【品读】

　　蟋蟀，秋虫中之豪杰，别以为它风韵太粗生，也是它在年年秋夜伴随着妇人的捣衣声和鸣，诉说心头怨恨。念及夫婿远征，衣衫单薄，催促妇人唯有抓紧织布遥寄远方的丈夫御寒，谁说它心如铁石不挂情呢？

范成大

【作者简介】

范成大（1126—1193），字至能，自号石湖居士，吴县（今江苏苏州）人。宋绍兴二十四年（1154）进士。历官四川制置使，参知政事。以诗著称，"南宋四大家"之一。有《石湖诗集》一百三十六卷，《石湖词》一卷。

盘龙驿①

闻鸡一唱罢，占斗三星没②。

天高月徘徊，野旷山突兀③。

暗蛩泣草露④，怨乱语还咽⑤。

凉萤不复举⑥，点缀稻花末。

惟余络纬豪⑦，悲壮殷林樾⑧。

小虫亦何情，孤客心断绝。

魂惊板桥穿，足侧石子滑。

行路如许难，谁能不华发⑨？

高城谩回首，叠嶂屹天阙⑩。

遥知秋衾梦⑪，千里一飘忽⑫。

【注释】

① 盘龙驿：驿站名。驿：古代传递文书人员中途换马休息的处所。唐杜甫《宿白沙驿》："驿边沙旧白，湖外草新青。"② 占斗：观测北斗。古人很重视北斗，因为可以利用它来辨方向，定季节。三星没：指三星隐匿。三星：三颗明亮而相近的星，指参宿三星、心宿三星、河鼓三星。《诗经·唐风·绸缪》："绸缪束薪，三星在天。"此指参宿三星。③ 野旷：原野空阔。突兀：高耸的样子。④ 暗蛩泣草露：草丛中的蟋蟀鸣叫，如怨如泣。⑤ "怨乱"句：指蟋蟀乱鸣，其音如语哽咽。⑥ 凉萤：指秋天的萤火虫。不复举：不再飞翔。举：飞翔。《管子·七法》："有飞鸟之举，故能不险山河矣。"⑦ 络纬：虫名，即莎鸡，俗名络丝娘、纺织娘。⑧ 殷林樾：震动树林。殷：震动。⑨ 华发：白发。⑩ 天阙：星名，此指天上。⑪ 秋衾：秋天所用的大被。⑫ 飘忽：轻疾貌。

【品读】

这是诗人于秋夜行途中感物而发的一首诗。秋虫的悲鸣，路途的坎坷，时时触动孤客（诗人）的思乡之心，联想到书生老去，壮志未竟，顿生无限的感慨。前段精细写景，后段生动抒情，朴素中见工巧，凄婉的诗句中用意幽深，惆怅深沉。画外有音，意余象外，言在此而意在彼，达到了"作者得于心，览者会其意"的艺术效果。

蛩

壁下秋虫语①，一蛩鸣独雄②。
自然遭迹捕③，窘束入雕龙④。

【注释】

①壁下：墙垣壁下。②蛩：蟋蟀。雄：勇武有力。唐刘禹锡《奉送裴司徒令公自东都留守再命太原》："行色旌旗动，军声鼓角雄。"③自然：犹当然。迹捕：跟踪追捕。④窘束：困迫被缚。雕龙：指雕笼，雕有精美纹饰的蟋蟀竹笼。

【品读】

作者寥寥数语，将蟋蟀的形迹、鸣叫以及遭捕后的窘态刻画得惟妙惟肖。语言流畅生动，明白如话。

道 中

月冷吟蛩草①，湖平宿鹭沙。
客愁无锦字②，乡信有灯花③。
踪迹随风叶，程途犯斗槎④。
君看枝上鹊，薄暮亦还家⑤。

【注释】

①月冷吟蛩草：秋夜月寒之际，蟋蟀在草丛中鸣叫。②锦字：前秦时，苏惠织锦为回文旋图诗向远方的丈夫窦滔倾诉相思之情，见《晋书》卷九六《烈女传·窦滔妻苏氏传》。宋词中常用此典故表现夫妻间的通信与相思。宋晏几道《诉衷情》："随锦字，叠香痕，寄文君。"③乡信：家信。唐岑参《巴南舟中夜书事》："见雁思乡信，闻猿积泪痕。"④犯斗槎：原指游仙、升天所乘之舟。唐宋之问《鲁忠王挽词》之三："气有冲天剑，星无犯斗槎。"此指远行所乘之舟。⑤薄暮：傍晚，日将落时。《楚辞·天问》："薄暮雷电，归何忧？"

【品读】

这是一首表现羁旅乡思之苦的诗。秋夜月寒，诗人乘舟途中夜宿湖畔。灯下展信，不由得思念远在家乡的亲人。想到自己离家远行，犹如随风而舞的斗槎，不禁感到悲哀。试看那树上的喜鹊尚且知道傍晚时还家，而我却有家无回，岂不悲哉？本诗善用比喻，对偶工仗，尤其是尾联两句，更将全诗推向高潮。诗人的乡思之苦表现得淋漓尽致。

范村午坐

好风入修篁①，槁叶舞而堕②。

断续一蛩吟③，高下双蝶过④。

冻樾午阴圆⑤，静极成痴坐。

老便几杖供⑥，慵废诵弦课⑦。

蒲团软易暖⑧，因来百骸惰⑨。

四傍无人声，谁惊短梦破。

【注释】

① 修篁：修竹。宋周邦彦《迎春乐》："墙里修篁森似束，记名字、曾刊新绿。"② 槁叶：干枯的树叶。槁：干枯。《孟子·梁惠王章句上》："七八月之间旱，则苗槁矣。"堕：坠落。③ 蛩：蟋蟀。④ 高下双蝶过：指蝴蝶成双，自上而下飞过。⑤ 冻樾：清凉的树荫。⑥ 几杖：倚几和手杖。几杖均为老人用物，古以赐几杖为敬老之礼。《吕氏春秋·仲秋纪》："是月也，养衰老，授几杖，行糜粥饮食。"⑦ 慵废：慵懒荒废。诵弦：诵读诗歌，引申指读书。宋李觏《袁州学记》："或连数城，亡诵弦声。"⑧ 蒲团：蒲草制成的坐垫。⑨ 百骸：指身体。

【品读】

这是一首表现诗人秋日午坐休憩的诗。竹林下清风徐来，枯叶随风起舞坠地，蝴蝶双双擦肩而过，不时传来蟋蟀断断续续的鸣叫声。清凉的树荫下，诗人静默痴坐，十分惬意。老来无所事事，慵懒成性，诵弦久已荒废，坐在蒲团上无人打扰，渐渐进入梦乡。本诗前段写景，动静结合，相得益彰。后段表现诗人慵懒、闲适的晚年隐居生活，描绘出诗人忘怀得失的情怀。

寒 夜

万象闲无语①，一蛩吟独哗②。

肃肃月浸树③，满庭秾李花④。

风从月中来，吹我两鬓华。

北斗声回环⑤，南斗亦横斜⑥。

人生几良夜，吾行久天涯。

离居隔江汉⑦，何由寄疏麻⑧。

【注释】

① 万象：指自然界的一切事物、景象。唐温庭筠《七夕》："金风入树千门夜，银汉横空万象秋。"② 蛩：蟋蟀。哗：吵闹，喧哗。③ 肃肃：萧条，萧瑟。④ 秾李花：李树盛开的花朵。秾：（花木）繁盛。⑤ 北斗：斗宿之称。二十八宿之一，玄武七宿的首宿，即今人马座中的六颗星。⑥ 南斗：星名。南斗六星，即斗宿。⑦ 江汉：长江和汉水，此指江河阻隔。⑧ 疏麻：

神麻，常用以赠别。《楚辞·九歌·大司命》："折疏麻兮瑶华，将以遗兮离居。"王逸注："疏麻，神麻也。"

【品读】

这是反映诗人羁旅在外，思乡归隐的诗。秋日的寒夜，万象寂寥无语，月光萧瑟，蟋蟀悲鸣，微风吹来。诗人长年羁旅在外，已两鬓白发，想到人生几何，何不及时归隐？然而江河阻隔，"何由寄疏麻"，诗人的痛苦尽在不言之中。

杨万里

【作者简介】

杨万里（1127—1206），字廷秀，号诚斋，吉水（今属江西）人。宋绍兴中进士，光宗朝历秘书监，出为江东转运副使、改知赣州，再召皆辞，宁宗朝以宝谟阁学士致仕，卒，赠光禄大夫，谥号文节，学者称其为诚斋先生。工诗，与尤袤、范成大、陆游齐名，称"南宋四大家"。初学江西诗派，后学王安石及晚唐诗，终自成一家，时称"诚斋体"。一生作诗两万余首。亦能文。有《诚斋集》。

促　织①

一声能遣一人愁，终夕声声晓未休。

不解缫丝替人织②，强来出口促衣裘③。

【注释】

① 促织：蟋蟀。② 缫丝：将丝从蚕茧中抽出，合并成生丝。③ 衣裘：夏衣冬裘，此指富贵者的豪华衣着。这是对不事劳动生产而只知发号施令逼迫人民的封建官僚剥削者的讽刺。

【品读】

蟋蟀，秋虫也。秋至，蟋蟀声声鸣叫，催促妇女织衣御寒过冬。然而，蟋蟀不解人间织衣者"为谁辛苦为谁甜"。既如此，又何必"强来出口促衣裘"？

蛩　声

诚斋老子一皈休①，最感蛩声五报秋②。

细听蛩声元自乐③，人愁却道是他愁。

【注释】

① 诚斋老子：诗人自指。皈休：皈依佛门，万事皆休。此指隐居。② 五报秋：古人将夜分成五个时段，即五更。蟋蟀终夜鸣叫，故云"五报秋"。③ 元自乐：原来自得其乐。元：原来，本来。

【品读】

诗人既已皈休，万事皆空，那自得其乐的蟋蟀鸣叫声却又时时撩拨他的心愁。

感秋二首（其二）

南国初凉日，东吴欲尽头①。
露荷幽馥晓②，云日澹光秋。
也爱西风爽，其如半老休。
蝉声与蛩响，计会两催愁③。

【注释】

① 东吴：泛指古吴地，大约相当于今江苏及浙江东部地区。② 幽馥：幽远浓烈的香气。③ 计会：计虑；商量。

【品读】

诗人感慨人生之秋，犹如蝉声与蛩响催老，焉能无愁？

感秋五首（其三）

隤照趣夕黯①，孤灯启宵明。
老夫倦欲睡，似醉复如醒②。
寸心无寸恨，坦如江海清。
秋蛩何为者，四面作怨声。
凄恻竟未已，抑扬殊不平。
切切百千语③，递递三四更④。
绕砌寻不得⑤，静坐复争鸣。
有口汝自苦，我醉不汝听⑥。

【注释】

① 隤照：落日。趣：催促。夕黯：夜晚的黑暗。② 醒：读平声。③ 切切：形容低声私语的细碎声音，又兼有悲切的意思。唐白居易《琵琶行》："小弦切切如私语。"④ 递递：犹言接接续续。⑤ 砌：甃石为阶的地方，蟋蟀所居。⑥ 不汝听：不听你。

秋 虫

蝉哀落日恰才收，蛩怨黄昏正未休。
催得世人头搃白，不知替得二虫愁。

【品读】

蝉哀与蛩怨催人头白，其实它们与人是同病相怜，但又有谁替这二虫生命将尽而忧愁呢？

雨　夜

岁晚能无感①？诗成只独哦。

萤光寒欲淡，秋雨暮偏多。

伴老贫无恙②，留愁酒肯么③？

吟虫将落叶④，为我拍还歌⑤。

【注释】

岁晚：到秋天，年光已是将晚。②无恙：平安无故。贫穷直到老年始终和人为伴，了无变故，亦不离去。③留愁酒肯么：此句说酒肯留愁否？④吟虫：指蟋蟀等秋虫。将，偕同，读平声。⑤拍：拍者是落叶。歌：歌者是吟虫。夜雨中落叶时时坠下一片，铮然有声，好像是在为吟哦者、歌唱者打拍子。

荔枝堂夕眺（其三）

闰年秋浅似秋深①，蟋蟀将愁傍砌吟。

今夕初三元未觉②，西楼西角一钩金③。

【注释】

① 闰年：阳历有闰日的一年叫闰年，这年有 366 天。农历有闰月的一年也叫闰年，这年有 13 个月，即 388 天或 384 天。此指农历闰年。②元：即"原"字。觉：知觉，想及。③ 一钩金：指新月。农历每月初三日新月开始出现，弯窄如钩状。

【品读】

闰年初秋的秋景有如平常年份的深秋，蟋蟀在庭阶旁悲鸣。西楼西角升起一轮新月，时光过得真快，今夜是初三之夜，我却浑然不觉。

沈端节

【作者简介】

沈端节，生卒年不详，字约之，本吴兴人，寓居溧阳（今属江苏）。尝为芜湖令，淳熙三年（1176）知衢州，提举江东茶盐，仕至朝散大夫、江东提刑。能词，有《克斋词》。

虞美人（其三）

暮云衰草连天远，不记离人怨。可怜无处不关情①，梦断孤鸿哀怨两三声。

恨眉醉眼何时见，夜夜相思遍。梧桐叶落候蛩秋，唯有一江烟雨替人愁。

【注释】

① 可怜：令人惋惜、怜悯。宋辛弃疾《菩萨蛮·书江西造口壁》："郁孤台下清江水，中间多少行人泪。西北望长安，可怜无数山。"关情：激动感情，牵惹情怀。宋王安石《菩萨蛮》："梢梢新月偃，午醉醒来晚。何物最关情，黄鹂三两声。"

【品读】

这是一首怀人词。上阕写景：秋日的暮云衰草，孤鸿哀怨，无处不关情，怎不叫离人哀怨发愁呢？下阕抒情：夜夜相思以至眉恨眼醉，但不知何时才能相见。梧叶飘落，蟋蟀鸣秋，何以知我心忧？唯有一江烟雨似替我发愁。

张孝祥

【作者简介】

张孝祥（1132—1169），字安国，号于湖居士。宋绍兴二十四年（1154），进士第一。历中书舍人、建康留守，广西及荆湖北路安抚使。有《于湖集》四十卷，《于湖居士乐府》四卷，《于湖先生长短句》五卷。

柳梢青

草底蛩吟①，烟横水际②，月澹松阴③。荷动香浓，竹深凉早，销尽烦襟④。

发稀浑不胜簪⑤，更客里、吴霜暗侵⑥。富贵功名，本来无意，何况如今。

【注释】

① 蛩吟：蟋蟀鸣叫。② 烟横水际：烟雾横贯水边。水际：水边。宋杨万里《跋尤延之山水两轴》："水际芦青荷叶黄，霜前木落蓼花香。"③ 月澹松阴：松阴下月光澹荡。④ 烦襟：胸中的烦闷。⑤ 发稀浑不胜簪：头发稀疏，简直要插不牢簪子了。浑：简直。簪：古代用来固定发髻或连接冠发的针形首饰。唐杜甫《春望》："白头搔更短，浑欲不胜簪。"⑥ 更客里、吴霜暗侵：词人客居异乡，吴地的风霜悄悄地染白了他的两鬓。

【品读】

这是一首因时感物抒情的词。上阕着重写秋天的景色，描绘了蟋蟀的鸣叫、月光的澹荡、荷花的飘香、竹林的清凉。下阕着重抒情，写自己内心的澄澈，抒发了对世事尘俗的厌恶。年光过尽，书生老去，功名未立。俱往矣，词人本来无意于富贵功名，而今更是坦坦荡荡。此词信笔写来，无一着力语，看似平淡浅易，而意境深厚，耐人寻味。景物描写与感情抒发巧妙结合，辉映成篇，给人以美的感受。

辛弃疾

【作者简介】

辛弃疾（1140—1207），字幼安，号稼轩，历城（今山东济南）人。初为耿京义军掌书记，奉表南归。历江阴签判，广德军通判，知滁州，提点江西刑狱，后知潭州兼湖南安抚使，提点两浙西路刑狱。以被劾落职，寓居上饶十年。宋绍熙二年（1191），起提点福建刑狱，知福州兼福建安抚使。复遭诬劾，退居铅山。宋嘉泰三年（1203），起知绍兴府兼浙东安抚使，历知镇江、隆兴府，旋又遭诬落职，卒于铅山。一生以恢复为志，与苏轼并称"苏辛"。有《稼轩词》四卷，《稼轩长短句》十二卷。另有辑本《稼轩诗文抄存》。

水调歌头·醉吟

四坐且勿语，听我醉中吟。池塘春草未歇，高树变鸣禽①。鸿雁初飞江上②，蟋蟀还来床下③，时序百年心④。谁要卿料理⑤，山水有清音⑥。

欢多少，歌长短，酒浅深。而今已不如昔，后定不如今。闲处直须行乐，良夜更教秉烛⑦，高会惜分阴⑧。白发短如许，黄菊倩谁簪⑨。

【注释】

①"池塘"两句：晋谢灵运《登池上楼》："池塘生春草，园柳变鸣禽。"②"鸿雁"句：《礼记·月令》中有"季秋之月，鸿雁来宾"。杜牧《九日齐山登高》："江涵秋影雁初飞，与客携壶上翠微。"③"蟋蟀"句：《诗经·豳风·七月》："十月蟋蟀，入我床下。"④"时序"句：唐杜甫《春日江村》："乾坤万里眼，时序百年心。"时序：时间、季节的先后次序。⑤"谁要"句：《世说新语·简傲》："王子猷作桓车骑参军。桓谓王曰：'卿在府久，比当相料理。'初不答，直高视，以手版拄颊云：'西山朝来，致有爽气。'"⑥"山水"句：晋左思《招隐》："非必丝与竹，山水有清音。"⑦"良夜"句：《古诗十九首》："昼短苦夜长，何不秉烛游。"⑧"高会"句：《晋书·陶侃传》："大禹圣者，乃惜寸阴，至于众人，当惜分阴。岂可逸游荒醉，生无益于时，死无闻于后？是自弃也。"⑨"白发"两句：唐杜甫《春望》："白头搔更短，浑欲不胜簪。"

【品读】

这是一首饱含抑郁和悲愤思想感情的词。词人借酒醉吟咏，故作反语，感慨世事沧桑，表示自己要及时行乐，隐退江湖。实际上是在忧虑国事，叹息自己的远大志向不能实现。作者胸怀坦率，融情于景，用典而不穿凿，别开生面，令人读后有回肠荡气之感。

程垓

【作者简介】

程垓，字正伯，苏轼中表程正辅之孙，眉山（今属四川）人。有《书舟词》一卷。

卜算子

独自上层楼，楼外青山远。望到斜阳欲尽时，不见西飞雁。

独自下层楼，楼下蛩声怨①。待到黄昏月上时，依旧柔肠断。

【注释】

① 蛩声怨：蟋蟀鸣叫声悲伤，哀怨。

【品读】

这是一首描写佳人登楼的闺怨词。词中的佳人人只影单，未登高楼先有愁，独自登楼，极目而望青山远。望到斜阳欲尽时，仍不见那可以传递信息的西飞雁。凄清孤寂，身心俱疲，失望之余，独自下楼。此刻蟋蟀鸣叫，声声哀怨。待到黄昏月上时，依旧柔肠寸断，无法排遣心中的失望和痛苦。词人借佳人闺怨，倾诉自己游子回归无计的苦闷。佳人的形象实际上是词人自我的生动写照。本词叙写前后呼应，严丝合缝，细针密线，表面上平静舒缓，不动声色，而读完全词，却深感词人涌动的心绪波澜。

蝶恋花·月下有感

小院秋光浓欲滴。独自钩帘，细数归鸿翼。鸿断天高无处觅，矮窗催暝蛩催织。

凉月去人才数尺。短发萧骚①，醉傍西风立。愁眼望天收不得，露华衣上三更湿②。

【注释】

① 萧骚：稀疏。② 露华：露珠。宋卫宗武《酹江月·山中霜寒有作》："露华凝聚，夜更长、寒压一床衾重。"

【品读】

这是一首闺怨词。词中的女主人独自钩帘，眼望秋光欲滴的小院，细数南归的大雁，盼望着离人归来，但离人犹如鸿雁消失于天高云淡之间，无处寻觅。暮色临窗，离人何处，蟋蟀声里织妇惊。下阕抒情：已到凉月西沉之际，醉傍西风而立，愁眼望人望穿眼，浓露已湿三更衣。

石孝友

【作者简介】

石孝友（生卒年不详），字次仲，江西南昌人。孝宗乾道二年（1166）进士，以词名。石孝友壮志不遂，隐居丘壑，其词以婉约为宗，有《金谷遗音》一卷，存词一百四十九首。

画堂春

寒蛩切切响空帷^①，断肠风叶霜枝。凤楼何处雁书迟^②，空数归期。

□□沈腰春瘦^③，却成宋玉秋悲^④。又还辜负菊花时，没个人知。

【注释】

① 空帷：空落的帐幕。② 凤楼：比喻妻子或情人（女子）的居处。南朝陈江总《箫史曲》："弄玉秦家女，箫史仙处童。来时兔月满，去后凤楼空。"（见郭茂倩《乐府诗集》卷五一《清商曲辞八》）雁书：代指书信。汉武帝朝，苏武与副使常惠等出使匈奴，被拘禁于塞外，持节不降。十九年后，汉昭帝派遣使臣索要苏武，汉使假称天子射雁得到雁足所系苏武书信，揭穿匈奴说苏武已死的谎言，苏武得以还汉。（见《汉书·苏武传》）③ 沈腰春瘦：南朝文学家沈约在书信中对友人形容自己身体病弱，日渐消瘦，说由于腰变瘦，需要不断移动衣带之孔；胳臂用手来测量，每个月都会瘦下来一些。后常用此典故表示心情抑郁、身体病瘦。（见《梁书·沈约传》）④ 宋玉秋悲：战国楚宋玉《九辩》以悲愁兴怀，抒发生不逢时、处境困穷、时日蹉跎、有志无成的哀苦之情。后用作感伤秋景萧索、身世悲凉的典故，也借以咏羁旅伤别。

【品读】

悲秋、吟菊，历来是文人的专利，更何况意中人雁书迟迟未达，焉能不愁上添愁？词人壮志不遂，身世寥落，满腹的怨愁、悲慨向何人诉说？

赵师侠

【作者简介】

　　赵师侠，生卒年不详。一作师使，字介之，号坦庵，燕王赵德昭七世孙，新淦（今属江西）人。宋淳熙二年（1175）进士，宋淳熙十五年（1188）为江华郡丞。所与交游者有叶梦得、徐俯等人。师侠以宗室子弟蹭蹬下僚，而恬淡闲远，不入凡俗。其词善于"摹写风景，体状物态"（王弈清《历代词话》卷七），大都能摒弃俗艳，出之以简易之笔，故艺术风格以自然淡远为主。有《坦庵集》。

厅前柳

　　晚秋天，过暮雨，云容敛，月澄鲜。正风露凄清处，砌蛩喧。更黄蝶，舞翩翩。

　　念故里、千山云水隔，被名缰利锁萦牵。莫作悲秋意，对尊前。且同乐，太平年。

【品读】

　　此词上阕写景：深秋暮雨后，淡云轻拢，一轮明月澄澈透明。蟋蟀鸣叫喧哗，黄色的蝴蝶翩翩起舞。下阕抒情：面对如此秋景，词人感到羁旅异乡的凄凉，乡路远隔千山万水，何故？还不是被名缰利锁萦牵的结果。既如此，何必再起悲秋意，举杯邀月，且尽生前一杯酒，同乐太平年。

张 镃

【作者简介】

张镃（1153—1211），字功甫，号约斋，先世成纪（今甘肃天水）人，居临安（今浙江杭州）。宋南渡名将张浚之曾孙，历司农少卿，后除名，象州编管卒。有《南湖集》十卷，《南湖诗余》一卷。

满庭芳·促织儿 ①

月洗高梧，露渖幽草 ②，宝钗楼外秋深 ③。土花沿翠 ④，萤火坠墙阴。静听寒声断续，微韵转、凄咽悲沉。争求侣，殷勤劝织，促破晓机心 ⑤。

儿时，曾记得，呼灯灌穴，敛步随音。任满身花影，犹自追寻。携向华堂戏斗 ⑥，亭台小、笼巧妆金 ⑦。今休说，从渠床下 ⑧，凉夜伴孤吟。

【注释】

① 促织儿：蟋蟀。姜夔《齐天乐序》："丙辰岁（1196），与张功父（张镃）会饮张达可之堂，闻屋壁间蟋蟀有声，功父约予同赋，以授歌者。功父先成，辞甚美。"可见，此词是"聊佐清欢"的即席之作。② 露渖幽草：寒露布满深密的草丛。渖，形容露水多。③ 宝钗楼：汉武帝时建造，故址在今陕西咸阳市。宋时这里是著名的酒楼。④ 土花：苔藓。⑤ 机心：算计之心，竞进之心。⑥ 华堂：华丽的厅堂。⑦ 笼巧妆金：用黄金装饰的蟋蟀笼子。皇家与富户常用之。⑧ 渠：它，指蟋蟀。

【品读】

这是一首咏物词。上阕描绘景物，由高而低，由远而近，秋深、月夜、露湿、萤飞、蛩鸣，描绘出宝钗楼外的环境气氛，使人有身临其境之感。下阕追忆儿时捉蟋蟀的情景，极为细腻、传神，响逸调远。儿时蟋蟀鸣叫的欢乐与今夜自己"孤吟"恰成鲜明对比。此词因景生情，客观环境与人的主观感受密切结合，深刻而真实地表现出词人的情怀。

裘万顷

【作者简介】

裘万顷（？—1219），南宋诗人，字元量，号竹斋，洪州新建（今江西南昌）人。宋淳熙十四年（1187）进士，历仕吏部架阁，大理司直，江西抚干，性至孝，有节操，有诗集行世，其诗清婉流利，描绘颇有情致。

雨　后

秋事雨已毕，秋容晴为妍。
新香浮穞稏^①，余润溢潺湲。
机杼蛩声里^②，犁锄鹭影边。
吾生一何幸，田里又丰年。

【注释】

① 穞稏：水稻摆动貌。稏，稻名。② 蛩：蟋蟀。

【品读】

作者通过描写秋天雨后天晴，稻香阵阵，溪水潺潺的美丽田园风光和男耕女织的劳动场景，抒发了对田园生活的赞美以及赶上丰年的庆幸与喜悦之情。

姜　夔

【作者简介】

姜夔（约1155—约1221），字尧章，自号白石道人，饶州鄱阳（今江西鄱阳）人。一生未第，以布衣终。其词清空骚雅，自创一派。有《白石道人诗集》二卷，《白石道人歌曲》六卷，别集一卷。

齐天乐

丙辰岁①，与张功父会饮张达可之堂②，闻屋壁间蟋蟀有声，功父约予同赋，以授歌者。功父先成，辞甚美。予徘徊茉莉花间，仰见秋月，顿起幽思，寻亦得此。蟋蟀，中都呼为促织③，善斗。好事者或以三二十万钱致一枚，镂象齿为楼观以贮之④。

庾郎先自吟愁赋⑤。凄凄更闻私语。露湿铜铺⑥，苔侵石井，都是曾听伊处。哀音似诉。正思妇无眠，起寻机杼⑦。曲曲屏山，夜凉独自甚情绪。

西窗又吹暗雨。为谁频断续，相和砧杵⑧。候馆迎秋，离宫吊月，别有伤心无数。豳诗漫与⑨。笑篱落呼灯，世间儿女⑩。写入琴丝⑪，一声声更苦。

【注释】

①丙辰：宋庆元二年（1196）。②张功父：名镃，抗金名将张浚之曾孙。张达可：张镃旧字时可，达可与时可连名，当是兄弟。③中都：指杭州。④楼观：楼台。《西湖老人繁胜录》："促织盛出，都民好养，或用银丝为笼，或作楼台为笼。"⑤庾郎：北周诗人。庾信有《哀江南赋》《伤心赋》《愁赋》，今不传。⑥铜铺：旧时大门上呈圆形或多边性铜铸物，用以衔敲门铜环。唐李贺《宫娃歌》："屈膝铜铺锁阿甄。"⑦机杼：织具。机以转轴，杼以持纬。⑧砧：捣衣石。杵：捣衣棒。⑨豳诗：《诗经·豳风·七月》中有"七月在野，八月在宇，九月在户，十月蟋蟀入我床下"。漫与：即景即事成诗。兴之所至，率意而作。此句说《豳风》曾率意把蟋蟀写进了诗章。⑩"笑篱落"二句：写儿童夜间捕蟋蟀的活动。⑪琴丝：琴弦。作者自注："宣政间，有士大夫制《蟋蟀吟》。"

【品读】

这是一首咏物抒情词。上阕将蟋蟀与听蟋蟀者，层层夹写，寄寓身世之感，家国之痛，无限悲凉。思妇空房夜织，离情别绪凄惶而缠绵，词境凄清沉郁。下阕写幽思随虫鸣而绵延不绝，自伤归期无准，去国怀乡，"别有伤心无数"。"以无知儿女之乐，反衬出有心人之苦。"（陈廷焯《白雨斋词话》）结尾别开生面，怨情、离恨更加真切动人。

秋宵吟 ①

古帘空 ②，坠月皎。坐久西窗人悄。蛩吟苦，渐漏水丁丁，箭壶催晓 ③。引凉飔、动翠葆 ④。露脚斜飞云表 ⑤。因嗟念，似去国情怀 ⑥，暮帆烟草。

带眼销磨 ⑦，为近日、愁多顿老。卫娘何在 ⑧，宋玉归来 ⑨，两地暗萦绕。摇落江枫早。嫩约无凭 ⑩，幽梦又杳。但盈盈、泪洒单衣，今夕何夕恨未了。

【注释】

① 此词为姜夔越调自度曲。据说为思念一合肥女子而作。② 古帘：陈旧的帘子。③ 箭壶：古代计时器。④ 凉飔：凉风。翠葆：翠绿的竹丛。⑤ 云表：天空。⑥ 去国：离开家国故土。⑦ 带眼：革带上的孔眼。⑧ 卫娘：汉武帝皇后卫子夫称卫娘，后借指美貌女子。⑨ 宋玉：战国时楚国的辞赋家。此为作者自指。⑩ 嫩约：随口说出的约定。

【品读】

上阕写作者秋宵失眠，独坐西窗，将帘子卷起，目睹悄悄下坠的明月而愁容满面。蟋蟀悲鸣，铜壶漏水丁丁，箭刻渐渐移向破晓。凉风乍起，不时惊动翠绿的竹丛，卷起露珠飞上天空。那远离家国故土的情怀使词人仿佛置身于暮色苍茫、雾霭浓重下的孤船及江畔摇曳的水草，令人无限感叹。下阕写词人愁思无限，腰带上的孔眼因身体消瘦不断移动，近来因愁苦过于深重而迅速衰老。卫娘啊，你在何方？宋玉（作者自指）我回来了，如今却两地分别，暗自魂牵梦绕。江枫过早摇落凋零，轻诺不作为凭，梦里也杳无音信。每念至此，不禁泪洒衣衫，这是个什么样的夜晚呀，让人遗恨绵绵无尽期。

霓裳中序第一

丙午岁，留长沙，登祝融，因得其祠神之曲曰《黄帝盐》《苏合香》。又于乐工故书中得商调霓裳曲十八阕，皆虚谱无辞。按沈氏《乐律》《霓裳》道调，此乃商调。乐天诗云："散序六阕"，此特两阕，未知孰是。然音节闲雅，不类今曲。予不暇尽作，作中序一阕传于世。予方羁游，感此古音，不自知其辞之怨抑也。①

亭皋正望极 ②，乱落江莲归未得。多病却无气力。况纨扇渐疏 ③，罗衣初索。流光过隙。叹杏梁、双燕如客 ④。人何在，一帘淡月，仿佛照颜色。

幽寂。乱蛩吟壁。动庾信、清愁似织 ⑤。沉思年少浪迹。笛里关山，柳下坊陌，坠红无信息。漫暗水、涓涓溜碧。飘零久，而今何意，醉卧酒垆侧 ⑥。

【注释】

① 丙午：宋淳熙十三年（1186）。祝融：峰名。衡山的最高峰。据《路史》云，祝融葬衡山之阳，是以名之。《黄帝盐》《苏合香》：均指祭神乐曲。沈氏《乐律》：指沈括《梦溪笔谈》论乐律。乐天：白居易。散序六曲：唐白居易《霓裳羽衣歌》中有"散序六奏未动衣，阳台宿

云慵不飞"。② 亭皋：水边的平地上。③ 纨扇：用细绢制成的团扇。④ 杏梁：文杏木所制的屋梁。言其屋宇的高贵。汉司马相如《长门赋》："刻木兰以为榱兮，饰文杏以为梁。"宋晏殊《采桑子》词："燕子双双，依旧衔泥入杏梁。"⑤ 动庾信、清愁似织：庾信，曾作《哀江南赋》抒发羁愁乡思，又有《愁赋》。后常用为感乱伤时、异域思乡的典故。⑥ 醉卧酒垆侧：暗用阮籍醉卧酒垆侧之典故。《世说新语·任诞》："阮公邻家妇有美色，当垆酤酒。阮与王安丰常从妇饮酒，阮醉，便眠其妇侧。夫始殊疑之，伺察，终无他意。"

【品读】

我在岸边的亭台上向远处望去，只见红莲飘零，我却无法归去。如今多愁多病，境地凄凉。夏天即将过去，团扇马上就不用，又要换下夏衣。时光匆匆而去，可叹文杏梁上的双燕，也像我一样在这里客居。可我的心上人又在哪里？满屋都是淡淡的月光，好像照见了她清冷的容颜。我是多么孤独幽寂，壁间蟋蟀的哀鸣一声一声，引动我像古人一样，心中涌起无限伤感。回顾自己年少时处处浪游，在笛声中踏遍关山，在画柳下与她相遇。而今又见莲花纷纷，却没有她的消息。只见那河水仍然浩荡向东流去。而我长年漂泊无依，再没有当年的那种心情，像阮籍那样在酒垆旁狂放大醉。

这首词写游子客居的幽怨。上阕即景抒情，见双燕同飞而倍感自己的孤独。"一帘淡月"两句转写思人离愁。下阕开头应秋气渲染悲情，"坠红"两句承接上阕，哀叹自己飘零的身世，发出"醉卧酒垆侧"的无可奈何之叹。

八归·湘中送胡德华 ①

芳莲坠粉，疏桐吹绿，庭院暗雨乍歇 ②。无端抱影销魂处 ③，还见筱墙萤暗，藓阶蛩切 ④。送客重寻西去路，问水面、琵琶谁拨 ⑤。最可惜、一片江山，总付与啼鴂 ⑥。

长恨相从未款 ⑦，而今何事，又对西风离别。渚寒烟淡，棹移人远，缥缈行舟如叶。想文君望久 ⑧，倚竹愁生步罗袜 ⑨。归来后、翠尊双饮，下了珠帘，玲珑闲看月 ⑩。

【注释】

① 胡德华：作者友人，生平不详。② 暗雨：夜雨。③ 无端：无奈，无可奈何。宋姜夔《鹧鸪天·丁巳元日》："三茅钟动西窗晓，诗鬓无端又一春。"销魂：魂魄离开躯体，形容内心感触很深，极度悲伤或欢乐。宋秦观《满庭芳》："多少蓬莱旧事，空回首、烟霭纷纷。斜阳外，寒鸦数点，流水绕孤村。销魂。当此际，香囊暗解，罗带轻分。"④ 筱墙：竹篱院墙。筱，细竹。藓阶：长满苔藓的庭阶。⑤ "问水"句：唐白居易《琵琶行》中有"忽闻水上琵琶声，主人忘归客不发"。⑥ 啼鴂：鹈鴂，即杜鹃，鸣于春暮。《离骚》："恐鹈鴂之先鸣兮，使夫百草为之不芳。"⑦ 未款：未能久留。款，留也。待客常称款客。⑧ 文君：汉司马相如娶卓文君。此以文君比胡德华的妻子。⑨ 倚竹愁生步罗袜：写"文君"望郎的姿态神形。罗袜，指用绫罗制作的袜子。曹植在《洛神赋》中用"罗袜生尘"形容洛水女神步履轻盈地在水波上行走，此

形容胡德华妻子的体态步履。⑩"玲珑"句：唐李白《玉阶怨》："却下水晶帘，玲珑望秋月。"玲珑，明彻、空明的样子。

【品读】

　　这是一首与友人历叙离别之情，终以室家之乐的词。在莲花坠粉、桐叶摇落的秋季，庭院夜雨刚歇。相视影影绰绰，只见竹篱院墙萤火明灭，长满苔藓的庭阶旁蟋蟀唧唧。送客西去，黯然销魂，哪堪离别。忽闻水上琵琶声，不知何人弹奏？只是可惜，如此大好河山在杜鹃的啼鸣中，已是众芳芜秽、山河改容的衰飒景象。自从与君相交以来，时常遗憾未能很好款待，而今不知何事，彼此又要在秋风中离别。寒雾轻笼水渚，小舟缥缈如叶，渐行渐远，人影消失。料想尊夫人已经在家倚竹而望良久，那相聚时当举杯同饮庆贺，隔帘而悠闲欣赏玲珑秋月。

汪 莘

【作者简介】

汪莘（1162—1237），字处微，绩溪（今属安徽）人。栖隐山中，结庐曰环谷。有《康范诗集》一卷，《康范诗余》一卷。

贺新郎·环谷秋夜独酌 ①

夜对灯花语。且随宜、果盘草草②，两三杯数。翠玉环中园五亩，自唱山歌自舞。况今夜、尊前无暑。何用食前须方丈③，更后车、何用婵娟女④。这闲福，自心许。

蓼花芦叶纷江渚⑤。有沙边、寒蛩吟透，梧桐秋雨。美甚满堂金玉富，未可学人渔取⑥。怕天也、未曾相与。豹遁蛟藏泉可濯⑦，有鬼神、呵护盘之阻⑧。鲜可食，脍银缕⑨。

【注释】

① 环谷：作者栖隐故乡，所结庐曰环谷。② 随宜：随意，任意。③ 方丈：一丈（约3.33米）见方。《孟子·尽心下》："食前方丈。"形容肴馔丰盛。④ 后车：副车，侍从之车。《孟子·尽心下》："驱骋田猎，后车千乘。"婵娟女：指美女。⑤ 蓼花：植物名，花呈淡红或白色，可调味，也可入药。⑥ 渔取：用不正当手段获取。⑦ 豹遁蛟藏：比喻隐居伏处，爱惜其身，有所不为。泉可濯：《孟子·离娄上》："有孺子歌曰：'沧浪之水清兮，可以濯我缨；沧浪之水浊兮，可以濯我足。'"后世用作咏归隐江湖的典故。⑧ 呵护：呵禁守护。盘之阻：唐李愿隐居盘谷。唐韩愈《送李愿归盘谷序》："盘之中，维子之宫。盘之土，维子之嫁。盘之泉，可濯可沿。盘之阻，谁争子所。"⑨ 银缕：此指切成细长的鲈鱼丝，称鲈鱼脍。

【品读】

这是一首隐者自得其乐的词。上阕及过片，词人着笔描写其隐居的环境及悠然自得的生活。下阕词人则表示其不羡荣华富贵，拥有洁身自好、守身如玉的放达情怀。本词语言清新，用典而不隔，直抒胸臆，平易亲切，值得一读。

史达祖

【作者简介】

史达祖，字邦卿，号梅溪，原籍开封。宋开禧元年（1205），随李壁出使金国。宋开禧二年（1206），为韩侂胄堂吏。翌年冬，侂胄诛，送大理寺根究。有《梅溪词》一卷。

秋 霁

江水苍苍①，望倦柳愁荷，共感秋色。废阁先凉②，古帘空暮③，雁程最嫌风力④。故园信息⑤。爱渠入眼南山碧⑥。念上国⑦。谁是、脍鲈江汉未归客。

还又岁晚，瘦骨临风，夜闻秋声，吹动岑寂⑧。露蛩悲、清灯冷屋、翻书愁上鬓毛白。年少俊游浑断得⑨。但可怜处，无奈苒苒魂惊，采香南浦⑩，剪梅烟驿⑪。

【注释】

① 江水苍苍：江水浩渺盛大。② 废阁：久无人居之楼。③ 古帘空暮：古旧之帘染上了浓重的夜色。④ 雁程最嫌风力：雁南飞却嫌秋风劲猛，指远离故乡恋恋不舍之怨。⑤ 故园信息：家乡信息。⑥ 渠：吴方言指代词"它"。⑦ 上国：春秋时称中原诸国为上国，此称谓是相对当时的夷狄而言。《国语·吴语》："越灭吴，上征上国，宋郑鲁卫陈蔡执玉之君皆入朝。"此指故乡。⑧ 岑寂：冷清寂寞。宋周邦彦《兰陵王·柳》："渐别浦萦回，津堠岑寂。"⑨ 年少俊游浑断得：年轻漂亮的游伴完全断绝了信息。⑩ 采香南浦：指送别事。战国楚屈原《九歌·河伯》："与子交手兮东行，送美人兮南浦。"⑪ 剪梅烟驿：指寄远事。

【品读】

这是一首描写羁旅生涯中怀乡思别之作。上阕写景与抒情融为一体，总写秋景，为全词定下了一个悲凉的情调。词人的心情，通过柳、荷、废阁、古帘等景物得以充分抒发。暮色苍茫中高空掠飞的大雁以及"莼鲈之思"的典故更勾起了词人对故乡的忆念。下阕充满感伤色彩：瘦骨临风，深夜驿亭，秋风呼啸，蟋蟀悲鸣，清灯冷屋……此情此景，千愁万虑，怎能不使词人忧愁悲哀，鬓发变白呢？更想起故友音书断绝，往事历历在目，词人不由得陷入无可奈何的绝望之中。此词咏物抒情，心理刻画尤为深刻细腻。

齐天乐·秋兴

阑干只在鸥飞处，年年怕吟秋兴。断浦沉云，空山挂雨，中有诗愁千顷。波声未定。望舟尾拖凉，渡头笼暝。正好登临，有人歌罢翠帘冷。

悠然魂堕故里，奈闲情未了，还被吹醒。拜月虚檐，听蛩坏砌，谁复能怜娇俊。忧心耿耿。寄桐叶芳题①，冷枫新咏。莫遣秋声，树头喧夜永。

【注释】

① 桐叶芳题：此处翻用红叶题诗之典。《云溪友议》卷十谓卢渥赴京应举，临御沟而获一红叶，上书一绝句。后唐宣宗遣宫人，卢生得此题诗宫女。比喻相思。

【品读】

这是一首缘景抒情，怀念故乡及佳人的词。词的上阕写景，江鸥翻飞，断浦沉云，空山挂雨，雾霭朦胧，涛声不断。词人心中的愁绪也犹如江水，一泻千里。在这登临的季节，也许在水一方的佳人独自歌罢，犹觉翠帘寒冷。词的下阕抒情，魂寄故里，秋风萧瑟中蟋蟀悲鸣，天各一方，有谁能像我（词人）一样怜爱心中的红粉佳人呢？唯愿这桐叶题诗，遥寄伊人，诉说我（词人）的相思之情。

卢祖皋

【作者简介】

卢祖皋（1174—1224），字申之，又字次夔，号蒲江，温州永嘉（今浙江温州）人。南宋宁宗庆元五年（1199）中进士。嘉定时，历任秘书省正字、校书郎、著作郎、将作少监等，嘉定十六年（1223）累官至权直学士院。其词细致淡雅，文句工巧，近姜夔，不及姜词刚劲；华美婉约，学晏几道，不似晏词沉郁。有《蒲江词》。

卜算子

续续露蛬鸣①，索索风梧语②。瘦骨从来不奈秋③，一夜秋如许。
簟冷卷风漪④，髻滑抛云缕⑤。展转无人共此情⑥，画角吹残雨⑦。

【注释】

①续续：连续不断的样子。唐白居易《琵琶行》："低眉信手续续弹，说尽心中无限事。"蛬：蟋蟀。②索索：象声词。形容细碎的声音。南朝陈江总《贞女峡赋》："山苍苍以坠叶，树索索而摇枝。"③瘦骨：词人自况。不奈秋：经不住秋凉的侵袭。奈通"耐"。禁得起，受得住。唐杜甫《月》："斟酌姮娥寡，天寒耐九秋。"④簟：竹席。⑤髻：发髻。盘在头顶或脑后的各种形状的头发。⑥展转：即辗转。⑦画角：古乐器名。形如竹筒，本细末大，以竹木或皮革制成，也有铜制的。因外加彩绘，故名。发声哀厉高亢，古时军中多用以警昏晓，振士气。帝王外出，也用以报警戒严。

【品读】

这是一首伤秋、感念孤寂的词。秋风索索，蟋蟀悲鸣，光景难留，词人遂生年华老去之恨。簟冷而辗转不能成寐，发髻抛散，伶仃孤冷，无人相伴共此情。画角在残雨中吹响，词人的凄楚、懊恨表现得淋漓尽致。

更漏子（其二）

蓼花繁①，桐叶下，寂寂梦回凉夜②。城角断③，砌蛩悲。月高风起时。

衣上泪，谁堪寄，一寸妾心千里。人北去，雁南征，满庭秋草生。

【注释】

① 蓼花：蓼草之花。蓼是蓼科的一年生草本植物，生长在水边，茎叶味辛辣。唐柳宗元《田家》之三："蓼花被堤岸，陂水寒更渌。"② 寂寂：寂静，冷清。唐杜甫《涪城县香积寺官阁》："小院回廊春寂寂，浴凫飞鹭晚悠悠。"③ 城角断：城上号角声断。角，号角。古代军中乐器。唐杜甫《岁晏行》："万国城头吹画角，此曲哀怨何时终？"

【品读】

这是一首怀人词。蓼花盛开，桐叶飘落的秋凉之夜，女主人梦醒更觉凄凉冷清。城上的画角声渐渐远去，石阶旁的蟋蟀悲鸣声声，凉风吹起，一轮明月高悬。沾满了泪水的寒衣，谁能帮助我给征人寄去，连同我这颗千里思念的心。征人北去，大雁南飞，满院莎草凄凄，更添我几分愁思。

高 翥

【作者简介】

高翥（1170—1241），南宋诗人，原名公弼，字九万，号菊磵，余姚（今属浙江）人，幼习科举，应试不第弃之，以教授为业。因慕禽鸟信天缘习性，名其居处为信天巢，与诗友唱酬为乐。游荡江湖，布衣终身，晚年居西湖，是江南诗派中的重要人物，有"江湖游士"之称。宋淳祐元年（1241）卒，年七十二。有《菊磵集》。

秋 日

庭草衔秋自短长，悲蛩传响答寒螀①。

豆花似解通邻好②，引蔓殷勤远过墙。

【注释】

① 寒螀：蝉。② 解：理解，懂得。

【品读】

庭前的草儿衔着几分秋意，蟋蟀、寒蝉的鸣叫相互应答。长长的豆荚蔓上缀着一朵朵淡色的小花，他们似乎也懂得邻里和谐的重要，曲曲弯弯地爬过墙头，好像是去慰问隔壁邻家。这首诗语言通俗，明白如话，富有生活气息，特别是炼字"衔""答""解"，颇为传神，拟人化手法的运用，更显生动。

秋 夜

老去惊秋白发添，不禁凉吹逼疏帘。

楼高幸自蛩声远，争奈梧桐又傍檐①。

【注释】

① 争奈：怎奈。

【品读】

本诗悲秋更悲人，语多凄楚，令人读之唏嘘不已。

洪咨夔

【作者简介】

洪咨夔（1176—1236），字舜俞，号平斋，临安於潜（今浙江临安县）人。理宗朝，累官刑部尚书、翰林学士，知制诰。卒谥忠文。有《春秋说》《平斋文集》《平斋词》。

促织二首

其 一①

一点光分草际萤，缫车未了纬车鸣②。
催科知要先期办③，风露饥肠织到明。

【注释】

① 此诗题并非咏物，而以"促织"为喻，借题发挥，言在此而意在彼。② 缫车：缫丝用具，有轮旋转以收丝，故称缫车。纬车：即纺车。③ 催科：指催租税。租税有法令科条，故称催科。

【品读】

诗以促织比喻织妇，着力描写织妇之辛劳。时维深夜，流萤飞闪草际，织机声回荡夜空，蟋蟀仿佛也知道交官的租税应早早备好，伴着织机的鸣声，沐着风露，忍着饥肠，促织到天明。通篇讽喻，曲折委婉，揭露赋税之繁苛，民生之艰难。

其 二

水碧衫裙透骨鲜①，飘摇机杼夜凉边②。
隔林恐有人闻得，报县来拘土产钱③。

【注释】

① 水碧：青绿色。透骨鲜：形容促织通身鲜碧透亮。② 飘摇机杼：指蟋蟀在织布机旁浅吟低唱。③ 土产钱：指捐税。

【品读】

好一头鲜碧透亮的蟋蟀，它陪伴着织妇在织布机旁浅吟低唱，给静谧之夜增添了无限生机。蟋蟀啊，你能否再压低声音吟唱，我担心隔林有耳，有人报官邀功，县衙可要拘我再纳"土产税"。

孙惟信

【作者简介】

孙惟信（1179—1243），字季蕃，号花翁，开封（今属河南）人。生于宋淳熙六年（1179），卒于宋淳祐三年（1243），年六十五岁。以祖荫调监，不乐弃去。始婚于婺，后去婺出游，留苏、杭最久。一榻无长物，躬爨而食。名重江、浙间，公卿闻其至，皆倒屣而迎长。长身缦袍，气度疏旷，见者疑为侠客异人。每倚声度曲，散发横笛；或奋袖起舞，悲歌慷慨，终老江湖间。卒，刘克庄为墓志。唯信工长短句，有《花翁集》一卷。

夜合花

风叶敲窗，露蛩吟甃①，谢娘庭院秋宵②。凤屏半掩③，钗花映烛红摇④。润玉暖⑤，腻云娇⑥。染芳情、香透鲛绡⑦。断魂留梦，烟迷楚驿⑧，月冷蓝桥⑨。

谁念卖药文箫⑩。望仙城路杳⑪，莺燕迢迢⑫。罗衫暗摺，兰痕粉迹都销。流水远，乱花飘。苦相思、宽尽春腰⑬。几时重恁⑭，玉骢过处⑮，小袖轻招⑯。

【注释】

①甃：井壁。《庄子·秋水》："出跳梁乎井干之上，入休乎缺甃之崖。"②谢娘：唐白居易《代谢好妓答崔员外》："青娥小谢娘，白发老崔郎。"题下自注："谢好，妓也。"后相沿成咏妓、咏风流艳遇之典。③凤屏：饰有凤凰图案的屏风。④钗花：女子首饰之一，属簪一类。⑤润玉暖：莹润的玉肤暖人。⑥腻云娇：即雨腻云娇。形容男女之间的风流艳情。典自战国楚宋玉《高唐赋序》。⑦鲛绡：罗衫。鲛绡传为鲛人所织之绡，后以称精美薄细的丝绸，也以称手帕。晋左思《吴都赋》："泉室潜织而卷绡，渊客慷慨而泣珠。"晋刘逵注："俗传鲛人从水中出，曾寄寓人家，积日卖绡，绡者，竹孚俞也。"南朝梁任昉《述异记》卷上："南海出鲛绡纱，泉先潜织，一名龙纱，其价百余金。以为服，入水不濡。"⑧楚驿：楚地的驿站。⑨蓝桥：桥名。在陕西蓝田县东南蓝溪之上。传说其地有仙窟，即唐裴航遇仙女云英处。事见《太平广记》五十《裴航》。唐白居易《蓝桥驿见元九》："蓝桥春雪君归日，秦岭秋风我去时。"⑩文箫：传奇中人名。唐大和末有书生，在钟陵西山遇仙女吴彩鸾，互相爱慕，彩鸾吟歌有"若能相伴陟仙坛，应得文箫驾彩鸾"之句，遂结为夫妇。后来也用为恋爱结婚的典故。⑪路杳：路途遥远。⑫莺燕迢迢：春光难再。莺燕：皆春时鸟，多以喻春光物候。迢迢：遥远。⑬春腰：女子的细腰。⑭重恁：重新如此、这般。⑮玉骢：即玉花骢。泛指骏马。⑯小袖：内袖、里袖。

【品读】

这是一首怀念所爱女子的词。上阕描写的是在凉秋虫鸣的夜晚，词人与所爱女子幽会的情景。下阕抒情，词人感叹春光难再，倾诉相思之苦，期盼能有机会重聚续欢。本词感情细腻，层次渐进，善于做环境渲染，情浓景真。风格秀婉，充满忧伤，楚楚动人。

方千里

【作者简介】

方千里，三衢（今浙江衢州）人。官舒州签判。有《和清真词》一卷。

法曲献仙音

庭叶飘寒，砌蛩催织，夜色迢迢难度①。细剔灯花②，再添香兽③，凄凉洞房朱户④。见凤枕羞孤另，相思洒红雨。

有谁语？道年来，为郎憔悴，音问隔，回首后期尚阻。寂寞两愁山，锁闲情、无限颦妩⑤。嫩雪消肌试罗衣、宽尽腰素⑥。问何时梦里，趁得好风飞去。

【注释】

① 迢迢：遥远的样子。唐王勃《春思赋》："帝乡迢递关河里，神皋欲暮风烟起。"② 剔：剔除，剪除。③ 香兽：兽形的香炉。④ 朱户：朱门。⑤ 颦妩：妩媚的皱眉之态。⑥ 罗衣：丝织之衣。腰素：白色生绢腰带。

【品读】

这是一首闺怨词。庭院梧叶飘飞的催寒之秋，石阶旁蟋蟀鸣叫催织，长夜漫漫真叫人难熬。灯花一次次细剔，薰香一次次添加，朱门洞房，凤枕孤另泪沾湿，怎不倍感凄凉？年来有谁与我陪伴说话？思郎憔悴，音书阻隔，想必你我寂寞两愁山。闲情锁，颦妩无限，嫩雪消肌，试罗衣，腰围又减。何时能得好梦，乘风飞去，与郎相会。

刘克庄

【作者简介】

刘克庄（1187—1269），初名灼，字潜夫，号后村，莆田（今属福建）人。以父荫入仕，曾任建阳、仙都县令。因写《落梅》诗，得罪权贵，废置十年。宋淳祐六年（1246）赐同进士出身。历任枢密院编修、中书舍人、兵部侍郎等。以龙图阁直学士致仕。江湖诗派最著名作家，写出不少忧国伤时之作。词亦著名，多感慨时事，风格豪放悲壮，深受辛弃疾影响。但不少词作语意好尽，不免粗疏，不及辛词机警、深沉。著有《后村大全集》一百九十六卷，词凡五卷，名《后村长短句》。

水龙吟

病翁一榻萧然①，不知世有欢娱事。雀罗庭院②，载醪客去③，催租人至。报答秋光，要些酒量，要些诗思。奈长鲸罢吸④，寒蛩息响，茶瓯外、惟贪睡。

穷巷幸无干赘⑤。或相过、莫知谁氏。柴门草户⑥，阙人守舍⑦，任伊题字。自和山歌，国风之变⑧，离骚之裔⑨。待从今向去，年年强健，插花高会。

【注释】

① 病翁：作者自注"刘屏山号病翁"。刘子翚（1101—1147），字彦冲，一字彦仲，号屏山，建州崇安（今属福建）人，宋代著名理学家。早年游学四方，知道国家兴衰规律。南渡后隐居乡里，但无时不忧国，唯因病魔缠身，无力请缨，壮志难酬，因而写入诗中。有《望京谣》《喻俗十二首》等。萧然：凄凉冷落。② 雀罗庭院：门庭冷落，宾客稀少。③ 载醪：载酒。醪，浊酒，带糟的酒。④ 长鲸罢吸：因病止酒。唐杜甫《饮中八仙歌》："左相日兴费万钱，饮如长鲸吸百川，衔杯乐圣称避贤。"形容左丞相李适之酒量大，像长鲸吸入百川一样，宋人用为典实。⑤ 干赘：古时初见尊长时所送的礼物。凡鸡、鹜、凫、雁之属，干者谓之脏，即干赘。⑥ 柴门草户：形容简陋的门户。⑦ 阙人：缺人。⑧ 国风：《诗经》的一个部分，主要是民歌，自《周南》至《豳风》，共十五国风，一百六十篇。《离骚》：战国楚诗人屈原所作的长篇政治抒情诗。

【品读】

词人着力描写了南宋理学家刘子翚的清贫、淡泊自守的生存状态以及其人贫贱不能移的志向、高尚情操，并表示自己对他的仰慕及良好祝愿。

葛长庚

【作者简介】

葛长庚（1194—？），南宋著名道士。祖籍福建闽清，因祖父葛有兴董教于琼州，生长庚于此，故为琼州（今海南省）人。父亡母嫁，至雷州，葛长庚继白氏后，改姓白，名玉蟾，字众甫，号海琼子，又号海南翁、琼山道人、紫清、武夷散人、神霄散吏等。入武夷山修道。他博洽群书，善篆隶草书、工画梅竹。嘉定中，诏征赴阙，馆太一宫，封紫清明道真人。其词较多地表现了修道遁世的隐逸思想，于俊逸飘洒的表现之中，也不忘人间烟火的生活情味。有《玉蟾诗余》。

菊花新（其二）

十二楼台①，但前回旧迹。想琪花似雪②，忘了还思。朝暮痴痴地，只有老天知。却自省，玉阶金砌③。错抛离。

梧桐声颤，窗外草蛩吟细。醉魂觉，又听秋鸿悲呖。极目寒空，叹未有紫云梯④绛阙消息子⑤。也无一二、枉垂涕。

【注释】

① 十二楼台：指神话传说中的仙人居处。《史记·封禅书》："方士有言'黄帝时为五层十二楼，以候神人于执期，命曰迎年'。上许作之如方，命曰明年。"② 琪花：珍异之花。唐王毂《梦仙谣》："前程渐觉风光好，琪花片片粘瑶草。"③ 玉阶金砌：金玉砌成或装饰的台阶，表示非常高贵。此处借指仙庭。④ 紫云梯：天梯。⑤ 绛阙：宫门，此指天宫。消息子：传递讯息的人。

【品读】

"得道成仙，羽化升天。"本是道士心造的幻影，如蓬莱"海市"，虽然诱人，毕竟归于空无。因此，即使最虔诚的信徒，从幻梦中醒来，也免不了失落之感，只能"枉垂涕"。词人旧地重游，恍如隔世，缅怀往事，梦想前身，仿佛又置身于臆想中的"洞天福地"。但成仙之路终是遥之无期，"叹来有紫云梯，绛阙消息子"，难免跌入冷落的现实。

蟋蟀二首

其 一

白发秋来又几茎，萍蓬湖海困平生①。

三更窗外芭蕉影，九月床头蟋蟀声。

【注释】

①"萍蓬"句：谓人生困顿，犹如萍蓬在江湖上漂泊。

【品读】

诗人于秋夜三更倚床若有所思，自谓平生困顿，犹如萍蓬在江湖上漂泊，不觉又添几许白发。窗外芭蕉倩影婆娑，床头传来蟋蟀的悲鸣，更增几分凄凉。

其 二

秋暮何聊饮不多，素空皓月舞傞傞①。

也知落叶风前拍，似应寒蛩砌下歌。

【注释】

① 傞傞：醉舞、飘舞貌。《诗经·小雅·宾之初筵》："侧弁之俄，屡舞傞傞。"唐罗隐《京口见李侍郎》："傞傞江柳欲矜春，铁瓮城边见故人。"

【品读】

诗人暮秋对月夜饮，似见嫦娥飘舞。风吹落叶，似乎在应和砌下寒蛩的歌唱，人生几多苍凉。

叶绍翁

【作者简介】

叶绍翁，字嗣宗，号靖逸，处州龙泉（今属浙江）人。其学出于叶适，与真德秀友善。诗属江湖派。有《四朝闻见录》《靖逸小集》。

夜书所见

萧萧梧叶送寒声①，江上秋风动客情。

知有儿童挑促织，夜深篱落一灯明。

【注释】

① 萧萧：象声词，形容梧叶摇落的声音。

【品读】

诗人耳闻秋风落叶之声，牵动羁旅孤寂情怀。心境凄凉，自在不言之中。以无知儿女之乐，传达一片乡心，反衬出有心人之苦，辞淡意远，耐人咀嚼。

冯去非

【作者简介】

冯去非（1188—1265），字可迁，号深居。南康都昌（今属江西）人。宋淳祐元年（1241）进士。曾任淮南东路转运使司干办公事，召为宗学谕，以忤丁大全罢归庐山。存词三首。词作触景生情，感叹身世，流露出作者隐居以终的思想情绪。

八声甘州·过松江①

买扁舟、载月过长桥②，回首梦耶非。问往日三高③，清风万古，继者伊谁。惟有茶烟轻扬，零露湿莼丝④。西子如何处⑤，鸿怨蛩悲。

遥想家山好在⑥，正倚天青壁，石瘦云肥。甚抛奇孱秀⑦，猿鹤互猜疑。归去好、散人相国⑧，迥升沈、毕竟总尘泥。须还我，松间旧隐，竹上新诗。

【注释】

① 松江：指流经吴江（今属江苏苏州）的吴淞江。② 扁舟：小船。宋陆游《谢池春》："功名梦断，却泛扁舟吴楚。"长桥：吴江垂虹桥。③ 三高：指古代吴越地区的三位高士。春秋时越大夫范蠡（鸱夷子皮）功成身退，晋张翰（季鹰）知机还乡，晚唐诗人陆龟蒙（鲁望）隐居甫里，被后人合称为"三高"。宋词中常用此典咏吴江，抒发怀古幽思，也借以寄托隐逸情怀。④ 莼丝：莼菜。一名水葵，又名凫葵。可做羹。宋苏轼《扬州以土物寄少游》："后春莼茁活如酥，先社姜芽肥胜肉。"⑤ 西子：春秋时越国美人西施的别称。宋苏轼《饮湖上初晴后雨》诗："欲把西湖比西子，淡妆浓抹总相宜。"⑥ 家山：家乡。⑦ 孱秀：下垂秀美。⑧ 散人：指陆龟蒙，号江湖散人。相国：指范蠡，仕越为大夫，辅佐越王勾践刻苦图强，卒灭吴国。

【品读】

词人触景生情，愿学"三高"，隐逸以终。

喜迁莺

凉生遥渚。正绿芰擎霜①，黄花招雨②。雁外渔村，蛩边蟹舍，绛叶满秋来路。世事不离双鬓，远梦偏欺孤旅。送望眼，但凭舷微笑，书空无语③。

慵觑④。清镜里，十载征尘，长把朱颜污。借箸青油⑤，挥毫紫塞⑥，旧事不堪重举。间阔故山猿鹤，冷落同盟鸥鹭。倦游也，便樯云柁月⑦，浩歌归去。

【注释】

① 绿芰：绿色的菱角。② 黄花：菊花。③ 书空无语：《世说新语·黜免》谓，殷浩罢徙信

安（今浙江衢州），终日用手在空中写字，唯"咄咄怪事"四字。后以此典喻难以表达之情。④ 慵觑：懒得细看。⑤ 青油：即梓油。我国特产，用以制油墨、油漆等。⑥ 紫塞：指长城。晋崔豹《古今注·都邑》："秦所筑长城，土色皆紫，汉塞亦然，故云'紫塞'焉。"⑦ 樯云柁月：以云为樯，以月为柁。柁同舵，行船时控制方向的设备。

【品读】

词人宦海沉浮，壮志难酬，往事不堪重举，不如樯云柁月，浩歌归去，于雁外渔村，蛩边蟹舍持螯执杯，了此余生。"此词多矜炼之句，尤合疏密相间之法，可为初学楷模。"（况周颐《蕙风词话》卷二）。

吴文英

【作者简介】

吴文英（约1200—约1260），字君特，号梦窗，晚号觉翁，四明（今浙江宁波）人。尝佐苏州仓幕，后为嗣荣王赵与芮客，从吴潜、史宅之游。一生未第，游幕而终。词以密丽著称，为姜夔后一大家。有《梦窗词》甲乙丙丁四稿，又《梦窗词集》一卷。

霜叶飞·重九

断烟离绪①。关心事，斜阳红隐霜树。半壶秋水荐黄花②，香嗅西风雨③。纵玉勒、轻飞迅羽④。凄凉谁吊荒台古？记醉踏南屏，彩扇咽寒蝉，倦梦不知蛮素⑤。

聊对旧节传杯，尘笺蠹管⑥，断阕经岁慵赋⑦。小蟾斜影转东篱⑧，夜冷残蛩语。早白发、缘愁万缕，惊飙从卷乌纱去⑨。漫细将、茱萸看，但约明年，翠微高处⑩。

【注释】

①断烟离绪：离别的绵绵情思像凄凉的孤烟。②黄花：菊花。③嗅：喷射。④玉勒：玉饰之马衔。此喻马。⑤蛮素：唐诗人白居易侍女小蛮和樊素。⑥尘笺蠹管：信笺上积满灰尘，笔管已被虫蛀。⑦断阕：未写完的歌词。经岁：即经年，经过一年。慵赋：懒得再续写。⑧小蟾：指月亮。⑨"早白发"三句：化用唐杜甫《九日蓝田崔氏庄》："羞将短发还吹帽，笑倩旁人为正冠。"⑩"漫细"四句：化用唐杜甫《九日蓝田崔氏庄》："明年此会知谁健？醉把茱萸仔细看。"茱萸，植物名。古时重阳节间，人们多佩此物以驱邪避灾。翠微，本指山色之清淡。此借指山峰。

【品读】

这是一首词人于节日忆亡姬之作。上阕写词人在重阳节时的凄凉心情，插在壶中的数枝菊花带雨喷出香气，然词人独自孤对，不免感到无聊。而且在此风风雨雨之中，谁还会勒马去登台吊古呢？回忆当时与姬人重九登高相处时的歌舞之乐，伊人执扇清歌，歌声与寒蝉共咽，而我则酒酣倦梦，几乎忘却姬人在旁，不禁感到十分遗憾。下阕抒情，斯人已逝，对此佳节，有何赏心乐事？饮酒可以忘忧，填词可以解闷，但姬人亡后，词人心灰意懒之极，连未写完的歌词也没有心情再续，何能重写新词？此刻月影斜照东篱，寒蛩宵语，似亦向人诉说心事。词人两鬓早已飞霜，任风吹帽落，漫不经心地将茱萸细细把玩，明年重阳又将如何呢？到时再相聚高处吧！词人无聊、沉痛之情溢于言表。

惜秋华·重九

细响残蛩，傍灯前、似说深秋怀抱。怕上翠微①，伤心乱烟残照。西湖镜掩尘沙，翳晓影②、秦鬟云扰③。新鸿，唤凄凉、渐入红萸乌帽④。

江上故人老，视东篱秀色⑤，依然娟好⑥。晚梦趁、邻杵断，乍将愁到⑦。秋娘泪湿黄昏⑧，又满城、雨轻风小⑨。闲了，看芙蓉、画船多少⑩。

【注释】

① 翠微：青翠的山气。此指山峰。② 翳：遮蔽。③ 秦鬟云扰：指姬人的头发。语出杜牧《阿房宫赋》："绿云扰扰，梳晓鬟也。"④ 红萸乌帽：佩茱萸，戴乌帽。红萸，即茱萸。⑤ 东篱：指菊花。语出晋陶渊明《饮酒》："采菊东篱下。"此处暗指姬人。⑥ 娟好：姿态美好。⑦ "晚梦趁"三句：清杨铁夫《梦窗词全集笺释》："此言姬去如梦之被邻家杵臼声惊破也。"⑧ "秋娘"句：秋娘，原指唐代李锜之妾杜秋娘，此指姬人。⑨ "又满城"句：此句化用宋潘大临《题壁》诗："满城风雨近重阳。"⑩ 芙蓉：指秋天的木芙蓉。画船：装饰华丽的船。

【品读】

这是一首词人忆亡姬，抒发自己一腔愁绪的词。上阕写作者于重阳节的凄凉之感。国运衰微，时局动乱，姬人离去，能不怅然？下阕写作者伤老悲秋，感时哀世。本词以景起，采用比兴手法，借秋夜虫声诉说深秋怀抱，寄寓自己的身世感慨，悲秋哀愁贯穿全词，而却以乐景结尾反衬愁绪，艺术上很有特色。

夜游宫

人去西楼雁杳①。叙别梦、扬州一觉②。云澹星疏楚山晓③。听啼乌，立河桥，话未了。

雨外蛩声早。细织就、霜丝多少④。说与萧娘未知道⑤。向长安⑥，对秋灯，几人老。

【注释】

① "西楼"句：化用唐李商隐《夜雨寄北》："君问归期未有期，巴山夜雨涨秋池。何当共剪西窗烛，却话巴山夜雨时。"表示期待与伊人聚首的心情。② "叙别梦"句：化用唐杜牧《遣怀》诗："十年一觉扬州梦，赢得青楼薄幸名。"③ 楚山：泛指南方的山。④ 霜丝：指白发。⑤ 萧娘：《南史》卷五一《梁宗室传上·临川靖惠王宏传》："宏不敢便违群议，停军不前，魏人知其不武，遗以巾帼。北军歌曰：'不畏萧娘与吕姥，但畏合肥有韦武。'武谓韦睿也。"南北朝时曾以萧娘泛称年轻女子，后遂用为典实。⑥ 长安：陕西西安，此指京城。

【品读】

这是一首记梦怀人之作。词境朦胧若梦，带有浓重的感伤情调。上阕写人去楼空，犹如雁翔远空。但伊人仿佛倩影仍在，话声犹存，给人似梦非梦，虽幻犹真之感。下阕引入秋灯细雨，既点明时令，又渲染气氛，传达出伊人的深切思念以及人老秋风的凄凉之情。

齐天乐

烟波桃叶西陵路①，十年断魂潮尾②。古柳重攀③，轻鸥聚别④，陈迹危亭独倚⑤。凉飔乍起⑥，渺烟碛飞帆⑦，暮山横翠。但有江花⑧，共临秋镜照憔悴⑨。

华堂烛暗送客⑩，眼波回盼处，芳艳流水。素骨凝冰⑪，柔葱蘸雪⑫，犹忆分瓜深意⑬。清尊未洗⑭，梦不湿行云⑮，漫沾残泪。可惜秋宵，乱蛩疏雨里。

【注释】

① 桃叶：指王献之的妾。晋王献之《桃叶歌》："桃叶复桃叶，渡江不用楫。"西陵：在杭州附近萧山县之西。古乐府《苏小小歌》："何处结同心，西陵松柏下。"此指南齐名妓苏小小。这句借桃叶和西陵的典故指词人结识的杭妓。② 十年：别妓年数。断魂：销魂，形容情深。潮尾：指钱塘江潮减时，据《钱塘侯朝图》记载，潮至每月二十四、五日渐减。③ 古柳重攀：今日重来杭州的情景。④ 轻鸥聚别：词人回忆他与杭妓像轻鸥一样聚散的情景。⑤ 危亭：高耸的亭子。⑥ 凉飔：凉风。⑦ 碛：浅水中沙石，也指沙石上的急湍。⑧ 江花：语本梁简文帝《采莲曲》："桂楫兰桡浮碧水，江花玉面两相似。"⑨ 秋镜：谓秋天江水如镜。⑩ 华堂：华丽的厅堂。⑪ 素骨：指杭姬的手。⑫ 柔葱：杭姬的手指。⑬ 分瓜：指女子正当娇美之年。"瓜"字分开是两个"八"，二八为十六岁。⑭ 尊：酒器。⑮ 行云：语出战国楚宋玉《高唐赋》巫山神女"且为朝云，暮为行雨。"

【品读】

这是一首怀念情人之作。上片抒写了十年来虽然音讯茫茫，词人对当初的邂逅之地——西子湖畔却始终梦绕魂萦的眷恋、感伤之情，并以凭高眺远所见迷离秋色烘托愁情。"但有江花，共临秋镜照憔悴"二句，以残花衬人，特别突出了作者感伤之深，思念之苦。下片追忆与当年情人欢会的情景，极写伊人的娇美多情，"素骨凝冰，柔葱蘸雪"两句形容伊人不同凡艳、清超的姿态，造语生雅新秀。"清尊"以下几句抒无尽相思，而以秋宵的"乱蛩疏雨"加以渲染，使人倍觉凄凉。此词细腻绵长，用典自然，辞藻清丽，情深语婉，是一首抒情佳作。

黄　铸

【作者简介】

黄铸，字亦颜，号乙山，邵武（今属福建）人。尝知柳州（今属广西）。存词二首。

秋蕊香令

花外数声风定，烟际一痕月净。水晶屏小攲醉枕①，院静鸣蛩相应。

香销斜掩青铜镜，背灯影。寒砧夜半和雁阵，秋在刘郎绿鬓③。

【注释】

① 水晶屏：用晶质玻璃制成的屏风。小攲醉枕：醉后微微斜卧在床。② 刘郎绿鬓：传说东汉刘晨、阮肇入天台山，迷路，遇二仙女，结为眷属，半年后，刘、阮离山还乡。人间已过七世。参阅南朝宋刘义庆《幽明录》。此处系作者自指。绿鬓，指鬓发乌黑发亮。宋晏几道《生查子》词："君貌不长红，我鬓无重绿。"

【品读】

明月花下，风停，庭院静悄悄，只有蟋蟀鸣叫呼应。水晶屏风旁，词人醉后斜卧在床。薰香炉中烟雾袅袅升起，笼罩青铜镜。背灯影，词人在夜半寒砧、雁阵声中梦入刘郎仙源。

黄 升

【作者简介】

黄升，字叔旸，号玉林，又号花庵词客。建安（今福建建瓯）人。不愿仕进，早弃科举，以读书吟咏自适。游受斋爱其诗，赞为"晴空冰柱"。亦能词，受姜夔影响。所选《花庵词选》，为宋人选本中的精品。有《散花庵词》。

重叠金·壬寅立秋

西风半夜惊罗扇①，蛩声入梦传幽怨。碧藕试初凉②，露痕啼粉香。

清冰凝簟竹③，不许双鸳宿。又是五更钟，鸦啼金井桐④。

【注释】

① 罗扇：扇的一种，用罗纱制成。② 碧藕：指碧莲。③ 簟竹：竹凉席。④ 金井：即井。用金修饰井以渲染富贵气象。又在阴阳五行说中，金属于秋，故用金井描写秋天的萧瑟氛围。

【品读】

西风蛩声，入梦幽怨，秋已悄然而至。碧藕试凉，清冰凝簟，气候已截然不同于夏夜。何况五更钟响，井桐鸦啼，在在皆是秋声。时节变换，为此词营造出一种特有的萧瑟氛围，清寒袭人，悲从中来。

朱继芳

【作者简介】

朱继芳，字季实，号静佳，建安（今福建建瓯）人。宋绍定五年（1232）进士。历知龙寻、桃源县，调宜州教授未赴。有《静佳龙寻稿》《静佳乙稿》各一卷。

蚕①

一蚕何唧唧②，吟入儿童心。

只在竹篱外，篝灯无处寻③。

【注释】

① 蚕：蟋蟀。② 唧唧：蟋蟀鸣叫声。③ 篝灯：灯笼。

【品读】

蟋蟀的唧唧鸣叫声，犹如声声召唤，直入顽童心中。他急切的心再也按捺不住，悄声来到竹篱边，想捕捉蟋蟀。然而声音明明在竹篱外，却打着灯笼也找不到它藏在何处。短短二十字，写尽顽童的心理和行为，勾起人们对童年时代的美好回忆。

陈　著

【作者简介】

陈著（1214—1297），字子微，小字谦之，号本堂，晚号嵩溪遗耄，鄞县（今浙江宁波）人，寄籍武康县。宋宝祐四年（1256）进士，历知安福、嘉兴、嵊县、台州等。宋亡，隐居四明山中，元大德元年（1297）卒，年八十四。有《本堂文集》九十四卷。

卜算子·嘲二十八兄

风急雁声高，露冷蛩吟切。枕剩衾寒不耐烦^①，长是伤离别。

望得眼儿穿，巴得心头热。且喜重阳节又来，黄菊花先发。

【注释】

① 衾：大被。

【品读】

这是一首伤离别的词。秋凉雁鸣蛩吟，自是悲切。然更悲的是人间兄弟长别离，词人为此辗转不能成眠，思念心切。且喜重阳佳节又到，黄菊先发，但"遥知兄弟登高处，遍插茱萸少一人"，故只能自嘲而已。

许月卿

【作者简介】

许月卿（1217—1286），字太空，后改字宋士，号泉田子，人称山屋先生，婺源（今属江西）人。理宗朝赐进士及第，历承直郎。贾似道当国，试馆职，言不合，罢归故里闭门著书。宋亡不出。有《先天集》。

吟 蛩

吟蛩不管兴亡事，舞蝶那分梦觉身。

别浦连樯归远客①，高山小径过樵人②。

【注释】

① 别浦：河流入江海处称浦或称别浦。连樯：桅杆相连，形容船多。② 樵人：打柴人。

【品读】

诗人是一位忠于宋朝的遗民。此诗以吟蛩自喻，意在"远客"归来，隐居深山做一"樵人"。

陈允平

【作者简介】

陈允平，字君衡，一字衡仲，号西麓，自称莆鄞澹室后人，四明（今浙江宁波）人。约与吴文英、杨缵同辈。卒于入元后。举上舍不遇。宋淳祐三年（1243）为余姚令，罢去。放浪山水间。宋咸淳九年（1273），郡守刘黻创慈湖书院于杨简故居，以允平相其事。德祐年间，授沿海制置寺参议官。宋亡后，以"人才"征召至大都，不受官放还。诗词俱工，与四明吴文英、翁元龙齐名于当时。与临安词人交往唱和较多，其词亦格律严整，字句精美，特近于周邦彦的风格。宋景定四年（1263）曾与周密、张榘唱和，共填西湖十景组词十首，传诵一时。大体代表了他的词风。有《西麓继周集》《日湖渔唱》。

桂枝香·杨山甫席上赋①

残蝉乍歇，又乱叶打窗，蛩韵凄切②。寂寞天香院宇③，露凉时节。乘鸾扇底婆娑影④，幻清虚、广寒宫阙⑤。小山秋重，千岩夜悄，举尊邀月。

甚赋得、仙标道骨⑥。倩谁捣玄霜⑦，犹未成屑。回首蓝桥路迥⑧，梦魂飞越。雕阑翠甃金英满⑨，洒西风、非雨非雪。惜花心性，输他少年，等闲攀折⑩。

【注释】

① 杨山甫：不详。② 蛩韵：蟋蟀的鸣声。③ 天香院宇：桂花飘香的庭院。唐代诗人宋之问（曾任考工员外郎）游杭州灵隐寺，赋诗有"桂子月中落，天香云外飘"之句。宋词中常用作咏杭州或桂花的典故。参阅唐孟棨《本事诗·微异》。④ 鸾扇：羽扇的美称。唐李商隐《念远》："皎皎非鸾扇，翘翘失凤簪。"婆娑：树木枝叶扶疏、纷披盘旋的样子。《世说新语·黜免》："槐树婆娑，无复生意。"此指月光下羽扇纷披的投影。⑤ 幻清虚：奇妙的月宫。清虚，指清虚府或清虚殿，即月宫。唐谭用之《江边秋夕》："七色花虬一声鹤，几时乘兴上清虚。"广寒宫阙：月宫。⑥ 仙标道骨：即仙风道骨。形容人具有超尘拔俗的仙家气质。唐李白《大鹏赋序》："余昔于江陵，见天台司马子微，谓余有仙风道骨，可与神游八极之表，因著《大鹏遇希有鸟赋》以自广。"⑦ 玄霜：玄霜为神话中的仙药。唐人传奇中的仙人樊夫人作诗，暗示裴航将通过帮助人制成仙药，得见仙女云英，结为仙侣，有"玄霜捣尽"语。宋词中常借以咏爱情与婚姻。参阅《太平广记》引唐裴铏《传奇·裴航》。⑧ 蓝桥：桥名。在陕西省蓝田县东南兰溪之上。相传其地有仙窟，为唐裴航遇仙女云英处。唐裴铏《传奇·裴航》："一饮琼浆百感生，玄霜捣尽见云英。蓝桥便是神仙窟，何必崎岖上玉清。"后常用作男女约会之处。宋周邦彦《浪淘沙慢》："飞散后，风流人阻，蓝桥约，怅恨路断隔。"⑨ 雕阑：雕饰华丽的阑干。翠甃：翠绿的井壁。金英：菊花。⑩ 等闲：随便，轻易。

【品读】

上阕写景：夏日的蝉声刚消歇，秋风中飘飞的落叶扑打窗户，蟋蟀悲鸣。露水清凉时节，桂花飘香的庭院显得寂寞凄清。明月朗照，羽扇婆娑，阴影投地。远处，秋色笼罩小山；夜里，千岩万峰悄无声息。宴间，宾主相欢，举杯邀明月。下阕因景触情：蓝桥路远，怎么才能赋得仙风道骨，请谁捣制仙药，求得仙女，至今未成。只能梦中飞越，空余惆怅。秋风中菊花飘飘洒洒，非雨非雪，落满雕阑翠甃。惜花心性，比不上少年，随便攀折。

绮罗香·秋雨

雁宇苍寒，蛩疏翠冷，又是凄凉时候。小揭珠帘①，夜润唾花罗皱②。饶晓鹭、独立衰荷，遡归燕、尚栖残柳。想黄花③，羞涩东篱④，断无新句到重九⑤。

孤檠清梦易觉，肠断唐宫旧曲⑥，声迷官漏⑦。滴入愁心，秋似玉楼人瘦⑧。烟槛外、催落梧桐，带西风、乱捎鸳甃⑨。记画檐⑩，灯影沉沉，共裁春夜韭⑪。

【注释】

① 珠帘：珍珠装饰的帘子。② 唾花：即唾绒。古代妇女刺绣，每当停针换线，咬断绣线时，口中常沾留线绒，随口吐出，俗谓唾绒。罗皱：绣有花纹的丝织品。③ 黄花：菊花。④ 羞涩东篱：化用晋陶渊明《饮酒》："采菊东篱下，悠然见南山。"⑤ 重九：农历九月九日重阳节。⑥ 唐宫旧曲：指《雨霖铃》。传说此曲是唐明皇在流亡中闻夜雨淋銮铃之声而命乐工制作，声调凄哀。唐段安节《乐府杂录·雨霖铃》："《雨霖铃》者，因唐明皇驾回至骆谷，闻雨淋銮铃，因令张野狐撰为曲名。"唐白居易《长恨歌》："行宫见月伤心色，夜雨闻铃肠断声。"此处，词人暗引《雨霖铃》曲名以切题，抒写秋夜的愁苦。⑦ 官漏：古代官府的计时器。⑧ 玉楼：佳人的住所。⑨ 鸳甃：用对称的砖瓦砌成的井壁。亦借指井。⑩ 画檐：装饰华丽的屋檐。⑪ "灯影"两句：化用唐杜甫《赠卫八处士》："今夕复何夕，共此灯烛光。""夜雨剪春韭，新炊间黄粱。"

【品读】

上阕写景：苍茫的寒空中雁声阵阵，偶然夹杂着几声稀疏的蟋蟀悲鸣，分明又到了凉秋时节。轻轻地揭开珠帘，夜色润泽绣花罗皱。任凭那鹭鸟独立衰败的荷叶丛中，回遡燕子飞回的地方，还有残柳栖存。此时此景，想到陶令笔下东篱旁羞涩的菊花，亦无诗兴吟重阳佳节。下阕抒情：孤檠长夜，清梦易觉。愁苦，闻夜雨、肠断唐宫旧曲。那官府计时器的滴漏声，声声滴入愁心。秋天犹如玉楼中佳人般清瘦。槛外烟雾迷茫，梧叶飘飞，秋风吹拂鸳甃。远方的友人啊，还记得昔日华丽的屋檐下烛光融融，共同品尝那冒着夜雨剪来的春韭吗？

风流子

阑干休去倚①，长亭外、烟草带愁归②。正晓阴帘幕，绮罗清润，西风环佩③，金玉参差④。深院悄，乱蝉嘶夏木，双燕别春泥。满地残花，蝶圆凉梦，半亭落叶，蛩感秋悲。

兰屏余香在⑤，销魂处、憔悴瘦不胜衣⑥。谁念凤楼当日⑦，星约云期。怅倦理鸾筝⑧，朱弦空暗⑨，强临鸳镜⑩，锦带闲垂⑪。别后两峰眉恨⑫，千里心知。

【注释】

① 阑干：即栏杆。唐李白《清平调》："解释春风无限恨，沉香亭北倚阑干。" ② 长亭：大路旁的驿亭。③ 西风环佩：形容秋风犹如佩玉相击之声。④ 金玉参差：金玉制的洞箫。形容秋风犹如金玉制的洞箫发出的声音。参差，洞箫。《楚辞·九歌·湘君》："望夫君兮未来，吹参差兮谁思。"（王逸注："参差，洞箫也。"）⑤ 兰屏：饰有兰花的屏风。⑥ 销魂：魂魄离开躯体，形容极度悲伤或欢乐。⑦ 凤楼：妇女住处。⑧ 鸾筝：雕有鸾鸟的筝。⑨ 朱弦：用熟丝制的琴弦。此处泛指琴瑟类弦乐器。⑩ 鸳镜：雕有鸳鸯的镜子。⑪ 锦带：锦制的带子。⑫ "别后"句：谓离别后因愁而两眉皱成山峰状。

【品读】

这是一首闺怨词。上阕描叙秋天的景象：休去斜靠栏杆，看那大路旁的驿亭外，雾霭中衰草萋萋似带秋愁。清晨阴霾笼罩，清润绮罗帘幕；秋风响处，如环佩相击，洞箫奏鸣。庭院深深，静悄悄，只有树上乱蝉嘶鸣，燕子双双告别春天衔垒的泥窝。满地残花堆积，蝴蝶圆梦，落叶飘飞，蟋蟀悲鸣。下阕因景触情：兰屏上犹有余香，销魂，憔悴损，瘦不胜衣。曾记否，当年凤楼幽会。人在何处，别时容易见时难。空怅惘，慵懒拨鸾筝，朱弦黯然，勉强照镜，锦带无力而垂。别恨，愁眉攒峰，相隔千里，唯有两心相知。

过秦楼

倦听蛩砧①，初抛纨扇②，隔浦乱钟催晚。湘蒲簟冷③，楚竹帘稀④，窗下乍闻裁剪。倦柳梳烟，枯莲蘸水，芙蓉翠深红浅。对半床灯火，虚堂凄寂⑤，近书思遍⑥。

夜漏永、玉宇尘收⑦，银河光烂⑧。梦断楚天空远⑨。婆娑月树⑩，缥缈仙香⑪，身在广寒宫殿⑫。无奈离愁乱织⑬，藉酒销磨⑭，倩花排遣⑮。渐江空霜晓，黄芦漠漠⑯，一声来雁。

【注释】

① 蛩砧：蟋蟀鸣叫和砧杵的捶击声。② 纨扇：细绢制成的团扇。③ 湘蒲簟冷：湖湘的香蒲织成的席子透出阴凉。④ 楚竹帘稀：楚地的竹帘稀疏。⑤ 虚堂：空堂。⑥ 近书：近来的书信。⑦ 夜漏永：夜深，夜长。玉宇：月宫。⑧ 银河：天河。⑨ 楚天：楚国的天空。泛指长江中下游一带。⑩ 婆娑月树：月中桂树枝叶扶疏、纷披。⑪ 缥缈仙香：仙香隐隐约约，似有似无飘来。⑫ 广寒宫殿：月宫。⑬ 无奈：无法，无可奈何。⑭ 藉酒销磨：借助饮酒排遣离愁。

⑮ 倩花排遣：借助花解闷散心，抒发情怀。⑯ 黄芦漠漠：枯黄的芦苇广大无际。

【品读】

　　这是一首游子遣发离愁的词。蟋蟀的鸣叫和砧杵的锤击声，使人十分厌倦。天气转凉，刚放下手中的团扇，隔江钟声杂乱，催促夜晚来临。蒲席透出阴凉，竹帘稀疏，窗下又闻裁剪声，似有人准备寒衣。雾霭中柳枝慵倦，枯莲沾露，芙蓉叶绿花淡。空堂寂寥，对半床灯火，将近来书信阅遍。夜深了，月光普照，银河灿烂，梦醒楚天。啊，犹如身在广寒宫殿，月中桂树枝叶扶疏、纷披，仙香缥缈，隐隐约约。但心中的离愁仍无法排遣，只能凭借饮酒销磨，借助花解闷散心。江天霜降，拂晓渐渐来临，那一望无际的枯黄芦苇中，只有一阵阵雁鸣。

钱广孙

【作者简介】

钱广孙,号若洲,与柴望同时。

踏莎行

征雁云深,乱蛩寒浅。惊心怕见年华晚①。萧疏堤柳不禁霜,江梅瘦影清相伴。

舞暗香茵②,歌阑团扇③。月明梦绕天涯远。断肠人在画楼中④,东风不放珠帘卷。

【注释】

①年华:年光,岁月。②香茵:华丽的坐垫。③歌阑:歌将停。团扇:圆形的宫扇。
④画楼:华丽的楼阁。

【品读】

相思绵绵,断肠人在画楼中。在"征雁云深,乱蛩寒浅"的秋日,词人踱步江堤凝视堤柳,禁不住秋霸侵袭显得凄凉萧疏。唯有清瘦的江梅在晚照中与词人相伴相邻。此时此景,怎不令人心惊,感叹年光易逝,词人老去的悲伤。遥想当年,意中佳人舞暗香茵,歌阑团扇,如今安在?天涯路远,只能托梦与她罢了。或许"心有灵犀一点通",断肠人在画楼中,秋风吹拂,珠帘高卷,也在遥望思念我呢。

文天祥

【作者简介】

文天祥（1236—1283），字宋瑞，一字履善，道号浮休道人、文山，吉州庐陵（今江西吉安）人。宋宝祐四年（1256）举进士第一。宋德祐元年（1275），元兵长驱东下，文于家乡起兵抗元。宋德祐二年（1276），临安被围，除右丞相兼枢密使，奉命往敌营议和，因坚决抗争被拘，后得以脱逃，辗转于赣、闽、岭等地，兵败被俘，坚贞不屈，就义于大都（今北京）。能诗工词，后期多表现爱国精神之作，笔触有力，感情强烈，威武不屈，震撼人心。有《文山先生全集》。

夜　坐

淡烟枫叶路，细雨蓼花时。

宿雁半江画，寒蛩四壁诗。

少年成老大，吾道付逶迤①。

终有剑心在，闻鸡坐欲驰②。

【注释】

① 逶迤：曲折婉转的样子。②"闻鸡"句：《晋书·祖逖传》："与司空刘琨俱为司州主簿，情好绸缪，共被同寝。中夜闻荒鸡鸣，蹴琨觉曰：'此非恶声也。'因起舞。"后以闻鸡起舞比喻志士奋发之情。

【品读】

这是一首抒发诗人雄心壮志的诗作。前四句写景绘色，采取远近结合、动静结合的手法，描写秋天的沉寂，激发诗人慷慨悲歌的情感。后四句抒情言志，反躬自问，情真意切，直抒胸臆，忠肝义胆，历历可见，表现出诗人报效国家的雄心和抱负。

酹江月·和友驿中言别①

乾坤能大②，算蛟龙元不是池中物③。风雨牢愁无著处，那更寒蛩四壁。横槊题诗④，登楼作赋⑤，万事空中雪。江流如此，方来还有英杰。

堪笑一叶漂零，重来淮水⑥，正凉风新发。镜里朱颜都变尽，只有丹心难灭。去去龙沙⑦，江山回首，一线青如发。故人应念，杜鹃枝上残月⑧。

【注释】

① 此词作于宋祥兴二年（1279），文天祥率兵继续与元军作战、兵败，文天祥与邓剡先

后被俘，一起押往大都。在途经金陵时，邓剡因病暂留天庆观，文天祥继续被解北上。此时邓剡写了一首《酹江月·驿中言别》赠行诀别，文天祥写此词酬答邓剡。这首词表现了作者激昂慷慨的气概，忠义之气，凛然纸上，炽热的爱国情怀，令人肃然起敬。文天祥的词是宋词最后的光辉。②乾坤能大：乾坤如此之大。能，同"恁"，如许、这样之意。③"蛟龙"句：语本《三国志·吴书·周瑜传》："恐蛟龙得云雨，终非池中物也。"④"横槊"句：宋苏轼《前赤壁赋》中说曹操破荆州、下江陵时"酾酒临江，横槊赋诗，固一世之雄也"。⑤"登楼"句：汉末王粲避难荆州时，曾作《登楼赋》寄托乡关之思和乱离之感。⑥淮水：指南京秦淮河。⑦去去龙沙：远去塞北沙漠。去去，越走越远，谓远去。宋柳永《雨霖铃》："念去去、千里烟波，暮霭沉沉楚天阔。"⑧"杜鹃"句：语本唐崔涂《春夕》诗："蝴蝶梦中家万里，杜鹃枝上月三更。"

【品读】

　　词人身陷囚笼，而壮志不折，雄心犹在，深信在如此广阔的祖国，英勇的人们绝不会永远沉默，一旦风云际会，必将光复河山。并再次向故国故友表白，即使以身殉国，他的魂魄也会变成杜鹃飞回南方，为南宋的灭亡泣血哀啼。此词通篇直抒胸臆，不加雕饰，慷慨激昂，苍凉悲壮，给人以深刻的印象，是词史上富有生命力和艺术感染力的佳作。

真山民

【作者简介】

真山民，真名不详，自呼山民，或云本名桂芳，括苍（今浙江丽水东南）人。宋末进士。宋亡后窜迹隐沦。有《真山民集》。

道逢过军投宿山寺

穷途欲焉往①，薄暮此相投②。
蟋蟀数声雨，芭蕉一寺秋。
乡关来枕畔，时事上眉头。
尝叹为僧好，今逢更说愁。

【注释】

① 焉往：往哪里？焉，疑问代词，相当于"哪里""怎么"。《孟子·离娄上》："天下之父归之，其子焉往？" ② 薄暮：黄昏。

【品读】

黍离麦秀，抱痛至深。家事、国事，无不令人心忧。状难写之景，如在目前，含不尽之意，见于言外。"尝叹为僧好，今逢更说愁。"乱离之民，能不泪零？

王月山

【作者简介】

王月山，南宋人。身世不详。《全宋词》存其词一首。

齐天乐

夜来疏雨鸣金井，一叶舞空红浅。莲渚收香①，兰皋浮爽②，凉思顿欺班扇③。秋光苒苒④。任老却芦花，西风不管。清兴难磨，几回有句到诗卷。

长安故人别后，料征鸿声里，画阑凭遍⑤。横竹吹商⑥，疏砧点月，好梦又随云远。闲愁似线，甚系损柔肠，不堪裁翦。听著鸣蛩，一声声是怨。

【注释】

① 莲渚：开满莲花的水边。渚，水中小块陆地。《楚辞·九歌·湘夫人》："帝子降兮北渚。"② 兰皋：生长着兰草的岸边。皋，岸，水边高地。《楚辞·九歌·湘君》："朝骋骛兮江皋，夕弭节兮北渚。"③ 班扇：即团扇。相传汉成帝班婕妤失宠后作《怨歌行》，借秋天被弃的团扇寄托失宠的哀怨。故以此名。④ 苒苒：轻柔的样子。⑤ 画阑：华丽的阑干。⑥ 商：古时五音（宫、商、角、徵、羽）之一，商属秋。《礼记·月令》："孟秋之月……其音商。"宋欧阳修《秋声赋》："商，伤也，物既老而悲伤。"

【品读】

这是一首因秋思而生孤寂，由孤寂顿起怀远之情的词。词的上阕写秋景，由近及远，铺展开去。词人的孤寂、哀伤、恨怨由清秋之景感兴而生，却无处排遣，只能多次吟起古人的诗句，借以释怀。词的下阕怀远，词人愁思如线，系损柔肠，缠绵不尽，并以蟋蟀的鸣声作结，哀怨动人，可谓余音绕梁，不绝于耳。

周 密

【作者简介】

周密（1232—约1298），字公瑾，号草窗、蘋洲、四水潜夫、弁阳老人等，济南（今属山东）人，后居吴兴（今属浙江）。早年随父往来闽、浙，景定间，为临安府幕属，后监和剂局、丰储仓，为义乌令。宋亡不仕。其词与吴文英（梦窗）并称"二窗"。亦能书画。著有《草窗词》《武林旧事》《癸辛杂识》《齐东野语》《云烟过眼录》等，编有《绝妙好词》。

西塍废圃 ①

吟蛩鸣蜩引兴长 ②，玉簪花落野塘香 ③。
园翁莫把秋荷折，留与游鱼盖夕阳。

【注释】

① 西塍：即西马塍，在杭州钱塘门西北。② 吟蛩：蟋蟀的别名。鸣蜩：鸣蝉。③ 玉簪花：花名。也称白萼、白鹤仙、季女。叶丛生，大如掌。花于夏秋间开放，色洁白如玉，颇清香，花蕊如簪头，故名。宋陆游《园中观草木有感》："木笔枝已空，玉簪殊未花。"

【品读】

这首小诗写的是杭州西马塍废圃的秋景。诗人一反前人因花落、蛩鸣而顿起悲秋之思的窠臼，为我们描绘出虫鸣的愉悦、花落野塘散发的缕缕清香，别有一番情趣；而把亭亭玉立的秋荷比作伞，为在池塘里嬉戏的游鱼遮挡夕阳，更是颇具新意。难怪诗人要劝园翁莫折秋荷了。此诗境平易而味隽永，诗情画意巧妙融合，赋予读者多种感官的审美享受。

南楼令·次陈君衡韵 ①

桂影满空庭 ②，秋更廿五声。一声声、都是销凝 ③。新雁旧蛩相应和，禁不过、冷清清。
酒与梦俱醒。病因愁做成。展红绡、犹有余馨 ④。暗想芙蓉城下路 ⑤，花可可、雾冥冥 ⑥。

【注释】

① 陈君衡：词人。名允平，一字衡仲，号西麓。素与公瑾交厚，携游唱和之作今尚存多首。宋室倾覆以后，陈允平应元王朝征召，至大都（今北京）做官。周密则隐居不仕。② 桂影：月光。传说月中有桂树，故云。③ 销凝：愁绪萦怀，默默悲伤，销魂。宋秦观《八六子·倚危亭》："素弦声断，翠绡香减，那堪片片飞花弄晚，蒙蒙残雨笼晴。正销凝，黄鹂又啼数声。"④ 红绡：红绸。余馨：余香。⑤ 芙蓉城：传说芙蓉城是仙人所居之处，多仙女，北宋文学家石曼卿和观文殿学士丁度死后都为芙蓉城主。后因用作咏游仙、仙逝的典故，也以芙蓉

城女仙喻指歌伎舞女。参阅宋欧阳修《六一诗话》及宋张师正《括异志》卷七《芙蓉观主》。
⑥可可：隐隐，隐约。宋姜夔《小重山令·赋潭州红梅》："鸥去昔游非。遥怜花可可，梦依依。
九疑云杳断魂啼。"冥冥：昏暗，昏昧。《庄子·天地》："视乎冥冥，听乎无声。"

【品读】

　　这是一首感怀词。月照空庭，在一声声秋更中，词人愁绪萦怀，黯然销魂；在南归塞雁及
蟋蟀鸣声唱和中，更觉凄清。梦醒时酒亦醒，病因愁而生。红绡余馨犹在，暗想那歌馆楼台，
此时应花影绰约，雾霭迷蒙。词人在对往日游冶生活的追忆中，流露出失落、无奈的情绪。

南楼令·又次君衡韵

　　敧枕听西风①，蛩阶月正中。弄秋声、金井孤桐②。闲省十年吴下路③，船几度、系江枫。
辇路又迎逢④，秋如归心浓。叹淹留、还见新冬。湖外霜林秋似锦，一片片、认题红⑤。

【注释】

　　①敧枕：斜卧在床。②金井：井栏雕饰华丽的井。③吴下：泛指吴地。④辇路：天子车
驾经过的道路。⑤题红：唐宋笔记小说载，有宫女题诗于红叶，红叶从御沟流出禁苑，被卢
渥、于祐得到。日后，二人均与题诗宫女结为夫妇。后世常用作咏男女思恋的典故。参阅唐范
摅《云溪友议》卷下《题红怨》。

【品读】

　　这是一首秋日感怀词。上阕写词人在秋日月夜，西风、蛩鸣、梧桐叶飘落声中，检视十年
吴下路，几度仕途蹭蹬。下阕写词人对宋亡后的元政权极度失望，意欲归隐，终老江湖。

秋 霁

　　乙丑秋晚①，同盟载酒为水月游②。商令初肃③，霜风戒寒。抚人事之凋零，感岁华之摇
落，不能不以之兴怀也。酒阑日暮④，怅然成章。

　　重到西泠⑤，记芳园载酒，画船横笛⑥。水曲芙蓉，渚边鸥鹭，依依似曾相识。年芳易失，
段桥几换垂杨色⑦。谩自惜。愁损庾郎⑧，霜点鬓华白。

　　残蛩露草，怨蝶寒花⑨，转眼西风，又成陈迹。叹如今、才消量减，尊前孤负醉吟笔。欲
寄远情秋水隔。旧游空在，凭高望极斜阳，乱山浮紫，暮云凝碧。

【注释】

　　①乙丑：宋咸淳元年（1265）。②同盟：泛指密友。水月：水和月。唐刘禹锡《洞庭秋
月行》："山城苍苍夜寂寂，水月迢递绕城白。"③商令：秋令。初肃：指秋景凋落。宋王安石
《桂枝香·金陵怀古》："登临送目，正故国晚秋，天气初肃。"④酒阑：酒将尽。⑤西泠：亦
称"西陵桥""西林桥"。桥名。在杭州孤山西北尽头处，是由孤山入北山的必经之路。宋周密

《武林旧事·湖山胜概》："西陵桥，又名西林桥，又名西泠。"⑥ 画船：装饰华丽的船。⑦ 段桥：即断桥。在杭州市西湖白堤上。自唐以来已有此名。或言本名宝祐桥，又名段家桥，今罕有称者。宋周密《武林旧事·湖山胜概》："断桥，又名段家桥，万柳如云，望如裙带。"⑧ 庾郎：指北周庾信。庾信以诗赋著名，曾作《哀江南赋》抒发羁愁乡思，又有《愁赋》。后常用为感乱伤时异域思乡的典故。⑨ 寒花：菊花。

【品读】

这是一首即景抒情词。上阕以写景为主，词人与密友于秋晚乘月同游西泠，芳园载酒，画船横笛，曲折的水滨荷花绽放，渚边鸥鹭点点，依依似曾相识。在这一片秋景中，词人却无心赏玩，感慨年华易逝，犹如段桥几换垂杨色。自比庾信因愁而华发早生，空自叹惜。下阕，词人在秋风萧瑟中看到残蛩露草，怨蝶寒花，转眼又成陈迹。感叹自己，江郎才尽，酒量骤减，辜负诗成。旧游空在，欲寄远情秋水隔。凭高远眺，斜阳中乱山浮紫，暮云凝碧，平添无限惆怅。

扫花游·九日怀归①

江蓠怨碧②，早过了霜花③，锦空洲渚④。孤蛩自语。正长安乱叶⑤，万家砧杵⑥。尘染秋衣，谁念西风倦旅⑦。恨无据⑧，怅望极归舟，天际烟树⑨。

心事曾细数，怕水叶沉红，梦云离去。情丝恨缕，倩回纹为织⑩，那时愁句。雁字无多，写得相思几许。暗凝伫⑪，近重阳、满城风雨⑫。

【注释】

① 九日：农历九月九日重阳节。② 江蓠：香草名。《楚辞·离骚》："扈江离与辟芷兮，纫秋兰以为佩。"③ 霜花：亦称"霜华"，即霜。霜为粉末状结晶。花，指物之微细者。故称。戴叔伦《独坐》诗："二月霜花薄，群山雨气昏。"④ 锦空洲渚：洲渚之上天空绚烂。⑤ 长安：今陕西西安，此指临安（今浙江杭州）。⑥ 砧杵：捣衣石及木棒。⑦ 西风倦旅：远离家乡，客居外地的人。此为作者自指。⑧ 恨无据：愁思深切，归期没有准儿。⑨ 天际烟树：远处雾霭笼罩下的树木。⑩ 回纹为织：前秦时，苏惠织锦为回文旋图诗向远方的丈夫窦滔倾诉相思之情。宋词中常用此典表现夫妻间的通信与相思。⑪ 凝伫：伫立凝望。⑫ "近重阳"句：宋惠洪《冷斋夜话》卷四："黄州潘大临工诗，多佳句，然甚贫。东坡、山谷尤喜之。临川谢无逸以书问：'有新作否？'潘答书曰：'秋来景物，件件是佳句，眼为俗氛所蔽翳。昨日闲卧，闻搅林风雨声，欣然起，题其壁曰："满城风雨近重阳"，忽催租人至，遂败意。止此一句奉寄。'闻者肖其迂阔。"这里化用潘大临诗句，烘托思乡情绪，切合重阳之咏。

【品读】

这首词铺叙萧索的秋景，衬托出词人内心的惆怅和乡思的苦闷。上阕写秋景。江离凄凄，寒霜铺地，霞光烘染洲渚。蟋蟀悲鸣，西风落叶，一片砧杵声里，谁念天涯羁旅，盼回归，恨无据，心事犹如天际雾霭般迷惘。下阕因景触情。情思恨缕，倩回纹为织，欲借大雁传书，写得相思几许。重阳时节，满城风雨里，只能默默仁立凝望故乡。

玉京秋 ①

长安独客，又见西风。素月丹枫，凄然其为秋也。因调夹钟羽一解。

烟水阔。高林弄残照，晚蜩凄切②。碧砧度韵③，银床飘叶④。衣湿桐阴露冷，采凉花、时赋秋雪⑤。叹轻别，一襟幽事，砌蛩能说。

客思吟商还怯⑥。怨歌长、琼壶暗缺⑦。翠扇恩疏，红衣香褪⑧，翻成消歇。玉骨西风⑨，恨最短、闲却新凉时节。楚箫咽⑩，谁寄西楼淡月。

【注释】

① 玉京秋：周密自度曲，属夹钟羽调，词咏调名本意。玉京，长安，并指南宋首都临安。② 蜩：即蝉。③ 碧砧度韵：砧，指捣衣之石。因其漂没于绿水之中，故冠以"碧"字美称之。度韵，指有节奏的捣衣声响。④ 银床：白石砌成的井栏。⑤ 凉花：芦花。⑥ 吟商：吟秋。此指蟋蟀等秋虫的清吟。⑦ 琼壶暗缺：晋人王敦字处仲，官至大将军，有意专制朝廷而为晋元帝所抑，心中怨忿，常咏曹操"老骥伏枥，志在千里"诗句寄托心志，以如意击唾壶为节，壶边都被敲出缺口。宋词中常用此典表现激动、苦闷情怀。这里化用王敦击唾壶事，表现愁怨情怀。参阅《世说新语·豪爽》。⑧ "翠扇"两句：写败残之莲花。语本唐许浑《秋晚云阳驿西亭莲池》："烟开翠扇清风晓，水泛红衣白露秋。"⑨ 玉骨西风：唐李商隐《偶成转韵七十二句赠四同舍》："天官补吏府中趋，玉骨瘦来无一把。"用指体瘦。清谭献《谭评词辨》："南渡词境高处，往往出于清真。'玉骨'二句，髀肉之叹。""髀肉复生"是刘备慨叹岁月蹉跎，功业不立之言，语出《三国志》。草窗用此，意涉多重。⑩ 楚箫：洞箫。

【品读】

词人独客杭州，西风又至，心绪黯然，遂琢此词，以写其悒郁之怀。游子孤寂，乡愁愈浓，书生老去，功名未立，托辞委婉，寄兴遥深，能不凄然？

王沂孙

【作者简介】

王沂孙（？—约1289），字圣与，号碧山，又号中仙、玉笥山人。会稽（今浙江绍兴）人。为会稽富豪子弟。宋亡前往来于临安（今杭州）、会稽间，与周密、赵与仁、陈允平等临安词人交游唱和，组织吟社、讲论创作不休。宋亡，三度游杭凭吊故都。又在会稽几次参与了《乐府补题》咏物聚会，借咏物抒写亡国破家之痛。元至元年间，被元朝强征，出为庆元路学正。旋辞官归里以终。其咏物词代表了宋代咏物词的最高成就，以词言志，借物写心，物我一体。有《花外集》。

扫花游·秋声

商飙乍发①，渐淅淅初闻②，萧萧还住③。顿惊倦旅。背青灯吊影，起吟愁赋。断续无凭，试立荒庭听取。在何许？但落叶满阶，惟有高树。

迢递归梦阻④。正老耳难禁，病怀凄楚。故山院宇⑤。想边鸿孤唳，砌蛩私语。数点相和，更著芭蕉细雨⑥。避无处。这闲愁，夜深尤苦。

【注释】

① 商飙：秋风。② 淅淅：象声词。形容风声。唐杜甫《秋风二首》之一："秋风淅淅吹巫山，上牢下牢修水关。"③ 萧萧：象声词。风声，雨声，草木摇落声。《楚辞·九怀·蓄英》："秋风兮萧萧，舒芳兮振条。"④ 迢递：遥远的样子。唐王勃《春思赋》："帝乡迢递关河里，神皋欲暮风烟起。"⑤ 故山：故乡。⑥ 著：附着。

【品读】

这是一首羁旅思乡之词。秋风初起，草木摇落，引起游子内心的恐慌。夜晚灯下，因愁吟赋，心中久久不能平静。伫立荒寂的庭院里，唯有落叶从高大的树木上飘飞，洒满庭阶。乡路远隔归梦阻，年迈难禁乡思，何况老病缠身，更觉凄楚。遥想故乡的庭院，此刻应是塞雁孤鸣，庭阶旁蟋蟀窃窃私语，更有雨打芭蕉的淅沥声相应和。乡愁袭来，无处躲避，夜深时尤为凄苦。

莫 仑

【作者简介】

莫仑，字子山，号两山，江都（今属江苏扬州）人，寓丹徒（今属江苏镇江）。宋咸淳四年（1268）进士。入元不仕，《全宋词》存其词五首。

生查子

三两信凉风①，七八分圆月②。愁绪到今年，又与前年别。

衾单容易寒③，烛暗相将灭。欲识此时情，听取鸣蛩说。

【注释】

① 信凉风：即清凉的信风。信风，随时令变化，定期定向而来的风，即季候风。②"圆月"句：暗示时令将近中秋。③衾：大被。晋潘岳《悼亡》："凛凛凉风升，始觉夏衾单。"

【品读】

这是一首词人于秋夜因风凉、衾寒而顿生愁思的词。词人一直生活在愁苦中，今年的愁绪又与往年不同，望着将灭的蜡烛，满腔的愁绪无法排遣，此时此情向谁诉说呢？只有悲鸣的蟋蟀似乎懂得他的忧愁。

仇 远

【作者简介】

仇远（1247—1326），字近仁，一字仁父，自号山村民，钱塘（今浙江杭州）人。早在宋咸淳年间即以诗名，与诗人白珽齐名，号"仇白"。与周密等词人唱和，属临安词人群体。元大德九年（1305），被征召为溧阳教授。官满而归，优游湖山以终。其人博雅多艺，兼工书画诗词，元代诗家词客张翥、莫维贤辈，皆出其门，故于元词坛影响极大。其词源出苏轼、姜夔，高远清疏，体崇骚雅。咏物词较多，曾参与《乐府补题》咏物聚会。有《兴观集》等。

木兰花慢（其二）

泥凉闲倚竹，奈冉冉、碧云何①。爱水槛空明②，风疏画扇，雪透香罗③。惺忪未成楚梦④，看玲珑、清影罩平坡。便有一庭秋意，碎蛩声乱寒莎⑤。

银河。不起纤波。天似水、月明多。算江南再有，贺方回在⑥，空费吟哦。年年自圆自缺，恨紫箫、声断玉人歌⑦。谩对双鸳素被，翠屏十二嵯峨⑧。

【注释】

① 冉冉：形容缓慢移动或飘忽迷离。宋范成大《秋日杂兴》："西山在何许？冉冉紫翠间。"② 水槛：临水的栏杆。唐白居易《题元八溪居》："溪岚漠漠树重重，水槛山窗次第逢。"③ 香罗：绫罗的美称。唐杜甫《端午日赐衣》："细葛含风软，香罗叠雪轻。"④ 楚梦：本指楚王游阳台梦遇巫山神女事，后借指短暂的美梦。多指男女欢会。⑤ 寒莎：秋天的莎草。⑥ 贺方回：贺铸（1052—1125），字方回，自号庆湖遗老。能诗文，尤长于词。其词内容、风格较为丰富多样，善于锤炼字句。部分描绘春花秋月之作，意境高旷，语言浓丽哀婉，近秦观、晏几道。⑦ "紫箫"句：传说春秋时秦有萧史善吹箫，穆公女弄玉慕之，穆公遂以女妻之。史教玉吹箫作凤鸣声，后凤凰飞至其家，夫妇俱随凤凰飞去。事见汉刘向《列仙传》。后用为男女相慕的典实。唐杜牧《寄扬州韩绰判官》："二十四桥明月夜，玉人何处教吹箫。"⑧ 嵯峨：高峻的山峰。

【品读】

淡淡的闲愁，交融在秋天特有的景物中。表述的是一个寂寞者的孤独、忧郁和怨恨，时过境迁、物是人非的情景与心绪。借物言愁，因愁兴悲，情怀难以排遣，无可奈何的感慨愈加浓重。

蟋 蟀

蟋蟀一何多，晓夜鸣不已。

居然声相应，各为气所使。

零露聊饱蝉，落叶才庇蚁①。

秋风满庭砌，安能久居此。

愁声不欲听，我听差可喜。

平生胜负心，一笑付童子。

【注释】

①《国语·晋语九》："蚋蚁蜂虿，皆能害人。"《楚辞·招魂》："赤蚁若象。"

【品读】

蟋蟀为气所使，同声相应，消夜长鸣，人若如此，情何以堪？不如学童子，天真烂漫，少些机锋，得其所哉。

蒋 捷

【作者简介】

蒋捷，字胜欲，号竹山，阳羡（今江苏宜兴）人。宋咸淳十年（1274）进士，入元隐居太湖竹山，屡辞荐辟。其词内容广泛，颇有追今伤昔之作，构思新颖，色彩明快，音节嘹亮，风格与姜夔相近。有《竹山词》一卷。

声声慢·秋声 ①

黄花深巷 ②，红叶低窗 ③，凄凉一片秋声。豆雨声来 ④，中间夹带风声。疏疏二十五点 ⑤，丽谯门 ⑥、不锁更声。故人远，问谁摇玉佩，檐底铃声 ⑦。

彩角声吹月堕 ⑧，渐连营马动，四起笳声 ⑨。闪烁邻灯，灯前尚有砧声。知他诉愁到晓，碎哝哝、多少蛩声 ⑩。诉未了，把一半、分与雁声。

【注释】

① 秋声：此词仅以"声"字一韵到底，称"独木桥体"，又名"福唐体"。② 黄花：菊花。③ 红叶：丹枫。④ 豆雨：形容雨点似豆。⑤ 疏疏：稀疏，节奏慢。二十五点：打更鼓的点数。⑥ 丽谯：华丽的高楼，即更鼓楼。《庄子·徐无鬼》："君亦必无盛鹤列于丽谯之间。"成玄英疏："（丽谯）言其华丽嶕峣也。"⑦ 檐底铃声：屋檐角下悬挂的风铃声。檐铃，又称玉马或金头马。⑧ 彩角：饰有纹彩图案的号角，即画角。⑨ 笳声：此指起床号，或出操号。笳，汉代流行于塞北和西域的一种类似笛子的管乐器。汉李陵《答苏武书》："胡笳互动，牧马悲鸣。"⑩ 碎哝哝：时断时续，声轻而清。

【品读】

这是一首寓情于声的金秋交响曲。词的上阕：偏僻的小巷里菊花开放，窗前丹枫低垂，四周一片凄凉的秋声交织。夜深人静，雨声、风声、更鼓声接踵而来，那檐铃声似爱妻的玉佩声传来，但闻其声，不见其人，何其悲也。词的下阕：彩角声、笳声、砧声、蛩声、雁声由大到轻，由远到近，从深夜到天明，似诉不完的愁苦，声声"玉关情"，愈感悲切。此词构思巧妙，充满了悲凉的情调。

陈德武

【作者简介】

陈德武，三山（今福建福州）人。有词集《白雪遗音》。

清平乐·咏促织

啾啾唧唧①，夜夜鸣东壁。如诉如歌如涕泣，乱我离怀似织。

画堂帘幕沉深②。美人睡稳香衾。懒妇知眠到晓，尔虫枉自劳心。

【注释】

① 啾啾唧唧：象声词，蟋蟀鸣叫声。② 画堂：华丽的厅堂。

【品读】

夜深，蟋蟀悲鸣似在诉说美人的离怨；画堂帘幕深垂，美人拥香衾酣然入睡到天明，令蟋蟀的鸣叫枉费心机。

林景熙

【作者简介】

林景熙（1242—1310），熙一作曦，字德阳（一作德旸），号霁山，温州平阳（今属浙江）人。宋咸淳七年（1271）自太学生授泉州教官。历礼部架阁、从政郎。入元不仕。有《林霁山集》等。

商妇吟 ①

良人沧海上 ②，孤帆渺何之。

十年音信隔，安否不得知。

长忆相送处，缺月随我归。

月缺有圆夜，人去无回期。

回期倘终有，白首宁怨迟。

寒蛩苦相吊，青灯鉴孤帏。

妾身不出帏，妾梦万里驰。

【注释】

① 此篇以商妇自比而寓思君之意。② 良人：丈夫。《孟子·离娄下》："齐人有一妻一妾而处室者，其良人出，则必餍酒肉而后反。"

【品读】

诗人在宋亡后十年仍念念不忘故主，以思妇形象暗寓思君之意，委婉深曲，表现对君之忠，透入纸背。诗人采用民歌中常见的反复和顶真的修辞手法，表达难割难舍的思想感情，并寄托了不与元朝统治者合作的怀抱，对宋君的耿耿忠心，回肠荡气，感人至深。

闻 蛩

凄苦难成调，秋风入细弦。

草根语深夜，灯下感流年 ①。

落叶已满径，征人犹在边 ②。

寒衣何日寄 ③，思妇不成眠。

【注释】

① 流年：易于流逝的年华、时光。后蜀孟昶《木兰花》："屈指西风几时来，只恐流年暗中换。"② 征人：戍边的战士。③ 寒衣：御寒的衣物。

【品读】

秋夜蛩鸣，犹思妇寄情征人之语。征战何时休，戍边何时归，寒衣何日寄，思妇怎能眠？

张　炎

【作者简介】

张炎（1248—1320），字叔夏，号玉田，又号乐笑翁，临安（今浙江杭州）人。张俊六世孙。宋亡，落魄纵游。有《山中白云词》八卷、《词源》二卷。

清平乐

候蛩凄断①。人语西风岸。月落沙平江似练②。望尽芦花无雁。
暗教愁损兰成③，可怜夜夜关情。只有一枝梧叶，不知多少秋声。

【注释】

① 候蛩：蟋蟀。② 江似练：语本南齐谢朓《晚登三山还望京邑》："澄江静如练。"③ 兰成：即庾信，小字兰成，南朝梁诗人。

【品读】

秋江图画，"怎一个愁字了得"，淡语能腴，常语有致，笔法自高，亦是因感有得。

萧德藻

【作者简介】

萧德藻，南宋诗人，字东夫，自号千岩老人。闽清（今属福建）人。宋绍兴二十一年（1151）进士，初官乌程令，历知峡州，终福建安抚司参议。杨万里将他与尤袤、范成大、陆游并举，称为"四诗翁"，说他"文学甚古，气节甚高，其志常欲有为，其进未尝苟合。老而不遇，士者屈之"。其诗风古硬顿挫而有深致。

齐天乐

扇鸾收影惊秋晚①，梧桐又供疏雨。翠箔凉多②，绣囊香减③，陡觉簟冰如许④。温存谁与。更禁得荒苔，露蛩相诉。恨结愁萦，风刀难剪几千缕。

闲思前事易远，怅旧欢无据，月堕湘浦⑤。软玉分裯⑥，腻云侵枕⑦，犹忆喷兰低语⑧。如今最苦。甚怕见灯昏，梦游间阻。怨杀娇痴，绿窗还嚏否⑨。

【注释】

① 扇鸾：即鸾扇，羽扇的美称。唐李商隐《念远》："皎皎非鸾扇，翘翘失凤簪。"② 翠箔：绿色的帘幕。唐温庭筠《酒泉子》："掩银屏，垂翠箔，度春宵。"③ 绣囊：绣花的袋子。④ "簟冰"句：谓顿时感到竹席如冰之清凉。⑤ 湘浦：湘水边。⑥ 软玉分裯：衾被分开。软玉，比喻洁白柔软之物，或指女人之手，或指飞鸟等。此处形容衾被之柔软。裯，泛指衾被。⑦ 腻云：比喻光泽的发髻。宋柳永《定风波》："暖酥消，腻云鬌，终日厌厌倦梳裹。"⑧ 喷兰：散发兰香。⑨ 嚏：喷嚏。此处谓有人思念（根据民间传说）。

【品读】

此词在伤秋怀人意绪的抒写中，流露出对时光年华流逝的深切叹惋，往昔欢聚时情意缠绵的美好追忆，凄婉温润，含蕴高远深厚，极富深微幽隐的感发作用。煞拍二句尤为感人，二人分离连梦都不成，不知绿窗里的心上人现在打喷嚏了吗？以反问加强语意，抒相思之无尽，意味隽永。

周伯阳

【作者简介】

周伯阳，生平不详。

春从天上来·武昌秋夜

浩荡青冥①。正凉露如洗②，万里虚明③。鼓角悲健④，秋入重城⑤。仿佛石上三生⑥。指蓬莱路⑦，渺何许、月冷风清。倚南楼⑧、一声长笛，几点残星。

西风旧年有约⑨，听候蛩语夜。客里心惊。红树山深，翠苔门掩，想见露草疏萤。便乘风归去，阑干外、河汉西倾⑩。笑淹留，划然孤啸，云白天青。

【注释】

① 青冥：蓝天。唐张九龄《将至岳阳有怀赵二》："湘岸多深林，青冥昼结阴。"② 凉露：秋露。③ 虚明：指夜空通畅明亮。唐杜甫《夏夜叹》："虚明见纤毫，羽虫亦飞扬。"④ 鼓角：战鼓与号角，军中用以报时、传令。杜甫《阁夜》："五更鼓角声悲壮，三峡星河影动摇。"⑤ 重城：指城墙。宋王安石《怀元度》："思君携手安能得，上尽重城更上楼。"⑥ 石上三生：唐人传说，天宝年间，李源与释圆观交厚，二人行至南浦，圆观自称将托生为王氏之子，并与李约定，十二年后，两人于杭州天竹寺外相聚。届时，李源前往，见一牧童即圆观，圆观唱《竹枝词》，有"三生石上旧精魂"句。参阅唐袁郊《甘泽瑶·圆观》。宋词中常用此典咏前定因缘，宋刘辰翁《沁园春·和槐城见寿》："叹十年波浪，悠悠何补；三生石上，种种无缘。"这里用本典自叙追忆旧游恍如隔世。⑦ 蓬莱路：比喻好景限隔。古代神话传说，东海里的仙山蓬莱，隔弱水三万里，凡人无法到达。⑧ 南楼：晋人庾亮任江、荆、豫三州刺史时，曾与属吏秋夜登武昌南楼咏吟赏月。后遂将南楼用作咏月夜或长官属吏宴集欢会的典故。参阅《世说新语·容止》。这里以庾亮自比，追忆昔日风雅。⑨ 旧年：去年。宋仲殊《玉楼春》："黄梅雨入芭蕉晚，凤尾翠摇双叶短。旧年颜色旧年心，留到如今春不管。"⑩ 河汉：银河。

【品读】

此词借追叙萧疏、清幽的秋景抒思故人之情，只写景而情在其中，在情景交融方面达到了很高的境界。且善于点化典故以构造新的形象，从而把往昔与友人相聚的风雅、主人的羁旅惆怅、超然的疏狂表现得情思隽永而悠远。全词情致苍凉朴厚，境界辽阔高远，意象空灵，有言尽意不尽之妙。

翁 森

【作者简介】

翁森，字秀卿，号一瓢，今浙江仙居县双庙乡下支村人。宋末元初杰出的诗人、教育家。南宋亡后，立志不仕，隐居教授。著有《一瓢稿》。

四时读书乐（其三）

昨夜庭前叶有声，篱豆花开蟋蟀鸣。

不觉商意满林薄①，萧然万籁涵虚清②。

近床赖有短檠在③，对此读书功更倍。

读书之乐乐陶陶④，起弄明月霜天高。

【注释】

① 商意：秋意。古人认为商声属秋。《楚辞·七谏·沉江》："商风肃而害生兮，百草育而不长。"林薄：草木丛生。② 萧然：凄凉冷落。万籁：自然界的各种声音。涵虚：指水映天空。唐孟浩然《望洞庭湖赠张丞相》："八月湖水平，涵虚混太清。"③ 短檠：灯架，借指灯。④ 陶陶：欢乐、舒畅的样子。魏晋刘伶《酒德颂》："无忧无虑，其乐陶陶。"

【品读】

读书之乐，贵在不求功利。唯不求功利读书，方能得读书之真趣。诗人隐居不仕，自然深谙此道。秋高气爽，落叶有声，蚕鸣相伴，孤檠长夜，读书忘忧，亦人生之一乐也。

艾性夫

【作者简介】

艾性夫，字天谓，宋末元初诗人，约元世祖至元中前后在世，江西东乡（今属江西抚州）人。与其叔艾可叔、艾可翁齐名，人称"临川三先生"。工诗，气势清拔，以妍雅为宗，尤长五七言古体，笔力排荡，精新华妙，脍炙人口，为时绝唱。有诗集《孤山晚稿》，原本已佚。

蟋　蟀

不从草际伴啼螿①，偏逐西风入我床。

心事甚如愁欲诉，秋吟直与夜俱长。

一年时节虫声早，半树梧桐月影凉。

忆得重胡衰柳下，健儿笼汝斗斜阳②。

【注释】

① 啼螿：鸣叫的寒蝉。宋王沂孙《声声慢》："啼螿门静，落叶阶深，秋声又入我庐。"② 健儿：壮士。唐杜甫《哀王孙》："朔方健儿好身手，昔何勇锐今何愚。"

【品读】

心事如蟋蟀愁鸣，与夜俱长。

漫　兴

支离矮屋护松阴①，半刻清闲直万金。

蟋蟀叫回秋梦薄，一方凉月道人心。

【注释】

① 支离：破败、残缺不全。

【品读】

清闲可贵，万金难抵，人生难得清闲，唯心如凉月，方能消受。

蒲寿宬

【作者简介】

蒲寿宬，宋末元初诗人，擅长写词。代表作品有《满江红·登楼偶作》《渔父词·渔父》十三首。蒲寿宬乃元代西域人华化之先导。"宬"字本应为宬，字库无，有的省略为"蒲寿"。

闻蟋蟀有感

煎煎促谁织①，机杼咽空林。

何处露蒷下②，入人秋思深。

清灯一线泪，孤枕百年心。

此意知谁会，悠然太古音③。

【注释】

① 煎煎：忧苦貌。② 露蒷：沾满露水的草丛。蒷，同"丛"。③ 太古：远古。

【品读】

蟋蟀不断地悲鸣促织，但闻织机声鸣响于寂寞空阔的树林。你寄宿在沾满露珠的草丛中，那絮絮叨叨的诉说，只能引发游子深深的秋思。孤枕难眠，那一线烛泪抑或是诗人的苦吟？你这从远古时代走来的精灵，可否理会我诗人孤独的心？

刘秉忠

【作者简介】

刘秉忠（1216—1274），初名刘侃，字仲晦，邢州（今河北邢台）人。年十七为节度使府令使，因不屑为刀笔小吏，弃官隐于武安山为僧，法名子聪，号藏春散人。乃马真后元年（1242），经海云禅师推荐入忽必烈幕府，备受信任，改名秉忠。出征云南，筹建开平城；忽必烈称帝，受命制定各种制度。元至元元年（1264），奉命还俗，任太保、参领中书省事、同知枢密院事等职。后主持设计大都城，又建议以大元为国号，为元朝开国名臣。著有《藏春集》。

【双调】蟾宫曲

梧桐一叶初凋。菊绽东篱①，佳节登高②。金风飒飒，寒雁呀呀，促织叨叨；满目黄花衰草，一川红叶飘飘。秋景萧萧，赏菊陶潜③，散诞逍遥④。

【注释】

① 菊绽东篱：语本晋陶渊明《饮酒》："采菊东篱下，悠然见南山。"② 佳节登高：指九月九日重阳节，古人有登高、赏菊、插茱萸的习俗。③ 陶潜：东晋诗人陶渊明，以爱菊著称。④ 散诞：逍遥自在。宋范成大《步入衡山》："更无骑吹喧相逐，散诞闲身信马蹄。"

【品读】

以"菊绽东篱"始，描写秋景之萧瑟、悲凉，反衬菊花的一枝独放，有凉意沁骨之感。而以"赏菊陶潜"作结，遥相呼应，则透出"散诞逍遥"之情怀。本曲多用代字，以"金风"代秋风，以"寒雁"代秋雁，以"黄花"代菊花，以"红叶"代枫叶，愈显语言丰富多彩，避免重复，增添读者的色感和触感，以引起联想。

关汉卿

【作者简介】

关汉卿（1220？—1300？），号已斋叟，大都（今北京）人。隶籍太医院户。元至元十四年（1277）到过杭州。晚年南下漫游，到过杭州、扬州等地。关汉卿多才多艺，能吟诗演剧，歌舞吹弹。他是我国古代戏剧的伟大奠基人，元曲四大家之首。所作杂剧六十余种，现存有《窦娥冤》《救风尘》《拜月亭》《调风月》《望江亭》《单刀会》等十五种，以揭露社会黑暗、抨击贪官污吏、歌颂劳动人民尤其是下层妇女为主题，也有取材于历史故事的。剧作结构紧凑，手法多样，语言通俗活泼，人物形象鲜明，艺术成就极高。散曲作品现存小令五十二首，套数十四套，或写离愁别恨，或写景抒情，或记叙爱情，时而悲歌慷慨，时而风流艳冶。语言通俗，既自铸伟词，又擅用口语。小令以活泼婉丽见长，散套有豪爽淋漓之概。

【双调】大德歌·秋

风飘飘，雨潇潇，便做陈抟睡不着①。懊恼伤怀抱，扑簌簌泪点抛。秋蝉儿噪罢寒蛩儿叫，渐零零细雨打芭蕉。

【注释】

① 陈抟：宋真源人（今河南鹿邑），字图南。五代后唐长兴中曾举进士不第。先后隐居武当山、华山，自号扶摇子，宋太宗赐号希夷先生。据说他在华山修道，清心寡欲，一睡就是上百天，因此有"陈抟高卧"的说法。

【品读】

这首小令写痴情女子于秋夜对远方情人的思念。作者用自然界的秋声烘托人物的相思。通过风声、雨声、秋虫鸣叫声和雨打芭蕉声，在人物心灵上引起的感受，表现人物的愁思恨缕。声情合一，情景交融，真切感人，是一首难得的佳作。

白 朴

【作者简介】

白朴（1226—1312？），字仁甫，后改字太素，号兰谷，隩州（今山西阳曲）人。入元不仕。所作杂剧今知有十六种，存《墙头马上》《梧桐雨》二种。散曲有近人辑本《白仁甫散曲》，词有《天籁集》。

【双调】得胜乐·秋

玉露冷①，蛩吟砌。听落叶西风渭水②，寒雁儿长空嘹唳③，陶元亮醉在东篱④。

【注释】

① 玉露：指晶莹的露水。唐杜甫《秋兴》之一："玉露凋伤枫树林，巫山巫峡气萧森。"② 渭水：水名。黄河主要支流之一。源出甘肃渭源县西北鸟鼠山，东南流至清水县，入陕西省境，横贯渭河平原，东流至潼关，入黄河。③ 嘹唳：形容声音响亮凄清。唐陈子昂《西还至散关答乔补阙知之》："葳蕤苍梧凤，嘹唳白露蝉。"④ 陶元亮：东晋诗人陶渊明，一名潜，字元亮。其《饮酒》其五："采菊东篱下，悠然见南山。"

【品读】

这首小令作者通过采撷玉露、蛩吟、落叶、寒雁等意象组合，抒写悲秋的感喟，寄寓对自己身世的坎坷、凄苦之愤懑。但作者显然深感回天乏力，唯有寄望能与陶渊明一样"采菊东篱下，悠然见南山"，消极遁世，酒醉中打发一生。

马 臻

【作者简介】

马臻（1254—1318），字志道，号虚中，南宋钱塘（今浙江杭州）人。出身于仕宦之家，少慕陶贞白（弘景）之为人，着道士服。年轻时过的是"书剑辛勤历，轻肥少壮便。浪游春富贵，醉舞月婵娟"的世袭公子生活。南宋灭亡后，他出家入道，隐于杭州西湖之滨，潜心修道。工诗属文善画，擅画花鸟、山水，诗有豪迈俊逸之气。士大夫慕其名与之交。元大德五年（1301）随三十七代张天师北上大都，朝见元朝皇帝。元大德六年（1302）返回杭州，晚居西湖之滨。有《霞外诗集》十卷。

秋日即事

芙蓉凉浅未全红①，稚子拦街斗草虫②。
节物变迁风景在，故园心事不言中③。

【注释】

① 芙蓉：荷花。《古诗十九首》之六："涉江采芙蓉，兰泽多芳草。"② 稚子：儿童。③ 故园：故乡。

【品读】

秋日初凉，芙蓉悄悄泛红，儿童当街拦斗蟋蟀。时令变迁，风景依旧，对故乡的牵挂，尽在不言之中。故国沦丧，遗民哀痛，语虽平淡，而心却惨痛。

张玉娘

【作者简介】

张玉娘，字若琼，自号一贞居士。处州松阳（今属浙江丽水）人。南宋提举张懋之女。有殊色，知书，敏慧绝伦。少许字沈佺。既而父母有违言，玉娘不从，适佺属疾，乃折简贻佺，以死自誓。佺卒，玉娘亦郁郁而终。文章蕴藉，诗词尤工。柔思绮怨中，时挟东坡之清气，可以比肩李清照、朱淑真。有《兰雪集》。

浣溪沙·秋夜

玉影无尘雁影来①，绕庭荒砌乱蛩哀②。凉窥珠箔梦初回③。

压枕离愁飞不去④，西风疑负菊花开⑤。起看清秋月满台。

【注释】

①玉影无尘：比喻月亮皎洁如玉纤尘不染。②绕庭荒砌：庭院中长满野草的台阶。③凉窥珠箔：秋叶之凉气透过珠帘。④压枕离愁：离愁满枕。⑤西风：秋风。

【品读】

深秋之夜，闺中少妇倚楼怅望。月轮皎洁如玉纤尘不染，雁阵掠影群飞而至。蟋蟀在荒草萋萋的庭院中发出悲哀的鸣叫，秋凉透过珠帘将好梦惊醒。离愁满枕，秋风负菊花盛开，更负我相思所爱之恋人之深情。全词语句曲折倒错，词情词意婉转起伏，状景物之凄清而生悲凉之意，诉伤离念别相思之情而显性情之真淳，笔墨新颖别致，意境深婉凄美，读来令人低回不已。

曾 瑞

【作者简介】

曾瑞，字瑞卿，自号褐夫，大兴（今北京市大兴区）人，后移居杭州（今属浙江）。曾瑞神采卓异，平生志不屈物，不愿做官，优游于市井。与钟嗣成友善。善画山水，学范宽；擅隐语（谜语），工小曲。有杂剧《才子佳人误元宵》传世。著有散曲集《诗酒余音》，不传。今存小令九十五首、套数十七套。多叹世之作，抒发对现实的不满。写闺怨的曲作，人物心理刻画细腻，曲文通俗本色。

【南吕】四块玉·闺情

孤雁悲，寒蛩泣，恰待团圆梦惊回。凄凉物感愁心碎。翠黛颦①，珠泪滴，衫袖湿。

【注释】

① 翠黛颦：眉毛紧蹙。翠黛，古时女子用螺黛（一种青黑色矿物颜料）画眉，故称美人之眉为"翠黛"。唐杜甫《陪诸贵公子丈八沟携妓纳凉，晚际遇雨》之二："越女红裙湿，燕姬翠黛愁。"颦，皱眉。

【品读】

这首小令抒发女主人公伤离恨别，思念远人的感情。雁孤、雁悲，即人孤、人悲；蛩寒、蛩泣，即人寒、人泣。咏物托人，写景含情，女主人因思念之深，梦中与心上人团圆，却被时断时续的孤雁、寒蛩鸣叫声惊醒，好梦难圆，怎能不泪湿衫袖呢？

【中吕】喜春来·遣兴二十二首（其五）

凄惶泪湿鸳鸯枕①，惨淡香消翡翠衾②，恼人休自恨蛩吟。惊夜寝，邻院捣寒砧③。

【注释】

① 鸳鸯枕：绣有鸳鸯的枕头，为夫妻所用。唐温庭筠《南歌子》："懒拂鸳鸯枕，休缝翡翠裙。"② 翡翠衾：饰有翡翠的大被。③ 捣寒砧：深秋的捣衣声。

【品读】

这首小令抒发女主人的闺怨之情。夜深人静，孤苦伶仃，泪湿鸳枕，独拥寒衾，蟋蟀悲鸣尚不足恨；而邻院传来的阵阵捣衣声，常使人梦中惊醒。女主人思念远征之人，其悲苦之情，可见一斑。

张可久

【作者简介】

张可久（约 1270—1348 以后），字小山，庆元（今浙江宁波）人。做过桐庐典史及昆山幕僚。有《小山乐府》。

【双调】折桂令·秋夜闺思

剔残灯数尽寒更，自别了莺莺①，谁更卿卿②？竹影疏棂，蛩声废井，桂子闲庭。淹泪眼羞看画屏③，瘦人儿不似丹青④。盼杀多情，远信休凭，好梦难成。

【注释】

① 莺莺：原为唐代传奇小说中的人物。唐元稹有《莺莺传》，记述莺莺与张生相恋，后为张所弃而他嫁的故事。此指姬妾。小令中女主人公自称。② 卿卿：南朝刘义庆《世说新语·惑溺》："王安丰妇常卿安丰，安丰曰：'妇人卿婿，于礼为不敬，后勿复尔。'妇曰：'亲卿爱卿，是以卿卿；我不卿卿，谁当卿卿？'遂恒听之。"上一个"卿"字为动词，谓以卿称之；下一个"卿"字为代词，犹言你。后两个"卿"字连用，作为相互亲昵之称。有时亦含有戏谑、嘲弄之意。③ 画屏：饰画的屏风。④ 丹青：绘画用的颜料，借指绘画。

【品读】

这是闺房怨妇的自叹之词。秋夜寒更，残灯将尽，月光下竹影透过稀疏的窗棂，空落的庭院中桂影婆娑，蟋蟀在废井中鸣叫。女主人泪眼涟涟，因思念而消瘦，不忍看画屏。多情愁杀，不知何时重逢，远方来信不足为凭，辗转不能成眠，纵有好梦亦难成。

张 翥

【作者简介】

张翥（1287—1368），字仲举，号蜕岩，又号蜕庵，晋宁（今山西临汾）人。少负才隽，豪放不羁。一旦幡然改，闭门读书，以诗文知名一时。元至正初，召为国子助教。累迁至翰林侍读学士兼国子祭酒，以翰林学士承旨致仕，后又加河南行省平章政事。翥勤于诱掖后进，不以师道自尊，学者乐亲炙之。善谐谑，出语辄令人失笑，入其室，蔼然如沐春风。擅诗词，以一身历元之盛衰，故诗多忧时伤乱。近体尤清圆妥帖，古体伉爽多讽喻。词则婉丽风流，宗南宋，有姜夔、吴文英之余音。论者或以翥为有元一代词宗，谓元词之不亡者，赖有仲举耳。此特以南宋格律派为准尺，不免偏执；然许为元词之大手笔，翥固无愧焉。有《蜕庵集》，词集名《蜕庵词》。

绮罗香·雨后舟次洹上 ①

燕子梁深 ②，秋千院冷，半湿垂杨烟缕 ③。怯试春衫 ④，长恨踏青期阻。梅子后、余润留寒，藕花外、嫩凉消暑 ⑤。渐惊他、秋老梧桐，萧萧金井断蛩暮 ⑥。

薰篝须待被暖 ⑦，催雪新词未稳，重寻笙谱。水阁云窗 ⑧，总是惯曾听处。曾信有、客里关河 ⑨，又怎禁、夜深风雨。一声声、滴在疏篷，做成情味苦。

【注释】

①洹：指洹河，又名安阳河，在河南省北部，流经安阳，入卫河。战国时苏秦游说六国会盟于此，以抗强秦。②燕子梁深：燕子深栖梁间。③"半湿"句：雨中垂杨半湿，丝丝枝条如缕缕青烟。④春衫：春装。⑤嫩凉：初凉。⑥金井：雕饰华丽的井栏。⑦薰篝：薰笼。烘被用。⑧水阁云窗：临水楼阁、掠云窗户。⑨客里关河：异地的关河。

【品读】

此词写作者经过洹河，恰逢阴雨霏霏，被迫泊舟岸边，雨中所见：燕子深栖梁间，人家院落冷清，秋千空挂；雨中垂杨半湿，丝丝枝条如缕缕青烟。初春雨后，乍暖还寒，不敢试春装，踏青游玩也将受阻。可想，青梅结子后，天气渐暖，但还会留下寒意；莲藕着花时，雨会带来凉爽，驱除炎暑；秋风萧萧，雨水使梧桐树显得更加苍老、憔悴；井栏边，暮色苍茫中蟋蟀断断续续地鸣叫。冬夜里，薰笼烘暖被子，催促雪花降落的诗篇尚未咏就，却被雨水打断了诗兴，只得吹笙重寻那种感觉。临水掠云的楼阁，都曾是惯听雨声的地方。多美的四时听雨图！但客居异乡的游子又怎敢有过多的奢望，谁又禁得住这深夜的风风雨雨，一声声，敲打着粗陋的船篷，敲打着游子的神经，做成这般凄苦的情味！

周文质

【作者简介】

周文质（？—1334），字仲彬，建德（今属浙江）人，后移居杭州。家世业儒，曾为路吏。性豪侠，好交游，与钟嗣成相交二十余年。善丹青，能歌舞，明曲调，谐音律。撰有杂剧《苏武还朝》《春风杜韦娘》等四种，均失传。散曲现存小令四十三首，套数五套，多写男女恋情，风格秀拔清丽。

【正宫】叨叨令·悲秋

叮叮当当铁马儿乞留玎琅闹①，啾啾唧唧促织依柔依然叫，滴滴点点细雨儿淅零淅留哨。潇潇洒洒梧叶儿失流疏刺落。睡不着也末哥②，睡不着也末哥，孤孤零零单枕上迷彪模登靠③。

【注释】

① 铁马：悬挂在室外屋檐上的风铃。② 也末哥：衬词，无义。《窦娥冤》三折【叨叨令】："俺婆婆见我披枷带锁赴法场餐刀去呵！枉将他气杀也末哥，枉将他气杀也末哥。"③ 迷彪模登：昏昏沉沉。

【品读】

秋夜独处，难以成眠，愁苦之极。风声、雨声、铁马撞击声、促织凄切的鸣叫声和梧桐叶的随风飘落声交织在一起，更增添了秋夜的凄凉氛围。离愁难以排遣，剪不断，理还乱，只能单枕上迷彪模登靠。这首小令善用衬词、象声词和排比句，使曲子抒情意味更浓，骤添无限韵味。

赵显宏

【作者简介】

赵显宏，元代散曲作家。存世散曲有小令二十一首、套数两套。大多为咏赞隐逸、及时行乐之作。《太和正音谱》："尤有胜于前列者，其词势非笔舌可能拟，真词林之英杰也。"

【黄钟】昼夜乐·秋

昨夜西风揭绣帘，恹恹①，恹恹恨魇损眉尖。霜压的丹枫如染，促织儿絮的人来厌，助离愁暮雨纤纤②。意不忺③，琴瑟慵拈④，琴瑟慵拈，不住把才郎念。

柳青，柳青忒恁地严⑤，偏嫌拘钳⑥，拘钳人等等潜潜⑦。酒半醺栊门半掩⑧，恨更长再不将香篆添⑨，空教人有苦无甜。闷似江淹⑩，闷似江淹，独自把凄苦占。

【注释】

①恹恹：精神不振的样子。元王实甫《西厢记》二本一折："恹恹瘦损，早是伤神，那值残春？"②纤纤：细微的样子。宋周邦彦《瑞龙吟》："归骑晚，纤纤池塘飞雨。"③忺：适意，高兴。元王和卿《文如锦》："病恹恹，柔肠九曲闲愁占，精神绝尽，情绪不忺。"④慵拈：懒得拨弄。⑤柳青：娘的歇后语。因曲牌有《柳青娘》，故云。此指鸨母。忒，太，过于。恁地，如此，这样。⑥拘钳：管束。⑦等等潜潜：想靠近而又不敢靠近。⑧栊门：悬挂帘栊之门。⑨香篆：似篆字的薰香。⑩江淹：南朝诗人，曾撰《恨赋》，他认为人们不论富贵亨通还是困厄贫贱，都将饮恨而死，有人生虚幻的思想。

【品读】

这首小令写的是风尘女子与相爱的才郎因妓院鸨母管束太紧，无法聚欢的相思之苦。上半阕，通过秋夜的特有景物描写：西风、霜染的丹枫、蟋蟀的鸣叫、暮雨纤纤的凄凉情景以及女主人琴瑟慵拈，表现她的相思之情。下半阕，男主人则诅咒妓院老鸨的凶残、严厉，使有情人因穷而不能聚欢，凄苦不堪，闷似江淹。整首小令，通过男、女不同的角度抒写他们的相思之苦，表现得淋漓尽致。

丘士元

【作者简介】

丘士元，元代散曲作家。《太和正音谱》将其列于"词林英杰"一百五十人中。今存散曲有小令八首，题材多为男女爱情。

【中吕】普天乐·秋夜感怀

月空圆，人何在？ 寒蛩切切，塞雁哀哀。菊渐衰，荷残败，叶落西风雕阑外①，断人肠如此安排。秋云万里，满天离恨，伴我愁怀。

【注释】

① 雕阑：饰刻花纹的栏杆。

【品读】

这是一首怀念离人的小令。秋夜，一轮皓月当空。如此良辰，而作者与所怀之人却天各一方，不能团圆，心里无限惆怅；此刻，耳闻蟋蟀鸣叫，秋雁悲鸣，目睹菊花衰落，荷叶残败，雕栏外秋风扫落叶席卷而过，断肠人在天涯……苍天呵，为什么如此安排？叫我触景生情，撕心裂肝，悲凉难耐；唯有愁思如秋云万里，离恨满天，时刻萦回在我心头。这首小令语言典雅，写景抒情融为一体，寓情于景，情词并茂，富有强烈的艺术感染力。

【双调】清江引·秋夜

夜阑梦回人静悄，不住的寒蛩叫。细雨洒芭蕉，铁马檐前闹①，长吁几声儿得到晓？

【注释】

① 铁马：屋檐下悬挂的铃铛。

【品读】

夜深人静之际，蟋蟀唧唧，细雨淅淅滴落芭蕉，铁马叮当，意中人今在何方，怎不叫人思念心焦？

刘 诜

【作者简介】

刘诜（1268—1350），字桂翁，号桂隐，庐陵（今江西吉安）人。诜二岁失母，七岁失父，九岁宋亡。年十二，作科场律赋论策之文，蔚然有老成气象。宋之遗老钜公一见，即以斯文之任期之。既冠，重厚淳雅，素以师道自居，教学者有法。萧御史方厓、文集贤学山、郑尚书鹏南先后以教官馆职遗逸荐，皆不报。元至正十年卒，年八十三，门人私谥曰文敏。所著诗文曰《归隐集》。

对客暮坐

危坐高斋夕①，东来喜友生。
空庭疏雨后，四壁乱蛩鸣。
烛至瓶花落，秋凉架药轻。
西头动刀尺②，淡月上檐楹。

【注释】

① 高斋：高雅的书斋，常用作对他人屋舍的敬称。② 刀尺：剪刀和尺，裁剪工具，指服装制作。

【品读】

秋夜雨后，一轮淡月高挂，任烛花溅落，蟋蟀乱鸣，促织声声，与客对坐高斋，寂寥中自得其乐。

刘 基

【作者简介】

刘基（1311—1375），字伯温，青田（今属浙江）人。元至顺进士，曾任江西高安县丞、江浙儒学副提举等职。因受排挤而弃官归隐青田山中。著《郁离子》以寓志。后应朱元璋召请，筹策佐命，参与机要。明初任御史中丞兼太史令，封诚意伯。明洪武四年（1371）辞官。后为宰相胡惟庸所谮，忧愤而死。一说被胡惟庸毒死。刘基在元末即以诗文著称，其诗沉郁雄浑，尤长于古体，为明初一大家。有《诚意伯文集》。

秋 霁①

积雨霁郊间，凉风来早秋。

蒲柳变冶色②，寒蛩生暮愁。

明月艳素光③，青山澹如浮④。

游目睇行云⑤，感此身世忧。

故乡不可见，怅然心悠悠。

【注释】

① 秋霁：秋雨停止。② 蒲柳：植物名，即水杨。《古今注·草木》："蒲柳，水边生，叶似青杨，一名蒲杨。"冶色：艳丽。③ 素光：谓月光皎洁。④ 澹如浮：谓青山静穆犹如飘浮云间。⑤ 睇：睇眄，流观，环视。

【品读】

秋夜雨后，草木变色，蟋蟀悲鸣，诗人客居异乡，油然而生悲秋之情、思乡之苦，不觉怅然若失。

陈 基

【作者简介】

陈基（1314—1370），台州临海（今属浙江）人。曾辅助张士诚军事，军旅倥偬，飞书走檄多出其手。他是一个有才华的风云人物，写了不少反映起义军生活的诗。他也是一位书法家，传世的几封短札，写得洒脱随意，走笔驰骋操纵，情趣流溢，如致钱伯行的《苦雨帖》等。

夏夜怀李尚志①

蟋蟀已在壁，烦暑犹未歇。

离居感时序②，忧端难断绝。

绿树含微风，明河湛秋月③。

念子行未归，徘徊至明发④。

【注释】

① 李尚志：作者的友人，生平不详。② 时序：时间、季节的先后次序。③ 湛：澄澈。④ 明发：黎明，平明。《诗经·小雅·小宛》："明发不寐，有怀二人。"宋朱熹《诗集传》："明发，谓将旦而光明开发也。二人，父母也。"

【品读】

夏末秋初之夜，蟋蟀鸣叫，酷暑烦人，诗人怀念离别的游人，愁思难遣；此刻，微风穿林而过，小溪里一轮明月倒映澄澈，想到友人离别多时，至今未归，不由得令人徘徊而无法入眠，不觉已到黎明。本诗语言朴素，感情真挚，值得一读。

蔡汝钦

【作者简介】

蔡汝钦，字衷一，生平不详。

沁园春·感怀

试望中原①，郁葱佳气，今安在哉。叹桥山帝子，魂归上苑②，草庐名佐，星陨中台③。玉树风悲④，霓裳月冷⑤，舞榭歌楼锁碧苔。空翘首，冀丹山日近⑥，沧海珠回⑦。

百年世事堪哀。问谁忍、长陵土一抔⑧。但白面书生，黄金印大⑨，虬髯壮士，灞上营开⑩。寨卖卢龙⑪，堂间蟋蟀，赢得渔阳鼙鼓来⑫。伤心处，看平畴禾黍⑬，旧日亭台。

【注释】

①中原：今河南及黄河中下游地区或整个黄河流域。②"叹桥山"两句：历代帝王们从历史舞台上消逝。桥山，山名，在陕西黄陵县西北，有沮水穿山而过，山呈桥形，因以为名，也称子午山。相传上有黄帝墓。《史记·五帝纪》："黄帝崩，葬桥山。"帝子，皇帝子女的通称。桥山帝子，泛指后代帝王。上苑，供帝王玩赏、打猎的园林。③"草庐"两句：辅助帝王治理天下的名相，如星辰陨落。草庐，结草为庐，隐者所居。中台，本为星名。《晋书·天文志上》："西近文昌二星曰上台，……次二星，曰中台。"汉晋以来，用三台象征三公的职位，中台象征司徒或司空。④玉树风悲：南朝陈代亡国之君陈叔宝在位时钟情声色，作艳曲歌颂妃嫔美貌，有《玉树后庭花》等曲。词人用此典咏叹南朝衰亡。⑤霓裳月冷：《霓裳羽衣曲》为唐代舞曲，起于开元，盛于天宝，传说唐玄宗被道士罗公远带到月宫，众仙女为之表演《霓裳羽衣曲》。词人用此典咏叹唐朝衰亡。⑥"冀丹山"句：神话传说中的丹穴山栖有凤凰，阮籍有"朝餐琅玕实，夕栖丹山际"之句。词人用此典表示有情人结为眷属的愿望。⑦"沧海"句：唐人狄仁杰初为汴州参军，才德优异却不被重用，黜陟使阎立本誉之为"沧海遗珠"。词人用此典表示希望人才不被埋没。⑧"长陵"句：一抔，即一捧。汉廷尉张释之曾用"取长陵一抔土"婉指盗掘长陵（汉高祖陵墓）。后因以"一抔土"代指陵墓。参阅《史记·张释之列传》。⑨"但白面书生"两句：指战国时苏秦游说赵王，封为武安君，受相印及黄金万镒事。⑩"虬髯"两句：《史记·白起王翦列传》："于是王翦将兵六十万人，始皇自送至灞上。"灞上，地名，在陕西省西安市东，灞水西高原上，故名。⑪寨卖卢龙：明长城潘家口与相隔不远的喜峰口关隘，古称卢龙寨，始建于明朝中期，位于今河北省迁西县境内，地处燕山山脉中段，崇山峻岭之中，滦河之水从此流入内地。两岸危岩耸立，地势险峻，是扼守辽西与内地的重镇，因此历来为兵家必争之地，自古烽烟迭起，狼烟不断。⑫"堂间蟋蟀"两句：南宋宰相贾似道沉湎于斗蟋蟀，在西子湖畔建造豪华别墅"半闲堂"，成天在堂中"拥姬据地斗蟋蟀"以致误国。渔

阳鼙鼓：白居易《长恨歌》诗叙写平卢、范阳、河东三镇节度使安禄山在渔阳郡发动叛乱，起兵反唐，有"渔阳鼙鼓动地来，惊破霓裳羽衣曲"之句。⑬ 平畴禾黍：平坦的田野上种植的谷类和黍子。

【品读】

这是一首怀古伤今的感怀词。笔酣墨饱，气势畅达，其雄阔之境、沉咽之思，颇能接踵东坡。上阕写景与抒情有机结合，泼墨淋漓，汪洋恣肆，语凄情苦。下阕即景抒怀，议论纵横，情真意挚，气度豪迈，连用典故而能流转自如，一气贯注，旷达豪放之个性宛然可见。

王 逢

【作者简介】

王逢（1319—1388），字原吉，自号席帽山人、梧溪子、最闲园丁，江阴（今属江苏）人。至正中，尝作《河清颂》，行台及宪司交荐之，皆以疾辞。其诗得虞集之传，才力富健，尤工古歌行，抑扬顿挫，迈爽绝尘。有《梧溪集》。

和沈掾 ① 中秋月

月入高天更漏迟 ②，天香消尽桂花枝 ③。

金晶气爽飘风露 ④，银汉波翻动鼓旗 ⑤。

蟋蟀满林罗袖湿，骆驼千帐笛声悲。

柴门此夜光如练 ⑥，喜与休文一咏诗 ⑦。

【注释】

① 沈掾：不详，待考。② 更漏：古代的计时器。以滴漏计时，凭漏科传更，故名。元曾瑞《折桂令·闺怨》："更漏永声来绣枕，篆烟消寒透罗衾。"③ 天香：桂花的芳香。宋刘克庄《念奴娇·木犀》："却是小山丛桂里，一夜天香飘坠。"④ 金晶：喻桂花之花蕊。⑤ 银汉：银河。⑥ 柴门：柴荆编扎的简陋的门，喻贫困。⑦ 休文：疑是沈掾字。

【品读】

中秋夜阑，金桂飘香，蟋蟀满林悲鸣，泪湿罗袖，似乎听到那千里塞外的驼铃声、军帐中将士的铁笛声。今夜，月光如练，在柴门陋室中吟诗度此良宵。

杨 基

【作者简介】

杨基（1326—1378），字孟载，号眉庵，原籍嘉州（今四川乐山），其父在江南做官，他生长在吴县（今江苏苏州），家居天平山南赤城下。少年聪颖，及长著《论鉴》十余万言。元末入张士诚幕。明洪武二年（1369）起为荣阳知县，谪居钟离；复被荐为江西行省幕官，坐省臣得罪，又落职。明洪武六年（1373）奉使湖广，迁山西按察使，终被逸夺官，谪为输作，卒于工所。以《铁笛》诗为杨维桢所赏识，与高启、张羽、徐贲并称"吴中四杰"。其诗颇有悲慨时事之作，以清逸流丽著称。有《眉庵集》。

蛩

王孙老去尚风流^①，画里新诗淡写愁。

莫道吴宫与梁苑^②，露蛩烟草一般秋。

【注释】

① 王孙：泛指一般贵族官僚的子弟。② 吴宫：指春秋时期吴王的宫殿。梁苑：西汉梁孝王所建的东苑，故址在今河南省开封市东南。园林规模宏大，方圆三百余里，宫室相连属，供游赏驰猎。

【品读】

世上所谓功名富贵犹如过眼烟云，不可能永存。你看，那吴王的宫殿和梁孝王的东苑，如同雾草丛中沾露的蟋蟀一样，只不过一秋的寿命罢了。

舟中闻促织

促织来何处，哀吟近短篷^①。

不堪为客里，况复是舟中。

残梦寒衾月^②，孤灯夜枕风。

此时肠欲断，恨不耳双聋。

【注释】

① 短篷：谓舟上篷盖，代指船。② 寒衾：秋凉侵染的衣被。

【品读】

蟋蟀客居舟中尚觉羁旅之苦，人何以堪？难怪诗人"此时肠欲断，恨不耳双聋"了。

张 羽

【作者简介】

张羽（1333—1385），字来仪，浔阳（今江西九江）人，后移居吴兴（今浙江湖州）。元末，任安定书院山长。明初，任太常寺丞，因事谪广东，半路被召还，自知不能免，投龙江（在今广西河池市宜州区境）死。乐府歌行笔力雄放，才力驰骋；律诗亦颇俊逸，但有时失于平熟。有《静居集》。

秋郊行玩

新秋景物嘉①，树绿昼亦凝。

微雨夜来歇，朗然天宇清②。

幽蛩倏知候③，篱豆花间鸣。

边鸿未通信④，丛桂已含英⑤。

恰因文墨暇，一绕林间行。

幽栖寡尘虑⑥，散步写中情⑦。

逍遥玩澄景⑧，焉知有世荣⑨。

【注释】

① 景物嘉：景物美好。② 朗然：明亮，明朗。③ 倏知候：迅疾知道物候变化。④ 边鸿：边塞鸿雁。⑤ 英：花。⑥ 尘虑：世俗的杂念。⑦ 中情：内心的思想感情。⑧ 澄景：清静之景。⑨ 世荣：世俗的荣华。

【品读】

新秋之际，诗人散步郊外林间，只觉雨后天宇澄清，丛桂吐蕊，蟋蟀唧唧，尘虑荡尽，不由吟诗写中情。逍遥快活人，焉知有世荣。

高 启

【作者简介】

高启（1336—1374），字季迪，号槎轩，长洲（今江苏苏州）人。元末隐居吴淞青丘（今江苏苏州吴中区用直），自号青丘子。明洪武初，召修《元史》，授翰林院国史编修。迁户部右侍郎，托辞年少，未受职，被赐金放归，退居青丘，以教书为生。后因代苏州知府魏观撰《郡治上梁文》诗，触怒太祖朱元璋，被腰斩于南京，年仅三十九岁。高启博学工诗，尤长于歌行体。其诗兼师众长，各体俱擅，变化开合不拘于一体，诗风清新超拔，为明代成就最高的诗人之一。与杨基、张羽、徐贲齐名，并称"吴中四杰"。著有诗集《高太史大全集》、文集《凫藻集》附《扣舷集》词。

夜闻雨

窗烛泠残夜①，闻蛩更闻雨。
秋馆总多愁②，犹胜在羁旅③。

【注释】

①泠：清凉。②秋馆：秋日的馆舍。③羁旅：寄居他乡。

【品读】

夜将尽，秋馆里烛影摇窗，更显清凉、凄清。诗人耳闻蟋蟀唧唧，更听到秋雨滴沥。秋愁撩人，挥之不去，但总胜过羁旅异乡时的苦况。

蛩 声

空馆谁惊梦①？幽蛩泣露莎②。
机声秋来动③，应奈客愁何。

【注释】

①空馆：寂寥、虚空的馆舍。②幽蛩：幽暗夜色中的蟋蟀。露莎：沾着露珠的莎草。③机声：妇女制作寒衣的织机声。

【品读】

初秋的夜晚，寂寥的馆舍里是谁将我从梦中惊醒？呵，分明是幽暗中的蟋蟀，在滴着露水的莎草里发出如泣如诉的悲鸣。闺阁中的妇女闻秋而动，启动织机制备寒衣，织机声声，却无法使游子的乡愁释然。

闻早蛩赋

至正丙午五月十三日①，夜坐中庭②，闻蟋蟀之声，感而有赋。

龙集丙午③，仲月维夏④。祝融当衡⑤，蓐收伏驾⑥。怅炎氛之兴昼⑦，欣湛露之流夜⑧。于是莲塘涵清⑨，梧馆荣静⑩，纤绤方御⑪，轻箑未屏⑫。息号蝉之繁喧⑬，罢栖鹊之暗警⑭。何阴蛩之忽鸣⑮，寤余寐而独省⑯。稍入户而侵帏⑰，才缘阶而傍井⑱。若暑徂而律变⑲，簹色凄兮欲冷⑳。迅飙发兮骚骚㉑，斜汉回兮耿耿㉒。方其或咽或啼，或激或啸。嘤嘤孤吟㉓，啧啧相吊㉔。荫浅莎之蒙笼㉕，翳深丛之窈窕㉖。已厌闻而愈逼，乍欲寻而莫照。含清商之至音㉗，非假器而为妙㉘。促素机之惰工㉙，乱朱瑟之哀调㉚。未连响于络纬㉛，暂依明于熠耀㉜。若乃静院闲宫，荒园废驿㉝。草长幽扉㉞，苔滋坏壁。候月光而未旦，听雨声而乍夕。久弃长簦之妇㉟，远寓穷居之客，莫不对镜兴愁，揽以初戚。谬感年之将逝，误惊寒之已积。影就烛而谁依，泪横襟而自滴。不待风凋汉苑之柳㊱，霜殒湘皋之兰㊲。苟斯声之接耳，即掩抑而摧残。余何为而亦起，答悲韵而长叹。闻七月而在野㊳，实诗人之所志。今胡早而不然？岂天时之或异？乘大令之中衰㊴，应金气而先至㊵。推象类而占之㊶，若有兆夫人事㊷，然物生兮何常，庸讵测夫玄意㊸。抱微忧而何言，返中闺而复睡㊹。

【注释】

① 至正：元顺帝妥懽帖睦尔的年号，即1341—1368年。丙午：即至正二十六年丙午（1366）。② 中庭：厅堂。《礼记·檀弓上》："孔子哭子路于中庭。"注："寝中庭也。"③ 龙集：龙，岁星。《左传·襄公二十八年》："蛇乘龙。"集，次，用作纪年。龙集丙午是说岁次丙午，即至正二十六年。④ 仲月维夏：即农历的五月。仲月，每个季度的第二个月。维，句中语助词。⑤ 祝融：传说中帝喾时的火官，后尊为火神。《吕氏春秋·孟夏》："其帝炎帝，其神祝融。"⑥ 蓐收：古神名，掌管秋天万物的收藏。《礼记·月令》："孟秋之月……其帝少皞，其神蓐收。"伏：藏匿。驾：构架。⑦ 炎氛：热气，暑气。汉张衡《七辨》："桴弱水，越炎氛。"宋朱熹《对雨》："凉气袭轻裾，炎氛起秋思。"⑧ 湛露：浓厚的露水。《楚辞·九章·悲回风》："吸湛露之浮凉兮，漱凝霜之雾雾。"⑨ 莲塘：即荷塘。涵：包含，包容。⑩ 梧馆：植有梧桐的馆阁。荣静：幽深静谧。⑪ 纤绤：细葛布衣服。纤，细纹丝帛；绤，细葛布。《礼记·月令》："是月也，天子始纤绤。"注："初服暑服。"御：用。⑫ 轻箑：轻巧的扇子。屏：掩蔽。⑬ "息号蝉"句：鸣叫的夏蝉已经停止了繁杂喧哗。⑭ 罢：停止。⑮ 阴蛩：幽暗中的蟋蟀。⑯ 寤：睡醒。寐：睡。省：察看，检查。⑰ 侵帏：进入帷幕。⑱ 缘阶：沿着台阶。傍井：靠近井壁。⑲ 若：假如。徂：通"殂"，死亡。律：用竹管或金属管制成的定音或候气的仪器。此处指节名。⑳ 簹：盛饭用的竹器。㉑ 迅飙：快疾的暴风。骚骚：风动貌。㉒ 斜汉：天河，银河。耿耿：明亮貌。㉓ 嘤嘤：虫声。《诗经·召南·草虫》："嘤嘤草虫，趯趯阜螽。"㉔ 啧啧：虫鸟鸣声。吊：伤痛。㉕ 荫：遮蔽。浅莎：短草。蒙笼：茂密四布貌。㉖ 翳：遮蔽，隐藏。窈窕：幽深，深远。㉗ 清商：古五音之一。商声，主秋。此指秋风。至音：最完美的声

音。㉘假器：借助乐器。㉙促：催促。素机：不加装饰的织机。惰工：懒惰的工匠。㉚乱：搅乱。朱瑟：红色的琴。㉛络纬：虫名。即蟋蟀。㉜熠耀：闪闪发光。指萤火。《诗经·豳风·东山》："町畽鹿场，熠耀宵行。"㉝废驿：荒废的驿站。㉞幽扉：幽深的门。㉟长嫠之妇：即嫠妇，寡妇。㊱汉苑：泛指宫苑。㊲湘皋：泛指沼泽。㊳七月而在野：《诗经·豳风·七月》："七月在野，八月在宇。"㊴大令：国家重要法令。中衰：中途衰落。㊵金气：秋气。㊶推：推算。象类：相像，比拟。㊷兆：预兆。人事：人世上的各类事情。㊸庸讵：难道。测：预测。玄意：精微的义理，深奥的道理。㊹中闺：内室。

【品读】

　　作者写此赋时，正值元末农民起义如火如荼，朱元璋手下将领徐达、常遇春率军攻陷湖州、杭州等地，至11月，湖杭张氏守军投降。元朝统治岌岌可危，已处于风雨飘摇之中。作者借夏夜闻听蟋蟀鸣叫之声，通过对景物的刻画和对物候的敏锐感触，寓情于景，抒发自己对当时形势的忧虑和关切，以物咏怀，借蟋蟀之声发人忧思之情，含蓄隽永，意味深长。具体生动的描写和内涵曲折的寓意，使本赋意蕴丰富，含而不露，却能传情达意，引人共鸣。

王 绂

【作者简介】

王绂（1362—1416），字孟端，无锡（今属江苏）人，博学，工诗歌，能书，写山木竹石，妙绝一时。明洪武中坐累戍朔州。明永乐初，用荐，以善书供事文渊阁。久之，除中书舍人。隐居九龙山，自号九龙山人。

病中雨夜

不眠孤独在，风雨送凄凉。
病骨秋加瘦，羁愁夜并长 ①。
自应强饮食，谁复问衣裳。
蟋蟀如相念，时来啼近床。

【注释】

① 羁愁：羁旅异乡而生思乡之愁。

【品读】

羁旅异乡，风雨之夜，卧病在床，愈感孤独凄凉。本来因病已骨瘦如柴，逢秋则显更瘦，长夜漫漫可真难熬。现在又有谁来向我嘘寒问暖呢？只能自己加强饮食罢了。蟋蟀呵，你若有知，请不时来我床前鸣叫，解我相思之苦，伴我度过寂寞的秋夜。

张 本

【作者简介】

张本（1366—1431），字致中，东阿（今山东东阿）人。为官清廉，深为明成祖朱棣所知，太子也与他交好。朱棣北征时，张本多次督运粮草。明宣德六年（1431）去世，赏赐颇丰。

秋夜登阊门城楼 ①

月白三吴晚，风清八月秋。

芙蓉照江国 ②，蟋蟀上城楼。

海思飞云乱，乡心落叶愁。

忽闻黄鹤笛 ③，清夜重淹留 ④。

【注释】

① 阊门：今江苏苏州市阊门。② 芙蓉：荷花。江国：水乡。③ 黄鹤笛：语本唐李白《与史郎中钦听黄鹤楼上吹笛》："黄鹤楼中吹玉笛，江城五月落梅花。"④ 淹留：羁留。

【品读】

诗人于中秋之夜登阊门城楼，触景生情，乡愁无限。本诗语言清纯雅致，对仗工整，情思浓郁。

朱有燉

【作者简介】

朱有燉（1379—1439），明代杂剧家。号诚斋，又号锦窠老人、全阳道人、老狂生、全阳子、全阳老人。南直隶凤阳府凤阳县（今安徽省凤阳县）人，明太祖朱元璋第五子朱橚的长子，袭封周王，谥宪，世称周宪王。有《诚斋集》。

和白香山何处难忘酒 ①

何处难忘酒，重阳戏马台 ②。
菰蒲随水落 ③，橘柚待霜催。
蟋蟀吟将老，茱萸插几回 ④。
此时无一盏 ⑤，黄菊向谁开。

【注释】

① 白香山：唐代诗人白居易，号香山居士。此指白居易《何处难忘酒七首》。② 重阳：农历九月九日为重阳节。戏马台：南朝彭城县（今江苏徐州市）南有项羽戏马台，刘裕为宋公时，于九月九日曾至戏马台宴群臣。后世常用作咏重阳节的典故，也借以作为徐州的标志（参阅《南齐书》卷九）。宋苏轼《西江月·重九》："当年戏马会东徐，今日凄凉南浦。"③ 菰蒲：植物名。菰，禾本科，多年生水生宿根草本；蒲，水草，嫩芽可食，蒲叶可编席。④ "茱萸"句：语本唐王维《九月九日忆山东兄弟》："遥知兄弟登高处，遍插茱萸少一人。"⑤ "此时"句：语本唐白居易《何处难忘酒》其四："此时无一盏，何计奈秋风。"

【品读】

这是一首咏重阳节的诗。诗人在重阳节时登上戏马台，放眼望去，"菰蒲深处疑无地"（秦观《秋日》诗），而橘柚待霜侵而成熟。不时传来蟋蟀的悲鸣声，仿佛催人老去。人生苦短，遍插茱萸，还能有几回？恰逢佳节而无酒助兴，遍地的菊花为谁而开呢？

张 和

【作者简介】

张和，字节之，号篠庵、昆山千灯人。明正统四年（1439）进士及第，"廷试拟和第一人，以目眚改二甲第一，因乞归授徒自给，益穷经史，文望弥崇"。景泰庚午年，受聘江西乡试，授南京刑部主事，六年后入翰林，应召修编《宋元通鉴纲目》。丁丑还南，进郎中，擢浙江提学副使，享年五十有三，卒于邸舍。有《篠庵集》《奄论钞》《秋台清话》等。

兰陵秋夕 ①

月砌啼秋蛩，风枝起夜禽。

洗愁镫下酒，惜别梦中心。

露重惊寒早，更长觉漏沉 ②。

明朝览青镜 ③，玄鬓有霜侵 ④。

【注释】

① 兰陵：今江苏常州市。② 漏沉：漏声深沉。漏，古代计时器。③ 青镜：即青铜镜。④ 玄鬓：乌黑的鬓发。

【品读】

秋夜，月光映照庭阶，蟋蟀唧唧；秋风掠过，惊飞树上栖息的禽鸟。羁旅异乡，乡思时时梦牵魂萦，只能灯下举杯浇愁。白露降临，寒意袭入使人心惊，长长的打更声、漏壶滴漏声，让人感觉夜已深沉。明朝青镜照人，那乌黑的鬓发上已是吴盐点霜，岁月催人老！

吴　宽

【作者简介】

吴宽（1435—1504），字原博，自号匏庵，长州（今江苏苏州）人。明成化八年（1472）一甲一名进士，授修撰，后擢吏部右侍郎，入东阁，专典诰敕。明弘治十六年（1503），进礼部尚书，卒于官。赠太子太保，谥文定，有《匏翁家藏集》。他以文章领袖馆阁，其诗工稳恬雅，规模于苏轼。又擅书法，亦学苏。又是藏书家，并手抄卷帙。

念奴娇·秋夜对月

危楼百尺①，隐秋蟾、微露半规檐角②。吹灭银灯③，聊坐待、自卷西堂帘幙④。积雨初收，织云不起⑤，讶星河俱落⑥。屋梁光满，赴人如有盟约。

何事李白题诗，强分古今，有酒亦高酌⑦。慢抚枯桐⑧，三二引、写我一时之乐⑨。古树风回，荒阶蛩语，未觉秋声恶⑩。芙蓉花上，今夜露华堪濯⑪。

【注释】

①危楼：高楼。②"隐秋蟾"句：谓秋月躲藏于屋檐后，只露出半个脸庞。秋蟾，秋月。传说月中有蟾，故云。③银灯：银制的灯盏。④西堂：泛指西边的堂屋。《楚辞·九辩》："澹容与而独倚兮，蟋蟀鸣此西堂。"帘幙：帷幕。⑤织云：纷繁交错的云。⑥讶：惊奇，感到惊奇。星河：银河。⑦"何事李白"三句：语本唐李白《把酒问月》："今人不见古时月，今月曾经照古人。"何事，因何，为什么。⑧枯桐：琴的别称。《后汉书·蔡邕传》："吴人有烧桐以爨者，邕闻火烈之声，知其良木，因请而裁为琴，果有美音，而其尾尤焦，故时人名曰焦尾琴焉。"后遂以"枯桐"为琴的别称。⑨三二引：几首乐曲。引，乐曲体裁之一。欧阳修《送杨真序》："受宫声数引，久而乐之。"⑩恶：恼怒，恶劣，险恶。宋范成大《秦楼月》："阑干角，杨花满地，夜来风恶。"⑪露华：露珠。

【品读】

此词从李白《把酒问月》题旨化出，实乃作者绝妙的自我造像，一种风流自赏之意溢于言表。明月长在而人生短暂，何不对酒当歌？秋月下，"慢抚枯桐，三二引、写我一时之乐"，目极八荒，寄情六合，物我两忘，何忧之有？

何景明

【作者简介】

何景明（1483—1521），字仲默，号白坡，又号大复山人，信阳（今属河南）人。明弘治十五年（1502）进士，授中书舍人。正德初，上书吏部尚书许进指控宦官刘瑾而被免官。刘瑾伏诛，得李梦阳荐举而再起，官至陕西提学副使。居四年，劳累呕血，引疾归，抵家六日而卒。诗与李梦阳齐名，为"前七子"之一，倡导复古革新，个性解放，是明朝著名诗人。诗风秀逸，有《大复集》。

雨夜似清溪

院静闻疏雨，林高纳远风。

秋声连蟋蟀，寒色上梧桐。

短榻孤灯里，清笳万井中①。

天涯未归客，此夜忆江东②。

【注释】

① 清笳：凄清的胡笳声。万井：千巷万井。② 江东：用项羽垓下自刎，不愿回江东之典故。此指家乡。

【品读】

这是一首悲秋的诗。诗的前六句写周遭的景物：耳闻稀疏的雨声、远风振柯的沙沙声、蟋蟀的鸣叫声以及凄清的胡笳声；目睹霜露侵染梧桐，寒气逼人，短榻孤灯，寂寥难耐。此刻，诗人身处异乡，倍添悲哀，能不思故乡？此诗清新俊逸，感物抒情，表现诗人浓郁的乡思，令人不忍卒读。

秋 夜

暝砌凝寒色①，高楼闭绮栊②。

露虫吟蟋蟀，风叶下梧桐。

此夜关山月③，何人怅望中。

泠然感秋思④，况复听征鸿。

【注释】

① 暝砌：暮色中的庭阶。② 绮栊：华丽的窗户。③ 关山月：汉乐府横吹曲名。《乐府诗集》所收歌词系南北朝以来文人作品，内容多写边塞士兵的久戍之苦和伤离怨别。唐王昌龄

《从军行》之一："更吹羌笛《关山月》，无那金闺万里愁。"④冷然：清凉、凄清的样子。

【品读】

　　暮色笼罩庭院，庭阶上似乎也凝结着秋寒，高楼关闭上华丽的窗户；蟋蟀沾露，唧唧鸣叫不停，秋风中梧桐叶萧萧而下。寂寥的夜里传来《关山月》的横吹笛声，是谁闻此感到怅然若失？凄清的秋夜，怎不惹人悲秋的愁思？更何况还不时听到一阵阵征鸿的哀唳。

韩邦靖

【作者简介】

韩邦靖（1488—1523），字汝度，号五泉，陕西朝邑（今陕西大荔东）人，韩邦奇之弟。幼聪悟，年十四举于乡，明正德三年（1508）与兄邦奇同举进士，负有重名，时称"关中二韩"。官工部主事，因灾指斥时政，下狱，寻得释，斥为民。嘉靖初，起山西左参政，分守大同，力语发帑赈饥，不得报，遂乞归。工诗，著有《五泉诗集》。

秋 雨

雨到秋深易作霖①，萧萧难会此时心②。

滴阶响共蛩鸣切，入幕凉随夜气侵。

江阔雁声来渺渺③，灯昏官漏夜沉沉④。

萧条最是荆州客⑤，独倚高楼一醉吟⑥。

【注释】

① 霖：连绵雨。《管子·度地》："夏多暴雨，秋霖不止。"② 萧萧：象声词，风声、雨声、草木摇落声。③ 渺渺：辽远。④ 官漏：官府的计时器。漏，漏壶，以漏刻计时。⑤ 荆州客：东汉末年王粲因西京扰乱，避难到荆州依附刘表，未受重视，因此他长期郁郁不欢，每于诗文中表露失意怀归的情绪。后用作滞留失意的典故。⑥ "独倚高楼"句：东汉王粲作有《登楼赋》。

【品读】

这是一首借景抒怀诗。秋夜，阴雨连绵，蟋蟀鸣声唧唧，秋凉侵入帷幕，风雨潇潇，寒气逼人，但又有谁能理会我此时的心情呢？推窗远望，辽阔的江面上掠过阵阵大雁，随着鸣叫声渐渐远去。灯火昏暗，滴漏声里夜已深沉。此时此景，令人感慨万千，寄身莲幕，犹如荆州王粲，虚怀凌云之志，英雄失路，只能独倚高楼，醉意朦胧中吟诗作赋求得解脱。

杨　慎

【作者简介】

杨慎（1488—1559），字用修，号升庵。四川新都人（今成都市新都区）。明正德六年（1511）进士第一。授修撰，预修《武宗实录》。明世宗立，任经筵讲官。明嘉靖三年（1524），以议大礼忤世宗受廷杖，谪戍永昌卫。居滇三十余年，卒于戍所。天启时追谥文宪。以博洽冠一时，著述甚富。其诗清新绮缛，独掇六朝之秀，于明代自立门户。工词，涉笔瑰丽富瞻，有沐兰浴芳、吐云含雪之妙。有《升庵全集》等。

转应曲

促织。促织。声近银床转急①。熏残百合衣香。消息兰膏夜长②。长夜。长夜。露冷芙蓉花谢。

【注释】

① 银床：银饰的井栏，也指辘轳架。床，井上围栏。宋周密《玉京秋》："高林弄残照，晚蜩凄切。碧砧度韵，银床飘叶。" ② 消息：踪迹。宋田为《念奴娇》："翻念一枕高唐，当年仙梦觉，难寻消息。"兰膏：古代的一种化妆品，类似"薰泽"一类的头脂。《楚辞·招魂》："兰膏明烛，华容备些。"汉王逸注："兰膏，以兰香炼膏也。"宋周密《好事近·佳人》："柳弱不胜愁重，染兰膏微沁。"

【品读】

蟋蟀声里长夜难眠。

王 问

【作者简介】

王问（1497—1576），字子裕，江苏无锡人。明嘉靖十一年（1532）进士。官车驾郎中，擢广东按察佥事，未赴任，弃官归家。他擅长书画、作诗，清钱谦益《列朝诗集》评其诗"萧闲疏放，冲然自得"。有《仲山诗选》《崇文馆稿》等。

雨夜怀旧

秋雨入幽蛩，墙阴稿乱蓬①。
旅人淮水上②，归梦雨声中。
水陇稻粱熟③，山园橘柚红。
竹深闲谒径，还与去时同。

【注释】

① 稿乱蓬：指墙的背阳处蓬草杂乱枯槁。② 淮水：指淮河。源出河南，流经安徽、江苏，是我国七大河之一。③ 水陇：水田。

【品读】

秋雨之夜，诗人行旅淮水，沿岸农家垣墙蓬草枯槁，蟋蟀唧唧，稻粱成熟，橘柚红亮，雨声中行进，归梦乡愁尽在其中。在竹林曲径通幽的小路上闲谒，与当初离开时情景相同，物是人非，真有无限感慨。

朱让栩

【作者简介】

朱让栩（1500—1547），封蜀成王，蜀献王朱椿五世孙，蜀昭王朱宾瀚子。好学，手不释卷，日观经史，临书法，作诗属对，皆有程要。明正德五年（1510）袭封蜀王，《明史》记载，朱让栩"尤贤明，喜儒雅，不迩声伎，创义学，修水利，赈灾恤荒"。明嘉靖十五年（1536），巡抚都御史吴山、巡按御史金粲以闻、赐敕嘉奖，署坊表白"忠孝贤良"。明嘉靖二十年（1541），建太庙，献黄金六十斤、白金六百斤，酬以玉带和帛。

宫　词

绿竹翛翛隔短墙①，黄昏凄雨洒潇湘②。
梦回窗掩银釭冷③，蟋蟀声中秋夜长。

【注释】

① 翛翛：象声词，风声、雨声、草木摇落声。南齐谢朓《冬日晚郡事隙诗》："飒飒满池荷，翛翛荫窗竹。"② 潇湘：湘江和潇水的并称。唐杜甫《去蜀》："如何关塞阻，转作潇湘游。"③ 银釭：银白色的灯盏或烛台。南朝梁元帝《草名》："金钱买含笑，银釭影梳头。"

【品读】

这是一首情景诗。秋天的黄昏，墙垣外绿竹在风雨中发出翛翛的响声，秋雨洒落潇湘，显得格外凄美。梦中醒来灯火熄灭，只听到蟋蟀伴随秋夜的唧唧声。长夜难眠，诗人感到非常孤独、空虚。

李攀龙

【作者简介】

李攀龙（1514—1570），字于麟，号沧溟，山东历城（今山东济南）人。明嘉靖二十三年（1544）进士，官至河南按察使。与王世贞同为后七子之首，"才力富健，凌轹一时"（《四库全书总目》）。提倡复古、摹古，脱去摹拟痕迹的作品，也清新可读。著有《古今诗删》《沧溟集》等。

长相思·秋风清

秋风清，秋月明。叶叶梧桐槛外声。难教归梦成。

砌蛩鸣①，树鸟惊。寒雁行行天际横②。偏伤旅客情。

【注释】

① 砌蛩：台阶上的蟋蟀。② 寒雁：秋天的大雁。

【品读】

这首词表现了游子思归的感情。词人善于缘景抒情：游子自己思归情切，却反说清风、明月、叶声扰人，使人归梦难成；游子自己因思归而伤心，却反说砌蛩、惊鸟、寒雁惹人，使人哀伤不堪。词人通过浅近、平淡的景象摹刻，表达沉郁的乡思，着实令人叹赏。

沈 煌

【作者简介】

沈煌，字火文，生平不详。

浣溪沙·秋闺

秋雨疏疏点碧苔。梁间雏燕去还来。征人何处独徘徊。蟋蟀不知心事苦，庭前啼出隔年哀。不胜珠泪和花开。

【品读】

此为闺怨词。又是秋雨淅沥点碧苔，燕子还在屋梁间垒窝育雏的时候，远方的征人，你在何处？蟋蟀声声，这小虫怎知我心中的思念之苦？那悲鸣声中犹有隔年的哀痛。此刻，我的泪水似珠禁不住伴随着花开而滴落。

汤传楹

【作者简介】

【作者简介】

汤传楹（1620-1644），字卿谋，吴县（今江苏苏州）人。诸生。有《湘中草》一卷。《柳塘词话》："汤字卿谋，多才，早夭。著《宾病秋笺》。卿谋死，其友尤悔庵为文哭之，并为刻《湘中草》小词，特多秀发之句。"陆灵长云："卿谋风神俊美，人比之杜宏治、卫叔宝。配丁氏，亦有林下风。每日暮，相与登南楼，烧灯置酒，援毫微咏，且则成之。"诗词皆幽艳。故其散曲云："秋色冷，晓窗明。浅立银屏弄玉筝。彩笔题残无处赠。妆台画出小眉青。"

西江月·病中秋怨

蛩语朝来常闹，雁风晚去尤悲。沿庭衰草不禁持。蓦地看成秋字。

病与诗魔作敌，愁惟梦境先知。清贫今已到心儿。笔砚不堪书记①。

【注释】

① 不堪：不可，不能胜任。

【品读】

秋景可悲，病贫更悲，笔砚不堪书记，辜负诗成。

吴鼎芳

【作者简介】

吴鼎芳，字凝父，吴县（今江苏苏州）人。后为僧。《梅墩词话》："吴凝父有《春游曲》云：'雨余芳草绿新齐，亭榭无人丝幕低。忽慢好风传语笑，流莺飞过杏花西。'则诗亦词也。"

解佩玲·蟋蟀

梧桐篱落，苔花院宇①。一声声、关心凉露。有甚干缠②，恰催起、天涯离愫③。又来催、灯前梦破。

殷殷相告④，频频嘱咐。这情怀、哀怜些个⑤。蟋蟀哥哥，倘后夜、暗风凄雨。再休来、小窗悲诉。

【注释】

①苔花：苔藓铺地成花状。②干缠：白白地、凭空地纠缠。③离愫：离别情愫。④殷殷：恳切的样子。⑤些个：一点点。宋杨无咎《天下乐》："枕衾冷得浑似铁，只心头、些个热。"

【品读】

以拟人化的笔法写蟋蟀，诉尽乡思之苦，并运用白话对话，更显亲切。

汤显祖

【作者简介】

汤显祖（1550—1616），字义少，改字义仍，号海若，又号若士、清远道人。江西临川人。明万历十一年（1583）进士。授南京太常博士，迁礼部主事。以论辅臣之失，降为徐闻典史。迁遂昌知县，又以不附权贵，被议削职。晚欲皈依佛门，未如愿。明代最有成就的戏曲家，亦工诗文，又擅词。有《玉茗堂集》、戏曲集《临川四梦》等。

好事近

帘外雨丝丝，浅恨轻愁碎滴①。玉骨近来添瘦②，趁相思无力③。

小虫机杼隐秋窗，黯淡烟沙碧④。落尽红灰池面⑤，又西风吹急⑥。

【注释】

①"帘外"两句：化用唐温庭筠《更漏子》："梧桐树，三更雨，不道离情正苦。一叶叶，一声声，空阶滴到明"语意。②玉骨：喻年轻女子之美艳。③趁：乘，利用（时机）。以上两句意为力弱不胜相思之苦。④"小虫"两句：化用唐刘方平《夜月》"虫声新透绿窗纱"句意。⑤红灰：指落花的碎片。⑥西风：秋风。

【品读】

借雨景衬托愁情，写闺中女子之愁恨，出语甚淡而含意甚深，更见深美流婉之致。读之，一思念缠绵，心旌晃乱，迷惘含蓄之深闺女子若现眼前。

陈继儒

【作者简介】

　　陈继儒（1558—1639），明代文学家、书画家。字仲醇，号眉公、麋公。华亭（今上海市松江区）人。诸生。年二十九，隐居小昆山，后举东佘山，杜门著述，工诗善文，书法苏、米，兼能绘事，屡奉诏征用，皆以疾辞。擅墨梅、山水，画梅多册页小幅，自然随意，意态萧疏。论画倡导文人画，持南北宗论，重视画家的修养，赞同书画同源。有《梅花册》《云山卷》等传世。著有《陈眉公全集》《小窗幽记》《吴葛将军墓碑》《妮古录》等。

鼓　琴

　　老树槎牙匝涧生①，弹琴树底月凄清。

　　有时弦到真悲处，古战场中蟋蟀声。

【注释】

　　① 槎牙：同"叉牙"，歧出不齐貌。宋苏轼《江上看山》："前山槎牙忽变态，后岭杂沓如惊奔。"匝涧：环绕山涧生长。

【品读】

　　诗人隐居山林，月下古树底下弹琴，感到孤寂凄清，知音难觅。弦到悲切处，其音犹如古战场中蟋蟀的唧唧鸣叫声，使人感到悲凉。

孙 楼

【作者简介】

孙楼，字子虚，江苏常熟人。明嘉靖二十五年（1546）举人，授湖州府推官。

念奴娇·用东坡赤壁怀古韵

红尘深处①，转愁肠、却忆江南景物。翳云开，梅雨霁、一片苍崖翠壁②。竹里鸣淙，松间泻瀑，衣袂飞珠雪③。流觞递咏④，山中谁是奇杰。

而今归路迢遥，宦途迤逗⑤，弹铗悲歌发⑥。去住无凭，眠未稳、好梦随生随灭。过雁牵情，吟蛩送泪，听里堪华发⑦。青山不负，有时还醉萝月⑧。

【注释】

① 红尘：热闹繁华的地方。南北朝徐陵《洛阳道一》："绿柳三春暗，红尘百戏多。"② 梅雨霁：梅雨停止。③ 衣袂：衣袖，亦借指衣衫。南宋刘过《贺新郎》："衣袂京尘曾染处，空有香红尚软。"④ 流觞递咏：晋王羲之《兰亭集序》："永和九年，岁在癸丑，暮春之初，会于会稽山阴之兰亭，修禊事也。群贤毕至，少长咸集。此地有崇山峻岭，茂林修竹，又有清流激湍，映带左右。引以为流觞曲水，列坐其次，虽无丝竹管弦之盛，一觞一咏，亦足以畅叙幽情。"后以此典指文人雅集。⑤ 迤逗：勾引。《秋胡戏妻》四折："谁着你戏弄人家妻儿，迤逗人家婆娘。"⑥ 弹铗：弹击剑柄。战国时冯谖为孟尝君门客，曾三次弹铗而歌，要求改善其生活待遇，后因以"弹铗"表示求助于人。⑦ 华发：白发。⑧ 萝月：藤萝间的明月。唐沈铨期《入少密溪》："相留且待鸡黍熟，夕卧深山萝月春。"

【品读】

上阕叙写江南景物，抒发游子羁旅异乡，因思乡而愁及对故里的留恋。下阕感慨宦途沉浮，亦不过如梦一场，应及早归去不负青山，醉卧萝月，才是明智之举。

方维仪

【作者简介】

方维仪（1585—1668），明末清初女诗人，字仲贤，安徽桐城人。明大理寺少卿方大镇之女，秀水（今浙江嘉兴）姚孙棨之妻。早寡、守志，与嫂共同教养其侄方以智。酷精禅藻，文史宏赡，兼工诗画。部分诗篇表现身世之感。有《清芬阁集》。

旅夜闻寇 ①

蟋蟀吟秋户，凉风起暮山。
衰年逢世乱，故国几时还 ②。
盗贼侵南甸 ③，军书下北关 ④。
生民涂炭尽 ⑤，积血染刀镮 ⑥。

【注释】

① 寇：盗匪、盗贼，此处可能指农民起义军。② 故国：家乡。③ 南甸：地名，在云南腾冲市南。④ 北关：即镇北关。在今辽宁开原北，明时为海西女真四部之一叶赫部所在地。叶赫部与明关系密切，明在当地所设的马市镇北关，俗称北关。⑤ 涂炭：烂泥与炭火。比喻困苦灾难，如同陷泥坠火之中。⑥ 刀镮：刀柄的环。借"环"为"还"义。唐高适《入昌松东界行》："王程应未尽，且莫顾刀环。"

【品读】

这是一首秋夜返乡途中因感而发的诗。社会动荡，人民处于水深火热之中，困苦不堪，诗人对此寄予深切的关心和同情。同时，表现了她对故乡的思念。

王 微

【作者简介】

王微（1600—1647），字修微，自号草衣道人，明末广陵（今江苏扬州）人。有《远游篇闲草》《期山草》等稿。

舟次江浒 ①

一叶浮空无尽头，寒云风切水西流。
蒹葭月里村村杵②，蟋蟀声中处处秋。
客思夜通千里梦，钟声不散五更愁。
孤踪何地堪相托，漠漠荒烟一钓舟。

【注释】

① 江浒：江边。《三国志·吴志·张温传》："吴国勤任旅力，清澄江浒，愿与有道平一宇内。"次：停留。② 蒹葭：芦苇。《诗经·秦风·蒹葭》："蒹葭苍苍，白露为霜。"杵：一头粗一头细的圆木棒，用来在臼里捣粮食等或洗衣服。

【品读】

秋夜，诗人于旅途中泊舟江浒，寒云蔽空，西风悲凄，江水西流，芦苇萧瑟，杵臼声与蟋蟀鸣叫声响成一片，此起彼伏。客居异乡，乡思绵绵，钟声驱不尽五更的忧愁，江雾中一钓舟，萍踪漂泊，何处是可托付的终身之地呢？

徐 远

【作者简介】

徐远，字届甫，嘉善人（今浙江嘉善），明崇祯十六年（1643）进士。

踏莎行

零雨初收，金波乍转①，捣衣双袖临风卷。银床玉簟陡生凉②，迟眠且扑流萤扇。

草绿长门③，荷残别院④，如丝情绪如云乱。无端蟋蟀响西堂⑤，井梧叶叶关心颤⑥。

【注释】

① 金波：月亮。宋辛弃疾《太常引》："一轮秋影转金波，飞镜又重磨。" ② 银床：银饰的床。玉簟：如玉的竹席。③ 长门：高门。④ 别院：正宅之外的宅院。⑤ 无端：无奈。西堂：西边的堂屋。⑥ 井梧：庭院中的梧桐树。

【品读】

秋夜雨后，月亮初现，双袖临风，竹席清凉，扇扑流萤，迟迟不能入睡。长门草绿，别院荷残，女主人思绪如云纷乱，无奈西堂蟋蟀鸣叫不已，梧桐叶在秋风中瑟瑟颤抖，又来添乱。全词对女主人及其郎君未着一字，但女主人相思之愁苦，细心的读者还是能体会到的。

周 珽

【作者简介】

周珽，字无瑕，浙江海宁人，清代书画家。

生查子

切切乱蛩悲①，暗与羁魂语②。深夜苦怀人，卧听芭蕉雨。

烟雾障林峦，秋梦行何处。孤雁落西风，声咽寒芦渚③。

【注释】

① 切切：悲惨，凄凉。② 羁魂：羁旅异乡的游子。③ 芦渚：水中生长芦苇的小洲。

【品读】

芭蕉夜雨苦怀人，蟋蟀鸣叫似诉说离人之苦；烟雾林障，雁落西风，声咽芦渚，梦归何处，黯然销魂。

踏莎行

芦月凝霜，蕉风作雨。飘飘叶落梧桐树。蛩吟底事动哀音①，不知人在愁深处。

鹤怨空鸣，鸿孤远度。伤心又被秋光误。怪他有梦不归来，云山岂碍魂归路。

【注释】

① 底事：何事，为什么。

【品读】

见落叶添凄惶，听蛩音更断肠，发寄远怀思的悲秋之愁，词意凄婉哀伤。而鹤怨空鸣，鸿孤远度，寻寻觅觅仍不知意中人在何方，身不与形相依，魂不与梦接通，一种排解不开的惆怅是这首词的基调。

朱无瑕

【作者简介】

朱无瑕，字泰玉，金陵妓。

卜算子

梧叶荐新凉，好梦欺人短。数尽铜壶漏更长①，别院砧声远②。

疏雨滴芭蕉，肠被西风断。何处寒蛩哀雁中，芦管吟秋怨。

【注释】

① 铜壶：古代计时器。② 别院：正院之外的宅院。砧声：捣衣声。

【品读】

可怜秦淮风尘女，寒蛩哀雁秋怨长。

崔嫣然

【作者简介】

崔嫣然，字重文，金陵妓。有《幻影阁集》。

谒金门

风萧瑟①，远听寒砧声急。应念征鸿无信息。夜凉吹玉笛②。

几许红楼岑寂③，梦断楚江兰泽④。明月梧桐清露滴，暗蛩吟败壁。

【注释】

① 萧瑟：秋风声。汉曹操《观沧海》："秋风萧瑟，洪波涌起。"② 玉笛：笛的美称，横笛。③ 红楼：犹青楼。岑寂：冷清寂寞。宋周邦彦《兰陵王·柳》："渐别浦萦回，津堠岑寂。"④ 楚江：楚境内的江河。唐李白《望天门山》："天门中断楚江开，碧水东流至此回。"兰泽：长兰草的沼泽。《古诗十九首·涉江采芙蓉》："涉江采芙蓉，兰泽多芳草。"

【品读】

萧瑟西风初动，玉笛横吹凉送，多少泪珠弹不断，往事不堪新梦。

呼　举

【作者简介】

呼举，字文如，江夏妓。

玉楼春·夜坐

一灯半灭愁无数，河畔清蟾凉印户①。闲庭细草乱蛩鸣，似共离人分泣露。

玉楼遥隔湘江浦②，黯黯离魂寻得去。秋钟夜半远随风，短梦惊回忘去路。

【注释】

①清蟾：澄澈的月亮。因传说月中有蟾蜍，故以蟾代称月。宋欧阳修《于飞乐令》："宝奁开，美鉴静，一掬清蟾。"印户：谓清凉的月光照在门上留下的印迹。②玉楼：青楼。宋柳永《归朝欢》："归去来，玉楼深处，有个人相忆。"

【品读】

此词写伤离怀远，以景传情，美人秋愁，情思缠绵而悠远。

玄妙洞天少女

【作者简介】

玄妙洞天少女，不详。

玄之《梦游仙》序云：夏夜倦寝，神游异境，榜曰"玄妙洞天"。见少女独立朗然，歌《谒金门》云云。歌竟，命侍儿传语曰："与君有缘，今时未至，请辞。"遂翻然而醒。

谒金门·真堪惜

真堪惜。锦帐夜长虚掷①。挑尽银灯情脉脉②。绣花无气力。

女伴声停刀尺。蟋蟀争题四壁。自起卷帘窥夜色。天青星欲滴。

【注释】

① 锦帐：锦缎织的帷帐。② 银灯：银制的灯具。

【品读】

此词描写了一个情窦初开的慵懒少女的形象。

王翃

【作者简介】

　　王翃（1603—1653），戏剧家、词人。嘉兴（今属浙江）人。自幼好诗词，明崇祯十六年（1643）访陈子龙，陈"大善之，序其词，推冠当代"。王翃为人疏豁，仗义疏财，家益贫。访族弟王庭于广州，还归时暴卒舟中。著有传奇《红情言》，情节曲折离奇。其词精工幽丽，意蕴深沉，婉委而不柔弱。有词集《秋槐堂词存》二集，另有诗文集《春槐集》《秋槐集》。

夜窗秋

　　秋风夜半西来，先集响他乡耳。独处不堪听，又恰似在，几楞疏纸。

　　凄然灯火闲房，蛩声语凉方始。梦外落鸡声，更谁念有，离人居处①。

【注释】

　　① 离人：羁旅在外的游子。

【品读】

　　词人远游未归，乡思日深，情韵凄切，格调抑郁，蟋蟀声、鸡鸣声，更添秋夜的几分闲愁。

醉离歌

　　半湖明月芦花，淡照一泓秋影，空边风雁哀相应。声与客怀相并。

　　丛他短发如蓬①，深得闲愁似井。谁堪独夜孤舟冷。又是离蛩唤醒。

【注释】

　　① 蓬：草名。多年生草本植物，花白色，叶似柳叶，子实有毛。《诗经·卫风·伯兮》："自伯之东，首如飞蓬。"此句谓词人短发如蓬草般松乱。

【品读】

　　这首词主要描写悲秋而引发的游子之情。上下阕皆先着景，后抒情，着景注意以情染景，抒情不失借景抒情，用词凝练，造句精工，词意雅而不俗，情韵丰腴，意蕴深沉。

望远行

闲房谧夜①，残灯小，焰结暗光疑灭。半枕半偎，疏衾独拥，细雨梦回鸡咽。屡起求衣，还又却眠凝听，潇洒暗闻蕉叶。试披帷，今夜夜窗无月。

凄切。剩有余蛩微息。伤在户、冷音将绝。滴滴檐声，啾啾壁响，谁奈五更愁叠。重念关山万里，玉楼深锁②，双下泪结如血。正离魂出没，镇叫长别。

【注释】

① 谧夜：静谧的秋夜。② 玉楼：华丽的楼。

【品读】

上阕抒写词人在异地漂泊流离，秋夜孤苦空虚的情绪。静谧的夜晚，残灯忽明忽暗，词人半枕半偎、独拥疏衾，细雨幽梦，鸡声咽咽，辗转反侧，披衣凝听，夜窗无月，只有风雨吹打蕉叶的沙沙声。下阕词人继续渲染凄切的情绪。闲房里蟋蟀因伤而发出的微弱喘息也渐渐消失，雨滴檐响，秋虫啾啾，将近五更时分愁思不绝，想到远隔千山万里的亲人，也与我一样因思念而泪结如血。

疏 影

新寒剪剪①。许画楼小憩②，呵晕催倦。手控高帘，目阅长云，归帆未有风便。乌飞不到吴天远③，嗟冷落、轻尘罗荐④。最嫌他、青镜多心⑤，朝夕窥人愁面。

尤怪眉情变绿，两蛾小斗处⑥，难稳金钿⑦。繁絮如丝，暗结黄昏，除是灯花曾见。蛩声谁肯离秋月，闲唤起、一庭清怨。待听阑、独宿空房，枕绣泪红双线。

【注释】

① 新寒剪剪：天气开始转冷，寒风拂人。新寒：天气开始转冷。元马臻《漫成》之三一："大风小雨戒新寒，隔水枫林叶已丹。"剪剪，风拂或寒气侵袭貌。金张翰《再过回公寺》："轻寒剪剪侵驼褐，小雪霏霏入蜃楼。"② 画楼：华丽的楼台。③ 吴天：吴地的天空。④ 轻尘罗荐：丝织的席褥已沾染尘土。⑤ 青镜：青铜铸成的镜子。唐李峤《梅》："妆面回青镜，歌尘起画梁。"⑥ 两蛾：妇女的两道眉毛。⑦ 金钿：古代一种嵌金花的妇人首饰。

【品读】

秋寒时节，游子身心俱疲，画楼小憩，手掀帘幕，极目云天，遥思故乡，只是归帆未有顺风鼓翼，而吴天远隔，鸟儿也难以飞达。家乡该是多么冷清，丝织的席褥怕是已沾染尘土，而妻子妆面照青镜未免心生疑窦，朝夕愁容满面。两道蛾眉紧蹙，金钿难稳，黄昏时絮花如丝，只在灯光中闪现。秋月高悬庭院，一声声蟋蟀鸣叫，留下一片清怨。当那催人哀怨的悲鸣将息时，心上人却独守空房，双眼哭红而泪滴绣枕。

彭孙贻

【作者简介】

彭孙贻（1615—1673），字仲谋，一字羿仁，浙江海盐人。彭孙遹从兄。明拔贡生。明末与邑人创瞻社，为名流所重。明亡后，痛其父为国殉难，布衣蔬食二十余年，矢志不仕清，奉母隐居著述以终。其诗以沉壮郁勃见称后世，七古间作初唐体，律体偶涉宋法。其词能以俊爽药庸下，以婉约运清空。有《茗斋集》，词集《茗斋诗余》。

玉漏迟·咏促织

向空阶絮语，不知何处，愁人偏切。金井银床①，一夜碎啼明月。怪杀天涯荡子，禁得过、凉天时节。声暗咽。暮灯初起，晓钟才歇。

可怜枕上关山②，被片晌凄凉，惊回蝴蝶③。独院孤衾，此际更和谁说。追忆金笼闲斗，佯输与、一双条脱④。空怅别。雕阑桂花如雪⑤。

【注释】

① 金井：雕饰华丽的井。银床：井栏。② 关山：关隘山岭。《乐府诗集·横吹曲辞五·木兰诗》："万里赴戎机，关山度若飞。" ③ 蝴蝶：蝴蝶梦。比喻虚幻之事、迷离之梦。《庄子·齐物论》："昔者庄周梦为蝴蝶，栩栩然蝴蝶也。自喻适志与，不知周也；俄然觉，则蘧蘧然周也。"宋陆游《赠惟了侍者》："惊起放翁蝴蝶梦，半窗斜日欲寒时。" ④ 佯：假装。条脱：手镯、腕钏之类的臂饰。也作"条达"。唐李商隐《中元作》："羊权须得金条脱，温峤终虚玉镜台。" ⑤ 雕阑：雕饰华丽的栏杆。

【品读】

上阕叙写蟋蟀秋夜吟唱，令人心烦。下阕写因蟋蟀悲鸣梦蝶，夜深孤寂回忆当年在家乡与意中人金笼闲斗蟋蟀，佯输与一双条脱，生动有趣。但这一切，都成往事。而今，望着雕阑外如雪的桂花，只剩下一片怅惘。

包尔庚

【作者简介】

包尔庚，字长明，上海人，明崇祯十年（1637）进士。

苏武慢·秋日旅感

玉分红，金橙剖绿，渐报江南秋老。正礓摇落，况复清砧，空外又闻频捣。佩剑磨残，唾壶击碎①，耗却壮心多少。怅年来、病翮缛褷②，逊他飞鸟。

念从古、赋擅凌云，笔能摇岳，一例天涯潦倒。质衣酒肆③，贷粟监河④，不及侏儒长饱⑤。潘鬓将凋⑥，沈腰增瘦⑦，留得一囊玄草⑧。胜寒灯如豆，蛩吟四壁，伴人幽悄。

【注释】

① 唾壶击碎：《世说新语·豪爽》："王处仲每酒后辄咏'老骥伏枥，志在千里。烈士暮年，壮心不已'。以如意打唾壶，壶口尽缺。"诗词中常用此典表现激动、苦闷情怀。② 病翮缛褷：病鸟羽毛初生。翮，鸟翼，翅膀，代指鸟。缛褷，羽毛初生的样子。③ 质衣酒肆：将衣衫抵押给酒馆。④ 贷粟监河：《庄子·外物》："庄周家贫，故往贷粟于监河侯。"⑤ 侏儒：身材异常矮小的人。⑥ 潘鬓将凋：晋潘岳《秋兴赋序》："晋十有四年，余春秋三十有二，始见二毛。""斑鬓彰以承弁兮，素发飒以垂领。"⑦ 沈腰增瘦：南朝梁时，吏部尚书沈约曾致书友人徐勉，诉说自己身体病弱，日渐消瘦，有"革带常应移孔，以手握臂，率计月小半分"之语。后世用作咏生病瘦弱的典故。宋张纲《绿头鸭·次韵王伯寿》："奈潘鬓，霜蓬渐满，况沈腰，革带频宽。"⑧ 玄草：文稿，书稿。唐武平一《奉和幸新丰温泉宫应制》："侍从推玄草，文章召虎贲。"

【品读】

又到了橙红橘绿、秋风思鲈的江南深秋时节，木叶摇落，又闻捣衣声声，怎不令人心烦？长剑磨损，玉壶尽缺，空负济世之志。何况年来有如鸟翼患病，怎能与飞鸟比翼？想到古来擅长诗赋的才士，大都穷愁潦倒，以至于他们不得不将衣衫抵押于酒馆，向监河侯借贷口粮，尚不如侏儒倡优能混得温饱。唉，已是潘郎鬓白，沈腰增瘦的境地，只留得一袋文稿，尤胜那如豆寒灯，四壁蛩吟，伴人幽沉谢世。

钱光绣

【作者简介】

钱光绣，字圣月，浙江宁波人。约生活在明末，生平不详。

临江仙·春情

酒国投时辄醉①，砚田荒久慵耕②。不堪落叶两三声。病从秋后减，愁向雨中生。

拊剑还歌白石③，焚香闲展黄庭④。徘徊山寺又钟鸣。鸦啼归晓树，蛩语伴疏灯。

【注释】

① 酒国：犹酒乡。辄醉：总是醉。② 砚田：古时文人以笔墨为生，故称砚台为砚田。宋唐庚《次泊头》："砚田无恶岁，酒国有长春。"慵耕：懒得动笔墨。③ 拊剑：拍打、轻击剑。白石：即白石烂。古诗《饭牛歌》之一歌辞中语，谓山石洁白耀眼。《史记·鲁仲连邹阳列传》："宁戚饭牛车下，而桓公任之以国。"裴骃集解引汉应劭曰："齐桓公夜出迎客，而宁戚疾击其牛角而商歌曰：'……白石烂，生不遭尧与舜禅，短布单衣适至骭，从昏饭中薄夜半，长夜漫漫何时旦？'公召与语，说之，以为大夫。"后亦用以代称《饭牛歌》。④ 黄庭：即《黄庭经》。讲道家养生修炼之道，称脾脏为中央黄庭，于五脏中特重脾土，故名《黄庭经》。

【品读】

这是一首以秋天肃杀、萧条景象为背景的抒愤之作。国事蜩螗，词人忧愤交集，痛感现实不可为，只能沉醉酒国，以酒解忧，懒于笔墨。那绵绵的秋雨、纷纷的落叶，更增添了心中的郁闷，给人以凄寒、孤独的感觉。如此，词人只能学古人拊剑高歌失志之曲，闲时展诵道家经书，修身养性，隐遁避世，超然物外。可这仅是词人主观上的一厢情愿，现实的痛苦时时袭来，无法排解。无可奈何之中，唯能相伴孤灯。本词用笔含蓄深婉，缘景抒情，余味无穷。

叶纨纨

【作者简介】

叶纨纨（1610—1632），字昭齐。苏州吴江（今属江苏）人。叶绍袁、沈宜修之长女。赵田袁氏室。三岁能朗诵长歌，十三岁能作诗。工书，遒劲有晋人之风。年十六出嫁，居常悒悒不乐。皈心佛法，日诵梵笈，精专自课。明崇祯五年（1632）秋，幼妹叶小鸾将嫁，为作《催妆诗》，甫就而讣至。归哭妹过哀，发病。病亟，挺身高坐，念佛而逝。工诗词。其词语多凄楚，而幽婉骀荡，论者以为可登诸大匠之门庭。有诗词集《愁言》。

玉蝴蝶·秋思

惆怅别来岁换，清秋风月，几度悲伤。极目蒹葭①，烟水一片微茫。黯魂飞、闲愁空断，还怅望、孤闷偏长。对池塘，红销残碧②，绿怨初黄③。

凄凉。蛩吟小院，露寒金井④，月绕回廊。诗酒萧疏⑤，旧愁新恨最难忘。掩重门、卧残清昼，理瑶瑟⑥、烧尽炉香。数流光。秋灯闪淡，无限彷徨。

【注释】

①蒹葭：芦苇。《诗经·秦风·蒹葭》："蒹葭苍苍，白露未晞。"②红销残碧：形容荷花犹如红色的生绡，荷叶已破残不堪。③绿怨初黄：荷叶开始由绿转黄。④金井：雕饰华丽的井栏。⑤萧疏：稀疏。⑥瑶瑟：玉饰的瑟。瑟，弦乐器。通常是二十五弦，每弦有柱，柱可以移动以定音。《诗经·周南·关雎》："窈窕淑女，琴瑟友之。"⑦流光：逝去的时光。唐李白《古风》之十一："逝川与流光，飘忽不相待。"

【品读】

清风朗月，几度悲伤，惆怅中又度过一年。极目而望，水雾弥天中芦苇摇曳，一片微茫。黯然魂飞，闲愁空虚了断，怅然想望，孤寂愁闷何长。对池塘，只见荷花绽似红绡，荷叶破残由绿转黄。庭院里蟋蟀唧唧，鸣声凄凉。露生井台，月绕回廊。旧愁新恨郁结胸中，久久不能忘怀，以至疏于吟诗饮酒。轻轻关上重重门扉，卧床而睡至天微明，整理琴瑟，烧尽炉香，打发时光。内心像闪淡的秋灯，无限彷徨。

顾琦芳

【作者简介】

顾琦芳，字闻西。

虞美人·秋晚

绿纱窗外秋蛩咽，正近重阳节。残鸦几点闹枝头，更有笛声吹出、是西楼。

烟粘衰草清溪畔，水面斜阳乱。山人自挂杖头钱①。买醉菊花丛里②、晚来天。

【注释】

① 杖头钱：买酒钱。《世说新语·任诞》："阮宣子常步行，以百钱挂杖头，至酒店，便独酣畅。"后因以"杖头钱"称买酒钱。宋陆游《闲游》之二："好事湖边卖酒家，杖头钱尽惯曾赊。"② "菊花"句：暗用陶渊明"白衣送酒"的典故。南朝宋檀道鸾《续晋阳秋》："陶潜尝九月九日无酒，（出）宅边菊丛中，摘菊盈把，坐其侧久，望见白衣至，乃王弘送酒也。即便就酌，醉而后归。"

【品读】

秋夜，时近重阳佳节，绿纱窗外蟋蟀唧唧，几只乌鸦栖息树上呱呱叫个不停，一缕悠扬的笛声从西楼飘来。清澈的小溪边，雾霭笼罩枯草，斜阳映照水面。黄昏时，词人自挂杖头钱，买醉菊花丛中，得其所哉。

季步骃

【作者简介】

季步骃，字子尾，安徽无为人，明诸生。有《懒蚕居士遗稿》。

秋 夜

> 屋角隐晴月，雨叶含金光。
> 空堂虚无人，蟋蟀鸣长廊。
> 露草委砌乱，竹风虚檐凉。
> 秋色已不浅，菊英犹未芳。
> 美人惜时景，深夜徒慨慷。
> 搔首久延伫①，薄寒生衣裳②。
> 深意不可道，谁能慰中肠③。
> 安得骑黄鹄④，相携游巫阳⑤。

【注释】

① 延伫：长久等待。汉张衡《思玄赋》："会帝轩之未归兮，怅徜徉而延伫。"② 薄寒：靠近冬天。③ 中肠：内心。三国魏·曹植《送应氏》诗："爱至望苦深，岂不愧中肠。"④ 黄鹄：天鹅。《楚辞惜誓》："黄鹄之一举兮，知山川之纡曲；再举兮，睹天地之圜方。"春秋时，田饶因不受重视，以"黄鹄举"为喻，表示要离开鲁哀公。后世用作失意远遁或遭贬的典故。参阅《韩诗外传》。⑤ 巫阳：巫山。战国楚宋玉《高唐赋序》："昔者先王尝游高唐，怠而昼寝，梦见一妇人曰：'妾，巫山之女也，为高唐之客。闻君游高唐，愿荐枕席。'王因幸之，去而辞曰：'妾在巫山之阳，高丘之阻；旦为朝云，暮为行雨。朝朝暮暮，阳台之下。'"后遂用为男女幽会的典实。

【品读】

这是一首闺怨诗。深秋雨夜，月隐屋角，虚室无人，蟋蟀在长廊里鸣声唧唧，砌草沾露，竹风瑟瑟，菊花犹未绽放，闺中人夜不能眠，搔首久久地等待意中人归来而不得，此种内心煎熬又有谁能慰藉？唯愿能骑黄鹄，与意中人相携游巫山。

无名氏

南南吕·闺怨

三更玉漏迟①，残灯影移，阶前促织相伴啼。蚤知他不是个致诚的也②，因缘匹配，如何便依？到如今只落得空怨悲！他将那诉过盟言，只做个牙疼誓③。芭蕉细雨催，梧桐清露垂，都做了相思泪。

【注释】

① 三更：夜间打更声。玉漏：玉质的计时器。② 蚤：通"早"。致诚的也：至诚的人，诚心诚意、忠贞不渝的人。③ 牙疼誓：形容此誓言微不足道。

【品读】

负心男儿痴心女，读之令人唏嘘不已。

贺贻孙

【作者简介】

贺贻孙（1605—1688），字子翼。明末诸生。九岁能文，称为神童。时江右社事方盛，他与陈宏绪、徐世溥等结社豫章。明亡后，隐居不出。清顺治七年（1650），学使慕其名，特列贡榜，不就。御史笪重光以博学鸿儒荐，书至，愀然道："吾逃世而不能逃名，名之累人实甚！"乃剪发衣缁，逃入深山。其晚年，家益落，布衣蔬食，无愠色，唯日以著作自娱。有《易触》《诗触》《诗筏掌录》及《水田居诗文集》，并《清史列传》行于世。

秋　怀

蟋蟀复蟋蟀，听尔当窗织。

秋声从尔出，万籁又瑟瑟[①]。

清商本无心[②]，耳目漫相易[③]。

塞北有佳人，玉颜不及惜。

长抱悲秋心，徘徊泪沾臆[④]。

晚雨滴芙蓉，如见明妃泣[⑤]。

年年胭脂山[⑥]，负此高秋色。

【注释】

①万籁：自然界的各种声响。瑟瑟：象声词，风声。②清商：指秋风。晋潘岳《悼亡诗》："清商应秋至，溽暑随节阑。"③漫相易：不要怠慢。④泪沾臆：泪沾胸。⑤明妃：即汉元帝宫人王昭君，晋人避晋文帝司马昭讳，改称明君，后人又称明妃。⑥胭脂山：即焉支山，为中国西部名山，位于甘肃山丹县城南四十公里处，曾为匈奴所据。以产焉支（胭脂）草而得名。匈奴失此山，曾作歌曰："失我焉支山，使我妇女无颜色。"因水草丰美，宜于畜牧，向为塞外胜地。

【品读】

借塞北佳人悲秋之心，抒发河山被占领之悲慨。

李长苞

【作者简介】

李长苞，后改名燕，字竹西，华亭（今上海松江）人，明崇祯九年（1636）举人，有《春词》《秋词》等。

念奴娇·中秋月

满楼云净，看青天。凉浸冰绡魂魄。乌鹊高飞惊曙色，细认青山欲白。画舫笙簫①，珠帘环珮，未是闲情客。谁人唤起，一声多少怜惜。

试问明月公私，茅檐依旧，况汉宫金碧。玉露无声台榭冷②，赢得清辉狼藉。斗转参横③，蛩吟凄断，落叶和愁积。持杯且饮，管他今夕何夕？

【注释】

① 画舫：华丽的游船。② 玉露：晶莹的露水。唐杜甫《秋兴》之一："玉露凋伤枫树林，巫山巫峡气萧森。"台榭：楼台亭榭。③ 斗转参横：北斗转向，参星横斜。指天将明之时。

【品读】

这是一首对月咏怀、忧时伤世的词。词人借月抒发对故国深沉追怀的情感，流露了看透浑浊世界，借酒浇愁，藏身避祸，旷达自持的人生态度。本词词意圆畅，情感深沉，节律柔和舒展，无阻滞，无凿痕，流亮清洁，因而显得含蓄蕴藉，淋漓尽致。

方大猷

【作者简介】

方大猷（1597—？）字允升，一字鸥余，又字鸥虞，号崦蓝，浙江德清人，明崇祯十年（1637）进士。入清，官至山东巡抚。

南歌子·秋思

衰草粘天际①，寒蛩警枕头。老夫偏会种离愁，教把宜春揭去、贴宜秋。

书断云中雁，情孤水上鸥。又谁临月引箜篌②？刚唱思君君不见、下渝州③。

【注释】

①"衰草"句：化用宋秦观《满庭芳》"山抹微云，天连衰草"句。②箜篌：古代一种弦乐器。《旧唐书·音乐志二》谓依琴制作，似瑟而小，七弦，用拨弹之，如琵琶。《古诗为焦仲卿妻作》："十五弹箜篌，十六诵诗书。"③"思君"句：化用唐李白《峨眉山月歌》："夜发清溪向三峡，思君不见下渝州。"

【品读】

这是一首秋夜对月思乡的词。秋寒之夜，衰草连天，蟋蟀唧唧，宦游异乡，怎不撩发思乡之情。况音书断绝，孤鸥凄苦，箜篌之声哀怨，故乡念远，更觉孤单清冷。

万寿祺

【作者简介】

万寿祺（1603—1652），字年少，又字介若，世称年少先生。江苏徐州人，诗人、画家。与陈子龙乡试同年，与阎尔梅同乡。明崇祯庚午（1630）举人，曾参加抗情活动，兵败后隐居江淮一带。其为人风流倜傥，工书画，精于六书，癖嗜印章，辑有《沙门慧寺印谱》等。

立秋后和李大向阳①

风雨当门自有秋，豆花蟋蟀各为谋。
落星古道晨驱雁，举火新畲夜饭牛②。
不近郭城催就稼③，因留山水数登楼。
笛声从此参差甚，容易明月人尽愁。

【注释】

①李向阳：其人不详。②新畲：《尔雅》："田二岁曰新，三岁曰畲。"指轮种、轮休的田土。《诗经·周颂·臣工》："亦又何求？如何新畲？"饭牛：喂牛。③郭城：即城郭、城墙。郭，指外城的墙；城，指内城的墙。稼：种庄稼。

【品读】

这是一首感怀诗。风雨之秋，亦即多事之秋。农夫及自然界的草虫各为生计所谋，而诗人正为山河沦落，明月更易而忧愁。

李昌垣

【作者简介】

李昌垣，字长文，顺天宛平（今属北京）人，清顺治四年（1647）进士，改庶吉士，授翰林院编修，官至侍读学士。

南乡子·秋窗独宿

风急透疏棂①，翠帐香消梦乍惊。独拥寒衾疑是客。凄清。露冷桐花月满庭。

四壁乱蛩鸣，古寺钟声半夜灯。偶忆旧时今夕约。伤情。起弄秦箫曲未成②。

【注释】

① 棂：栏杆或窗户上的雕花格子。② 秦箫：传说萧史善吹箫作凤鸣，秦穆公以女弄玉妻之，后两人俱仙去。见汉刘向《列仙传》。后作为咏男女爱情或婚姻美满的典故。宋朱敦儒《蓦山溪》："弹簧吹叶，懒傍少年场，遗楚佩，觅秦箫，踏破青鞋底。"

【品读】

本词当是诗人秋夜抒发对情人的思念。

秋夜，凉露打湿桐花，皎洁的月光铺满庭院；寒风透过窗棂，使诗人从梦中惊醒，独拥寒衾疑是客居他乡，倍感凄清。伴随着古寺午夜的钟声和昏暗的灯光，四壁蟋蟀鸣叫不停，时时触动诗人的情思。不由得想起旧时今夕与情人相约，而今却孤单一人，怎不愁心如织，使人伤情，以至"起弄秦箫曲未成"，真令人怅惘不已。全词意境清新，语言秀美，用不多的笔墨即充分刻画出诗人的孤寂哀怨之情。

王 庭

【作者简介】

王庭（1607—1693），字言远，号迈人，浙江嘉兴人，清顺治六年己丑（1649）进士，历官山西布政使。有《秋闲词》。

雨 后

落日残雨余，林树半昏黑。
南山白云闲，淡然见秋色①。
冷风何凄凄②，微微野烟息。
归巢鸟更鸣，当户虫还织。
惆怅独坐时，悠悠思何极。

【注释】

① 淡然：安静。② 凄凄：寒凉的样子。《诗经·郑风·风雨》："风雨凄凄，鸡鸣喈喈。"

【品读】

深秋黄昏雨后，林树昏黑，山岚白云悠闲，秋色淡然；凄凄秋风，微微野烟，归鸟鸣叫不已，蟋蟀临窗唧唧，诗人惆怅独坐，陷入沉思之中。是对逝去岁月的反省，还是对未来的迷惘，不得而知。

李 雯

【作者简介】

李雯（1608—1647），字舒章，号蓼斋，华亭（今上海松江区）人。明崇祯十五年（1642）举人。清顺治初，廷臣交荐其才可用，授弘文院撰文、中书舍人。一时文告书檄多出其手。后充顺天乡试同考官，丁忧归。工诗词，与陈子龙、宋征舆并称"云间三子"，开云间诗派、词派。其诗不无肤廓，然天才自俊。其词深具凄清柔丽之致。有《蓼斋集》，词集名《蓼斋词》。

江城子·秋思

一篙秋水淡芙蓉①。晚来风，玳云重②。检点幽花③，斜缀小窗红。罗袜生寒香细细④，怜素影⑤，近梧桐。

栖鸦零乱夕阳中。叹芳丛⑥，诉鸣蛩。半卷鸾笺，心事上眉峰⑦。玉露金波无意冷⑧，愁灭烛，听归鸿。

【注释】

① 芙蓉：荷花。《楚辞·招魂》："芙蓉始发，杂芰荷些。"② 玳云：玳瑁花斑似的云彩。玳瑁，海中动物，形似龟，甲壳光滑，有褐色和淡黄色相间的花纹。其甲壳可作装饰品，亦可入药。《淮南子·泰族训》："瑶碧玉珠，翡翠玳瑁，文彩明朗，润泽若濡。"③ 检点：查点。幽花：香花。④ 罗袜：丝罗织的袜子。⑤ 素影：月影。⑥ 芳丛：花丛。⑦ 鸾笺：彩色纸笺。宋苏易简《文房四谱》："蜀人造十色笺，凡十辐为一榻……然逐幅于方版之上研之，则隐起花木麟鸾，千状万态。"后人遂称"彩笺"为"鸾笺"。宋柳永《定风波》："向鸡窗、只与鸾笺象管，拘束教吟课。"⑧ 金波：月光。

【品读】

这是一首闺怨词。上阕写秋水芙蓉，伴随着晚风吹来，玳云凝聚，幽花斜缀小窗红。佳人罗袜生凉，幽香袭人，月光映照梧桐，令人顿生几分爱怜。下阕抒情，夕阳中栖鸦零乱纷飞，秋芳将谢，怎不令人叹息。无尽的哀怨诉诸鸣蛩，也难以排解心中的愁闷。鸾笺才展半卷，心事浮上眉峰，秋露月光无意增添冷清，愁思难遣，吹灭蜡烛，盼听归鸿捎来心上人音讯。整首词的语言通俗流畅，不借典故，风格清新自然，意婉情深，抒发了一种悲秋愁绪，渲染出因怀人而忧伤无尽的情调，凄怆悲凉，具有一定的艺术感染力。

破阵子·秋夜

白露凉惊玉树①，明蟾秋映金绳②。帐底葡萄看数颗，阶前络纬听三更③。灯花销复生。

总是愁来角枕④，那堪风度檐铃⑤。自分人间怜只影⑥，不知天上喜双星⑦。银河无限清。

【注释】

① 玉树：古代神话传说中的仙树。唐李白《怀仙歌》："仙人浩歌望我来，应攀玉树长相待。"② 明蟾：喻月亮。古代中国神话称月宫中有蟾蜍，故云。金绳：借指地平线。唐刘长卿《龙门八咏·远公龛》："闲云随锡杖，落日低金绳。"清康有为《八月十四夜香港观灯》："空蒙海月上金绳，又看秋宵香港灯。"③ 络纬：指蟋蟀。④ 角枕：角制的或用角装饰的枕头。《诗经·唐风·葛生》："角枕粲兮，锦衾烂兮。"⑤ 檐铃：即檐马，又称铁马、风铃。古代中国建筑房檐下的悬挂物。宋施枢《檐玉鸣》："晓窗风细响檐铃，一曲云璈枕上闻。"⑥ 自分：自料，自以为。⑦ 双星：指牵牛、织女二星。唐杜甫《奉酬薛十二丈判官见赠》："相如才调逸，银汉会双星。"

【品读】

秋夜，白露降临玉树，明月映照大地，葡萄垂挂，历历可数。已是三更时分，蟋蟀唱彻庭前台阶，灯花时闪时现；愁袭心上，入枕难眠，檐铃声阵阵，更添几丝愁绪，哪堪孤身只影。抬头望，牵牛、织女双星闪亮，银河无限凄清。天上人间，悲喜自知。

曹 溶

【作者简介】

曹溶（1613—1685），字洁躬，一字鉴躬，号秋岳，又号倦圃。浙江秀水（今嘉兴）人。明崇祯十年（1673）进士。官御史。入清，以原官用。迁顺天学政。历官太仆寺少卿、户部侍郎、广东布政使、山西阳河道、山西按察副使。清康熙十八年（1679）举博学鸿词，以疾辞。少即工诗，年事渐增，风格日进，体气自然，意匠深稳。其词为浙西词派之先河，合情景之胜，以取径于风华，与龚鼎孳领袖一时。有《静惕堂集》，词集名《静惕堂词》。

齐天乐·倦圃秋集和沈客子

任他华毂长安队①，偏觉座中人好。井巷斜趣，蓬蒿绿满，娱晚刚宜耕钓。痴狂各妙，肯月令方佳②，被蛩吹老。冷石敧眠，隔江真喜战尘少。

摩挲柳色最古，夜来空想象，白家蛮小③。黑子禾城④，无多卖酒，赊取儿童惯到。盘餐草草。尽别绪欢场，一时围绕。屋里青山，至今留晋啸⑤。

【注释】

① 华毂：华美的车子。毂，指车轮中穿轴安辐部件。唐罗邺《帝里》："喧喧蹄毂走红尘，南北东西暮与晨。"② 肯：表示反问，岂肯。唐李白《流夜郎赠辛判官》："气岸遥凌豪士前，风流肯落他人后。"月令：《礼记》篇名，记述每年农历十二个月的时令、行政及相关事物。这里有时运、运气意。③ "摩挲"三句：语本唐孟棨《本事诗·事感第二》："白尚书（白居易）姬人樊素善歌，妓人小蛮善舞。尝为诗曰：'樱桃樊素口，杨柳小蛮腰。'年既高迈，而小蛮方丰艳，因为杨柳之词以托意。"④ 黑子：喻土地狭小。北周庾信《哀江南赋》："地惟黑子，城犹弹丸。"禾城：指浙江嘉兴。嘉兴称为嘉禾，故云。⑤ "屋里"两句：青山，指房中盆景，由山西任上携回；或指壁上画幅，所画亦与晋中景物有关，故曰"至今留晋啸"。

【品读】

这是一首秋日与客雅集自家庭院的和词。词人对京城乘华毂的豪家富室并不歆羡，而对于倦圃秋日雅集的人士，却别怀情意。词人所居的处所，环境清幽，近相邻水，蓬蒿遍地，"娱晚刚宜耕钓"。既有田园之乐，又有渔父之趣，恬然自适，乐以忘忧，"痴狂各妙"。痴者，不慧也；狂者，纵恣任性也。逢时运，听蛩声老去，岂肯月令方佳？虽"冷石敧眠"，但毕竟"隔江真喜战尘少"，超然于纷争扰攘之外，似乎亦得到安慰了。白乐天一生优游，且拥有樊素、小蛮两姬陪伴，自然令词人"夜来空想象"。但居"黑子禾城""无多卖酒，赊取儿童惯到"，似亦一乐也。友朋饮宴，为相别而悲，为相聚而欢，"屋里青山，至今留晋啸"，何忧之有？

宋 琬

【作者简介】

宋琬（1614—1674），字玉叔，号荔裳，山东莱阳人。清顺治四年（1647）进士，授户部主事，累迁吏部郎中。清顺治十七年（1660），官浙江宁绍台道参政。时山东于七农民起义，仇家告宋琬有牵连，两次下狱。获释后，长期流寓吴、越。清康熙十一年（1672）授四川按察使。次年入京觐见，适逢吴三桂举兵陷成都，因家属留蜀，惊悸成疾而死。擅诗文，散文雄健奔放，与施闰章齐名，时称"南施北宋"。工于词，早期以绵丽见长，后期多凄怨之音，词风激宕苍凉。有《二乡亭词》，另著有《安雅堂全集》二十卷、乐府《祭皋陶》等。

满江红·旅夜闻蟋蟀声作

试问哀蛩①，缘底事、终宵呜咽②。料得汝、前身多是，臣孤子孽③。青琐闼边璎珞草④，碧纱窗外玲珑月⑤。况兼他、万户捣衣声，同凄切。

梧叶落，西风冽。莲漏滴，征鸿灭。似杜鹃春怨，年年啼血。千里黄云关塞客⑥，三秋纨扇长门妾⑦。背银釭、和泪共伊愁⑧，床前说。

【注释】

①哀蛩：即寒蛩，蟋蟀的别称。②缘底事：因何事。③臣孤子孽：即孤臣孽子。南朝江淹《恨赋》："或有孤臣危涕，孽子坠心。"④青琐闼：即青琐闱。宫门外刻为连锁文而以青色涂饰，称青琐闱。后来借指宫门。璎珞草：即璎珞藤。此种藤草结子累累，似珠玉串成的装饰物璎珞，多附宫墙生长。⑤"碧纱窗"句：化用唐张仲素《秋闺思》："碧窗斜月蔼深晖，愁听寒螀泪湿衣。"和唐李白《玉阶怨》诗："却下水精帘，玲珑望秋月。"⑥关塞客：原指远在边关的征夫，此指远戍边塞的逐臣迁客。⑦长门妾：失宠的嫔妃。长门，汉宫名。汉武帝时陈皇后失宠，别居长门宫，愁闷悲思，曾以黄金百斤奉司马相如乞作文以悟主上。⑧银釭：银灯。

【品读】

耳闻蟋蟀悲鸣，感同身受，问蛩寄慨，抒己孤愤。哀感顽艳，意兼比兴，语多奇警，委婉真切，启人情思，读之催人泪下。

蝶恋花·旅月怀人 ①

月去疏帘才数尺,乌鹊惊飞 ②,一片伤心白。万里故人关塞隔,南楼谁弄梅花笛 ③?

蟋蟀灯前欺病客,清影徘徊,欲睡何由得?墙角芭蕉风瑟瑟,生憎遮掩窗儿黑。

【注释】

① 这首词约作于清康熙四年(1665),时作者自前年癸卯冬月出狱之后,流寓江南,枝栖未定。② 乌鹊惊飞:化用汉曹操《短歌行》:"月明星稀,乌鹊南飞。饶树三匝,何枝可依。"和宋周邦彦《蝶恋花》:"月皎惊乌栖不定。"③ 南楼:《世说新语·容止》:"庾太尉在武昌,秋夜气佳景清,使吏殷浩、王胡之之徒登南楼理咏。音调始道,闻函道中有屐声甚厉,定是庾公。俄而率左右十许人步来,诸贤欲起避之。公徐云:'诸君少住,老子于此处兴复不浅!'因便据胡床,与诸人咏谑,竟坐甚得任乐。"后遂将南楼用作咏月夜或长官属吏宴集欢会的典故。梅花笛:笛曲中《梅花引》。唐李白《与史郎中饮听黄鹤楼上吹笛》:"黄鹤楼中吹玉笛,江城五月落梅花。"《落梅花》即《梅花落》,笛曲名,一名《梅花引》。

【品读】

此词抒写月夜怀人的羁旅生活,透露出作者烦乱不安的心绪。上阕对景怀人,月近疏帘,乌鹊惊飞,南楼笛声,故人万里。下阕写旅中情景。灯下蟋蟀凄鸣,欲睡何有可得!墙角风吹芭蕉,可憎遮黑窗儿。全词以明月为线索,以羁旅思友为意绪,意境深沉,文字清美,化用前人诗词典故,信手拈来,不露饾饤堆砌之痕,隐晦曲折地表现词人万里怀人之痛,感慨身世坎坷之悲。

曹垂灿

【作者简介】

曹垂灿（1614—？），字天祺，号绿岩，江南上海人，清顺治四年（1647）进士，官浙江遂安县知县。有《竹香亭诗余》。

忆秦娥·蟋蟀

声凄切，轻寒庭院终宵咽。终宵咽，银床清露①，碧沙凉月。

井梧叶落征鸿灭，无端忆着当年别。当年别，个人今夜，愁肠千结。

【注释】

① 银床：井栏的美称，一说辘轳架。

【品读】

这是一首情景交融、秋夜怀人的佳作。上阕从秋夜蟋蟀凄切悲鸣之声、井栏清露、碧沙、凉月着笔，渲染在这样的环境中，词人悲秋、伤感之情油然而生。下阕从"井梧叶落征鸿灭"昭示深秋季节，所怀之人，天各一方，不知音讯，连传递书信的大雁也不见，怎不令人愁肠千结呢？伤离之感，又加深一层。欲之不悲，又何可得？读来格外令人感到凄恻哀怨。

尤 侗

【作者简介】

尤侗（1618—1704），著名文学家、戏曲家。字同人，又字展成，号悔庵，亦号艮斋，晚年自称西堂老人。长洲（今江苏苏州）人。明末诸生。入清，为清顺治三年（1646）副榜贡生，授永平府推官，吏治精敏，不畏强暴，终被罢职。清康熙十八年（1679）举博学鸿词，授翰林院检讨，参与修《明史》。居三年，告归。以诗文著名，所作多新警之思，杂以谐谑，笔调酣畅，格调多样。擅长词曲，著有传奇《钧天乐》和杂剧《读离骚》《吊琵琶》等，表现对现实不满，合编为《西堂曲腋》。其词语言天然工妙，风格流转清丽，有《百末词》六卷。作品多收入《西堂全集》和《西堂余集》。

秋 夜①

枕簟初凉睡起迟②，纸窗灯火尚参差③。

青山竟作梧桐舞，白露常吟蟋蟀诗。

布裌乍添风瑟瑟④，香炉微袅雨丝丝。

客来闲话新闻事，不直先生一局棋⑤。

【注释】

① 本诗原落款为："锦汉年道兄属书一笑，西堂老人尤侗。"此诗题为编者所加。② 枕簟：竹制的枕席。③ 参差：长短、高低不齐的样子。《诗经·周南·关雎》："参差荇菜，左右流之。"④ 布裌：布夹衣。⑤ 直：通"值"。

【品读】

初秋之夜，枕席初凉睡起迟，纸窗灯火还影影绰绰，窗外的青山仿佛随着灯光的晃动像梧桐摇晃起舞，白露初降、蟋蟀鸣声啾啾。西风瑟瑟侵袭布裌，香炉里烟雾袅袅，窗外秋雨淅沥。有客来访闲话新闻事，关吾甚事，不如与先生下一局棋痛快。

徐 灿

【作者简介】

徐灿，著名女词人。字湘蘋，号深明，又号紫言，江南吴县（今江苏苏州）人。海宁（今属浙江）陈之遴之妻。陈之遴，明崇祯进士，入清，累官至弘文院大学士。清顺治十二年（1655）以结党罪遣戍，十五年（1658）复以事免死革职，籍没家产，全家徙盛京（今辽宁沈阳）。后陈之遴病卒于辽东戍所，徐灿身在异乡，孤苦无依，清康熙十七年（1678）才得扶榇还江南。徐灿多才艺，善诗文，精书画，尤工于词。曾与柴静仪、林以宁、朱柔则、钱云仪唱和，时称"蕉园五子"。其词绝去纤佻之习，才锋遒丽，格调深婉悲凉。著有《拙政园集》，词有《拙政园诗余》三卷。

木兰花·秋夜

夜寒不耐西风劲①，多情却是无情病。月痕依约到南楼②，楼头鼓角三更尽。

蝉残韵咽魂难定，百般烦恼千般恨。起来点检露华深③，秋蛩四壁声相竞④。

【注释】

① 西风：秋风。② 月痕：月影，月光。宋陆游《晓寒》："鸡唱欲阑闻井汲，月痕渐浅觉窗明。"南楼：晋人庾亮任江、荆、豫三州刺史时，曾与属吏秋夜登武昌南楼咏吟赏月。后遂将南楼用作咏月夜或长官属吏宴集欢会的典故。参阅《世说新语·容止》。这里暗以庾亮当年南楼光景，借以衬出眼前别情的凄凉。③ 点检：查点，检查。宋毛滂《玉楼春·三月三日雨夜觞客》："一春花事今宵了，点检落红都已少。阿谁追路问东君，只有青青河畔草。"露华：清冷的月光。唐杜牧《寝夜》："露华惊敝褐，灯影挂尘冠。"④ 秋蛩：秋天的蟋蟀。

【品读】

此词乃是一首愁之绝唱。秋天的寒夜，月光清冷，词人依约到南楼，此时三更已尽。耳闻蝉声残韵、四壁蟋蟀唧唧，心中真有百般烦恼千般恨。何故？词人多情，而远人无情，怎能不"病"？此词即景写情，亦情亦景，哀音悠然，泪尽愁不尽，读完此词，一位伤怀哀愁、粉泪如流的词人宛然呈现眼前。

黄 永

【作者简介】

黄永（1621—1680），字云孙，号艾庵，江南武进（今江苏常州）人。清顺治十二年（1655）进士。授刑部主事，迁浙江提学道。清顺治十七年（1660），荐试博学鸿词，托病不就。家居二十年，以著述自娱。工诗文，有《双虹堂集》，已佚。另有《陆吴州集》及传奇《一帆记》《双鸾记》。其词见《今词初集》等词总集。

沁园春·悲秋①

宋玉言之：春女多思，秋士多悲②。况零风细雨，乍停还续；蛩声雁影，到处相随。四壁萧萧③，孤灯落落④，纵有高怀那处开⑤？除非是，且登山涉水，打马飞杯⑥。

醉时屡舞回回，看云气漫空白日颓。似江魂销罢，黯然欲别⑦；潘愁尽处，如送将归⑧。人事萧条，天公做作，长笑微吟泪暗垂。还自问，这黄花红叶，干汝谁来⑨？

【注释】

① 此词为清顺治十八年（1661）江南奏销案（又称逋粮案）发，作者从刑部主事任上退归家乡后的作品。② 宋玉：战国末期楚国的辞赋家。其《九辩》通过凄凉的秋景抒发失意的情怀，被认为是中国悲秋文学的源头。"春女多思"句：语出《淮南子·缪称训》："春女思，秋士悲。"秋士，即迟暮不遇之士。③ 萧萧：凄清冷落的样子。唐杜牧《怀吴中冯秀才》："长洲苑外草萧萧，却算游程岁月遥。"④ 落落：孤独的样子。《后汉书·耿弇传》："将军前在南阳，建此大策，常以为落落难合，有志者事竟成也。"⑤ 高怀：大志，高尚的胸怀。唐杜甫《赠十八贤》："高怀见物理，识者安肯哂。"⑥ 打马：古代的一种博戏，即打双陆。因双陆的棋子称马，故名"打马"。宋李清照作有《打马赋》，称打马"实博弈之上流，乃闺房之雅戏"。宋陆游《乌夜啼》："冷落秋千伴侣，阑珊打马心情。"飞杯：饮酒。⑦ "似江魂销罢"两句：语出南朝辞赋家江淹《别赋》："黯然销魂者，唯别而已矣。"⑧ "潘愁尽处"两句：化用西晋文学家潘岳《秋兴赋》意旨。⑨ 黄花：菊花。红叶：枫叶。干：关，关涉。宋李清照《凤凰台上忆吹箫》："非干病酒，不是悲秋。"

【品读】

上阕写作者自己暮年不遇，孤独寂寞的处境。假宋玉之口，隐然透露出词人内心失意落寞之情。通过对江南秋景的具体描绘，由景及人，表现了词人身处郁闷窒息的处境，即使胸怀大志，亦无处施展，无可奈何而又百无聊赖的复杂情感。下阕写词人酒后的醉态，运用典故委婉含蓄地表达了自己仕途失意，被迫离京的凄苦心情；并进一步叙写了退居家中人事骤然疏离的境况，唯有独自长啸，独自微吟，黯然垂泪。结拍句用设问口吻，看似平淡超然，实则饱含悲凄，更耐人寻味。

赵作舟

【作者简介】

赵作舟(1622—1695)，字浮山，东平（今山东东平）人。清康熙己未（1679）进士，改庶吉士，由主事历官湖南辰沅道副使。有《文喜堂集》。

雨 夜

疏雨潇潇响乱蛩①，回肠曲曲转无从②。
书来鸿雁家千里，梦入乡山路万重③。
意气未随金共尽，风尘那复玉为容。
不堪伏枕秋声外，听遍南楼五夜钟。

【注释】

① 潇潇：形容风雨急骤。《诗经·郑风·风雨》："风雨潇潇，鸡鸣胶胶。"② 回肠：形容人内心焦虑不安，仿佛肠子被牵转一样。曲曲：弯曲。③ 乡山：故乡。

【品读】

秋夜，风雨潇潇，蟋蟀唧唧，诗人回肠曲曲，辗转不眠，展阅千里之外家乡的书信，不觉梦回故乡。多年羁旅在异乡，风尘仆仆，人虽衰老，但仍意气风发；不堪游身世外，更胜庾亮南楼听遍五夜钟。

彭师度

【作者简介】

彭师度（1624—？），字古晋，号省庐，华亭（今上海松江区）人。明崇祯十一年（1638），吴下诸人毕集虎丘，为"千英之会"，彭师度时年十五，即席成《虎秋夜宴同人序》。后因抑郁而狂，不知所终。少以隽才与陈维崧、吴兆骞并称"江左三凤凰"。工诗文，能词。著有《彭省庐文集》七卷、《诗集》十卷，词有《彭省庐先生诗余》。

玉漏迟·初寒夜坐

梧叶零秋晚，应悲玉露①，相侵偏早。点点铜龙②，又是昏黄时了。月色楼头初起，筛清影，伴人欢笑。钉影照③，此时倚得，栏杆多少？

莫说对景长怀，便壁底吟蛩，怕寒声悄。徙倚无聊，愁听砧声烦恼。被底莫翻红浪，阳台梦④，别来还杳。心似捣，非为玉杯潦倒⑤。

【注释】

① 玉露：形容秋露清凉似玉。② 铜龙：漏器的吐水龙头。此处借指漏壶。唐李商隐《深宫》："金殿销香闭绮栊，玉壶传点咽铜龙。"③ 钉：灯。唐李商隐《夜思》："银箭耿寒漏，金钉凝夜光。"④ 阳台梦：战国楚宋玉《高唐赋序》虚构了楚王与巫山神女梦中欢会的故事，神女自称"旦为朝云，暮为行雨"。诗词中常用"阳台梦"表现男女欢会。宋欧阳修《梁州令》："阳台一梦如云雨，为问今何处。"⑤ 玉杯：酒杯。

【品读】

上阕以"悲"字融情入景，着力刻画萧瑟的昏黄秋景侵袭、紧逼，透露出词人厌烦、恐惧而又无所逃避的痛苦心情。月色愈好，心情愈闷。下阕描摹在这萧条肃杀、寒气逼人的秋天，吟蛩也畏惧威严，不敢吟出声来，词人怎能不忧心忡忡，噤若寒蝉，怒焉如捣呢？词人用"境由情生""言内意外"的笔法曲折、隐晦地控诉了明末清初的暴烈统治，也表达了知识分子的压抑心情。

华衮

【作者简介】

华衮，字龙眉，江南江都（今江苏扬州）人。

临江仙·秋景

铁马乍惊秋欲老①，寒蛩催落梧桐。半黄橘柚雨濛濛。阑干凭欲折，罗袂起西风②。

雁素鱼纨音信断③，隔江愁杀芙蓉。夜阑独自对帘栊，银河千里月，绮阁一声钟④。

【注释】

① 铁马：屋檐下的铁铃。② 罗袂：丝织的衣衫。③ 雁素鱼纨：指书信。④ 绮阁：华丽的楼阁。

【品读】

屋檐下的铁马在秋风中叮当作响，梧桐叶在蟋蟀鸣叫声中颤抖飘落，警示着深秋已经来临。橘柚半黄，细雨蒙蒙，凭栏似欲折，罗袂起秋风。啊，故乡念远，音书断绝，令隔江芙蓉也难解愁容。夜阑独对帘栊，思念绵绵不绝，唯有天上的明月同映相隔千里的亲人。一阵钟声，一阵离人的叹息。

傅燮詷

【作者简介】

傅燮詷，字去异，一字浣岚，号绳庵，直隶灵寿（今属河北）人，荫生，官四川邛州知州。有《声影集》《绳庵诗稿》等。

临江仙·秋夜

寂寂幽窗乍掩，迢迢长夜初阑。几杯小饮意醺然①。拥衾谁漏度②，倚枕烛花残。

瓶桂轻香细细，栏蕉逸韵珊珊。蛩声不放耳根闲，月光侵梦冷，萤火逼心寒。

【注释】

① 醺然：酒醉的样子。② 漏度：古代计时器。

【品读】

夜已深，掩上静寂的小窗，独酌醉酡颜；烛花昏暗，滴漏声中倚枕独自拥衾。瓶中的桂花散发缕缕清香，栏外的芭蕉在秋风中发出珊珊的响声，连蟋蟀也不甘寂寞，在耳边鸣叫不停。月光侵梦，只觉肌肤凉透，那幽暗中忽闪忽闪的萤火更使人为之心寒。

林企佩

【作者简介】

林企佩，字鹤招，江苏华亭（今上海松江区）人，诸生。

梦横塘

风吟败叶，露卷残蕉，满庭无限萧瑟。白石青溪，奈眼底、都无俊物①。雁语凄凉，蛩声悲哽，夕阳西没。怪故人不见，见了还愁，恰俱是、销魂客②。

独寻孙楚酒楼③，正悲哉秋气，凄损病骨。旅馆孤灯，虽小别、动人思忆。只无邪、棱棱④瘦影。秋水黄花⑤写颜色。七发⑥驱愁，五穷⑦送鬼，问何时始得。

【注释】

① 俊物：杰出人物。清周亮工《书影》卷一："吾斯知项橐、黄童，非俊物也。"② 销魂客：为情所感，仿佛魂魄离体，极度悲愁的人。宋陆游《剑门道中遇微雨》："衣上征尘杂酒痕，远游无处不销魂。"③ 孙楚酒楼：古金陵酒楼名。唐李白《玩月金陵城西孙楚酒楼，达曙歌吹，日晚乘醉》："朝沽金陵酒，歌吹孙楚楼。"④ 棱棱：形容消瘦骨立。宋辛弃疾《最高楼·客有败棋者代赋梅》："瘦棱棱地天然白，冷清清地许多香。"⑤ 黄花：菊花。⑥ 七发：辞赋篇名。西汉枚乘作。作者假设吴客与楚太子的对话，对贵族的腐朽生活进行了揭露和批判。吴客连用音乐之至悲、饮食之至美、车驾之至骏、游观之至乐、田猎之至壮、江涛之至观、要言之至道七件事，启发贵族太子摆脱腐败，振奋精神。⑦ 五穷：唐韩愈《送穷文》称穷鬼有五：智穷、学穷、文穷、命穷、交穷。后来以五穷比喻境遇不顺利。

【品读】

这是一首悲秋念别的词。词的上阕以景托情，由物开篇，又由景物烘托出念别故人的悲愁情思。秋风瑟瑟，触目尽是枯枝败叶、露湿残损的芭蕉，庭院中一片萧瑟的景象。白石突兀青溪，而这混浊的世界，哪有杰出人物？秋雁声哀，蟋蟀悲鸣哽咽，夕阳西下，何处可见故人？唉，都是失路之人，相见反添忧愁。下阕情感进一步生发抒展，达到更深的层次。悲秋之气侵袭病骨，羁旅异乡，只能独寻酒楼解愁。孤檠寒夜，枯坐旅舍，虽是小别，心中仍撩拨思念之情。那心无邪意、瘦骨棱棱的故人形象时时浮现眼前。在这秋水黄菊的悲秋中，又何时能真正驱愁送鬼呢？全词感情跌宕起伏，多姿多彩，曲折委婉地抒发了作者对故人的深切思念，描述出离别的凄切愁苦，叹惜命运的无奈。

余菊硕

【作者简介】

余菊硕，字香祖，福建莆田人。有《团扇词》一卷。

浪淘沙

风景晚苍凉，丛桂飘香。蛩声唧唧诉回廊。一种相思千万绪，恼乱愁肠。

依旧在他乡，特地凄惶①。芙蓉杨柳做秋光。恐怕归期临别误，仔细思量。

【注释】

① 凄惶：孤独窘迫。

【品读】

从桂飘香的秋凉季节，**蟋蟀**的鸣叫声萦绕回廊，触发了游子思乡的悲愁，孤独难耐，栖栖惶惶。在这芙蓉杨柳相映的无限秋光中，将归未归之时，须仔细思量，千万别误了归期。

汪 琬

【作者简介】

汪琬（1624—1691），字苕文，号钝庵，晚号尧峰，又号玉遮山樵，长洲（今江苏苏州）人。清顺治十二年（1655）进士，授户部主事，屡迁刑部郎中，因奏销案降北城兵马司指挥。再迁户部主事，被疾假归，结庐尧峰山，闭户著书。清康熙十八年（1679）召试博学鸿儒科一等，授翰林编修，纂修《明史》。在史馆六十日，撰《史稿》，又因病乞归，遂不出。论文要求明于辞义，合乎经旨。以诗受知于龚鼎孳，其七绝诗时露俊警，古体诗圆融浏亮。其文浩瀚舒畅，叙事有法度，尚雅洁。古文与侯方域、魏禧并称三大家。有《钝翁类稿》《尧峰文钞》等。

客 思

梵刹新凉起薜萝①，征衣萧瑟问如何②。
四山古木弹声急③，一夜西风蛩语多。
芳草似啼垂玉露④，美人有梦隔银河。
闲将客思题梧叶，翘首天南无雁过。

【注释】

①梵刹：佛寺，寺院。薜萝：薜荔与女萝两种植物的简称。唐杜甫《峡中览物》："舟中得病移衾枕，洞口经春长薜萝。"②萧瑟：寂寞凄凉的样子。唐杜甫《咏怀古迹》之一："庾信平生最萧瑟，暮年诗赋动江关。"③弹声：经风吹弹击、拍打声。④玉露：形容露珠。

【品读】

秋凉之际，薜萝爬满梵刹，征衣萧瑟；秋风吹来，四山古木萧萧作响，蟋蟀鸣声唧唧不停；花草沾露似美人啼泣；心中的佳人，夜夜有梦，只是与我相隔有如银河般遥远。诗人羁旅异乡，将一腔愁思题写在梧桐树叶上。可翘首南天，不见大雁的踪影，又怎能将雁书送达？

徐 倬

【作者简介】

徐倬（1624—1713），字方虎，浙江德清人。清康熙十二年（1673）进士，时官侍读学士，改庶吉士，授编修，官至礼部侍郎。有《应制集》等。

闻 蛩

乡国三千里①，寒蛩总一声②。
遥知闺阁内③，共此别离情。

【注释】

① 乡国：故乡。② 寒蛩：深秋的蟋蟀。③ 闺阁：闺房，常指女子的卧室。

【品读】

这是一首羁旅在外的游子怀念故乡及妻子的诗。远离故乡，深秋时节，一声蟋蟀的悲鸣，总能引起诗人对故乡及亲人的无限思念。遥想那闺房内的妻子也应和我一样有别离之情、相思之苦吧。

陈维崧

【作者简介】

陈维崧（1625—1682），字其年，号迦陵，江苏宜兴人。清康熙十八年（1679）召试鸿词科，由诸生授检讨，纂修《明史》。清康熙二十一年（1682），卒于官。清代前期词坛巨子，阳羡派领军人物，才气横溢，作词 1629 首，为历代词人之冠。有《湖海楼诗文词全集》传世。

夜游宫·秋怀四首

耿耿秋情欲动①。早喷入、霜桥笛孔。快倚西风作三弄②。短狐悲，瘦猿愁，啼破冢③。

碧落银盘冻④。照不了、秦关楚陇⑤。无数蛩吟古砖缝。料今宵，靠屏风，无好梦。

【注释】

① 耿耿：忧虑不安的样子。《诗经·邶风·柏舟》："耿耿不寐，如有隐忧。"② 三弄：三曲。晋建威将军桓伊（小字子野）善吹笛，曾应王徽之（子猷）请求，为他吹奏三曲（三弄）。后世常用作咏吹笛的典故。见《世说新语·任诞》。③ 冢：坟墓。④ 碧落银盘冻：秋空中的冷月。碧落，天空。唐白居易《长恨歌》："上穷碧落下黄泉，两处茫茫皆不见。"银盘，月亮。⑤ 秦关楚陇：边疆。

【品读】

这是一首表现词人冷寂悲凉、凄恻孤寂悲秋情怀的词。词人把秋情作为大自然的一种情性进行描述，把大自然人格化。在词人的笔下，大自然是具有生命、情性的巨人。通过一连串的意象组合，凸显秋天萧瑟环境中的冷寂氛围，表现了词人处于两朝交替中的内心矛盾。本词意象怪异，用语奇突，蕴含精辟，诚如陈廷焯所云："字字精悍，正如干将出匣，寒光逼人。"真有意到笔随，春风化物之妙。

念奴娇·十四夜对月，同王阮亭员外，八叠前韵①

三更以后，碧天刚、碾上一轮圆月②。娇女故园应学母，宛转画眉梳发③。古巷蛩吟④，小窗雁语，触景成悲切。南飞乌鹊，绕枝何处栖歇⑤？

我欲吹裂玉箫，拓残金戟⑥，小把愁肠豁⑦。生不神仙兼将相，负此秋光堆雪⑧。灯下吴钩⑨，腰间宝玦⑩，拉杂都催折⑪。明当竟去⑫，终南闻道奇绝⑬。

【注释】

① 王阮亭：王士禛，字子贞，一字贻上，号阮亭，晚号渔洋山人。新城（今山东桓台）人。清初著名诗人。八叠前韵：八用前韵。② 碾：转动。③ "娇女"两句：故园：家园。宛转，曲

折。唐杜甫《北征》："学母无不为，晓妆随手抹。移时施朱铅，狼藉画眉阔。"两句由杜诗化出，写对故乡亲人的思念。④ 蛩：蟋蟀。⑤ "南飞"两句：化用汉曹操《短歌行》："月明星稀，乌鹊南飞。绕树三匝，何枝可依？"⑥ 拓残：折断。戟：古代兵器。⑦ 小：稍微。豁：开阔。词中意谓舒展。这几句是说：我想吹裂玉箫，折断金戟，以发泄胸中的积郁，使愁怀稍微得到舒展。⑧ 秋光：秋夜的月光。堆雪：谓月色皎洁如积雪。⑨ 吴钩：古代吴地制的一种弯形刀。泛指锋利的刀剑。⑩ 玦：玉佩的一种，环形而有缺口。⑪ 拉杂：混杂。摧折：摧毁，毁坏。⑫ 竟：终于。⑬ 终南：山名。即秦岭。跨陕西、河南、甘肃三省。主峰在陕西省西安市长安区。这两句是说：听说终南山十分雄奇秀丽，我终会在明天离开此地，到那里去消愁解闷。

【品读】

"古巷蛩吟""小窗雁语"，月轮初碾……词人对月思乡，感怀身世，写成此作。上阕由圆月念及故乡，由南归的秋雁想到飘零的身世，由景而情，情景交织。下阕接"南飞"两句，叹仕途失意，怀才未遇，悲愤之情，如决堤之水，奔腾汹涌，不可遏制。

望江南·宛城五日，追次旧游，漫成十首①（其八）

重五节②，记得在前门③。庙市花盆笼蟋蟀④，门摊锦袋养鹌鹑⑤。榴火帝城春⑥。

【注释】

① 宛城：今河南南阳。② 重五节：农历五月五日端午节。③ 前门：京师（北京）前门。④ 庙市：旧时在寺庙内或附近的集市，也叫庙会。⑤ 锦袋：锦制的储物袋囊。⑥ 榴火：五月石榴花盛开，色艳如火，故云。帝城：京师（北京）。

【品读】

时维端午，春风暖人，石榴花盛开，色艳如火。京师前门的庙会更是让人流连忘返，试看花盆笼蟋蟀、锦袋养鹌鹑……如此盛况，令人如置身其间，乐在其中。

芭蕉雨·咏秋雨

似梦如尘渐渐①，乍无还乍有，何时歇？夜永三更将绝②，正值曲巷砧鸣③，颓墙蛩咽④。
阵阵罗衾凉彻⑤。愁共小屏摺。逢白雁北来、和人说，说道汉寝唐陵⑥，今夜雨洒丹枫，尽流红血。

【注释】

① 渐渐：象声词，雨声。② 夜永：夜长。③ 砧鸣：捣衣声。④ 颓墙蛩咽：颓败的墙垣下蟋蟀抽泣般鸣叫。⑤ 罗衾：丝织的大被。⑥ 汉寝唐陵：汉唐陵墓。

【品读】

秋雨连绵，愁绪郁闷难耐，蟋蟀鸣叫，如泣如诉，更添几分苍凉。雨浸丹枫、汉寝唐陵，诉说历史兴衰的残酷和血腥。

李 霨

【作者简介】

李霨，字坦园，一字景霱，直隶高阳（今河北保定高阳）人。明天启五年（1625）生，清顺治三年（1646）进士。历官庶吉士、检讨、编修、中允、侍讲学士、经筵讲官，直至东阁、宏文院、保和殿大学士，加太子太保、太子太傅、太子太师。清康熙二十三年（1684）卒。谥文勤。有《心远堂诗集》。

山花子·秋情

曲曲阑干月半钩，远天碧尽暮云收。一点相思千点恨，任眉头。

身似黄杨偏厄闰 ①，心如桐树易悲秋 ②。莫想阶前听蟋蟀，惹人愁。

【注释】

① 黄杨：树木名。旧时传说，黄杨木难长，遇到闰年，非但不长，反而会缩短，比喻境遇困难。宋苏轼《监洞霄宫俞康直郎中所居四咏·退圃》："园中草木春无数，只有黄杨厄闰年。"② 桐树：古人素有"梧叶报秋"之说，宋张炎《清平乐·候蛩凄断》："只有一枝梧叶，不知多少秋声。"可见，梧桐树与悲秋常常联系在一起。

【品读】

深秋傍晚，月悬阑干，暮云笼罩远山，诗人因相思而眉头紧皱。默念平生"身似黄杨偏厄闰，心如桐树易悲秋"，真有无限感慨；阶前的蟋蟀呵，我实在无心听你的鸣叫，这如泣如诉的鸣叫只能徒增我的悲愁。

黄媛贞

【作者简介】

　　黄媛贞（1628—1661），字皆德，秀水（今浙江嘉兴）人。知府朱茂时继室。有《云卧斋诗集》。

秋夜歌

寒萧萧兮清夜中①，栏干十二留西风。
西风愁人愁如此，冷蛩声彻罗帏空②。
闲心更惜秋光老，总是深深结怀抱。
翠被香余绣枕单，复起灯前翻旧稿。

【注释】

　　① 萧萧：象声词，风声、雨声、草木摇落声。《楚辞·九怀·蓄英》："秋风兮萧萧，舒芳兮振条。"② 罗帏：丝织的帷帐。唐李白《春思》："春风不相识，何事入罗帏？"

【品读】

　　诗人于秋夜寒风萧瑟、蟋蟀鸣叫声中独守闺房，感叹时光老去。纵别有怀抱，又可向谁倾诉？唯在灯下翻检旧稿，重温往昔的岁月，才可得到些许安慰。

朱彝尊

【作者简介】

朱彝尊（1629—1709），字锡鬯，号竹垞，浙江嘉兴人。清康熙十八年（1679）以布衣举博学鸿词科，授检讨，参与修撰《明史》。藏书八万卷，室名曝书亭，有《曝书亭集》八十卷等。博通经史，擅长诗词古文。作词风格清丽，为浙西词派的创始者，与陈维崧合称"朱陈"。

声声慢·七夕

桐阴重碧，豆叶轻黄，溪沙过雨无泥。尽卷纤云，一钩凉月楼西。寻思昔游历历，记回廊、纤手曾携①。好风度②，爱吹衣香细，点屐声低③。

谁道离多会少，比露蛩秋蝉，只解凝啼。恨别江淹④，旧时南浦都迷⑤。输成双星岁岁⑥，料红墙银汉难跻⑦。孤梦远，尚牵人横阁小梯。

【注释】

①纤手：女子柔美的手。②风度：仪容，气度。③点屐声低：一阵轻轻的木底鞋声。屐，有齿或无齿的木底鞋。唐李白《梦游天姥吟留别》："脚著谢公屐，身登青云梯。"④江淹：南朝梁时文学家江淹《别赋》极写世间种种伤别之情，后世常用此典表现离情别绪。⑤南浦：江淹《别赋》中"春草碧色，春水渌波，送君南浦，伤之如何"一句化用《楚辞·九歌·河伯》中的"子交手兮东行，送美人兮南浦"，以南浦泛指送别之地，抒写伤别情怀。⑥双星：牵牛星、织女星。⑦银汉：天河。传说夏历七月七日夜织女要渡过银河去与牛郎相会。后成为咏七夕的典故。

【品读】

这是一首七夕怀人的词。上阕词人描写雨后的七夕，清凉袭人，使他不由得回忆起往昔与心爱的女子携手回廊的温馨。下阕作者抒写别离的惆怅、无奈，然梦中还仿佛与所爱之人牵手横阁小梯。此词写得缠绵悱恻、凄美动人，令人不忍卒读。

南乡子·蛩

凉月澹①，影疏疏，豆叶新黄架未除。好似缫车鸣不住②。来又去，秋灯惯伴愁人语。

【注释】

① 凉月澹：月亮清凉、宁静。澹，安静。② 缫车：缫丝用具。有轮旋转以收丝，故称缫车。宋范成大《缫丝行》："缫车嘈嘈似风雨，茧厚丝长无断缕。"

【品读】

这是一首表现因秋夜蟋蟀悲鸣，引发诗人愁思的词。清凉的月夜，月影婆娑，豆叶新黄之际，蟋蟀来来回回不住地悲鸣，似不停的缫车声。诗人相伴昏黄的孤灯，愁思如丝，剪不断，理还乱。

史惟圆

【作者简介】

史惟圆，词人，原名策，一名若愚，字云臣，号蝶庵，别署荆水钓客，宜兴（今属江苏）人。早年胸怀大志，而以隐逸终老。工于词，与陈维崧唱和，论交三十年之久，为阳羡词派健将。其词今存三百余首，早期词作风格轻隽，后期一转而为恢奇狂逸。其游仙词缥缈离奇，心游九天以抒郁积之情，在清代词作中别具一格。有《蝶庵词》四卷。

更漏子·蛩声

漏沉沉①，风细细。坐久露华沾袂②。喧药圃，闹瓜棚。虫吟暗壁灯。

愁不断，语还乱。诉得许多秋怨。霜满砌，月中庭③，还来枕上听。

【注释】

① 漏沉沉：漏声深沉。漏，古代计时器。② 露华：露水之精华。袂：衣袖。③ 中庭：庭院中央。

【品读】

蛩声不绝，频添秋怨。

石州慢·斗蟋蟀

雨过庭轩①，莎径苔阶②，虫语声咽。儿童作队冲烟，拂雾，寻伊踪迹。分棚对垒③，试看鼓翼先鸣，封侯拜将争雄杰。贺战胜归来，似鸣金飞铁。

痴绝。谁强谁弱，蛮触旌旗，何时方歇。底事张拳④，奋勇轻生赴敌。不如归去，趁取凉夜嬉游，豆花瓜蔓三更月。莫诩旧时功⑤，向闲窗频说。

【注释】

① 庭轩：庭院回廊。② 莎径苔阶：莎草丛生的小路，铺满苔藓的石阶。③ 分棚：分场，分次。④ 底事：何事。⑤ 莫诩：莫夸耀。

【品读】

何事沉溺厮杀作对，轻生赴敌，不如归去。词人观斗蟋蟀，思悟归隐，充满睿智。

惜分飞·秋雨

点点都从窗外坠。最恨芭蕉多事。夜半声声细。看来只是离人泪。

暗壁鸣蛩应有意。唤起凉衾无睡①。滴尽空阶碎。败荷衰柳添憔悴。

【注释】

① 凉衾：冰冷的被子。

【品读】

夜阑秋雨潇潇，雨打芭蕉，传来细碎的响声，犹如离人的泪滴，滴在心头唤起无限愁思。更有暗壁鸣蛩矍矍应和，独拥凉衾怎能使我入睡？庭院空阶上秋雨滴滴，衰败的荷花柳叶徒添我无限憔悴。

冒禹书

【作者简介】

冒禹书，字玉简，江苏如皋人。冒襄从兄冒褒之子。诸生，候选训导。有《倩石居遗草》。

秋　来

忽忽年华伤暮迟^①，秋来怀抱最相宜。

感时实下江州泪^②，触目空多宋玉悲^③。

萧瑟荒庭鸣蟋蟀^④，苍茫远水下鸬鹚^⑤。

寥寥天地吾何托^⑥，几度临风有所思。

【注释】

① 忽忽：倏忽，形容时间过得很快。《楚辞·离骚》："欲少留此灵琐兮，日忽忽其将暮。" ② 江州泪：江州司马。唐代诗人白居易曾被贬为江州司马，其诗《琵琶行》云："座中泣下谁最多？江州司马青衫湿。"后因以"江州司马"代称白居易。元代无名氏《货郎旦》第一折："你比着东晋谢安才艺浅，比着江州司马泪痕多。"此借指失意的文人。③ 宋玉悲：战国楚宋玉《九辩》以悲愁兴怀，抒发生不逢时、处境困穷、时日蹉跎、有志无成的哀苦之情。后因以用作感伤秋景萧索、身世悲凉的典故，也借以咏羁旅伤别。④ 萧瑟：寂寞凄凉。唐杜甫《咏怀古迹》："庾信平生最萧瑟，暮年诗赋动江关。"⑤ 苍茫：旷远迷茫的样子。唐高适《自蓟北归》："苍茫远山口，豁达胡天开。"⑥ 寥寥：空旷，广阔。晋左思《咏史》："寥寥空宇中，所讲在玄虚。"

【品读】

冒禹书之叔冒襄是"明末四公子"之一，文章气节彪炳一时。冒禹书的这首《秋来》诗也类其叔诗风的感慨深沉。首联起调感伤低沉，哀叹年华虚度，空怀抱负，大有"自古逢秋悲寂寥"（刘禹锡语）的悲秋之慨。颔联引用白居易、宋玉悲秋伤时的典故，进一步表达了失意之悲。颈联用"荒庭鸣蟋蟀""远水下鸬鹚"等意象寄托身世之悲。尾联则目极八荒，寄情六合，流露出旷达自适的思想感情。此诗以情取景，借景写情，物我交融，意极凝重，前人作品中有过的意象能信手拈来，融会贯通，化作自己的新的创造。

曹贞吉

【作者简介】

曹贞吉（1634—1698），字升阶，号实庵，山东安丘人。清康熙三年（1664）进士，曾官礼部员外郎。诗格遒练，兼工倚声。吴绮选名家词，推为压卷；四库成书，仅收其词。论词主张独创，反对模拟。其咏物、吊古、悼亡、抒怀诸作，寄托遥深，格调雄深苍稳。寓居京师时常与宋琬、王又旦、叶封、颜光敏、谢重辉、丁炜、曹禾、汪懋麟、田雯等唱和，称"金台十子"。有《珂雪词》《珂雪词话》等。

望江南·代泉下人语二首（其二）

呜咽水，肠断为谁流？磷火不随山雨暗，蛩声常伴故人愁。白骨怯清秋。

千年事，零落委荒丘。青冢魂归环佩冷 ①，珠襦香散土花留 ②。无语泣长楸 ③。

【注释】

① 青冢：语出唐杜甫《咏怀古迹》其三："一去紫台连朔漠，独留青冢向黄昏。"青冢，指长满青草的坟墓。王昭君死葬塞外，其坟头青草四季不衰，名曰"青冢"，人们认为这青冢表达了王昭君对国家和故乡的思念和对死后留居塞外的遗恨。魂归环佩冷：语出杜甫《咏怀古迹》其三："画图省识春风面，环佩空归夜月魂。"环佩，在杜诗中指王昭君佩戴之物。意谓王昭君虽远嫁塞北，但她时刻思念自己的父母之邦，每当夜深之时她的灵魂还会回到家乡、故国。此代指泉下人对家乡和故国的思念。② 珠襦：贯珠为饰的短衣，古代帝、后所服，此指泉下人的殓服。土花：青苔。③ 长楸：高大的楸树。唐杜甫《韦讽录事宅观曹将军画马图》诗："霜蹄蹴踏长楸间，马官厮养森成列。"

【品读】

这是一首追念亲朋故旧的哀悼词，借以抒发兴衰存亡、人生无常的思想。词人用写实的笔法、凄婉悲恻的语言、真挚深切的感情寓含自己强烈的悲秋之感，代泉下人诉说绵绵不尽的幽恨。联系词人的偃蹇生平、抑郁气质，以及家族亲朋的变故，叹息、感慨之情隐隐可见。

释大汕

【作者简介】

释大汕（1633—1705），字石濂，又字石莲，号厂翁，俗姓徐，吴（今江苏苏州）人，一说江西九江人。十六岁时皈依江宁（今江苏南京）曹洞宗著名高僧觉浪和尚（名道盛），二十岁落发为僧，以后在江南一带传法授道。曾以行脚僧的身份作五岳游。清康熙初年游方岭南并定居广州。清康熙十七年（1678）冬被迎请为广州长寿寺（同时兼任该寺下院飞来寺）住持。曾一度改任曲江南华寺和澳门普济禅院（今观音堂）住持方丈。又应安南（今属越南）国王阮福周邀请，赴安南顺化传法。归国后著有《海外纪事》三卷。后与曾出家为僧又返回政坛的要人屈大均、梁佩兰等人政见相左，发生内讧，被官府逮解。清康熙四十四年（1705）夏在押解回乡途中圆寂。

斗蟋蟀赋

庚申七月十九日①，过梁药亭六莹堂②，嘉宾雅斗蟋蟀。喜其物小用大，感而赋之。盖以述胜劣之悲欢耳，匪有望于笔墨之荣观也。录拟鼎玉大士斧正③。

惟三代之淳风兮④，无干戈之蠢动。观六朝之景物兮⑤，有蟋蟀之声飞。由春秋之丧乱兮，心未死而附草⑥。亦列国以霸业兮，身失所而托灵。于是乎其生也，气宇类乎王侯。列土为穴，分茅在丘⑦。光仪磊落，素念绸缪。靳孤城而危急，忍近郭以多忧。名苑颓而何倚⑧，燕堂废以焉留⑨。叹凄其于客馆⑩，吟寂寞于戍楼⑪。宛君子之小憩兮，伏卧龙于高陇；窥丈夫之大略兮，拟飞虎于中洲。藏断碑之禹文兮⑫，抑洪水而开斗；隐圯桥之黄石兮⑬，授素书以传流。篱边放旷，泽畔遨游。苍松谷口，赤壁峰头。紫茎之茂，碧藓之幽。忽经鞭风箭雨兮，一时而变迁；至以崩崖露堑兮，四散而相投。狐窟蝎仓，蛇窖离巢，出入乎其为畔；萤火磷灯，阴焰迷飚，左右乎其同俦。长渠巨蟫兮，八爪毒蜮窃食之旷⑭；广陆古陬兮，有九首恶鸟吸饮之沟⑮。叠垒枯坑，鸳魂暴骨，愁肠堆砌于瓦砾；荒郊残冢，倒影悬萝，戏傀儡于髑髅。去岁世而几何，安知孰之遗迹？居冥夜而杳然兮⑯，可见伊之无休。榛撩乱兮密棘生⑰，蔓纠缠兮秒苔腐。捄不朽之精树⑱，笑欲言之怪花。籔籔兮，萧萧兮，若聚若散；飔飔兮，飒飒兮，如泣如讴。盖日月久远之照临，山河浩荡之积魄，亦造化所遂也⑲。尔其揽险，概历奇巅。躐狡蟠⑳，驱蚰蜒㉑，诛蛄蛊㉒，拰蚍垃㉓。越则律㉔，穿潺湲㉕。涉江湖而驾木，蹑蓬岛而逢仙㉖。襟罗宇宙，怀抱渊源。笃性于武㉗，敏志于年。值盟津之会师㉘，当渭水以求贤㉙。胡为乎伤古伤今而悲怨？胡为乎号空号野而哀鸣？直叫通天，耳唤展地晴。鉴斯耿介㉚，据斯不平。比良材之不遇兮，意欲休而辞愤；尤其骏马之失路兮，心已倦而力行。昂藏巨体，慷慨弥情。诚堪举相，无虑簪缨㉛。枫梧月朗，酒色天晴，刘寄奴之豪侠不已[32]，贾秋壑之逸兴犹生。受征咸于羽国，遂选勇于虫兵。乌银铸皿，碧玉雕罂，用待伏波以标旌，始谋聘也。乃于狼其冈上，豆蔻坂前[33]，捃莫测[34]，听俨然，请不出，激便迁。长筌兮以百匝兮[35]，短网而四旋。森罗兮以密布兮，拘楯而方圆[36]。尚无蝇飞蝼遁之路，兼有堑淤泥湿之田。既辞不得，仅受擎焉。获以至宝，给以万钱。携入华屋，供以醴泉，纳以琦球之窝[37]，盖以翡翠之绽[38]。沐以玻璃之盘，涤以赤晶之甄，绣凤描鸾之幂[39]，薰兰贯麝之毡。参苓蚊血而食，筠磁笤坑而眠[40]。对朝雾夕曛兮，穷阴阳消长之理；闻五音六律兮，辨宫商甲子之玄。思四海五岳兮，何通衢兮，何大道兮，何冈陵之险阻；忆八郡三川兮，此要津兮，此小栈兮，此关驿之锁咽。凝神以窥埸，触机而应弦。张名始于建功之后，运筹必于决胜之先。而后率俦并驾，统部齐营。曹分种格，队别重轻。约盟作则，均彩为凭。品夫态度，睹夫殊形。红眉之与黑股兮，谱中已论。一青之与五白兮，删外存经。鹤顶鹜眸[41]，虎项豹肩，鼋背熊翅[42]，斑斑斓斓，夏夏乎登坛之势；铜头铁额，刚口剑牙，金须银角，闪闪烁烁，凛凛然定鼎之能。喜临敌也。乃有操以戈，列以阵，仰以胸，支以臂。向日而迎，占风而徇。其未交也，如石人之并跱。其既斗也，若甲骑之相摈。蹴踏迅飞，踊跃循骏。上遮下掩，斜冲直趋。旁绕而出，倒卷而进。齿嵌结而成团，足蹬踢而莫释。顾馋啄之板翻兮[43]，腹一挺而莫让；持纵横之跌荡兮，力三登而不息。鹿死未分，牛犇已易[44]。各暂退征，磨钳整翼。愈忿怒而愈雄，再挑锋而再敌。助凯鼓鼙，抢骋斧钺[45]。接上扣而数回，连撤身而百合。忽举以峰摇，忽落以春磕。忽追以飞星，忽分以迸石。卖其首而诱擎，抒其足而待掷。乘其势而扬输，就其步而巧获。肉绽谁知，髓流自食。杀活从容，伸缩按式。已失陷而复恢兮，有背水阵之神奇；已困拒而得捷兮，有淆野战之莫测。至拉致而回锋兮[46]，鄙孙吴之秘韬；至用柔而克强兮，陋楚汉之良策[47]。总淮阴之渡河而潜行，尽钜鹿之攻军而未亟[48]。或一伏而扫十绝，或一奋而夺双标。掩其蠢[49]，截其刁，剪其尾，刺其腰。妍媸状以俱见[50]，得失怀而未消。其抱胜者，犹说东吴之伐曹兮，洋洋乎适意而视；其愧负者，若怯西秦之破燕兮，兢兢然丧胆而逃。是以名闻溢远，声势弥高。巍乎将军，确乎英豪。乐乎画锦，表乎骁骁[51]。襄文昌而大兴兮[52]，建武库之旌扬。揭华盖于正阳兮[53]，耸陵图之珂攘[54]。信隆起之荣瞻兮，应直上而翱翔。诚杰出之伟丽兮，犹勇退以轩昂。商风起兮雁行斜，因时而感发；楚水扬兮木叶脱，抚景以思量。薄寒生而光阴渐短，容颜异而富贵焉长。加以云台麟阁[55]，荫乎铁券金章[56]。壮士去而不返，美人迈以踉跄[57]。瞬息荒烟断草兮，冷露严霜。花残月缺兮，古丧今忘。亡泪无从而自落，心不禁以凄惶。虽愁戚之多端兮[58]，甚有征乎物我。任欢娱之无垠兮，终未免乎沧桑。慨蜉蝣之非久[59]，效鹡鸰而且休[60]。既甘贫之息虑，苟知命以何求？想萍踪之无寄兮，从天放；望宦海之浮沉兮，骞谁留[61]？乃若挂之官冠，辞之禄，弃之利名，报之林麓。藉荷叶而衣，采薇蕨而粟[62]。开襟怀之涕泗而为欢，处清淡之逍遥以为福，尔之达时也。何嗟人不知机兮，堪哭，匪听秋之可鉴兮？安知夫世事浮云之碌碌？

长寿行者大汕

【注释】

① 庚申：1680 年，清康熙十九年，农历庚申岁。② 梁药亭：梁佩兰（1629—1705），字芝五，号药亭，南海（今广州）人。少日读数千言，通经史百家，清顺治十四年（1657）乡试举第。清康熙二十七年（1688）进士，年近六十。改翰林院庶吉士。未一年，遽乞假归，结社兰湖，以诗酒为乐。客以他事请者，引疾不听闻；持诗文至，则披衣倒屣，讲论不休。与屈大均、陈恭尹并称“岭南三大家”，但三人诗风并不同。又与程可则、陈恭尹、王邦畿、方殿元、方远、方朝并称“岭南七子”。有《六莹堂集》。六莹堂：梁药亭之宅名。在今广州市丛桂路一带。“六莹”，原本为梁药亭心爱的古琴名。③ 鼎玉：鼎与玉玺。皆传国之宝。多借指帝业或政权。大士：德行高尚的人。《管子·法法》：“凡论人有要，矜物之人，无大士焉。”尹知章注：“大士不矜，歉以接物。”④ 三代：我国古时候的夏、商、周三个朝代。⑤ 六朝：历史上通常将先后在建康（南京）建都的吴、东晋、宋、齐、梁、陈称为南六朝，在北方建都的魏、晋、后魏、北齐、北周、隋称为北六朝，后来把从三国、隋至南北朝都称为六朝。⑥ 附草：腐草。⑦ 茅：古代兵器，形状近似长矛。春秋战国时期楚国军队行军，有人举着茅走在队伍最前以茅为旗帜。⑧ 名苑：著名的园林、花园。⑨ 燕堂：供休息的房屋。宋贺铸《侍香金童》：“燕堂开，双按秦弦呈素指。”⑩ 客馆：接待宾客的处所，亦指旅馆。⑪ 戍楼：哨听，碉楼。⑫“藏断碑”句：意谓收藏着记录大禹治水功绩的碑文。⑬ 圯桥：圯与桥同义。史书记载：圯桥，下邳城内的一座石桥，古代著名军事理论家黄石公将《太公兵法》一书赠予张良的地方。⑭ 蜞：蟹钳。⑮ 九首恶鸟：古代传说中的九头鸟，属凶狠的恶鸟。⑯ 杳然：听不到声音。⑰ 榛：树木名，叫榛栗。这里指榛莽，即榛栗丛。⑱ 捄：揪聚，抓住。⑲ 逑：聚合，匹配。⑳ 躏狡蟠：即踩死那些畸形的蟋蟀。躏，践踏。㉑ 蚰蜒：节肢动物，像蜈蚣而略小，黄褐色，触角和脚都很细，生活在阴暗潮湿的地方，也叫蓑衣虫。㉒ 蛄蛊：干枯瘦小的蟋蟀。蛊，毒虫。㉓ 抾蚍垃：捡出和抛弃像垃圾般的劣质虫子。抾，执取丢开。㉔ 则律：形容山岭高大险峻的样子。㉕ 潺湲：河水缓慢流动的样子。㉖ 蹑：踩踏，登上。㉗笃性：忠诚的性格。㉘盟津：地名，黄河一个古渡口。《史记·周本记》：“武王东观兵于盟津。”又作孟津。㉙渭水：发源于甘肃，经陕西流入黄河。相传古代姜太公曾在渭水边垂钓，后为周文王所举用，并辅助武王灭商，成为周朝开国功臣。㉚鉴：觉察，觉得。㉛簪缨：古代官吏的头饰，这里引申为显贵。㉜刘寄奴：南朝宋武帝刘裕小字寄奴。他的先世由彭城移居京口，他自己在这里起事，平定桓玄的叛乱，终于推翻东晋，做了皇帝。㉝坂：山坡。㉞ 抮：旋转，转动。㉟筌：竹制的渔具，呈喇叭状，又叫截鱼笼。㊱楯：栏杆，围栏。㊲琦球：用美玉制作的球。㊳缇：缀在盖板旁边的黑布。㊴幂：盖东西的布巾。㊵筠磁笥坑：用青竹皮编成的坚固方形有盖的盛器。㊶鹙：古书上记载的一种头和颈上都没有毛的水鸟。㊷鼋：大鳖，也叫元鱼。㊸啄：鸟用嘴尖啄食。㊹牛犇：像小牛那样奔跑。犇，原意是小牛奔跑。㊺钺：古代兵器。㊻斁：厌恶，厌弃，抛弃。㊼陋：鄙视，看不起。㊽亟：急切，赶快。㊾纛：军中的大旗。㊿妍媸：即美丽和丑陋。(51)骠骁：骠悍骁勇。(52)襄：帮助，支持。(53)揭：高举。华盖：

古代帝王车上的伞形遮盖物。(54)珂㺚：原指马笼头上的饰物，这里指美玉相碰撞发出的声音。(55)“加以”句：指一级级升到朝廷高层当官。(56)“荫乎”句：指子孙后代荫袭着先人的高官厚禄和特权。(57)踉跄：形容行走不稳，也指步行缓慢。(58)愁戚：忧伤。(59)蜉蝣：昆虫，幼虫生活在水中，成虫褐绿色，常在水面飞行，寿命极短，只有几个小时。(60)鹪鹩：一种小鸟，体长约三寸，羽毛赤褐绿色，间有黑褐色斑点，尾羽短，略向上翘，以昆虫为主要食物。(61)蹇：助语，用于句首，没有固定意义。(62)薇蕨：薇菜，也叫红蕨、赤蕨。可食，能充饥，也可用作汤料，并可入药，暖胃去湿、涩肠止泻。

【品读】

《斗蟋蟀赋》作于庚申年，即清康熙十九年（1680）七月十九日。全篇赋文分为三个部分，第一部分由正文开头“惟三代之淳风兮”至“授素书以传流”。通过对蟋蟀相斗全过程的描写，刻画了当时封建官场明争暗斗、尔虞我诈的社会现实，讽刺了封建官僚锦衣玉食、腐化糜烂的生活，同时反映了他们损人利己、阴险毒辣的行为，为我们认识当时的社会现实提供了一份不可多得的材料。作者运用大禹治水、黄石公向张良赠送兵书等历史典故，阐述了封建统治者无论采取何种韬略，创造何种奇迹，都无法改变当时混乱复杂社会现实的思想认识。第二部分由“篱边放旷”至“表乎骠骁”，这是本篇的主体部分，着重描写蟋蟀的生存条件，通过在复杂的环境里如何寻找蟋蟀、豢养蟋蟀和蟋蟀相斗的惊心动魄场面的描述，暗喻清王朝满汉关系紧张，尤其是官场黑暗、钩心斗角、弱肉强食、每时每刻都欲置对手于死地的残酷现实。同时告诫人们不要不停争斗、祸害生灵、危害社会。第三部分由“襄文昌而大兴兮”至全文结束。反映了作者看破红尘，厌恶官场名利，鄙视功名利禄，甘愿清淡、投身佛门，在淡泊宁静当中潜心修炼的超凡脱俗情怀。全文一气呵成，气势磅礴，气度非凡，语句精练，戛戛独造，典故颇多，寓意深刻，反映了作者的思想感情，是一篇值得一读的佳作。

查慎行

【作者简介】

查慎行（1650—1727），清代著名文学家。初名嗣琏，字夏重，后改名慎行，字悔余，号他山，晚号初白，海宁（今属浙江）人。清康熙十八年（1679）以诸生入贵州巡抚杨雍建幕府。清康熙四十二年（1703），赐进士出身，改庶吉士，授翰林院编修，入值南书房。清康熙五十二年（1713），乞归。因弟查嗣庭讪谤案，以家长失教获罪，次年放归，不久去世。早年受学于黄宗羲、钱澄之，又与朱彝尊为中表兄弟，得其奖誉，声名早著。其诗今存四千六百余首，兼学唐宋，风格峭劲俊逸，对当时诗坛影响极大。亦工于词，所作疏俊清隽，颇有特色。著有《敬业堂诗集》《敬业堂文集》，词有《余波词》二卷。

齐天乐·秋声

西风瑟瑟凉归候，孤灯自摇窗户。蛩咽花栏，蝉休叶院，添洒芭蕉丝雨。才听又住，正淡月朦胧，微云来去。簌簌空廊①，依稀人在绣帘语②。

多应枕畔愁绝，厌二十五更③，好梦频误。响玉池边，飘梧井畔，一片难分竹树。零砧断杵，更天外飞来，和成凄楚。别有伤心，天涯惊倦旅。

【注释】

① 簌簌：象声词。宋苏辙《喜雪呈李公择》："沉沉夜未眠，簌簌声初落。"② 绣帘：华丽的帘幕。③ 二十五更：二十五个更点。古代计时单位。因滴漏而得名。每夜分为五更，每一更次分为五点，故云。

【品读】

这是深秋时节，词人羁旅异乡，因闻秋声而触发思乡愁情的作品。上阕侧重描摹景物环境，横向铺陈一系列富有秋天特征的物象，运用电影蒙太奇的手法组成词的意象，勾勒词人秋夜羁旅的典型环境，渲染一派凄凉漂泊的氛围，含蓄蕴藉、画感鲜明。下阕侧重抒写情怀，伤别离之愁苦，哀归路之茫然，郁勃而沉慨，抒情真切，出语俊逸，有一种行云流水之美。

施 鉴

【作者简介】

施鉴，字况清，浙江嘉兴人。

天仙子·秋闺

蛩声填出离人谱，斜日垂帘红一缕。为谁收拾上眉尖。无人处，深深语，天涯往事难重数。

一片秋蝉林额吐①，不递归期今又误。晚云阵阵卷愁来。闲庭宇，黄昏雨，烛花照梦谁为主。

【注释】

① 林额：树梢。

【品读】

秋闺佳人，不尽离怨之情。

周　铭

【作者简介】

周铭，字勒山，江苏吴江人。诸生。有《华胥语业》《松陵绝妙词选》《林下词选》。

如梦令·秋夜

点点金风初绽，吹去秋光一片。午夜梦难圆，叶响蛩吟相乱。经惯①，经惯，岁岁此时肠断。

【注释】

① 经惯：经常，习惯。宋陈亮《彩凤飞·十月十六日寿钱伯同》："海南沉烧着，欲寒犹暖。算从头，有多少、厚德阴功，人家上——旧时香案，煞经惯。"

【品读】

深闺怨妇，年年秋夜，好梦难圆。

王臣荩

【作者简介】

王臣荩，字聿年，江苏武进人。贡生。有《辛夷吾词》。

少年游·初秋

藤花浥露月穿棚①，促坐听蛩鸣。粉泽初消②，珠珰尽卸③，团扇小风轻。

星横银汉光如浸，城上报三更。满槛荷香，一庭梧影，好梦未分明。

【注释】

① 浥露：湿露。浥，湿润。晋谢灵运《入彭蠡湖口》："乘月听哀狖，浥露馥芳荪。"
② 粉泽：妇女敷面的化妆品。③ 珠珰：妇女佩戴的珍珠耳饰。珰，妇女的耳饰。古诗《为焦仲卿妻作》："腰若流纨素，耳著明月珰。"

【品读】

初秋之夜，凉露沾湿藤花，月光穿过花棚映照庭院。佳人铅华洗净，耳饰尽卸，轻摇团扇，谛听蟋蟀唧唧鸣叫。斗转参横，月光如洗，已是午夜三更时分。满槛荷香飘来，月光透射，梧桐树影洒满庭院，恍若梦中，一片迷蒙。

周 铨

【作者简介】

周铨，字纬苍，一字晚菘，上海人。有《晚菘庐词钞》，一名《白石山人词稿》。

霜叶飞·落叶

乱鸦残照西风急，萧萧吹下几树，山桥野店送征尘，触发人离绪。趁乍暝、商量做雨①，篱根墙角寻蛩语。自暗逐萍蓬，甚日返、天涯浪迹，但随波去。

不见汉苑吴宫②，寒烟衰草，纷纷难扫无数。乾坤转眼又悲秋，容易成今古。纵宋玉③、偏工秀句，树犹如此谁能赋④。尚记他、寒蝉抱，凄咽梢头，只今何处。

【注释】

① 商量：准备，酝酿。宋李弥逊《水龙吟·上巳》："闻道东君，商量花蕊，作明年计。待公归，独运丹青妙手，忆山阴醉。" ② 汉苑吴宫：汉代的苑囿，吴王（阖闾）的宫殿。泛指帝王的宫殿园林。③ 宋玉：战国时楚国的辞赋家。④ 树犹如此：语出刘义庆《世说新语·言语》："桓公（桓温）北征，经金城，见前为琅邪时种柳，皆已十围，慨然曰：'木犹如此，人何以堪！'攀枝折条，泫然流泪。"

【品读】

以落叶为题，着力刻画深秋萧瑟的氛围中落叶逐萍随波，无所依傍，浪迹天涯的孤独形象；纵横古今，化用典故，进一步抒发对落叶命运的感慨。落叶的遭遇，亦即词人命运的生动写照。

管 桧

【作者简介】

管桧(1663—1723)，字青村，江苏武进（今江苏常州武进区）人。历官师宗知州。有《据梧诗集》。

九月十三日饶州寓斋夜坐 ①

切切哀蛩共寓斋 ②，丽谯风顺肃平街 ③。

卷帘始觉露华冷，灭烛方知月色佳。

城曲风帆依树落 ④，潮通鱼箔带沙排 ⑤。

眼前一事堪诗料，榴火当秋尚满阶 ⑥。

【注释】

① 饶州：今江西鄱阳。② 切切：谓蟋蟀鸣声悲凄。③ 丽谯：华丽的高楼。《庄子·徐无鬼》："君亦必无盛鹤列于丽谯之间。"郭象注："丽谯，高楼也。"宋林逋《钱塘仙尉谢君咏物楼成寄题二韵》："仙人多在丽谯居，况对西山爽气余。"肃平街：不详。④ 城曲：城角。南朝宋谢惠连《祭古冢文》："祠骸府阿，掩骼城曲。"⑤ 鱼箔：鱼帘子。一种用竹片或木片编成，用以拦围鱼群的渔具。宋陆游《小舟归晚》之二："潮生鱼箔短，木落雉媒闲。"⑥ 榴火：石榴花。因其红艳似火，故称。宋周邦彦《浣溪沙慢》："嫩英翠幄，红杏交榴火。"

【品读】

秋夜，诗人独坐寓斋，耳闻蟋蟀悲凄之鸣叫，掠过高楼之风声，卷起帘子刚觉露水冷，吹灭蜡烛方知月光之美。城角眺望，只见船儿风帆正举，依随着远方的树林消失；江潮涌来，鱼帘挟沙排排。尤其当那红艳似火的石榴花铺满庭阶时，怎能不诗兴勃发呢？

沈皞日

【作者简介】

沈皞日（1673—1703），字融谷，号荼星，又号柘西，浙江平湖人。清诸生。以拔贡选授来宾知县，调大河，擢辰州同知。卒于任。入仕前交龚翔麟，至京则与朱彝尊、李良年诸人游，官岭南又与金堡酬唱，晚年复与金人望往来。工词，为"浙西六家"之一，人谓其情之所至，发为声音，莫不缠绵谐婉。有《柘西精舍集》，词有《柘西精舍词》。

解连环·寄家书用张玉田韵①

断蛩吟晚。正苔痕露冷，离魂吹散。坐旅馆、听尽琼签②，是人倦背灯，家山犹远③。泪洒难收，又和墨、书来点点。算乡城月黑，秋风望极，故人愁眼。

尘飞软红冉冉。纵无情别去，也成凄怨。伴雁影、芦获烟波，为频嘱明年，归程同转。双鬓霜前，想镜里、星星先见④。只销凝、南浦长亭⑤，玉田半卷⑥。

【注释】

① 张玉田：南宋著名词人张炎，字叔夏，号玉田，晚又号乐笑翁。有词《解连环·孤雁》，用大雁传书的故事抒写相思之情。本词取其意，用其韵。② 琼签：报时之牌。唐温庭筠《湘东宴曲》："重城漏断孤帆去，惟恐琼签报天曙。"③ 家山：家乡。④ 星星：霜鬓点点犹如星星。⑤ 南浦：语出战国楚屈原《九歌·河伯》："子交手兮东行，送美人兮南浦。"后遂以南浦代指送别的地方。⑥ 玉田半卷："田"，疑为"帘"字之误。

【品读】

这是一首思乡怀人之词。深秋时节，客舍的墙壁上到处长满苔藓，一片凄寂。夜晚，寒蛩悲吟，令人断肠，简直把离人的魂也给吹散了。客居异乡，夜不能眠，直到"琼签报天曙"，还没能入睡。背灯而立，困倦不堪，可"家山犹远"，还家无望。和泪草书，写不成书，只寄得相思一点，让人难辨哪是泪，哪是墨？故人当和我一样，在秋风萧瑟的"月黑"夜，思念我这在外之人，望断天涯，因不得相见而愁容满面吧！光阴荏苒，落红满地，又是一个伤春怀人的季节。在这样一个令人伤感的季节里，纵然无情，别人而去，"也成凄怨"。漂泊异乡，水行陆宿，与"芦获烟波"中的雁影为伴，那就托大雁捎个信息：到明年秋天，大雁北归的时候，我一定和它"归程同转"。届时，故人一定在那送别的"南浦长亭"，半卷玉帘，正销魂凝神，盼望我归来了。

德 普

【作者简介】

德普，字子元，一字脩菴，号香松道人。郑献亲王济尔哈朗曾孙，袭辅国公，官宗人府右宗人。工诗，有《主善斋诗集》。

秋 夜

病叶萧萧下，开门扫更封。

虚窗衔落月①，残梦带疏钟。

咽露蛩吟砌，巢云鹤在松。

隔江秋色晚，相忆有芙蓉②。

【注释】

① 虚窗：空窗，透明的窗。② 芙蓉：荷花。

【品读】

风声、钟声、蟋蟀鸣叫声，落叶、落月、松鹤、残梦，诗人用蒙太奇的手法，将上述意象组合成一幅秋夜的图景，给人以美的享受。

盛韫贞

【作者简介】

盛韫贞，字静维，华亭（今上海市松江区）人，生卒年不详。有《寄笠遗稿》。

夜 坐

残灯照帘幕①，楼阁有余情。
落叶堆蛩砌②，凉风吹雁声。
暮蝉愁里听，河汉望中横③。
独坐悲秋夜，疏棂淡月莹④。

【注释】

①帘幕：遮蔽门窗的悬挂物，多用竹、苇或布制成。宋张先《天仙子》："重重帘幕密遮灯。"②蛩砌：蟋蟀鸣叫的庭院台阶。③河汉：银河。④疏棂淡月莹：淡淡的月光从稀疏的窗棂透射进来，显得分外晶莹。棂，栏杆或窗户上的雕花格子。汉班固《西都赋》："舍灵槛而却倚，若颠坠而复稽。"

【品读】

诗人从描绘秋风、秋月、秋虫的物象变化中流露出悲哀和愁怨。

蒋 葵

【作者简介】

蒋葵，字冰心，号普林，泰州（今属江苏）人。有《拂愁集》。

初 秋

凉夜西风枕簟清①，钟声送月傍柴荆②。

寒蛩也识秋光到③，砌下窗前处处鸣。

【注释】

① 枕簟：竹制的枕席。② 柴荆：用树枝、荆条等制成的简陋的门，形容贫困。③ 寒蛩：暮秋的蟋蟀。

【品读】

凉夜中秋风吹拂，枕席也显得清凉。钟声中送来一轮明月，朗照柴荆。蟋蟀也知道秋天来临。你听，那窗前砌下，到处是它唧唧的鸣叫声。

蒋 蕙

【作者简介】

蒋蕙，字玉洁，号雪峦，泰州（今属江苏）人，蒋葵之妹。

秋夜闻蛩

蛩音唧唧最关情，无限秋光映画屏①。

银烛高烧更漏永②，不堪听处总成吟③。

【注释】

①画屏：饰画的屏风。②银烛：银饰的烛盏。更漏永：夜长。漏，古代计时器，以滴水漏刻计时。③不堪：不可忍受。

【品读】

秋夜，蟋蟀的鸣叫声撩拨诗人的情思，银烛高烧夜永，时光难再，人何以堪？或许吟成的诗句，可以慰藉寂寞的心。

兰 轩

【作者简介】

兰轩，庄亲王女孙，嵩山室，都统能泰母。有《兰轩遗集》。

秋 夜

雨过虚堂睡未成①，挑灯闲坐夜凄清。
草间蛩语林间叶，底事秋来尽不平②。

【注释】

① 虚堂：空堂。② 底事：何事。

【品读】

秋日雨夜，夜不能寐，灯下闲坐，更觉凄清。不时传来林中草叶间蟋蟀的鸣叫声，似乎在向人诉说为什么人间尽是不平事。

傅世垚

【作者简介】

傅世垚，字宾石，汝南（今属河南）人。清康熙二十年（1681）前后曾任四川资中县县令等职，后弃官告归。工于词，宗尚辛弃疾，所作意境深邃，格调腾跃雄放。

鹊桥仙·喻蛩

哀蛩莫诉，听吾喻你，你亦有情之子。窗前愁叹到天明，有情者、应为情死。

是何愁恨，凄凉至死？料必难为言耳。但随秋雨咽砧声，更不得、重来尔尔①。

【注释】

① 尔尔：答应语，犹言"是是"。语出《晋书·张方传》："垣迎说辅曰：'……王若问卿，但言尔尔，不然必不免祸。"

【品读】

这是一首用拟人化的手法，通过寄托、讽喻以及曲笔旁敲侧击来抒发词人对清朝统治者钳制言论，制造文字狱表示愤懑的词作。此词以散文句法入词，语言明快，运用自如，风格雄放健拔，自是稼轩门径。

张台柱

【作者简介】

张台柱，原名星耀，字砥中，浙江钱塘（今杭州）人。生卒年不详。曾从军，授招抚教谕职衔，旋以不检被斥，游侠江淮。后入婺州太守幕，因事多次下狱，最后被斩。有《洗铅词》三卷、《屑云别录》一卷。

浪淘沙·不寐

昨夜梦魂中，翠袖轻笼①，月华低照锦香丛②。若使伊家同此梦③，也算相逢。

今夜恰惺忪④，好梦无踪。孤帏寂寂听寒蛩⑤。一点漏声千点泪⑥，月挂疏桐。

【注释】

① 翠袖轻笼：碧绿的衣袖半遮半掩着脸庞。② 月华：月光。③ 伊家：你。④ 惺忪：苏醒。⑤ 孤帏寂寂：孤身躺在冷寂的帐子里。⑥ 一点漏声：古时以滴漏计时，一点漏声极言时间之短。

【品读】

这是一首男子思念所恋女子的情词。上阕极写男子思念之苦，然思而不得见，只能期望女子也与他同做一梦，不无解嘲之意。下阕更进一层，男子因思恋而无法入睡，只能孤身在冷寂的帐子里伴听蟋蟀的悲鸣，内心悲切到了极点，不觉泪如雨下。本词清丽深婉，明白如话，采用对比手法，增强了艺术感染力。

倪 晋

【作者简介】

倪晋，字廷伯，浙江嘉兴人。

解佩令·秋夜闻蟋蟀

篆消香炷①，砧停玉杵②，一声声、霜前私语。说甚来由，刚惊断、天涯倦旅。又催成、闺中愁绪。

情深如诉，恨其难叙，费哀吟、夜凉庭宇。汝自悲秋，偏向著、小窗缕缕。最堪怜、暗风疏雨。

【注释】

① 篆消香炷：篆字形的薰香渐渐烧尽。② 砧停玉杵：深秋的捣衣声渐渐停歇。砧，捣衣石。玉杵，玉制的捣衣棒槌。

【品读】

这是一首借秋凉蟋蟀悲鸣抒发羁旅在外内心愁苦的词。霜秋雨夜，游子无寐，燃香消尽，砧停玉杵，只有一声声蟋蟀私语，似诉说词人的离情别绪。啊，凉风嗖嗖掠过庭院，我心悲秋惆怅绵绵。蟋蟀啊，你为什么还要向着我寄居的小窗如泣如诉，不绝如缕呢？

纳兰性德

【作者简介】

纳兰性德（1654—1685），著名词人。原名成德，字容若，号楞伽山人，满洲正黄旗人。清康熙十五年（1676）赐进士出身。选授三等侍卫，后晋为一等。扈从于康熙身边。擅诗文，词工小令，以悼亡诸篇与塞外旅愁之作最为有名。所作思想深沉，情感真挚，运思奇妙，风格清新俊逸，独步有清一代。淡于功名，与顾贞观、严绳孙、朱彝尊等交谊甚笃。有《通志堂集》《纳兰词》。

虞美人

银床淅沥青梧老①，屧粉秋蛩扫②。采香行处蘦连线③，拾得翠翘何恨不能言④。

回廊一寸相思地⑤，落月成孤倚。背灯和月就花阴，已是十年踪迹十年心。

【注释】

① 银床：井栏的美称，也称辘轳架。宋张镃《眼儿媚》："凄风吹露湿银床，凉月到西厢。"淅沥：风雨、落叶声。② 屧：木屐、鞋。此处代指伊人的行踪。③ 蘦连线：长满野草的苔痕。④ 翠翘：古代女子的头饰物，状如翠鸟尾上的长羽，故名。⑤ "回廊"句：化用唐李商隐《无题》："春心莫共花争发，一寸相思一寸灰。"

【品读】

这是一首思念所恋女子的词作。上阕词人从描写实景入手，通过井栏、秋雨、落叶及蟋蟀等意象的组合，一幅深秋庭院清寂之景如现眼前。接着写他走到恋人曾经行经处，那里已是芳草萋萋，布满苔痕……不经意间，在草丛中偶然拾得伊人曾佩戴过的翠翘，心中顿时涌起无限伤感，然伊人的芳踪已失，再也无法唤回，只能遗恨绵绵。下阕写词人故地重游，独立于花阴月影之下，从杳然的往事中猛然惊醒，回到现实。物是人非，往事真不堪回首，唯有"一寸相思一寸灰"。

秋水·听雨

谁道破愁须仗酒，酒醒后，心翻醉。正香销翠被①，隔帘惊听，那又是、点点丝丝和泪。忆剪烛、幽窗小憩②。娇梦垂成，频唤觉、一眶秋水。

依旧乱蛩声里，短檠明灭③，怎教人睡。想几年踪迹，过头风浪，只消受、一段横波花底。向拥髻、灯前提起④。甚日还来，同领略、夜雨空阶滋味。

【注释】

① 翠被：翠绿色的锦被。② "忆剪烛、幽窗小憩"句：化用唐李商隐《夜雨寄北》诗："何当共剪西窗烛，却话巴山夜雨时。"③ 短檠：矮灯架，借指小灯。宋杨万里《跋蜀人魏致尧抚干万言书》诗："雨里短檠头似雪，客间长铗食无鱼。"④ 拥髻：捧持发髻，女子心境凄凉的情态。宋刘辰翁《宝鼎现·春月》："又说向灯前拥髻，暗滴鲛珠坠。"

【品读】

这是纳兰性德的一首自度曲。上阕写的是深秋的雨夜，词人酒醒后，思念一个眼睛如秋水般清澈明亮的女子；这女子让词人苦苦相思。香衾半寒，帘外雨愁，那点点滴滴的雨丝犹如女子的泪珠，怎不让人回忆起当年与她雨夜相聚，西窗剪烛的情景。下阕写而今窗外乱蛩难息，室内灯火明灭，怀思切切，令人无法入睡。往事已矣，只有那女子一汪秋水般的明眸让人难以忘怀。何时能重现那女子灯前拥髻，倾诉幽情，与词人共同聆听夜雨空阶，体会那独有的韵味呢？

清平乐

凄凄切切，惨淡黄花节①。梦里砧声浑未歇，那更乱蛩悲咽②。
尘生燕子空楼，抛残弦索床头③。一样晓风残月，而今触绪添愁④。

【注释】

① 黄花节：谓深秋时节，或谓重阳节。黄花，菊花。② 那更：犹更加上。"那"字无意义。乱蛩，杂乱鸣叫的蟋蟀。③ "尘生燕子"两句：化用宋周邦彦《解连环》："燕子楼空，暗尘锁、一床弦索。"燕子楼，化用唐白居易《燕子楼诗三首》的序："徐州故张尚书有爱妓曰盼盼，善歌舞，雅多风态。予为校书郎时，游徐泗间，张尚书宴予，酒酣，出盼盼以佐欢……尚书既殁，归葬东洛。而彭城有张氏旧第，第中有小楼名燕子。盼盼念旧爱而不嫁，居是楼十余年，幽独块然，于今尚在。"诗词中常用"燕子楼空"表示追怀恋人之情。弦索，弦乐器之弦，代指弦乐器，如琵琶、筝等。④ "一样晓风"两句：化用宋柳永《雨霖铃》："今宵酒醒何处？杨柳岸晓风残月。"

【品读】

黄花时节原本令人伤感，而此刻刚从梦中醒来，那砧杵声仿佛还在耳边，又加上乱蛩声，就更令人不堪。眼前是燕去楼空，弦索抛残，晓风残月，无不惨淡凄绝，怎不令人伤情彻骨。

清平乐·忆梁汾①

才听夜雨，便觉秋如许。绕砌蛩螀人不语②，有梦转愁无据③。
乱山千叠横江，忆君游倦何方④。知否小窗红烛，照人此夜凄凉。

【注释】

① 梁汾：顾贞观（1637—1714），字华峰，号梁汾。江苏无锡人。清康熙五年（1666）顺天举人。有《积书岩集》《弹指词》。清康熙十五年（1676）与纳兰相识，从此交契，直至纳兰病殁。② 蛩螀：此处指蟋蟀。蛩，蟋蟀。螀，蝉。③ "有梦"句：意谓忆念故人而成梦，但是梦醒成愁，故梦也不可靠，不能慰人相思了。无据，不足凭、不可靠。宋徽宗《燕山亭》词："怎不思量，除梦里有时曾去；无据，和梦也新来不做。"⑤ 游倦：犹倦游，谓仕宦不如意而漂泊潦倒。

【品读】

这是一首秋夜怀友之作。上阕从窗外写起，由"夜雨"和"蛩螀"有声而"人不语"的秋声秋意中，引来对故人的怀念。换头虚写，谓由于江山阻隔而与梁汾不得相见，遂点到"忆君"之题旨。最后又以"小窗红烛"之眼前景收束，更加突出了"此夜凄凉"的氛围和心境，抒发了词人对梁汾深切的怀念和深挚友情。

疏影·芭蕉 ①

湘帘卷处，甚离披翠影，绕檐遮住 ②。小立吹裙，常伴春慵 ③，掩映绣床金缕 ④。芳心一束浑难展 ⑤，清泪裹，隔年愁聚。更夜深、细听空阶雨滴 ⑥，梦回无据 ⑦。

正是秋来寂寞，偏声声点点，助人离绪。缬被初寒 ⑧，宿酒全醒，搅碎乱蛩双杵 ⑨。西风落尽庭梧叶，还剩得，绿阴如许。想玉人 ⑩、和露折来，曾写断肠句。

【注释】

① 芭蕉：多年生草本植物，叶长而宽大，花白色，果实类香蕉，可以食用。古人有以其叶题诗者，如唐韦应物《闲居寄诸弟》："尽日高斋无一事，芭蕉叶上独题诗。"② "湘帘"三句：谓卷起竹帘，看到那摇曳的芭蕉，绿影婆娑，遮住了屋檐。湘帘，用湘妃竹编织的帘子。离披，分散的样子。《楚辞·九辩》："白露既下百草兮，奄离披此梧楸。"③ 春慵：因春天的到来而生懒散意绪。④ 绣床金缕：指绣床上装饰得极为华美。绣床，装饰华丽的床，多指女子的睡床。金缕，金丝所织之物。⑤ 芳心：花心，亦喻女子之情怀。⑥ 空阶：空寂的台阶。宋柳永《尾犯》："夜雨滴空阶，孤馆梦回，情绪萧索。"⑦ 无据：无所依凭。宋谢懋《蓦山溪》："飞云无据，化作冥蒙雨。"⑧ 缬被：染有彩色花纹的丝被。⑨ 乱蛩双杵：谓杂乱的蟋蟀声和交叠的砧杵声。⑩ 玉人：美貌之女子。此为对所爱之人的爱称。

【品读】

这是一首咏物怀人词。上阕侧重写芭蕉的形貌。先描绘帘外摇动的翠影遮檐，又转写其掩映帘内之人和物，而后写芭蕉之"芳心"裹泪，暗喻人心之愁聚，最后以空阶夜雨，梦回无眠烘托愁情。下阕侧重写怀人之思。先承上启下写雨打芭蕉，声声铸怨，接以蛩鸣杵捣之声，更托出离愁别恨，再以梧叶落尽，芭蕉依旧，落到借叶题诗，以寄相思，抒离愁之旨。全篇曲折跌宕，婉约细密。

田肇丽

【作者简介】

田肇丽，字念始，号苍崖，德州（今山东德州市）人。官户部郎中。有《有怀堂诗文集》。

秋日杂诗二首（其二）

秋夜不能寐，况是潇潇雨①。

滴沥声未歇，唧唧蛩音缕。

辗转听萧瑟，苦忆东坡语②。

老泪来何从，残梦去无绪。

数漏怀远人③，落帆在何许。

【注释】

① 潇潇：象声词，风雨声。② 东坡语：苏轼《如梦令·为向东坡传语》一词，抒写怀念黄州之情，表现归耕东坡之意。③ 数漏：数声漏壶滴漏之声。漏，漏壶，古代计时器。

【品读】

秋夜，雨声潇潇，滴沥不停；蟋蟀唧唧，不绝如缕。诗人耳闻萧瑟之声，辗转不能成眠，想到苏轼贬谪黄州，将黄州作为第二故乡，以至于在翰林院时仍念念不忘愿归耕东坡，不禁老泪纵横。残梦不愿离去，那漏刻之声激起我怀念远方的亲朋好友，可我的归宿究竟在哪里呢？

丁裔沆

【作者简介】

丁裔沆，字涵巨，号豫庵，嘉善（今属浙江）人。诸生，生平不详。有《香湖草堂词》。

满庭芳·秋江夜怨

烟接平冈①，帆沉远浦②，斜阳红树萧萧③。啼鸦影里，秋迥雁声高④。惆怅江南词客，青衫泪⑤，又洒河桥。芜城远⑥，寒灯斗酒，蛮语伴《离骚》⑦。

迢遥⑧。思往事，云迷汉垒⑨，月照秦壕⑩。叹五陵裘马⑪，空满蓬蒿。多少古今幽怨，羊肠路、九折停镳⑫。琴心悄⑬，移情海上，落叶待归潮。

【注释】

①烟接平冈：暮霭笼罩着平冈。平冈，山脊平坦处。南朝梁沈约《宿东园》："茅栋啸愁鸱，平冈走寒兔。"②帆沉远浦：帆影消失在遥远的水边。③红树：丹枫。萧萧：象声词，草木摇落声。④秋迥：深秋。⑤青衫泪：唐白居易《琵琶行》中有"江州司马青衫湿"之句，描写了自己谪居江州时，听到商人妇弹琵琶，感伤沦落而悲泣的情景。后世遂用"青衫湿"或"青衫泪"咏叹漂泊落魄的生活，抒发感伤情怀。⑥芜城：荒芜的城，指广陵，即扬州，故址在今江苏扬州江都区东北，南朝宋时，曾因兵马荒芜，鲍照作《芜城赋》讽之，故名。⑦《离骚》：战国时楚国诗人屈原之长篇诗作。⑧迢遥：遥远。此指遥远的往事。⑨云迷汉垒：暮云消失在汉代的城垒。⑩月照秦壕：明月朗照秦时的战壕。⑪五陵裘马：即五陵衣马。化用唐杜甫《秋兴八首》："同学少年多不贱，五陵衣马自轻肥。"五陵，汉朝皇帝每立陵墓，都把四方豪富和外戚迁至陵墓附近居住，最著名的为五陵，即长陵、安陵、阳陵、茂陵、平陵。后来诗文中常以"五陵"为豪门贵族聚居地。⑫九折停镳：九折回轩。九折坂在今四川荥经县西邛崃山，此路险阻曲折，汉王阳为避免走此地，竟托病辞官。见《汉书·王尊传》。后世以"九折"比喻道路难行，山势险要。停镳，勒马不前。镳，马嚼子，此代乘骑。⑬琴心：寄托情思的琴声。汉司马相如曾以琴声向卓文君表达爱情。后世以"琴心"泛指以琴传情，常用作咏求爱的典故。见《史记·司马相如传》。此指将愁结的心情寄托给忧郁的琴声。

【品读】

这是一首借景抒情，抚今追昔，感慨身世，倾诉哀怨之情的词作。上阕从写景着笔，描绘秋江傍晚凄清环境，并进一步叙说词人漂泊羁旅，心中愁苦，借酒浇灭胸中块垒的凄楚。下阕回忆悠悠往事，追忆失意人生，叹惋身世坎坷，吊古伤今，倾诉无限哀怨。本词寄意深沉委婉，意境凄清，格调凝重，情真意切，显示出词人心境之黯淡、郁闷，有一种沉重的压抑感。

汪 灏

【作者简介】

汪灏，休宁（今属安徽）人。与诸弟以纯孝称。清康熙二十三年（1684），官至浙江巡抚。有《受宜堂诗余》三卷。

金缕曲·蟋蟀

并力将秋织。冷嘈嘈、乱嘶阶缝，欲听还急。做弄西风纤翅巧，奏动一庭弦笛。要闹破、晚凉消息。月黑灯昏星露下，为听伊①，立得双鸳湿②。金井畔③，春山窄④。

催残节序莎鸡迹⑤。笑区区、不平因甚，相逢冤敌？鼓臂挣牙真个猛，斗却江南半壁⑥。可还记、那时军国⑦？雨歇荒村乡梦断，一声声、搀着寒砧泣。莫诉向，天涯客。

【注释】

①伊：它，代词。此处指代蟋蟀的鸣声。②双鸳：古代闺阁女子所穿的鞋，因鞋首往往绣有一对鸳鸯，故名。③金井：即井，用金修饰井以渲染富贵气象。古代传说，言有金人杖地形成井，称之为金井。见《荆州记》。后世诗词中多用以称宫廷或园林中之井。又因在阴阳五行学说中，金属于秋，故亦用金井描写秋天的萧瑟氛围。④春山：女子的眉毛。晋葛洪《西京杂记》卷二："文君姣好，眉色如望远山，脸际常若芙蓉，肌肤柔滑如脂。"古人以"如望远山"称赞西汉卓文君的美色。春山最为秀美，故后来常以"春山"形容女子眉色的美好。⑤莎鸡：又名络纬、络丝娘，俗称纺织娘，与蟋蟀鸣声相似。《诗经·豳风·七月》："六月莎鸡振羽，七月在野，八月在宇，九月在户……"莎鸡随节序的推移变动自己的栖息处所，故称"莎鸡迹"。⑥"斗却"句：暗用贾似道和马士英典故。贾似道，宋末奸臣，曾因好斗蟋蟀，被称为"蟋蟀宰相""贾虫"，还著有《促织经》。他荒淫无度，导致元兵进逼，南宋灭亡，失却江南半壁江山。马士英，明末入相，为人酷似贾似道，声色货利，好斗蟋蟀，被称为"蟋蟀相公"。清兵临江，他犹以蟋蟀为戏，以致南明灭亡，失却江南半壁江山。⑦"可还记"句：当贾似道与群妾趴在地上斗蟋蟀为乐时，狎客戏之曰："此军国重事耶？"此处两句系质问、嘲弄语意。

【品读】

这是一首借蟋蟀鸣声和撕斗成性，思妇闺情、荒淫误国史实入笔，反思明亡原因，寄托对明亡的伤悼之情的词作。上阕从时令特征与蟋蟀鸣声入笔，糅进悲切的闺情，并含蓄地透露闺妇长夜悄立的原因。下阕从蟋蟀的好斗成性和斗蟋蟀以致失却半壁江南入笔，掉转笔锋，转入对历史的沉思和批判。词人借此抒发了对明朝灭亡的伤悼、失国后漂泊生涯的感慨以及复国无望的绝望。本词继承了南宋爱国词人姜夔咏蟋蟀词《齐天乐》借物抒怀的传统，构思缜密，跌宕有致，意象纷呈，颇具艺术魅力。

厉 鹗

【作者简介】

厉鹗（1692—1752），字太鸿，号樊榭，浙江钱塘（今杭州）人。清康熙五十九年（1720）举人。清乾隆元年（1736）应博学鸿词科试报罢后，无意仕进，潜心著述。有《樊榭山房集》《湖船录》《南宋院画录》《宋诗纪事》《绝妙好词笺》等。

忆旧游

辛丑九月既望①，风日清霁，唤艇自西堰桥，沿秦亭、法华湾回，以达于河渚。时秋芦作花，远近缟目②，回望诸峰，苍然如出晴雪之上。庵以"秋雪"为名③，不虚也，乃假僧榻，偃仰终日，唯闻棹声掠波往来，使人绝去世俗营竞所在。向晚宿西溪田舍④，以长短句纪之。

溯溪流云去⑤，树约风来⑥，山蹙秋眉⑦。一片寻秋意，是凉花载雪⑧，人在芦碕⑨。楚天旧愁多少，飘作鬓边丝。正浦溆苍茫⑩，闲随野色，行到禅扉⑪。

忘机⑫。悄无语，坐雁底焚香⑬，蛩外弦诗。又送萧萧响，尽平沙霜信⑭，吹上僧衣。凭高一声弹指，天地入斜晖。已隔断尘喧，门前弄月渔艇归。

【注释】

① 辛丑九月既望：清康熙六十年（1721）九月十六日。既望，阴历每月十六日。② 缟目：谓白芦眩目。③ 秋雪庵：厉鹗《秋雪庵》诗自注云："庵在水中，四面皆芦，深秋花时，弥望如雪，故云。"④ 西溪：位于杭州西湖灵隐山西北。从杭州城到西溪，中历方井、法华、秦亭诸山，凡十八里，一道小河贯穿其间。⑤ "溯溪"句：谓自杭州西北的西堰桥，乘舟逆流而上。⑥ "树约"句：秋风拂野，疏林作响。⑦ "山蹙"句：远山明净，如眉初画。⑧ 凉花：芦花。⑨ 芦碕：长满芦苇的西溪堤岸。⑩ 浦溆：水边。唐杜甫《戏题王宰画山水图歌》："舟人渔子入浦溆，山木尽亚洪涛风。"⑪ 禅扉：僧寮。⑫ 忘机：消除机巧之心。指甘于淡泊，与世无争。唐王勃《江曲孤凫赋》："尔乃忘机绝虑，怀声弄影。"⑬ 雁底：雁柱，即古筝。古筝弦柱斜列，犹如飞雁，故称为雁柱。⑭ 霜信：降霜前的征兆。金元好问《药山道中》："白雁已衔霜信过，青林间送雨声来。"

【品读】

此词由"风日清霁"之景写起，到"天地入斜晖"的黄昏，至"弄月渔艇归"的夜晚，时间推移，铺展有序，情与景合，意与境会。全词以寻秋起，以感秋结束。上阕着重写纪行，下阕虚实相间。全词贯通"秋意"，意境清远，空灵蕴藉，词前小序犹如一泓清泉，幽雅清逸，词作则是泉中溅玉，词意相映而补，可谓珠联璧合。无怪乎谭献《箧中词》评此词曰："白石（姜夔）却步。"

齐天乐·秋声馆赋秋声

簟凄灯暗眠还起，清商几处催发①？碎竹虚廊②，枯莲浅渚，不辨声来何叶。桐飚又接③。尽吹入潘郎④，一簪愁发。已是难听，中宵无用怨离别⑤。

阴虫还更切切⑥。玉窗挑锦倦⑦，惊响檐铁⑧。漏断高城⑨，钟疏野寺，遥送凉潮鸣咽。微吟渐怯。讶篱豆花开⑩，雨筛时节。独自开门，满庭都是月。

【注释】

① 清商：商声，古五声之一，悲凉之声。宋欧阳修《秋声赋》："商声主西方之音。"② 虚廊：空的回廊。③ 桐飚：梧桐树上响起的瑟瑟秋风。④ 潘郎：指晋人潘岳。曾作《秋兴赋序》曰："余春秋三十有二，始见二毛。""斑鬓发以承弁兮。"⑤ 中宵：夜半。⑥ 阴虫：蟋蟀。⑦ "玉窗"句：五胡十六国时，前秦窦滔出外做官，久出不归，其妻苏蕙在家十分想念，便织锦为《回文旋图诗》，俗称回文诗，寄给她的丈夫，表达自己的诚笃爱情。此处词人暗用此典故，写妻子对丈夫的苦苦思念。⑧ 檐铁：铁马，屋檐下的铃铎。⑨ "漏断"句：夜已尽。漏，古代计时器。⑩ 讶：惊讶。

【品读】

这首词抒写闻秋声而引起的离情别绪。词以秋声入笔，以秋声结束，以实笔起，以虚笔应，实中有虚，虚中有实。中间写词人和妻子各自苦苦的思念，又都放在秋夜闻秋声的环境氛围之中，上下阕互相映照，密合无间，极尽空灵之妙，创造出窈曲幽深的境界，韵味无穷。

何梦瑶

【作者简介】

何梦瑶，字赞调，一字报之，号研农，又号西池，广东南海（今广东佛山南海区）人。清雍正八年（1730）进士，官奉天辽阳州知州，有《菊芳园诗钞》。

月华清·秋蛩

霜冷铜铺①，风沉银箭②，枕函添得凄楚③。吊月勾栏④，似绎鸣蜩愁缕⑤。写清商、声咽桐丝⑥。啼坠叶、响分蓉露⑦。如诉。记灯昏红壁，西堂曾赋。

芳草王孙何处⑨，正梦断秋英⑩，绕篱吟絮⑪。薜荔窗虚⑫，更著淡烟笼住。叹穷檐、机杼都空，恨逆旅、岁华将暮⑭。休去。问红钤月额⑮，闲堂秋圃。

【注释】

① 铜铺：铜制的"铺首"。铺首是装在门上用以衔门环的，多制成虎、螭等的头形。宋姜夔《齐天乐》："露湿铜铺，苔侵石井。"② 银箭：刻漏之箭，古计时器。唐李白《乌栖曲》："银箭金壶漏水多，起看秋月坠江波。"③ 枕函：枕头。④ "吊月"句：指蟋蟀悲鸣似在栏杆外对月自怜。极言孤独。⑤ "似绎"句：指蟋蟀似寒蝉吐丝般接连不断地鸣叫。⑥ 清商：古五音之一，商声，其调凄清悲凉，故称。桐丝：琴弦。⑦ 蓉露：荷露。⑧ "西堂"句：战国楚宋玉《九辩》："澹容与而独倚兮，蟋蟀鸣此西堂。"西堂，西厢。⑨ "芳草"句：《楚辞·招隐士》中"王孙游兮不归，春草生兮萋萋"表示盼望出游的王孙归来，后世用作思慕远游未归者的典故。⑩ 秋英：秋菊。⑪ "绕篱"句：化用晋陶渊明《饮酒》中"采菊东篱下，悠然见南山"一句，此处作者表示意欲归隐之意。吟絮，诗絮。⑫ "薜荔"句：化用《楚辞·九歌·山鬼》："若有人兮山之阿，被薜荔兮带女萝。"后因用薜萝衣或薜荔衣比喻隐士的衣服。窗虚，虚室，指空无所有的贫寒之家。《庄子·人间世》："瞻彼阕者，虚室生白，吉祥止止。"此处作者表示向往清贫的归隐生活。⑬ "恨逆旅"句：作者感慨生命短暂，年华将尽。逆旅，迎客止宿之处，客舍。唐李白《春夜宴桃李园序》："夫天地者，万物之逆旅。"岁华，时光，年华。⑭ 红钤：落红钤印。⑮ 月额：每月的定额。

【品读】

这是一首借咏蟋蟀悲鸣抒发人生感慨的词。上阕通过一系列特定的景物描写，渲染了蟋蟀在深秋的悲鸣，暗示人生暮年的悲哀，为下阕抒怀做了有力的铺垫。下阕感慨时序的悲凉、羁旅的无奈、乡思的痛苦，表达归隐之情。词人善于将景物描写与抒情有机结合，如泣如诉，感人至深。

史承豫

【作者简介】

史承豫，字衍存，号蒙溪，江苏荆溪（今宜兴）人。史承谦弟。清诸生。喜著述，诗文外兼精戏曲，尤工词，与兄并擅词名，有"宜兴二史"之目。其词风格近于其兄，而韵致之隽永差逊；至其佳作，于兄亦不遑多让。有《苍雪斋诗文集》《苍雪随笔》《蒙溪诗话》及杂剧《碧云亭》等，编有《荆南风雅》《国朝词隽》，词集《苍雪斋词》。

临江仙

天上碧云凝薄暮①，人间又近秋期②。轻衾小簟独眠时③。暗蛩惊好梦④，凉叶坠相思⑤。
瞥见一钩新月影⑥，夜分犹照罗帏⑦。金波如水漏声迟⑧。倾城消息杳⑨，愁谱玉参差⑩。

【注释】

① "天上"句：化用南朝梁江淹《杂体诗三十首·休上人怨别》："日暮碧云合，佳人殊未来"。薄暮，傍晚，日将落时。《楚辞·天问》："薄暮雷电，归何忧？" ② 秋期：七夕，农历七月七日之夜，相传牛郎织女在天河相会。此句亦化用唐杜甫《月》："天上秋期近，人间月影清。" ③ 轻衾：薄被。小簟：窄小的竹席。 ④ 暗蛩：夜鸣的蟋蟀。 ⑤ 凉叶：秋天的树叶。南朝宋谢庄《黄门郎刘琨之诔》："秋风散兮凉叶稀。" ⑥ 新月：农历每月初出现的月亮，其状弯如银钩，故称"一钩"。 ⑦ 夜分：半夜。罗帏：丝织的帷帐。 ⑧ 金波：月光。《汉郊祀歌十九章·天马》："月穆穆以金波。"漏声：古代计时器漏壶滴水的声响。 ⑨ 倾城：美人。 ⑩ 参差：洞箫，一种古乐器，相传为舜所造，像凤翼参差不齐，故名。

【品读】

这是一首羁旅怀人的词。词人在"近秋期"的"薄暮"之际，"轻衾小簟"中独眠之时，抒发去国怀人的相思情愫。从"碧云凝薄暮"到"新月"照"罗帏"，又到"金波如水漏声迟"，随着时间的推移，相思更为绵邈深长。然而，美人杳无音信，词人长夜不眠，思念无尽，只能将满腹的忧愁谱入洞箫，其声"呜呜然，如怨如慕，如泣如诉，余音袅袅，不绝如缕"（苏轼《赤壁赋》）。

李万青

【作者简介】

李万青，字子中，号南池，山东诸城人。清乾隆二十五年庚辰（1760）举人，官打箭炉同知。有《锦江集》。

晓　起

缺月压苍茫①，长河垂杳冥②。

露翻篱蔓白，烟断竹林青。

栖鸟惊枝散，吟蛩近履停。

阑干横北斗，犹见两三星。

【注释】

① 缺月：残月。苍茫：旷远迷茫的样子。② 长河：银河。杳冥：幽暗深远的样子。

【品读】

秋日的早晨，残月犹未隐退，天空幽暗、旷远迷茫。缠绕篱笆的藤蔓上露珠晶莹，雾霭在青青的竹林中消失。蟋蟀唧唧傍鞋而停，那悦耳的鸣叫声惊散了栖息树枝的飞鸟。北斗闪烁，横斜栏杆，天空上几颗星星高高悬挂。

赵文哲

【作者简介】

赵文哲（1725—1773），字升之，又作损之，号璞函，又号璞庵，江苏上海（今上海）人。清乾隆二十七年（1762）高宗南巡，召试赐举人，授内阁中书，入直军机处。后坐纪昀、王昶泄漏运使卢见曾案情事，罢官。旋从阿桂为掌书记，继从尚书温福征大、小金川，以功擢户部主事。清乾隆三十八年（1773）进兵木果木时殉职。恤赠光禄寺少卿。擅诗文，与王鸣盛、王昶、曹仁虎、黄文莲等人合称"吴中七子"。工于词，其咏物词和抒写离情别绪之作情味浓重，韵致流美。有《媕雅堂集》《娵隅集》，词集有《媕雅堂集》四卷。

一萼红·重过水竹居有感，用草窗词起句①

步深幽。看白苹紫蓼②，池苑恰宜秋。葺帽寒多③，荷衣尘少④，醉中一晌凝眸⑤。记堤上、千丝杨柳，骤轻鞍、何处不勾留⑥。烛泪堆红，茶烟扬碧，人在高楼。

风景而今无恙，但板桥西畔，换却盟鸥⑦。苔涩蛩疏⑧，芹残燕垒⑨，声声犹诉离愁。问溪水、揉兰如许。恁年华、只解送兰舟⑩。怕见旧时月色，莫上帘钩⑪。

【注释】

① 草窗：周密（1232—1298），字公瑾，号草窗、四水潜夫等，济南人，流寓吴兴（今属浙江），曾任义乌令等。宋亡不仕，与王沂孙、张炎、唐珏等人共结词社，与吴文英（梦窗）齐名，并称"二窗"。② 白苹：一种生长在浅水里的水草，叶有长柄，柄端四片小叶成一田字形。紫蓼：草名。生长在水边，味辛辣。③ 葺帽：带有柔细毛的皮帽。④ 荷衣：用荷叶所制之衣。战国楚屈原《离骚》："制芰荷以为衣兮，集芙蓉以为裳。"意谓自保生活，品德高洁，不为世俗所污染。后因以"荷衣"喻指隐者或处士之衣。⑤ 凝眸：注视。唐李商隐《闻歌》："敛笑凝眸意欲歌，高云不动碧嵯峨。"⑥ 勾留：停留，流连。唐白居易《春题湖上》："未能抛得杭州去，一半勾留是此湖。"⑦ 盟鸥：鸥盟，源于《列子·黄帝》，谓与鸥鸟为友，比喻隐者生活。此指词人的挚友及友情笃好的旧时光。⑧ 蛩：蟋蟀。⑨ 芹：菜名，又名楚葵。《诗经·鲁颂·泮水》："思乐泮水，薄采其芹。"⑩ 恁：这，那。兰舟：木兰舟，船的美称。⑪ 帘钩：挂帘子的钩子，唐宋时贵族人家有以玉石、金银等制成。宋秦观《浣溪沙》："宝帘闲挂小银钩。"

【品读】

　　这是一首游旧地忆故友离愁的词作。词的上阕写词人旧地重游，勾想起与朋友分别的情景。时维盛秋，池中花草五彩缤纷，然词人无心赏景，只觉得"茸帽多寒，荷衣少尘"。词人更多的是回忆挚友分别的场面，依依难舍，相思苦深，不能忘怀，常常登楼远眺，黯然神伤。下阕写风景依旧，而朋友天涯，相思凄苦。问溪水，为何年年载友人远行而毫无愁思，以致词人害怕月色溶入帘钩，触动无限断肠思情。

蒋士铨

【作者简介】

蒋士铨（1725—1784），字心余、苕生，号藏园，又号清容居士，铅山（今属江西）人。清乾隆二十二年（1757）进士，官翰林院编修。与袁枚、赵翼并称"江右三大家"。有《忠雅堂诗文集》和《铜弦词》二卷。

水调歌头·舟次感成

偶为共命鸟①，都是可怜虫。泪与秋河相似②，点点注天东。十载楼中新妇，九载天涯夫婿，首已似飞蓬③。年光愁病里，心绪别离中。

咏春蚕④，疑夏雁⑤，泣秋蛩⑥。几见珠围翠绕，含笑坐东风⑦？闻道十分消瘦，为我两番磨折⑧，辛苦念梁鸿⑨。谁知千里夜，各对一灯红。

【注释】

① 偶：配偶，匹配。共命鸟：梵语"耆婆耆婆迦"的意译。佛经中称雪山有神鸟，名"共命"，一身两头。"耆婆"有"命"或"生"之义，又称命命鸟、生生鸟。唐杜甫《岳麓山道林二寺行》："莲花交响共命鸟，金牓双回三足乌。"② 秋河：秋天的银河。③ "首已"句：化用《诗经·卫风·伯兮》中"自伯之东，首如飞蓬"一句，以蓬草比喻妇女头发散乱，无心梳洗，写妻子对丈夫的怀念。④ 咏春蚕：化用唐李商隐《无题》的"春蚕到死丝方尽，蜡炬成灰泪始干"，表示对妻子的坚贞爱情和思念。⑤ 疑夏雁：夏天无雁，无而疑，带有盼望之意。盼雁捎书信，而未见，故疑。⑥ 泣秋蛩：泣如秋蛩似的悲鸣。⑦ "几见"句，含笑坐东风：意谓未曾见过妻子过上豪华、舒适的生活，表示内心的歉疚。⑧ "为我"句：据《清史稿》记载，蒋士铨仕宦，曾两次因病乞归，而妻子为之担惊受怕，历尽折磨。⑨ "辛苦"句：后汉梁鸿妻孟光安于过贫苦生活，曾与丈夫同隐霸陵山中，以耕织为业，夫妻相敬如宾，后用为妻贤、夫妻恩爱的典故。

【品读】

这是一首旅途中怀念妻子的词。上阕写夫妻长年别离的凄苦，用比喻、对比的手法写夫妻之间的互相思念，感情浓烈。下阕写思念妻子的深情，用比喻的手法表示对妻子的思念之深，并怀有深深的歉疚。本词比喻贴切，笔意流动，前后呼应，缠绵婉曲，感人至深。

江　昉

【作者简介】

江昉（1727—1793），字旭东，号橙里，又号砚农。江都（江苏扬州）人，原籍安徽歙县。官候选知府。性亢直爽朗，好交游，常与当世名士如吴烺等往来唱酬。精书画，善写秋葵。凡有登门求教者，指授不遗余力。工诗，尤擅填词，与江立并称"二江"，所作清丽婉约，为浙西词派一脉。有《晴绮轩集》。与吴烺、程名世合编《学宋斋词韵》。词集名《练溪渔唱》，又有《集山中白云词》。

凄凉犯·秋草

凄迷望极。平原外、乱蛩一片声急。长亭怨满①，王孙去后②，无情自碧。苍茫暮色，衬残照、荒凉渐迫。暗黏天、遥连塞陌，隐隐间沙白③。

回首芳堤畔，惯碾香轮，飞花狼藉。斜川韦曲④，甚青青，旧时游历。昨夜新寒，怕匝地⑤、霜华乍入。又西风、遍野暗剪更瑟瑟⑥。

【注释】

① 长亭：古代驿路旁的亭舍，为饯别之用。② 王孙：对知音的美称。《楚辞·招隐士》："王孙游兮不归，春草生兮萋萋。"③ "隐隐"句：时而露出一段沙白的印痕。④ 斜川：今江西都昌附近湖泊中。晋陶渊明《游斜川》序云："辛酉正月五日，天气澄和，风物闲美，与二三邻曲，同游斜川。临长流，望曾城，鲂鲤跃鳞于将夕，水鸥乘和以翻飞……"序中描述了斜川风物的闲美，也表现了与同游者的深厚友情。韦曲：在今陕西西安长安区，此地风景秀丽，与邻近的杜曲，在唐代并称韦杜，是当时京城附近的游览胜地。唐杜甫《奉陪郑驸马韦曲》："韦曲花无赖，家家恼杀人。"此处词人借以指代自己游览过的去处。⑤ 匝地：遍地。唐王勃《还冀州别洛下知己序》："风烟匝地，车马如龙。"⑥ 瑟瑟：象声词，风声。唐白居易《题清头陀》："烟月苍苍风瑟瑟，更无杂树对山松。"

【品读】

这是一首以咏秋草为题，寄托岁暮怀人之意的词。平原上秋草弥望，凄迷一片，远远近近传来杂乱而凄厉的蟋蟀声，秋色、秋声、秋意扑面而至。自长亭分手之后，离愁别恨积满了我的心头。草木无知，长得像往年一样碧绿一片。但是王孙不归，岂不辜负了这天涯芳草！夕阳西下，晚霞渐渐消失，大地上暮色苍茫，更显得凄清荒凉。极目远眺，只见秋草接天，道路隐隐绰绰伸向远方，时而露出一段沙白的印痕。回首往事，想当初经常陪伴知音驾车出游，经过这桃红柳绿的大堤，那正是春光烂漫时节，一路鸟语花香，落英缤纷，美不胜收。斜川韦曲，青草萋萋，而今只剩下美的回忆。昨夜新寒，霜冻降临，遍地的秋草很快就要枯萎了。你看西风像剪刀一般锋利，遍地的秋草不正在西风中瑟瑟发抖吗？

钱 塘

【作者简介】

钱塘，字禹美，原字学渊，号虹舫，又号溉亭，江苏嘉定（今属上海）人，清乾隆四十五年（1780）进士，官江宁府教授，有《玉叶词》《响山阁词》各一卷。

齐天乐·蟋蟀

是谁细把秋声作，杉斋闹闻蛩语。冷露无声，明星欲滴，最是心怜伊处。碎啼絮诉，恰相和缫车①，夜深鸣杼。憔悴休文，年来独自乱离绪。

半闲堂上往事，叹而今赢得，瘦腰如许。败甃堆中②，破垣缝处③，切切凄凄无数。沉吟容与④，想拥髻无言⑤，银釭绣女⑥。聒耳愁声⑦，绿窗应更苦⑧。

【注释】

① 缫车：缫丝机具。② 败甃：破败的井壁。甃，井壁。《庄子·秋水》："出跳梁乎井干之上，入休乎缺甃之崖。"③ 破垣：破颓的院墙或围墙。垣，墙，矮墙。④ 容与：徘徊，踌躇不前。《楚辞·九章·涉江》："船容与而不进兮，淹回水而凝滞。"⑤ 拥髻：愁苦之状。旧题汉伶玄撰《赵飞燕外传》附其《自叙》言其妾樊通德叙赵飞燕旧事："通德占袖，顾视烛影，以手拥髻，凄然泣下，不胜其悲。"⑥ 银釭：银灯。釭，灯。唐李商隐《夜思》："银箭耿寒漏，金釭凝夜光。"⑦ 聒耳：吵声扰耳。《抱朴子·广譬卷》："春蛙长哗，而丑音见患于聒耳。"⑧ 绿窗：绿色的窗户，指女子居室。唐韦庄《菩萨蛮》："劝我早归家，绿窗人似花。"

【品读】

这是一首借蟋蟀的悲鸣抒发心中幽思的词。秋夜寒露，星光冷凝，蟋蟀悲鸣，与缫车鸣杼之声应和，自是凄苦不堪。而词人年来身处离乱之中，身心憔悴，已多时难以提笔为文了。此时此刻，他最心怜那相思中的"银釭绣女"，在聒耳的蟋蟀声中，只能拥髻无言，满腔愁苦向谁诉说？本词神骨俱静，凄凉动人，自是绝妙。

查 羲

【作者简介】

查羲，字如冈，一字尧卿，号选佛，浙江海宁监生。清乾隆时考授主簿，游京师，为同族查礼（1716—1783）所重。书法钟王，画兰饶有神韵。有《区农诗稿》。

木兰花慢·夜闻蟋蟀

西风长误妆①，凉叶院，一声声。况孤馆今年②，零烟碎雨，断角淋铃。万里兰成归思③，最难堪酒醒正三更。切切空庭私语，一番幽梦初惊。

谁知灞岸已难听④，犹是古山城。料紫塞穷秋⑤，黄沙衰草，更觉凄清。中夜哀音四起，正汉家骠骑拥神兵⑥。何似宝钗楼外⑦，傍他萤火墙阴。

【注释】

①误妆：耽误梳妆。②孤馆：孤寂的客舍。宋秦观《踏莎行》："可堪孤馆闭春寒，杜鹃声里斜阳暮。"③兰成归思：词人以羁留难归的庾信自况。兰成，北周庾信的小字。庾信《哀江南赋》："王子滨洛之岁，兰成射策之年。"④"灞岸"句：灞水，在今西安东，古人多作为折柳送别之地。此处词人抒写边塞羁旅的情怀，寄托对江南的牵念之情。⑤紫塞穷秋：北方边塞的暮秋时节。紫塞，北方边塞。⑥汉家骠骑：指汉代骠骑将军霍去病奇袭匈奴的典故。⑦宝钗楼：汉武帝时建造，唐宋时咸阳著名的酒楼。⑧萤火墙阴：墙北的萤火。

【品读】

这是一首词人于秋夜闻蟋蟀悲鸣，触动羁旅愁苦，思念故乡而作的一首词。词人久旅塞外，孤寂凄清，羁留难归，暮秋雨夜，蟋蟀的一声声鸣叫引起他思想感情的共鸣，只盼望梦归故里，傍他萤火墙阴。

吴锡麒

【作者简介】

吴锡麒（1746—1818），字圣征，号榖人。浙江钱塘（今杭州）人。清乾隆四十年（1775）进士。曾为翰林院庶吉士，授编修。历官赞善、侍讲、侍读。清嘉庆六年（1801）授祭酒。后乞归养亲。主讲安定、乐仪等书院至终。与严遂成、厉鹗、袁枚、钱载、王又曾并称"浙西六家"，其诗风格清峭灵峻，时人比之为新绿溪山，渐趋苍古。为乾隆间八大家之一，其骈文兼备众体，不以矜奇持博为能。为浙西词派晚期名家，其词清和雅正，秀色有余。有《有正味斋全集》。

月华清

九月望夜①，被酒归来，明月在窗，清寒特甚，新愁旧梦，怅触于怀②，因赋此解。

鸦影偎烟③，蛩机絮月④，月和人共归去。愁满青衫，怕有琵琶难诉。想玉阑、吹老苔花⑤，枉间却、扇边眉妩⑥。延伫⑦，渐响余落叶，冷摇灯户。

不怨美人迟暮⑧，怨水远山遥，梦来都阻。翠被香消，莫话青鸳前度⑨。剩醉魂、一片迷离，绕不了、天涯红树。谁语？正高楼横笛⑩，数峰清苦⑪。

【注释】

① 九月望夜：农历九月十五日夜。② 怅触：感触。③ 鸦影：犹如"鸦云"，形容女子乌黑的头发，云鬟烟鬓，借指所怀之佳人。④ 蛩机：化用宋吴文英《六么令·七夕》："露蛩初响，机杼还催织。"絮：腻。⑤ 吹老苔花：西风吹拂，苍苔渐厚。⑥ "枉间却"句：扇边眉妩，已成枉然的思忆。⑦ 延伫：长久等待。汉张衡《思玄赋》："会帝轩之未归兮，怅相佯而延伫。"⑧ 美人迟暮：美人衰老。《楚辞·离骚》："惟草木之零落兮，恐美人之迟暮。"⑨ 青鸳：青鸳瓦的省称。黑色的屋瓦。屋瓦一俯一仰，因称。唐元稹《茅舍》："旗亭红粉泥，佛庙青鸳瓦。"前度：前次，上回。唐刘禹锡《再游玄都观绝句》："种桃道士归何处，前度刘郎今又来。"⑩ 高楼横笛：化用唐代赵嘏《长安秋望》诗："残星几点雁横塞，长笛一声人倚楼。"⑪ 数峰清苦：化用宋姜夔《点绛唇·丁未冬过吴松作》："数峰清苦，商略黄昏雨。"

【品读】

此为怀人之作。逝水流年，佳人却相约难期，故而愁绪满怀，情不能已。上阕写月夜薄雾朦胧，蟋蟀唧唧，织机喳喳，本当与佳人共度，无奈"月和人共归去"，无限悲凉，天地间仿佛只剩下孤零零的词人。"愁满青衫，怕有琵琶难诉。"唯有佳人所倚的玉栏犹在，而西风吹拂，苍苔渐厚，良辰空逝，往昔的"扇边眉妩"，已成枉然的思忆。在落叶、孤灯的飘摇之中，词人徒然地久久凝望期待。下阕起句连用反语，不怨美人迟暮，只怨水远山遥，连思念佳人之梦都有阻碍，拥衾无语，忍忆往日两欢欣。佳人已逝，美梦难成，只有借酒浇愁，但也不甚济事。"高楼横笛，数峰清苦"，词人又跌入现实的愁苦中，不能自拔。

姚 椿

【作者简介】

姚椿（1777—1853），字子寿，一字春木，自号蹇道人、樗寮病叟、东畲老民，江苏娄县（今上海金山区廊下）人，著名文学家、学者。自幼随父游历诸省，十八岁应顺天乡试，才名大起，然连试不第。常与洪亮吉、杨芳灿、张问陶等前辈畅论辞赋，气甚凌厉。清道光元年（1821），被举荐为孝廉方正，固辞不就。先后主讲河南夷山、湖北荆南等书院。曾从姚鼐学，以桐城派古文闻名于世。工诗词，为词宗尚辛弃疾、陈维崧，多游览寄兴、思古抒怀之作，词风恣肆清豪，有《洒雪词》三卷。另著有《通艺阁诗录》《晚学斋文集》等，编有《国朝文录》。

金缕曲·咏铁马 ①

谁挂檐前铁？奈微风、五更摇漾，响声清澈。独客一灯孤对影，不信有人愁绝。听天外、塞鸿飞急。阶下哀蛩惊起和，又凌空俯触帘钩戛 ②。才欲诉，向谁说？

战场何处经风雪？更高楼、白头怨女，泪痕低咽。输与老僧喧寂泯 ③，不管牢骚凄屑 ④。但香火、星星明灭。梦里闻鸡空起舞 ⑤，有床头、雄剑啼腥血。推枕坐，半庭月。

【注释】

① 铁马：檐铃。② 戛：象声词，形容物体相互摩击的声音。③ 泯：消失。④ 凄屑：凄切琐碎。⑤ 闻鸡起舞：听到鸡鸣就起床舞剑，比喻有志向的人及时奋发。语本《晋书·祖逖传》："（祖逖）与司空刘琨俱为司州主簿，情好绸缪，共被同寝。中夜闻荒鸡鸣，蹴琨觉曰：'此非恶声也。'因起舞。"

【品读】

借咏铁马，抒发壮志难酬之悲，恣肆清豪，气甚凌厉。

吴兰修

【作者简介】

吴兰修（1785—?），字石华，号荔村，又号古输，广东嘉应（今广东梅州）人。清嘉庆十三年（1808）举人，官信宜训导。阮元任两广总督，以之为学海堂山长。通经史，擅算学。尝自榜其门曰"经学博士"。工诗及古文，尝与张维屏等结希古社。文得六朝之韵、八家之法，诗清新俊逸。尤精倚声，自刻"岭表词人"之印，所作清圆婉约，接北宋之脉。有《荔村吟草》《桐花阁词钞》五卷。

卜算子

园绿万重，月不下地，夜凉独起，冰心悄然，惜无闲人同踏深翠也。辄倚横竹写之，时甲戌七月十三夜①。

绿剪一窗烟②，夜漏知何许③？碧月蒙蒙不到门④，竹露听如雨⑤。

独自出篱根，树影拖鞋去。一点萤灯隔水青⑥，蛩作秋僧语⑦。

【注释】

① 甲戌七月十三夜：清嘉庆十九年（1814）农历七月十三日夜。② "绿剪"句：园绿万重，划破一窗浓雾。③ "夜漏"句：夜已深，不知到了什么时辰。④ "碧月"句：月色昏暗、迷茫，照不到家门。⑤ "竹露"句：翠竹露珠悄然下落，犹如雨滴。⑥ 萤灯：萤火虫发出的光亮。⑦ 僧语：僧人念佛之声。此处形容蛩声细弱。

【品读】

初秋之夜，月色迷茫，竹露淅沥，凉意袭人。词人独自出篱，树影婆娑，拖鞋而去，唯见小溪那边萤火闪烁，映着青青的秋水，远处传来蟋蟀细弱的悲鸣。本词冷寂、清雅，状静景于动态之中，色彩清晰而明丽，似淡而浓，孤独而不哀伤，无凄凉萧索之感，激起人内心的强烈感受和无穷的想象，使人心驰神往。

曹楙坚

【作者简介】

曹楙坚，字树藩，号艮甫，江苏吴县（今苏州）人。清道光十二年（1832）进士，授刑部主事，后擢监察御史。出为湖北盐法道，进按察使。太平军攻武昌，佐守孤城，城陷死之。其诗藻韵并饶，不愧作手。词尤擅场，与同号艮甫之赵函有"平艮仄艮"之目，盖"函"字平声，"楙"字仄声也。其词风在周密、高观国之间，超隽处近张炎，苍艳处近姜夔。最工《琵琶弦》调，人以"曹琵琶"呼之。有《昙云阁诗集》，词集名《昙云歌词钞》。

琵琶仙

石帚自制黄钟商调也①。辛丑九日咏莪招饮②，赋呈此解。孤怀沉寥③，不自觉商声之触指也。

霜叶吹空，宦情冷、奈我栖迟京国④。衰鬓还对黄花⑤，西风最萧戚⑥。秋渐老、江亭怕倚⑦，为经了、几番离席⑧。月桂缘迟⑨，烟萝梦窈⑩，心事谁识？

再休负、红烛开尊⑪，且同把、双螯醉今夕。看到翠荒苔古⑫，早蛩螿声寂⑬。星黯淡、关河雁去⑭，想戍楼⑮、尽是寒色。试问莼脆鲈香⑯，甚时归得？

【注释】

① 石帚：南宋词人姜夔。黄钟：黄钟列乐律十二律之首，为所有乐律的标准。商调：乐曲七调之一，其音凄怆哀怨。② 辛丑九日：1841年重阳节。咏莪：彭蕴章（1792—1862），江苏长洲（今苏州）人，原名琼达，字咏莪。清道光十五年（1835）进士，授工部主事，累官工部尚书、武英殿大学士。③ 沉寥：形容心情寂寞孤独。唐韦庄《抚盈歌》："銮舆去兮萧屑，七丝断兮沉寥。"④ 宦情：居官的心境。栖迟：淹留。语出《后汉书·冯衍传》："久栖迟于小官，不得舒其所怀。"京国：京城。⑤ 黄花：菊花。⑥ 萧戚：萧杀，凄戚。以上两句暗用唐李白《九日龙山饮》中"九日龙山饮，黄花笑逐臣"句意。⑦ 江亭：江边的驿亭。⑧ 离席：离别的筵席。⑨ 月桂：古代传说，月中有仙人桂树；后用作咏月的典故，也常结合"折桂"典，借以咏科举功名。宋梅尧臣《送王言秀才归建昌》："莫问鸟爪人，欲取月桂捷。"⑩ 烟萝：借指幽居或修真处。宋苏舜钦《离京后作》："脱身离网罟，含笑入烟萝。"⑪ 开尊：举杯饮酒。⑫ 翠荒苔古：指树木稀少、人迹罕至的边荒地区。⑬ 蛩螿：蟋蟀与寒蝉。⑭ 关河：关山河川。⑮ 戍楼：边防驻军的瞭望楼。⑯ 莼脆鲈香：莼羹与鲈鱼脍。语本《晋书·张翰传》："翰因见秋风起，乃思吴中菰菜、莼羹、鲈鱼脍，曰：'人生贵得适志，何能羁宦数千里以要名爵乎！'"

【品读】

　　这是一首感秋思归的词。上阕紧扣"九日"，绘写秋色，以眼前"吹空"的"霜叶"，傲霜的"黄花"，"萧戚"的"西风"，渲染"秋"的渐老，衬脱出人的"宦情"之"冷"，"江亭"之怕倚，"心事"之无人识。下阕转入"招饮"，抒写乡思，心系边关，引发归意。以悬想中的"蛩螀声寂""关河雁去"及"戍楼"的"寒色"，加重秋的萧瑟，映衬"红烛开尊""双螯醉今夕"的热烈，于清旷的背后更凸显内心思归的苦涩。情景交融，得言外之意，是一篇别出心裁的《归去来兮辞》。

程定谟

【作者简介】

程定谟，字心宇，江苏昭文（今江苏常熟市）人，清嘉庆五年（1800）进士，官翰林院典籍。有《小书舟乐府》三卷。

六丑·秋蛩

听墙阴甃底[1]，弄促响、金风催急。画阑翠廊，秋先通信息。一径凄寂，暗里长如夜，那知天杪[2]，挂几竿红日。凉阴满地寻无迹，乱绕香阶，低穿粉壁，无端向人喧唧。奈琴哀笛怨，难和歌拍。

苔荒莎涩，偏零砖碎石，也有些儿苦、吟到黑。清宵故恼词客。怪书窗破梦，不曾停得。萧辰惨、乱云愁碧[3]。还只道、一苑秋光未老，让他幽适。朝来看、玉样霜积。绮砌寒、数点花攒绀[4]，无声暗泣。

【注释】

① 墙阴甃底：垣墙北面的井底。甃，井，井壁。② 天杪：犹天际。③ 萧辰：犹秋季。唐岑参《暮秋山行》："千念集暮节，万籁悲萧辰。"④ 绀：绀珠聚集。

【品读】

这是一首写秋天蟋蟀行迹、悲鸣，抒发词人内心忧伤的词。词的上阕写蟋蟀得秋天讯息之先，无端乱窜，喋喋不休向人诉说，却难以取得与人们的共鸣。下阕续写蟋蟀在秋天里苦吟，惹得词人无尽烦恼，感叹人生的孤寂、惆怅。词人善于借物抒情，感同身受，细致抒发内心的体悟，因而其伤秋之情就显得更加真挚动人。

黄位清

【作者简介】

黄位清，字瀛波，号春帆，广东番禺人，清道光元年（1821）举人，官国子监学录。有《松风阁词钞》。

十六字令

闭户养疴，悄然庭院，辄填小令，以遣闷怀。

思，料理黄河远上词①。凭谁唱，付与乱蛩知。

【注释】

① 料理：排遣，消除。宋黄庭坚《催公静碾茶》："睡魔正仰茶料理，急遣溪童碾玉尘。"

【品读】

闭户养疴，悄然庭院，愁闷中吟黄河远上词遣闷，仍不失豪迈；知音何在，付与乱蛩。

熊德度

【作者简介】

熊德度，字兰坡，江苏山阳（今淮安）人，诸生。有《浣花词钞》二卷。

满江红·雨窗感怀

细雨连声，况又是、一天风色。长亭畔、丝丝残柳，为谁萧瑟。落叶纷飞砧韵切，小窗寥寂蛩声织。想画楼①、帘幙近黄昏，催刀尺②。

望一片，枫林赤；愁一派，芦花白。只凭栏立尽，暮天昏黑。水驿三秋霜角掩③，山村满树暝烟湿④。敛凉空、鸦点噪寒云，添凄恻。

【注释】

① 画楼：华丽的楼台。② 刀尺：指服装的制作。唐杜甫《秋兴》之一："寒衣处处催刀尺，白帝城高急暮砧。" ③ 水驿：水边的驿站。④ 暝烟：黄昏的雾霭。

【品读】

细雨、残柳、落叶、蛩声，一派萧瑟；枫林赤、芦花白、暝烟湿、鸦噪寒云添凄恻。景由情生，凄苦若此，夫复何言。

瞿绍坚

【作者简介】
瞿绍坚，字梦香，江苏常熟人。有《吹月填词馆诗余》一卷。

苏幕遮·落叶

月初沉，烟暗语。渐渐飕飕，作秋声语。立马荒郊寻古墓，断碣零香，一带销魂处。

正思君，空怨汝。天上黄姑①，今夜同砧杵。似和吟蛩催别绪，趁著黄昏，添阵潇潇雨。

【注释】

① 黄姑：牵牛星。《玉台新咏·歌辞之一》："东飞伯劳西飞燕，黄姑织女时相见。"

【品读】

落叶悲秋之苦，何有词人心更苦。

程泳涵

【作者简介】

程泳涵，字鸣一，江苏阳湖（今江苏常州）人，诸生。有《剑胆琴心词》。

蝶恋花·秋雨

怪底秋从何处度①，庭院深沉，不断秋来路。最是凄凉天欲暮，秋声一片斜阳树。

思避穷秋无避处，促织多情，为我催秋去。唧唧怨秋秋不语，残更又滴空阶雨。

【注释】

① 底：这，这样。宋杨万里《辛丑正月二十五日游蒲涧晚归》："烟锺能底急，催我入城闉。"

【品读】

避秋无避处，催秋秋不去。

原 诘

【作者简介】

原诘，字又维，号放庵，原籍太仓（今属江苏），江苏宜兴人。有《红豆词》。

桂枝香·秋夜

寒蛩语细，听诉尽凄凉，客心将碎。不卷珠帘，怕见月华如水。羁愁黯黯浑如醉，为悲秋，一番憔悴。碧天空阔，画楼缥缈①，凤箫初起②。

昔曾向花间竹里。把玉卮浮白③，缟袖凝翠④。自去瀛洲仙驭⑤，顿忘尘世。而今谙尽愁滋味。更休提，故人千里。夜阑酒醒，参横斗转⑥，最怜无寐。

【注释】

① 画楼：华丽的楼台。② 凤箫：古代传说，春秋时，萧史娶秦穆公之女弄玉，二人吹箫作凤声，引来凤凰置其屋上，数年后，随凤凰成仙而去。诗词中常用作夫妻、情侣的典故。③ 玉卮：玉制的酒杯。浮白：罚酒，罚饮一满杯酒。④ 缟袖：白绢衣裳。⑤ 瀛洲：传说中的海上三神山之一。⑥ "参横"句：参星横斜，北斗倾斜。此表示天将黎明。

【品读】

这首词因景及情，情景交融，现实与回忆互为对映，将游子的羁愁及思念妻室的相思之情抒写得淋漓尽致，镂心刻骨。格调苍凉凄清，写尽词人远离故乡、辗转流徙、无缘与千里之外的亲人团聚的酸楚况味。

项鸿祚

【作者简介】

项鸿祚（1798—1835），著名词人，原名继章，后改名为廷纪，字莲生，钱塘（今浙江杭州）人。清道光十二年（1832）举人。本为富家子弟，后家道中落。工于词，所作多写哀情凄意，笔致灵秀跌宕，出入五代、两宋之间，在浙派、常州派之外，自具清丽哀艳、婉转幽深之特色，与纳兰性德、蒋春霖词风相近。有《水仙亭词》二卷、《忆云词甲乙丙丁稿》四卷等。

水龙吟·秋声

西风已是难听，如何又着芭蕉雨？泠泠暗起①，渐渐渐紧②，萧萧忽住③。候馆疏砧④，高城断鼓⑤，和成凄楚。想亭皋木落⑥，洞庭波远⑦，浑不见，愁来处⑧。

此际频惊倦旅⑨，夜初长，归程梦阻⑩。砌蛩自叹，边鸿自唳⑪，剪灯谁语⑫？莫更伤心，可怜秋到，无声更苦。满寒江剩有，黄芦万顷⑬，卷离魂去⑭。

【注释】

①泠泠：象声词，指风声。②渐渐：象声词，指雨声。③萧萧：象声词，指风雨声。④候馆：旅舍。疏砧：断断续续、稀疏的捣衣声。砧，捶布用的垫石。⑤"高城"句：高高的城头上传来断断续续的更鼓声。⑥亭皋木落：语本南朝梁柳恽《捣衣诗》："亭皋木叶下，陇首秋云飞。"亭皋，水边的平地。⑦"洞庭"句：语本战国楚屈原《九歌·湘夫人》："袅袅兮秋风，洞庭波兮木叶下。"⑧"浑不见"二句：简直见不到忧愁的出处。这两句是正话反说。⑨倦旅：天涯倦客。⑩"归程"句：意欲梦中回家亦不可得。⑪"砌蛩"二句：台阶上的蟋蟀自哀自叹，边塞的鸿雁自我哀鸣。⑫"剪灯"句：化用唐李商隐《夜雨寄北》："何当共剪西窗烛，却话巴山夜雨时。"⑬"黄芦"句子：万顷枯黄的芦苇。⑭离魂：神情不宁，感觉虚幻之状态。

【品读】

这是一首借秋言愁，写怀才不遇、失意拓落，抒发自我愁思愁绪的词。词的上阕写秋天的肃杀景象，不落俗套，避免用客观描摹景物的方法，而是从词人的主观感受出发，由闻听一系列"秋声"展开联想，又由"秋色"引出"愁"字，点明秋与愁之间的紧密关系；由物候之秋景过渡到离人之愁情，不露痕迹，十分巧妙自然。下阕紧承上阕结句之意，进一步抒写词人离愁之苦，并用以退为进的手法，转不幸以为幸，从而表现出更大的不幸，把词人内心的愁苦推向极致。尾句宕开一笔，用疏冷的笔墨展示给读者另一番秋的境界，给人以空阔迷蒙、追魂夺魄之感。

点绛唇·梦怯秋清

梦怯秋清，小屏题遍相思句①。露浓如雨，不响梧桐树。

采药阑空②，是旧吹笙处。愁凝伫③。暗蛩无语，凉月随人去。

【注释】

小屏：屏风。② 采药阑：即药栏，芍药之栏，泛指花栏。唐杜甫《宾至》："不嫌野外无供给，乘兴还来看药栏。"③ 凝伫：伫立凝望。宋柳永《竹马子》："凭高尽日凝伫，赢得消魂无语。"

【品读】

这是一首怀人词。秋夜的清凉之风将人从梦中怯生生地惊醒，屏风上题满相思怀人的诗句。庭院里秋露密布如雨，梧桐静静伫立，不发出一点儿声响。花栏空寂，回想是当年吹笙处。意中人不见，只有伫立凝望以致愁绪绵绵；暗处蟋蟀竟也默默无语，清凉的明月随人而离开。

玉漏迟·闻落叶

西风无著处①，如今闲了，斜阳高树②。摇落江潭③，一片乱鸦飞去。客思吟商最苦④，更销得、庾郎愁赋⑤。深院宇，残萤断雁，伴人凄楚。

谁怜病枕难禁，正飒飒吹来，萧萧不住⑥。采绿前游，空有砌蛩能诉。弹指几番怨恨⑦，怕化作、漫天碎雨。君听取，凉声又惊秋暮。

【注释】

① 无著处：无留处。著，附着。② 高树：高大的树木。③ 江潭：江中深水。④ 吟商：吟秋。⑤ 庾郎愁赋：北周庾信曾作《哀江南赋》抒发羁愁乡思，又有《愁赋》，后常用为感乱伤时异域思乡的典故。宋姜夔《齐天乐》："庾郎先自吟愁赋，凄凄更闻私语。"⑥ 萧萧：象声词，风声。⑦ 弹指：比喻时间短暂。唐司空图《偶书》："平生多少事，弹指一时休。"

【品读】

这是一首因落叶而愁思怀人的词作。秋风吹拂，斜阳下树叶纷纷落下，飘坠江潭，只见一片乌鸦乱哄哄呱呱飞去。羁旅异乡吟秋最苦，更销魂有如庾信哀愁。庭院深深，只有几只残剩的萤火虫及离群的大雁与人相伴，增添了几分凄楚。病枕难禁，谁能怜爱？秋风飒飒，萧萧作响关不住，最忆往昔采绿游冶，而今只有庭阶蟋蟀唧唧，似乎在诉说离愁怨恨。几番怨恨，弹指一挥而过，恐怕已化作漫天零星细雨，秋凉声中又见暮秋降临。

齐天乐·题帕 ①

翠乡不暖行云梦 ②，如今画屏遮断 ③。霜咽疏钟，风沉断漏 ④，依旧谢娘难见 ⑤。凉宵曲宴 ⑥。只有满楼空，舞慵歌倦。痛惜前欢，研光裙上茜香满 ⑦。

佳期容易间阻，自从银汉隔 ⑧，天远人远。烛扣闲情 ⑨，船筝夜约，分付乱蛩新雁。谁怜瘦减。料孤负年年 ⑩，绣衾罗荐 ⑪。愿作红绡 ⑫，揾盈盈泪眼 ⑬。

【注释】

① 帕：手巾，手帕。② 翠乡：即翠红乡，指青楼。③ 画屏：华丽的屏风。④ 漏：古代计时器。⑤ 谢娘：唐白居易《代谢好答崔员外》(题下自注："谢好，妓也。")："青娥小谢娘，白发老崔郎。谩爱胸前雪，其如头上霜。"这里用"谢娘"指诗人想念的情人。⑥ 曲宴：私人饮宴。三国魏曹植《赠丁翼》："吾与二三子，曲宴此城隅。"⑦ 研光裙：用研罗制的裙。研罗，一种研光丝织品。茜香：茜草的香气。⑧ 银汉：银河。⑨ 烛扣：烛器。⑩ 孤负：辜负。⑪ 罗荐：丝垫。⑫ 红绡：红绸。绡，生丝织成的薄绸。⑬ 揾：拭，擦。盈盈：清澈的样子。

【品读】

这是一首怀人词。上阕写词人离愁别绪、孤寂凄凉之情，深婉感人。先从秋凉秋夜，"画屏遮断""霜咽疏钟""风沉断漏"写起，渲染了肃杀悲凉的环境和气氛；继而写意中人"谢娘难见"，"凉宵曲宴""只有满楼空""舞慵歌倦"，表达对意中人的怀念，有爱有恨，充满了痛惜之情。下阕写与佳人阻隔，思念之苦，以致年年辜负"绣衾罗荐"，使人倍感寂寞清冷。结拍忽有神来之笔，词人"愿作红绡"，揾佳人"盈盈泪眼"。此词一唱三叹，委婉缠绵，描景、抒情、议论、叙事紧相融合，文字生动，语言流畅自然，情韵丰逸，显示出词人的功力和才气。

顾太清

【作者简介】

顾太清（1799—1876），名春，字子春、梅仙，道号太清，晚号云槎外史。原姓西林觉罗氏，满洲镶蓝旗人。清朝著名词人、小说家。代表作《天游阁集》《东海渔歌》《红楼梦影》等。

凄凉犯·络纬①

梧桐落了层层叶，碧云暗度秋老。八尺龙须②，半帘月影，乍凉多少，今年特早。催满院、虫声又搅。井栏边、絮絮叨叨，也似人恼。

鼓翼瓜棚上，饮露餐花，自能常饱。丝笼慢贮，挂房栊、最宜深悄。不为哀音，也容易、秋衾梦觉。隔疏窗、拌共夜雨，听到晓。

【注释】

①络纬：虫名。一名莎鸡、纺织娘，此指蟋蟀。②"八尺"句：龙须草织成的席子。唐代韩偓《已凉》："八尺龙须方锦褥，已凉天气未寒时。"

【品读】

秋夜，庭院里铺满层层梧桐落叶，湛蓝的天空中云朵悄悄退去，时令已是深秋。月光穿过门帘，照映在龙须草织成的席子上，泛起阵阵秋凉。井栏边蟋蟀不住鸣叫，满院嘈杂，使人徒添许多烦恼。只见那蟋蟀张开翅膀跃上瓜棚，啜饮花露得以饱腹。但我最愿将它纳入丝笼，悬挂房栊，低声吟唱，隔着疏窗，聆听夜雨的敲打声，和我的秋梦相伴到黎明。

姚 燮

【作者简介】

姚燮（1805—1864），字梅伯，一作某伯，号复庄，又号大梅山民。浙江镇海（今宁波北仑区）人。清道光十四年（1834）举人。由誊录议叙知县，未就。于学无所不窥，上至经史典籍，下至世俗戏曲小说，皆所涉猎。其诗气骨雄健，思力沉着，有鞭风叱霆之气，而用遏抑掩蔽之法，生峭幽异，包罗万象，迥绝流辈。骈文沉博绝丽，与彭兆荪近。词早年疏秀婉丽，晚则转为清苍老健。又精绘事，擅画梅。有《大梅山馆集》《今乐考证》《读〈红楼梦〉纲领》，编有《蛟川诗系》，词集《疏影楼词》。

清平乐

更无佳鸟，但有鸣蛩扰。莫怨秋风催冀早，心已春风催老。
楼前淡月疏星，楼中淡月疏檠①。要睡不能多睡，隔墙送过鸡声。

【注释】

① 檠：灯。

【品读】

本词反映了词人秋夜寂寞凄怆，辗转不能成眠的苦闷。

陈 澧

【作者简介】

陈澧（1810—1882），字兰甫，号东塾。广东番禺（今广州）人，原籍江苏上元（今南京）。清道光十二年（1832）举人，官河源训导，赐五品卿衔。绩学通经术，为晚清名儒。治学不强分汉宋，深造有得。主学海堂、菊坡精舍讲习，造就人才颇多。少即好诗，既长，所作超然清妙，高华朗秀，足称名家，然皆刊落不存。词尤工，洋洋乎会与《风》《雅》，乃使绮靡、奋厉两宗，废然如反。有《东塾集》，词集《忆江南馆词》。

齐天乐·十八滩舟中夜雨 ①

倦游谙尽江湖味 ②，孤篷又眠秋雨。碎点飘灯，繁声落枕，乡梦更无寻处。幽蛩不语。只断苇荒芦，乱垂烟渚 ③。一夜潇潇 ④，恼人最是绕堤树。

清吟此时正苦 ⑤。渐寒生竹簟 ⑥，秋意如许。古驿疏更 ⑦，危滩急溜，并作天涯离绪。归期又误。望庾岭模糊 ⑧，湿云无数。镜里明朝，定添霜几缕。

【注释】

① 十八滩：赣江在江西赣州、万安境内的河段，以急滩密布著称。② 谙尽：尝尽。③ 烟渚：雾霭笼罩的水中小洲。④ 潇潇：象声词，雨声。⑤ 清吟：清雅地吟诵。宋曾巩《芍药厅》："何如萧洒山城守，浅酌清吟济水边。"⑥ 竹簟：竹席。⑦ 古驿：古老的驿亭。疏更：残更。⑧ 庾岭：山名。即大庾岭，为五岭之一，岭上多植梅树，故又名梅岭。唐郑谷《咸通十四年府试木向荣》："庾岭梅花觉，隋堤柳暗惊。"

【品读】

这是一首旅愁抒怀词。上阕因题起句，"倦游""江湖味"扣"十八滩"，"孤篷"扣"舟中"，"眠秋雨"扣"夜雨"；而"尽"字和"又"字则再现了特定处境中的客子愁怀。紧接着对"雨"进行着力刻画，在船舱内眠秋雨，但觉雨点击打船篷，声繁而势沉，如落枕上，灯火为之摇曳，旅人为之失眠，连蟋蟀声也被雨声所替代，而滩边的芦苇、堤岸的丛树，则使人在风雨中更增添了荒凉凄冷。下阕写寒意逼人，词人身心交瘁，推篷而望，岸上古驿残更，危滩急流，唤起了词人的天涯离绪，而望乡情更怯，定增添白发几许。此词渲染有致，情景俱到，使人有身临其境之感。

勒方锜

【作者简介】

勒方锜（1816—1880），书法家、词人。原名人璧，字悟九，号少仲，新建（今属江西）人。清道光二十四年（1844）举人。曾官河东道总督、福建巡抚。洞达玄理，谙于政事。善书法。工于词，每一篇成，辄为同人所叹赏。又强于记忆，宋、元名家之词，背诵如流者不下千余首。而与万树所著《词律》一书，致力尤深，故其词婉约窈深，辞美律谐，然清丽有余，新警不足。有《太素斋集》，词集《太素斋词钞》，又名《樽州词》。

声声慢·题张小溟听秋图 ①

蛩阶渍雨 ②，雁路澄霜 ③，西风吹满平林 ④。冷淡年华，空添宋玉悲吟 ⑤。谁知有人忘世，镇疏闲、听得商音 ⑥。小窗里，更新评菊谱 ⑦，稳卧芦衾 ⑧。

绝似秋声别馆 ⑨，写范宽图画 ⑩，梧叶松阴。一片萧骚 ⑪，都来洗荡尘襟。多愁定应笑我，到恁时 ⑫、摇碎幽心。还问取、可能消凉月夜深。

【注释】

① 张小溟：不详。② 蛩阶渍雨：蟋蟀鸣唧的庭阶被雨水渍泡。③ 澄霜：秋霜澄清。④ 平林：平原上的林木。唐李白《菩萨蛮》："平林漠漠烟如织，寒山一带伤心碧。"⑤ 宋玉悲吟：战国楚宋玉《九辩》以悲愁兴怀，抒发生不逢时、处境困穷、时日蹉跎、有志无成的哀苦之情。后用作感伤秋景萧索、身世悲凉的典故，也借以咏羁旅伤别。⑥ 商音：古人把五音与四季相配，商音配秋，因以商指秋季。⑦ 菊谱：又名《东园菊谱》。清弘皎撰，李锴校。原稿作于清乾隆十一年（1746），初刻于清乾隆二十二年（1757），共记百种菊。⑧ 芦衾：以芦苇作衣被。⑨ 别馆：正馆以外的馆舍。北周庾信《哀江南赋序》："三日哭于都亭，三年囚于别馆。"⑩ 范宽：宋代山水画家。⑪ 萧骚：象声词，形容雨声或风吹动树木的声音。唐薛能《寄河南郑侍郎》："寒窗不可寐，风地叶萧骚。"⑫ 恁时：那时。

【品读】

这是一首题画词。上阕叙述图画内容。蟋蟀鸣唧的庭阶被秋雨渍泡，大雁飞经处秋霜澄清，西风吹拂着平原上的树林。如此凉秋，冷淡年华，只能徒增宋玉似的悲愁。谁知有人忘却尘世的烦恼，散淡闲暇中静听秋的声音。看，小窗里评论《菊谱》，稳卧芦衾。下阕抒情。多像在秋声别馆里如宋代画家范宽那样钟情山水丹青，梧叶摇秋，松荫覆盖，一片萧骚，可将尘襟荡涤干净。到那时摇碎幽心，多愁定应笑我，还问能否在明月高悬的深夜消凉。

355

乔载繇

【作者简介】

乔载繇，字止巢，江苏宝应人，有《裁云馆词》二卷。

长亭怨慢·晚蛩

更听过、深秋时候。细雨初阑①，一灯如豆。嫩怯西风②，近来都聚画阑口③。者番哀怨④，频诉到、归鸿后。满耳断肠声，看石畔、秋花全瘦⑤。

倦否，对凄清暮景，霁月又澄苔甃⑥。离愁正苦，直咽冷、玉壶残漏⑦。问底事⑧、吟断柔须，搅幽梦、谁家窗牖⑨。怅砌草将衰，还怕新霜飞骤。

【注释】

①细雨初阑：细雨刚刚残尽。②嫩怯西风：秋风瑟瑟。③聚画阑口：谓秋风聚集在门遮处。④者番：这番，这次。宋晏几道《少年游》："细想从来，断肠多处，不与者番同。"⑤秋花：菊花。⑥"霁月"句：明月朗照长满青苔的井壁。⑦玉壶残漏：夜阑更深。玉壶，古时滴漏计时之器具。⑧底事：何事，为什么。⑨窗牖：窗子。

【品读】

这是一首借深秋傍晚蟋蟀的悲鸣，抒写内心的秋愁、离愁、怅惘情绪的词。词人通过不断变换听觉及视觉的意象，为读者描摹出一番深秋的衰败景象，并触发离愁的哀怨，感慨秋光老去，幽梦难圆。整首词感情真挚，凄凉动人。

刘敦元

【作者简介】

刘敦元，字子仁，号笠生，安徽桐城人，诸生，有《悦云山房词存》四卷。

征招·蛩语

斜阳挽雨和烟堕，空阶乱蛩声苦。凉意喷苔花①，话新愁无数。小楼谁是主，记当日、闲堂旗鼓②。破瓦颓垣，草根低覆，断肠难语。

脉脉又黄昏，凄凉甚、催来那家机杼。知我抱秋心，向床头低诉。别情曾几许。换回了、梦中归路。西窗下、剪烛深宵③，问甚时重聚。

【注释】

①"凉意"句：秋凉侵袭苔藓。喷，喷。② 闲堂旗鼓：当指南宋宰相贾似道在西湖边葛岭建别墅半闲堂斗蟋蟀，最后导致元兵步步紧逼，南宋沦亡之事。③"西窗下"句：化用唐李商隐《夜雨寄北》："何当共剪西窗烛，却话巴山夜雨时。"

【品读】

这是一首借蛩语诉说对妻子的思念之情的词。词人羁旅异乡，凉秋之际耳闻乱蛩悲鸣，眼见破瓦颓垣，凄风苦雨之中，百感交集。黄昏时分，那蟋蟀鸣叫声更令人思念故乡的亲人。可这一切，只能是一场梦幻。不知何时，才能真正和妻子重聚，深宵剪烛，西窗共话？

吕 洪

【作者简介】

吕洪,字福瑜,一字拔湖,广东鹤山人,清道光十九年(1839)举人,官韶州府训导,有《广文遗稿》。

摸鱼儿·闻蛩

问人间、哀丝豪竹。何如此调凄恻。关山迢递霜花老①,啼澈井阑秋色。弦掩抑。算玉露金风、都尽情占得②。更残漏滴③。听永巷苍凉,闲庭幽怨,如豆一灯黑。

当年事,蓦地心头记忆。声声如诉陈迹。苍烟万点燕台路④,回首旧游难觅。吟未息。对蔓草荒塍⑤、一片濛濛碧。谁家短笛。更飞过墙头,飘来屋角,凉梦恼今夕。

【注释】

① 关山迢递:关隘山岭重重叠叠,路途遥远。② 玉露金风:秋露秋风。③ 更残漏滴:形容夜深。更残,打更声渐渐消失。漏滴,漏刻将尽。④ "苍烟"句:苍茫的云雾尽染幽燕之路途。燕台,指黄金台。战国时,燕昭王于易水边建台,置金台上,广招贤才。诗词中常借以代指燕京或幽燕一带。⑤ 蔓草荒塍:田埂荒芜、蔓草丛生。

【品读】

这是一首因蛩鸣而引起对往事的追忆、对身世感慨的词。词的上阕,词人描摹深秋肃杀的景色,在这苍凉的秋天耳闻蟋蟀的悲鸣,更觉凄恻、哀怨动人。下阕词人追忆往事,物是人非,无限感慨,无限惆怅涌上心头。词人善于借景抒情,情景结合紧密,那种愁秋、失意的感触表露得非常含蓄,令人动容。

程霖寿

【作者简介】

程霖寿，字小炳，号雨苍，晚号箕叟，湖南宁乡人，清咸丰七年（1857）举人，官常德府教授。有《湖天晓角词》二卷。

戚氏·秋蛩

甚幽情，秋来嘘出万千声。露冷阶空，月高天静，夜三更。悲鸣似难平，荒村响答不分明。俄乘院落风起①，搅成商籁满前庭②。度去楼角，穿从窗隙，渐闻四壁泠泠。便萧萧瑟瑟，酸楚呜咽，无限凄清。

弥望腐草平陵。哀语断续，落叶又飘零。音流处、悄和云堕，冷带烟横。更交并，玉漏暗地玞琤③，胜似夜雨闻铃。杂将戍鼓④，助起边笳⑤，那管羁客心惊⑥。

独立频回首，关山万里，一片愁萦。漫与离肠代诉，蕣魂消、似醉复如醒。况兼枕畔铲边，遮寒护暖，清梦应难竟。剩一腔、哀怨成悲哽。刚移坐、孤对灯檠⑦。待曙鸡、起舞重听。露鸯瓦、隐约白初生。众哀才歇，惟余晓月，几点晨星。

【注释】

① 俄：一会儿。② 商籁：秋天自然界的声响。③ 玉漏：玉制的刻漏计时器具。④ 戍鼓：边塞的战鼓声。⑤ 边笳：边塞的胡笳声。⑥ 羁客：羁旅在外的游子。⑦ 灯檠：灯架。

【品读】

这首长调借描写蟋蟀悲鸣，抒发词人羁旅在外的思乡之情。第一部分，词人于深秋之夜，月白露寒、秋风萧瑟之际，因在自己的庭院里听到蟋蟀悲鸣而触发无限凄清、愁苦的情绪，为全词铺下了哀怨的基调。第二部分，词人扩大视野，弥望边地的原野和山岭，耳闻断断续续的蟋蟀哀语与令人心惊的戍鼓、边笳之声，那羁旅在外的惆怅之情油然而生。第三部分，词人不由得回望故乡，但关山万里，只能增添愁苦；万般无奈之下，词人只有孤对灯檠，听蟋蟀悲鸣，哀怨成悲哽，直至天晓鸡鸣。言念及此，远离亲人的苦涩、失意的惆怅表露无遗。

奕譞

【作者简介】

爱新觉罗·奕譞（1840—1891），号朴庵，道光帝第七子。有《九思堂诗稿》《九思堂诗稿续编》。

月夜偶成

卧听鸟雀啄莓苔①，睡起松窗素月来②。
草际蛩喧转幽寂，花间露重为徘徊。
恩深暂辍林泉志③，事急方知将帅才。
淡淡银河舒倦眼，天狼不见见三台④。

【注释】

① 莓苔：苔藓，青苔。唐杜牧《早雁》："莫厌潇湘少人处，水多菰米岸莓苔。" ② 松窗：松枝搭成的窗。素月：皓月。③ 林泉志：隐退之意。④ 天狼：星名，主侵略。三台：即三台六星，由上台、中台、下台各二星组成，古人认为它象征人世的三公。

【品读】

诗人尤感皇恩深重，不能轻言隐退，当国家危急之时，应竭力以身报国。

杜贵墀

【作者简介】

杜贵墀，字吉阶，一字仲丹，湖南巴陵（今岳阳）人，清光绪元年（1875）举人。有《桐花阁词钞》二卷。

桂枝香·秋蛩

西风响碎，向候馆空帏①，唤愁惊睡。又是荒台草幕，故宫门闭。年年不少伤心事，傍潘郎、鬓丝提起②。怕分明语，凄凄切切，又低低地。

料思妇、寒生孤被，正月暗莓墙，雨侵苔砌。恨缕情丝宛转，弄梭声里。回肠那织回文字，但声声、促教憔悴。又谁怜我，荒村野宿，瘦吟灯底。

【注释】

① 候馆：旅舍。② "潘郎"句：晋潘岳《秋兴赋序》："晋十有四年，余春秋三十有二，始见二毛。"《秋兴赋》："鬓斑髟以承弁兮，素发飒以垂领。"此处词人以潘岳自喻，自伤衰老。

【品读】

这是一首借深秋蟋蟀悲鸣，抒发自己羁旅在外、思念家乡妻子感情的词。上阕描写深秋时节，词人羁旅在外，梦中常被蟋蟀的鸣叫声惊醒，自伤衰老，感到无限凄清。下阕，词人触景生情，想到远在家乡的妻子。此刻，她亦应在织机旁伴随着蟋蟀的一声声鸣叫，和着促织声催老，真有无限悲哀之感。而在荒村野宿的我无法得到妻子的爱怜，只能孤对如豆之灯苦吟，渐渐消瘦老去。

蒋师轼

【作者简介】

蒋师轼，字幼瞻，上元（今江苏南京）人，清光绪乙亥举人。有《三径草堂诗抄》。

立秋夕

今夜三更月，梧桐一叶秋。
搴帏望河汉①，清影下西楼。
蛩语尔何意，露华凉不收②。
惊心岁华晚③，风色动吴钩④。

【注释】

①搴帏：提起、撩起帷帐。河汉：银河。②露华：露水。③岁华：时光。④吴钩：兵器，形似剑而弯曲。春秋时吴人善铸钩，故称。后也泛指利剑。唐李贺《南园》："男儿何不带吴钩，收取关山五十州。"

【品读】

立秋夜，望月触情，叹时光老去，壮志未遂。

朱孝臧

【作者简介】

朱孝臧（1857—1931），著名词人。一名祖谋，字古微，一字藿生，号沤尹，又号疆村，归安（今浙江湖州）人。清光绪九年（1883）进士，官至礼部右侍郎，后辞，归隐。精通格律，其初填词，受王鹏运影响较著，继而研习两宋词，于梦窗用力尤勤。与王鹏运等并称"晚清四大家"。有词集《疆村语业》三卷等。

夜游宫

门掩黄昏细雨。乍传出、当筵金缕①。休唱江南断肠句。小银筝，十三弦，新换柱。
花外残蛩絮。暗咽断，碧纱烟语。愁结行云梦中路。起挑灯，叠红笺②，封泪与。

【注释】

① 金缕：即《金缕衣》，曲调名，中唐时期流传颇广。词中劝人们爱惜青春年少的好时光，要及时行乐。后世遂用为典实。此处意在衬托思家之苦。② 红笺：饰有红丝格的信笺。

【品读】

词人羁旅在外，于深秋黄昏细雨之中，耳闻《金缕》曲，撩起思乡之情；此刻，花丛中蟋蟀悲鸣，如泣如诉，不绝如缕，更增添了词人的愁苦。他情不自禁，挑灯和泪，写就家书一封寄予远方的亲人，以慰思乡之情。

甘草子

秋暮。梦醒残蛩，絮语沉香户①。黯墨不成书②，天远吹笙路。
今夜漏回灯昏处。问倦客、归程谁数？无限秋心雁将去，付楚天凉雨。

【注释】

① 沉香：亚热带乔木，主干高大，木质坚硬，有香味，可作细木工材及熏香料。② 黯墨不成书：心情黯然，无以为文。

【品读】

暮秋之际，羁旅在外，睡梦中被蛩鸣惊醒，伴着缕缕熏香，不觉心情黯然，思乡愁苦，欲书不能。夜已深，天涯倦客，何处是归程，只能将无限秋心托付鸿雁，捎给远方的亲人。

秋霁·园夜卧雨，莼鲈之思益深，和梅溪①

别枕屧屧②，障暗雨帘衣，晕冷灯色③。悴叶凉喧④。晚蛩愁咽，病怀惯禁秋力。倦吟暂息。梦痕婉转莼丝碧。问故国⑤，谁眷，夜阑孤坐瘴乡客⑥。

惊卧岁晚，乱落江蓠⑦，钓竿沉吟⑧，诗卷疏寂⑨。背西风、残鹃苦说⑩，青铜欺鬓盛年白⑪。归事布帆从办得⑫。怕酒醒后，惊见画里湖山，采珠荒水⑬，捣尘新驿⑭。

【注释】

① 莼鲈之思：暗用东晋张翰秋风思鲈之典故。梅溪：南宋词人史达祖，字邦卿，号梅溪，汴京（今河南开封）人，居杭州。此指史达祖《秋霁·江水苍苍》词。② 屝屝：怯懦的样子。③ 晕冷灯色：灯光四周的光影、色泽显得冷清。④ 悴叶凉喧：枯叶摇落冷清。⑤ 故国：故乡。⑥ 夜阑：夜将尽。瘴乡：瘴气弥漫的地方。词人身居广东，古为蛮瘴之地。⑦ 江蓠：香草名。《楚辞·离骚》："扈江蓠与辟芷兮，纫秋兰以为佩。"⑧ 沉吟：低声吟咏。⑨ 疏寂：生疏冷寂。⑩ 残鹃苦说：传说杜鹃啼声凄苦，昼夜不止，甚至口中流出血来。常以形容悲怨之深。残鹃，年衰之杜鹃。⑪ 青铜：青铜镜。唐罗隐《伤华发》："青铜不自见，只拟老他人。"⑫ 归事布帆：归隐故里的帆船。从办得：自办得。⑬ 荒水：荒凉的河流。⑭ 新驿：新设的驿站。

【品读】

秋夜孤坐瘴乡听雨，灯色晕冷，悴叶凉喧，晚蛩愁咽，病体无力，梦故国莼丝；江蓠乱落，钓竿沉吟，诗卷疏寂，不觉已盛年鬓白，归去来兮胡不归？

月下笛·闻促织感赋①

冷月墙阴，凄凄碎响，替秋言语。羁人听汝②。咽秋丝、黯无绪。空阶都是伤心地，恁禁得③、哀灯断雨。正宵砧四起④，霜弦孤曳，宛转催曙。

愁误。金笼住⑤。伴落叶长门⑥，枕函慵诉⑦。回纹罢织⑧，旧家零乱机杼。西风凉换人间世，问憔悴，王孙几度⑨？等闲是⑩，变了潘郎发⑪，梦寄谁去！

【注释】

① 促织：蟋蟀。② 羁人：羁旅异乡的游子。③ 恁禁得：怎禁得。④ 宵砧：夜晚的捣衣声。⑤ 金笼住：谓如鸟被囚禁于金笼中，身心失去自由。⑥ 长门：暗用汉陈皇后失宠，在长门宫悲怨，千金求赋之典故。⑦ 慵诉：懒于诉说。⑧ 回纹罢织：回纹即《回文旋图诗》。前秦时，苏惠织锦为《回文旋图诗》向远方的丈夫窦滔倾诉相思之情。后因以此典表示夫妻间的通信与相思。⑨ 王孙：《楚辞·招隐士》："王孙游兮不归，春草生兮萋萋。"此为思慕远游未归的典故。⑩ 等闲是：无端，平白地。宋岳飞《满江红》："莫等闲，白了少年头。"⑪ 潘郎发：晋潘岳《秋兴赋》："斑鬓影以承弁兮，素发飒以垂领。"这里，词人以潘岳自居，感叹头发变白，已有老态。

【品读】

词人秋夜闻蟋蟀悲鸣有感而发，感叹自己误入仕宦歧途，身心受到束缚，而羁旅异乡，与妻子及家人长期分离，更让人不堪。时光流逝，词人老去，不知何时能圆梦与家人团聚。

刘 韵

【作者简介】

刘韵，女词人，字绣琴，南丰（今属江西省）人，黄家鼎之妻。有《红雨楼词钞》。

如此江山·秋声

虚堂夜静眠难稳①，商声乍闻高树②，碎竹敲廊，枯桐坠砌，一片凄清如许。长空雁语，怪送得秋来，又催秋去。独枕惊心，响飘檐铁甚时住③。

天涯正思倦旅，短篷芦苇泊④，帐触离绪。怒挟江潮，悲含戍角⑤，添了满街蛩絮。挑灯听取，但瑟瑟萧萧，暗鸣疏雨。起瞰纱窗⑥，月明深院宇。

【注释】

①虚堂：高堂，空堂。宋周弼《夜深》："虚堂人静不闻更，独坐书床对夜灯。"②"商声"句：语本宋欧阳修《秋声赋》中"商声主西方之音""声在树间"。商声，秋声。旧说将乐声分为宫、商、角、徵、羽五声，商属秋。③"檐铁"句：悬挂在屋檐上的铁风铃在秋风中阵阵作响，不知何时能停歇。④短篷：带篷的小船。⑤戍角：边塞军中吹响的号角。⑥起瞰纱窗：起身从纱窗中窥探。瞰，窥探。

【品读】

这是一首以生动的笔墨描绘秋声的词。上阕，词人以极简练的笔墨点名时间、地点，并形象地用秋声、秋色等一系列意象展现秋天的画卷，表现思妇听秋声难以入眠的心态。下阕，词人以游子的角度写秋声。用芦苇萧瑟、戍角含悲、江潮挟怒、满阶蛩鸣、疏雨潇潇等来描绘秋声，突出凄婉萧瑟的秋声意象，将游子思归的惆怅与思妇难以入眠的闺怨互相呼应，并巧妙地结合起来，更进一步展示了秋声的愁悲、凄婉。这首词用语典雅、精美，写得凄楚怆恻、真挚动人。

谭嗣同

【作者简介】

谭嗣同（1865—1898），字复生，号壮飞，又号华相众生。湖南浏阳人。积极参加维新变法活动，创建南学会，是维新运动的激进派。戊戌政变时，与杨深秀等人同时被清政府杀害。现存诗二百余首，风格豪放，富有爱国激情。有《莽苍苍斋诗》等，后合编为《谭嗣同全集》。

道吾山 ①

夕阳悬高树，薄暮入青峰。

古寺云依鹤，空潭月照龙。

尘消百尺瀑，心断一声钟。

禅意渺何著 ②，啾啾阶下蛩。

【注释】

① 道吾山：位于湖南浏阳市城北，古称白鹤山，又名赵王山，列峰七十一，山峦重叠，群峰竞秀，风景旖旎，历史悠久，相传唐大和年间（827—835），僧人宗智在此开山讲法，宗风大畅，是中外驰名的佛教圣地。② 禅意：犹禅心。唐刘长卿《寻南溪常山道人隐居》："溪花与禅意，相对亦忘言。"

【品读】

这首诗描写了晚秋道吾山的景色。首联及颔联描述夕阳悬照高树，雾霭笼罩青翠的山峰，古寺高耸、鹤翔入云，潭水清澈、映月照龙，一片清幽的景致。诗人独自游赏这深山野谷的寂寥静谧，足见情趣之独特，胸襟之闲静。颈联及尾联写诗人感受：尘俗在百尺瀑布中消失，凡心在寺钟声中了断，阶下蟋蟀鸣声啾啾，禅意是何等悬渺又袒露。这首诗动景静景、颜色声响紧密结合，互相陪衬，形象极为优美、丰富，让人既能体察到诗人自适恬淡的情趣，又能领会到他隐藏于心底的淡淡哀愁。

陈　洵

陈洵（1871—1942），词人，字述叔，新会（今属广东）人。早年潦倒穷愁，后得朱孝臧推许，名渐显。晚年任广州中山大学教授。少与黄节友善，世称"陈词黄诗"。工于词，与王鹏运、朱孝臧、郑文焯、况周颐交往唱酬。其词神骨俱静，善用逆笔。朱孝臧谓其与况周颐为"并世两雄"。有《海绡词》，收入《沧海遗音集》。

风入松·丁卯重九

人生重九且为欢，除酒欲何言①。佳辰惯是闲居觉，悠悠想、今古无端②。几处登临多事，吾庐俯仰常宽。

菊花全不厌衰颜，一岁一回看。白头亲友垂垂尽③，尊前问④、心素应难⑤。败壁哀蛩休诉，雁声无限江山。

【注释】

①"人生"二句：化用晋陶渊明《己酉岁九月九日》中"浊酒且自陶"句意。②无端：无意，无心。③垂垂：渐渐。④尊：同"樽"，酒杯。⑤心素：亦作"心愫"，心意、心愿，亦表示高洁的心怀。

【品读】

这是一首重九的感怀词。上阕，词人多用逆笔，故作闲适语。但在表面的闲适背后，难掩其淡淡的哀愁和苍凉的情怀。下阕，词人自叹衰老，并由此想到亲友大都已渐渐离开人世，持杯饮酒之时，尤怕别人问起他们。此时听到蛩鸣，尤感凄凉。那越过无限江山的雁声已够使人烦恼了，败壁的蟋蟀为何还要喋喋不休地哭诉呢？整首词给人以落寞、苍凉的感受，词人悲秋的感怀是对人生无奈的洞观。

秋 瑾

【作者简介】

秋瑾（1875—1907），资产阶级革命家、著名女诗人。字璿卿，号旦吾，笔名鉴湖女侠、汉侠女儿，山阴（今浙江绍兴）人。清光绪三十年（1904）东渡日本留学，创办《白话》杂志。次年先后加入光复会和同盟会，被推为总部评议员、浙江省主盟人。清光绪三十二年（1906）回国，在浙江浔溪女校任教，后到上海创办《中国女报》。次年春回绍兴主持大通学堂，联络会党，组织光复军，自任协领，与徐锡麟分头准备浙皖起义。事泄，徐锡麟先期起义，失败牺牲。秋瑾在绍兴被捕，从容起义。其早期诗词作品多写个人幽怨，颇见才情。投身革命后，谋求民族解放与妇女解放成为其作品的主基调，感情浓郁深沉，文辞朗丽，音节浏亮，风格豪迈悲壮。秋瑾还写过白话文、歌词，谱过曲，写有弹词《精卫石》，有《秋瑾集》。

浪淘沙·秋夜

窗外落梧声，无限凄清，蛩鸣啾唧夜黄昏，秋气感人眠不得，细数鼍更①。

斜月上帘纹，竹影纵横，一分愁作十分痕！几阵吹来风乍冷，寒透罗衾。

【注释】

① 鼍更：更鼓声。因鼍夜鸣与更鼓相应，故名。宋陆游《夏夜》："六尺筇枝膝上横，中庭岸帻听鼍更。"

【品读】

这是一首伤秋的词。词人用物境衬托心境，侧重于外部景物描写和气氛的渲染，用几个冷色调的词描绘出一派灰暗、冷淡的艺术氛围，将词人因悲秋引起的感伤、幽怨表现得淋漓尽致。全词语言自然精练，笔致婉转洒脱，意境深邃。

王国维

【作者简介】

王国维（1877—1927），著名学者、词人。字静安，一字伯隅，号观堂，亦号永观。海宁（今属浙江）人。清末秀才，受德国唯心主义思想影响，1902 年留日回国后，曾讲授哲学、心理学等，后入京任职，研究词曲。辛亥革命后再去日本，专力研究古文字学、古史等。后在上海为英人哈同编《学术丛编》，1925 年任清华研究院教授。1927 年 5 月 3 日，投颐和园昆明湖自杀。他以研究词、曲、《红楼梦》等著称于世，所作诗、词数量不多，词的成就较高。有著作六十余种，编为《海宁王静安先生遗书》一百零四卷。

齐天乐·蟋蟀用姜白石韵 ①

天涯已自愁秋极，何须更闻虫语 ②。乍响瑶阶，旋穿绣闼。更入画屏深处 ③。喁喁似诉。有几许哀丝，佐伊机杼 ④。一夜东堂，暗抽离恨万千绪 ⑤。

空庭相和秋雨。又南城罢柝，西院停杵 ⑥。试问王孙，苍茫岁晚，那有闲愁无数 ⑦。宵深谩与。怕梦稳春酣，万家儿女。不识孤吟，劳人床下苦 ⑧。

【注释】

① 姜白石：南宋词人姜夔，字尧章。此指姜夔《齐天乐·庾郎先自吟愁赋》韵。② "天涯"二句：天涯流落，已为秋节而无限悲愁，何须更听虫儿的窃窃私语呢？悲秋，战国楚宋玉《九辩》："悲哉，秋之为气也。"虫语，指蟋蟀的鸣声。③ "乍响"三句：它的鸣声，骤然在石阶前响起。接着穿过锦绣的房门，更进入画屏的深处。绣闼，指闺房。闼，山门。画屏，彩绘的屏风。④ "喁喁"三句：它像在细语喁喁，倾诉着什么。听，多少哀切的弦声，伴随着闺人的机杼声。哀丝，哀伤的弦声。唐杜甫《醉为马坠，诸公携酒相看》："初筵哀丝动豪竹。"这里以喻蟋蟀的悲鸣声。按，《诗经·唐风·蟋蟀》："蟋蟀在堂，岁聿其莫（暮）。"《毛诗正义·疏》："蟋蟀，似蝗而小，正黑，有光泽如漆，有角翅，一名蛬，一名蜻，楚人谓之王孙，幽州人谓之趋织。里语曰：'趋织鸣，懒妇惊。'"意谓蟋蟀催促妇女纺织，以备冬衣。次句意本此。伊，指织妇。⑤ "一夜"二句：一夜间，像在东堂中暗暗抽引着千丝万缕的离恨。"离恨"二字为全篇之旨。"抽"字与上文"丝"字相应。⑥ "空庭"三句：空庭中悲切的虫声，相和着淅沥的秋雨。南城上不再响起更柝，西院中也停歇了砧杵。柝，打更用的梆子。杵，捣衣的木棒。⑦ "试问"三句：试问远方的游子，在这情景苍凉的岁暮，哪有无尽的闲愁去听它呢。王孙，此指游子，亦以自比。⑧ "宵深"五句：夜深了，率意吟成诗句。只怕那沉酣在春梦中的万家儿女，还不懂得在劳人床下孤吟之苦。谩与，同"漫与"。谓率意赋诗，并不刻意求工。唐杜甫《江上值水如海势聊短述》："老去诗篇浑漫与，春来花鸟莫深愁。"注："今老矣，

所谓诗则漫与而已，无复着意于惊人也。"劳人，劳碌的人。《诗经·小雅·巷伯》："劳人草草。"床下，《诗经·豳风·七月》："十月蟋蟀入我床下。"

【品读】

一生如寄，一腔离恨；劳人草草，满腹悲愁，谁解其中况味？

吴 梅

【作者简介】

　　吴梅（1884—1939），著名戏曲理论家、文学家。字瞿安，号霜厓，长洲（今江苏苏州）人。早年屡试不中，清光绪三十二年（1907），与陈去病等在上海愚园成立神交社，后入南社。辛亥革命后，先后任东吴大学、北京大学、中山大学、中央大学教授。在诗、文、词、曲的研究与创作上，均有很深的造诣。戏曲方面尤其突出，兼擅制曲、谱曲、度曲、演曲以及校定曲本、审定音律等，被誉为近代"曲家泰斗"。著有《顾曲麈谈》《中国戏曲概论》《南北九宫简谱》《霜厓诗录》《霜厓文录》等，杂剧传奇《轩亭秋》《湘真阁》《风洞山》等，另有《霜厓词录》二卷、《词学通论》一卷。

翠楼吟·得京华故人书，次前韵寄答 ①

　　别馆延秋 ②，孤灯款夕 ③，空庭峭寒无际。黄粱炊未熟 ④，变楼阁仙山云气。壶天眠起 ⑤，对旧日鲛绡 ⑥，重封新泪，人如寄。几丝霜鬓，镜中先悴。

　　可记琼岛看花 ⑦，有暮春三月，三家车骑 ⑧。白门惊岁晚 ⑨，问烟雨纶竿谁理 ⑩。枯杨身 ⑪，渐九陌风酸 ⑫，垂垂生意 ⑬。蛩声碎，小窗刀剪，客衣单未。

【注释】

　　① 京华：此指北京。② 别馆延秋：指京城禁苑西门外客馆。别馆，正馆以外的馆舍。北周庾信《哀江南赋》："三日哭于都亭，三年囚于别馆。"延秋，延秋门，唐代长安禁苑西门。此指京城禁苑西门。③ 款夕：晚上留宿。④ "黄粱"句：语本唐沈既济《枕中记》："卢生于邯郸客店中遇道者吕翁，自叹穷困失意。翁授之枕，使入梦。生于梦中历尽荣华富贵，及醒，主人炊黄粱（黍）尚未熟。"后因以"黄粱梦"为咏富贵虚幻的典故。宋吴潜《蝶恋花·吴中赵园》："回首人间名利局，大都一觉黄粱熟。"⑤ 壶天：道家传说中的神仙壶公常悬一壶，壶中有日月，自成天地，壶公夜宿其间。后世常用"一壶天"喻指仙境，也常借以赞美出尘脱俗的优美景色。参阅晋葛洪《神仙传》卷九。宋李曾伯《水调歌头·庚申十六夜月简陈次贾》："又得平滩系缆，冷浸玻璃千顷，表里一壶天。"⑥ 鲛绡：传为鲛人所织之物，后以称精美薄细的丝绸，也以称手帕。参阅南朝梁任昉《述异记》："南海出鲛绡纱，泉先潜织，一名龙纱，其价百余金。以为服，入水不濡。"⑦ 琼岛：位于北京北海公园内，从北海公园南门入园，踏上建于元初的永安桥，见名为"堆云""积翠"的两座彩绘牌坊，迎面就是全院的中心琼华岛，简称琼岛。⑧ 三家车骑：泛指显贵人家。车骑，汉有车骑将军，或比三公。⑨ 白门：南京的别称。唐武德九年改金陵为白下。李白于金陵东门外白下亭赋诗留别，咏及白下门外的杨柳。见李白《金陵白下亭留别》诗。⑩ 烟雨纶竿：喻不问世事的隐居生活。纶竿，

钓鱼竿。⑪ 枯杨身世：喻人生的经历、遭遇如凋枯的杨树。汉司马相如《长门赋》："白鹤噭以哀号兮，孤雌跱于枯杨。"⑫ 九陌风酸：都市刺人的寒风。九陌，泛指都城大道和繁华闹市。唐骆宾王《帝京篇》："三条九陌丽城隅，万户千门平旦开。"⑬ 垂垂生意：生机渐渐萧条。

【品读】

这是一首寄答友人信函的词。上阕词人回顾往昔在京城与友人相处交往的情景，及由此产生岁月如寄、物是人非的感慨，语境苍凉。下阕宕开一笔，镜头由远及近，从京城琼岛看花的美好回忆，转而生发对身世的感慨，萌生退意；人生犹如凋枯的杨树及暮秋的蟋蟀，已到垂暮之年，无限凄凉。末了，未忘对友人的关心，叮嘱秋凉时节及时添衣御寒。

无名氏

卖蟋蟀①

蟋蟀瞿瞿秋宵鸣②，满庭秋气多凄清。

有人捕入瓦盆卖，此虫可斗分输赢。

嗟尔小虫尚堪斗③，磨厥利牙奋厥口④。

东方有狮勇绝伦⑤，奈何酣睡未醒只垂首。

【注释】

① 本诗选于清末上海的一份画报类日刊《图画日报》（约 1909 年），此刊不仅有很强的时事性，同时以大量的篇幅描绘了当时的社会生活和民间习俗。今天重读，百年前的上海历历在目。② 瞿瞿：象声词，指蟋蟀鸣叫声。③ 嗟尔：叹惋之词。语本《诗经·小雅·小明》："嗟尔君子，无恒安处。"④ 厥：指示代词，"其"。这里指代蟋蟀。⑤ 东方狮：指中国。绝伦：无与伦比。

【品读】

嗟尔小虫之蟋蟀尚能磨牙张口，不惧搏斗，而东方睡狮何以垂首酣睡不醒？醒来吧，我的中国！诗人语犹沉痛，催人觉醒。